어느 어릿광대의 견해

이 도서의 국립중앙도서관 출판예정도서목록(CIP)은 서지정보유통지원시스템 홈페이지(http://seoji.nl.go.kr)와
국가자료공동목록시스템(http://www.nl.go.kr/kolisnet)에서 이용하실 수 있습니다.
(CIP제어번호: CIP2010004110)

세계문학전집
059

Heinrich Böll : Ansichten eines Clowns

어느 어릿광대의 견해

하인리히 뵐 장편소설

신동도 옮김

문학동네

안네마리를 위하여

차례

그분의 소문을 들어보지도 못한 사람들에게
그분을 보여주고
그분의 이름을 들어보지도 못한 사람들에게
그분을 깨닫게 하여주리라.

1

본에 도착했을 때는 이미 어두웠다. 나는 나의 도착이 기계적으로 진행되지 않도록 마음을 다잡았다. 자동적으로 이루어지는 이런 과정은 5년간의 여행에서 생겼다. 플랫폼 내려가기, 플랫폼 올라가기, 여행가방 내려놓기, 외투 주머니에서 차표 꺼내기, 여행가방 들기, 차표 내기, 신문 가판대로 가기, 석간신문 사기, 역 밖으로 나가 손짓으로 택시 부르기. 5년 동안 나는 거의 매일 어디론가 떠났고 어딘가에 도착했다. 역 계단을 아침저녁으로 오르내렸고, 손짓으로 택시를 불렀고, 기사에게 지불할 돈을 윗도리 주머니에서 찾았고, 가판대에서 신문을 샀고, 의식 한구석에서 이런 기계적인 행동에 완전히 길들여진 느긋함을 즐겼다. 마리가 천주교인인 취프너와 결혼하려고 나를 떠난 뒤로 이러한 것들은 더 기계적이 되었다. 그렇다고 느긋함이 사라지지는 않았다. 역에서부터 호텔까지, 호텔에서부터 역까지의 척도가 있다. 택시요금표다. 역에서부터 거리의 척도는 2마르크, 3마르크, 4마르크 50페니히다. 마리가 떠난 후로 나는 가끔 그 리듬에서 이탈했다. 호텔과 역을 서로 혼동했다. 호텔 수위실에서 신경질적으로 차표를 찾거나 역무원에게 내 방 번호를 묻기도 했다. 운명이라고 불러도 좋을 무언가가 내게 나의 직업과 처지를 상기시켰다. 나는 어릿광대다. 공식적인 명칭은 희극배우다. 교회에 세금을 낼 의무가 없고, 나이는 스물일곱이다. 내 레퍼토리 가운데 하나는 〈도착과 출발〉이다. 관객들이 마지막까지 도착과 출발을 혼동하는 (거의 지나칠 정도로) 긴 무언극이다. 대개 이 극을 기차 안에서 한 번 더 점검하면서(이 극은 600개가 넘는 동작들로 이루어져 있는데, 물론 그 모든 동작을 외우고 있어야 한다) 나는 때때로 환상에 빠져든다. 호텔로 뛰어들어가서 기차 시간표를 찾아 헤매고, 발견하고, 기차를 놓치지 않으려고 계단을 뛰어오르거나 내려간다. 사실 내 방으로 가서 공연 준비만 하면 되는데 말이다. 다행히 호텔 사람들은 대부분 나를 알고 있다. 일반적으로 생각할 수 있는 것보다 변화의 가능성이 적은 리듬이 5년 동안 생긴 것이다. 그 밖에도 나의 독특한 버릇들을 알고 있는 내 매니저가 마찰이 없도록 배려한다. 그가 "예술가의 영혼을 지닌 자들의 감수성"이라고 부르는 것이 전적으로 존중되어, 내가 방으로 들어서자마자 "편안한 분위기"가 나를 감싼다. 예쁘장한 꽃병에 꽃이 꽂혀 있다. 외투를 벗어 던지고, 구두를(나는 구두가 싫다) 소리 나게 구석에 던지자마자 객실을 담당하는 아리따운 하녀 아가씨가 커피와 코냑을 가져오고 목욕물을 받는다. 초록색 입욕제를 푼 목욕물에서 나는 좋은 냄새는 마음을 안정시켜준다. 나는 욕조 안에서 신문을 여섯 종류까지 읽는데, 적어도 세 종류는 읽는다. 순전히 대수롭지 않은 신문들뿐이다. 그리고 학창 시절 배웠던 것들 중 지금도 기억에 남아 있는 찬송가, 성가, 찬미가 등을 적당히 큰 소리로 부른다. 오로지 미사와 관련된 노래들이다. 독실한 개신교인인 부모님은 종파 간의 화해라는 전후의 유행을 신봉해서 나를 천주교계 학교에 보냈다. 그러나 나 자신은 종교적이지 않다. 나는 결코 교회적인 사람이 아니다. 내가 천주교와 관련된 가사를 외우고 곡을 노래하는 것은 치유를 위해서다. 그것은 날 때부터 나를 괴롭혀온, 우울증과 두통이라는 두 가지 고통을 이겨내는 데 커다란 도움이 된다. 마리가 천주교인으로 개종한 이후 (마리는 원래 천주교인이기는 하지만, 개종이라는 표현이 딱 들어맞는 것 같다) 이 두 고통의 강도가 심해지고 있다. 심지어 고통과 싸울 때면 내가 이제껏 애창했던 〈탄툼 에르고〉*나 〈마리아 찬미가〉조차 거의 도움이 되지 않았다. 일시적으로 효험이 있는 약이 있다. 그것은 술이다. 지속적으로 효험이 있는 약은 마리였을 것이다. 그러나 마리는 나를 떠났다. 술에 취한 어릿광대는 술에 취한 지붕 수선공보다 더 빨리 추락한다.

나는 술에 취하면 공연중 정확해야만 당위성을 인정받는 동작들을 부정확하게 하고, 어릿광대의 실수 중에서도 가장 수치스러운 실수를 저지른다. 그것은 스스로 한 착상에 대해서 웃는 일이다. 끔찍한 굴욕이다. 맨정신일 때는 공연에 대한 두려움이 무대로 나서는 순간까지

---

* Tantum Ergo. "이 때문에 우리는 크신 성전을 숭상한다"는 뜻. 토마스 아퀴나스가 지은 성가집 『판제 린구아』의 일부분이다.

(나는 대부분 무대로 떠밀려 나가야만 하는데) 고조된다. 몇몇 평론가들이 "뒤에서 심장 뛰는 소리를 들을 수 있는, 의미심장하면서 비판적인 쾌활함"이라고 부르는 것은 내가 나를 꼭두각시로 만드는 절망적인 냉담, 바로 그것이었다. 극의 흐름이 끊어지면서 나 자신으로 돌아오는 것은 어찌 됐든 난처한 일이다. 성직자들은 명상 상태에서 비슷한 상황에 처할 것이다. 마리는 신비적 요소가 강한 문학 서적들을 늘 끌어안고 다녔다. 그 책들에 "공허한"과 "무"라는 단어가 자주 등장했음을 나는 기억한다.

3주 전부터 나는 대부분 취한 상태에서 기만적 확신을 갖고 무대에 올라갔다. 그 결과는 성적표를 받을 때까지는 착각 속에 빠져 있는 게으른 학생한테서보다 더 빨리 나타났다. 꿈을 꾸기에 반년은 긴 시간이다. 3주 후에 내 방에는 더이상 꽃이 없었다. 두번째 달 중순경에는 방에 욕실이 없었다. 세번째 달 초에는 역에서부터 호텔까지의 거리가 7마르크나 되었다. 반면 보수는 3분의 1로 줄어들었다. 코냑도 더이상 없었다. 소주뿐이었다. 극장에서의 공연도 이제는 없었다. 형편없는 조명을 받으며 무대에 섰다. 이상한 모임들이 열리는 어두운 홀뿐이다. 그곳에서 나는 부정확한 동작조차 하지 못하고, 역, 우체국, 세관 등에서 근속했다고 축하받는 자들, 천주교 가정주부들 또는 개신교 간호사들이 재미있어하는 소극이나 겨우 보여줄 뿐이었다. 독일군 장교들의 교육 수료를 축하한 적이 있는데, 맥주를 마시면서 즐거워하던 그들은, 내게 남아 있는 공연 레퍼토리인 〈국방위원〉을 공연하자 웃어도 되는지 몰라했다. 어제는 보훔에서 청소년들 앞에서 채플린을 흉내 내다 미끄러져서 다시 일어나지를 못했다. 휘파람 소리

하나 없었다. 그저 동정 섞인 나지막한 웅성거림뿐이었다. 마침내 막이 내리자, 나는 절뚝거리면서 황급히 무대를 떠났다. 그리고 분장도 지우지 않은 채 소지품을 급히 챙겨 여관으로 돌아왔다. 여관에서 아주 불쾌한 말다툼이 벌어졌다. 여관 여주인이 내게 택시요금을 빌려주지 않았기 때문이다. 나는 내 전동면도기를 담보가 아닌 택시요금으로 건네주어 투덜거리는 택시기사를 겨우 진정시켰다. 그래도 그는 내게 이미 뜯은 담배와 2마르크를 거스름돈으로 내줄 만큼 착했다. 나는 옷을 입은 채 정돈되지 않은 침대에 누워 남은 술병을 들이켰다. 그리고 몇 달 만에 처음으로 우울증과 두통에서 완전히 해방되었음을 느꼈다. 나는 가끔 내 삶의 마지막 날에 내가 기대하는 상태로 침대에 누워 있었다. 술에 취해서 하수구에 처박혀 있는 그런 상태 말이다. 나는 술 한 잔을 위해 내 와이셔츠를 내주고 싶었다. 그저 그 교환에 필요한 복잡한 상거래가 나를 만류했을 것이다. 나는 잠을 아주 잘 잤다. 깊이 잤고 꿈을 꾸었다. 꿈속에서 무대 막이 부드럽고 두툼한 염포(殮布)가 되어, 알 수 없는 자비를 베풀듯 내 위로 떨어졌다. 하지만 꿈을 꾸는 내내 깨어날까봐 두려웠다. 얼굴의 분장은 여전했다. 오른쪽 무릎이 부어올랐다. 플라스틱 쟁반 위에 형편없는 아침 식사가 있었고, 커피 주전자 옆에는 매니저가 보낸 전보 한 통이 놓여 있었다. "코블렌츠와 마인츠에서 취소. 공연 중지. 저녁에 본으로 전화할 것. 초너러." 그러고 나서 주최자한테 전화가 왔다. 전화를 통해 나는 비로소 그가 기독교 교육문제를 책임지고 있음을 알았다. "코스테르트입니다." 그가 전화로 말했다. 하급관리의 냉랭한 어투였다. "슈니어 씨, 우린 아직 보수문제를 해결해야 합니다." "그러세요, 별문제

없습니다." 내가 말했다.

"그렇습니까?" 그가 말했다. 나는 입을 다물었다. 그가 말을 이었다. 그의 흔해빠진 냉랭함은 이미 단순한 사디즘이 되어 있었다. "우리는 당시 200마르크의 가치가 있었던 100마르크를 어릿광대의 보수로 책정했습니다." 그는 말을 중단했다. 어쩌면 내게 화낼 기회를 주려는 것 같았다. 그러나 나는 침묵했다. 그러자 그는 본래의 야비한 태도로 돌아갔다. "나는 공익단체를 책임지고 있습니다. 20마르크를 주면 충분히 후하다고 할 어릿광대에게 100마르크를 지불하는 것은 내 양심이 허락하지 않습니다." 나는 침묵을 깨야 할 이유를 알지 못했다. 나는 담배를 입에 물고 형편없는 커피를 따르면서 그가 거칠게 숨을 쉬는 소리를 들었다. "듣고 있습니까?" 그가 물었다. "듣고 있습니다." 나는 대답했다. 그리고 기다렸다. 침묵은 좋은 무기다. 학창 시절 교장이나 교사들 앞으로 불려나가면 나는 늘 침묵을 고수했다. 나는 전화기 저편 끝에 있는 기독교인인 코스테르트 씨를 땀나게 했다. 그는 나를 동정하기에는 그릇이 너무 작았다. 그러나 자기연민을 갖기에는 그릇이 충분히 컸다. 마침내 그가 중얼댔다. "슈니어 씨, 내게 제안을 좀 하시지요."

"잘 들어요, 코스테르트 씨." 내가 말했다. "당신에게 다음과 같은 제안을 하지요. 택시를 잡아타고 기차역으로 가서 나를 위해 본행 일등칸 차표를 사세요. 그리고 나서 내가 마실 술 한 병을 산 뒤 호텔로 가서 나 대신 팁까지 포함해 계산을 하세요. 그리고 내가 역으로 가는 데 필요한 만큼의 돈을 봉투에 넣어서 호텔에 맡겨요. 그 밖에도 당신은 기독교인으로서 양심에 따라 내 짐을 무료로 본으로 보내야 합니다. 동의합니까?"

그는 다시 계산을 하고 헛기침을 한 뒤 말했다. "나는 당신에게 50마르크를 주려고 했습니다."

"좋습니다. 그렇다면 전차를 타세요. 그러면 다 합쳐서 50마르크가 안 됩니다. 동의합니까?"

그는 다시 계산을 한 뒤 말했다. "짐은 당신이 택시로 가져가면 안 될까요?"

"안 돼요. 나는 다쳐서 그럴 수 없습니다." 그의 기독교적 양심이 격렬히 동요하기 시작했음이 분명했다. 그가 부드럽게 말했다. "슈니어 씨, 죄송합니다. 나는……"

"괜찮습니다. 기독교와 관련된 일에 54에서 56마르크를 절약할 수 있게 해주어서 나도 행복합니다." 나는 전화를 끊고 수화기를 전화기 옆에 내려놓았다. 그는 다시 전화해서 지루하게 끝까지 붙들고 늘어지는 부류의 인간이었다. 그가 혼자서 자기 양심을 후벼파도록 놔두는 편이 훨씬 나았다. 속이 메스꺼웠다. 잊고 말하지 않은 게 하나 있다. 내게는 우울증과 두통 말고도 거의 신비하다고 할 만한 또다른 특징이 있다. 나는 전화 너머로 냄새를 맡을 수 있다. 코스테르트한테는 들척지근한 오랑캐꽃 환약 냄새가 났다. 나는 일어나서 이를 닦아야만 했다. 그리고 남은 술로 목을 가셔낸 뒤 분장을 지우고 침대에 누워서 마리를, 기독교인들을, 천주교인들을 생각했다. 그리고 나의 미래를 떠올렸다. 내가 언젠가는 누워 있게 될 시궁창을 생각했다. 어릿광대에게는 쉰 살이 가까워지면 두 가지 가능성만 있다. 시궁창 아니면 성(城)이다. 나는 성을 생각하지 않았다. 쉰 살이 되려면 아직도

22년 이상을 어떤 식으로든지 더 보내야 한다. 코블렌츠와 마인츠에서 공연을 취소했다는 사실을 초너러가 "경보 제1단계"로 표시할지도 모를 일이었다. 그러나 잊고 언급하지 않은 다른 특성이 내게 또 있다. 무감각함이다. 본에도 시궁창이 있다. 쉰 살이 될 때까지 기다리라고 누가 내게 명령이라도 했는가? 나는 마리를 생각했다. 그녀의 목소리를, 가슴을, 손을, 머리카락을, 움직임을, 나와 함께했던 모든 일을 생각했다. 그녀가 결혼하고 싶어한 취프너도 생각했다. 우리는 어린 시절 아주 잘 아는 사이였다. 무척 잘 아는 사이라 어른이 되어 다시 만났을 때, 서로 말을 놓아야 하는지 존대해야 하는지 알지 못했다. 두 경우 다 우리를 난처하게 했다. 만날 때마다 우리는 그 난처함에서 벗어나지 못했다. 나는 마리가 하필이면 그에게 간 것을 이해할 수 없었다. 그러나 나는 마리를 단 한 번도 "이해하지" 못했던 것 같다.

하필이면 코스테르트 때문에 깊은 상념에서 깨어나게 되자 나는 화가 치밀었다. 그가 개처럼 문을 긁어대면서 말했다. "슈니어 씨, 내 말을 들어야 합니다. 의사가 필요합니까?" "나 좀 가만히 내버려둬요." 나는 소리쳤다. "편지봉투는 문 밑으로 밀어넣고 돌아가요."

그는 편지봉투를 문 밑으로 밀어넣었다. 나는 일어나서 봉투를 집어 열었다. 보훔에서 본으로 가는 이등칸 기차표 한 장이 들어 있었다. 택시요금도 정확히 계산되어 있었다. 6마르크 50페니히였다. 그가 10마르크를 채워주길 바랐다. 나는 일등칸 표를 되돌려주고 이등칸 표를 샀을 때 돈이 얼마나 남을지 이미 계산해놓았다. 5마르크쯤일 것이다. "됐지요?" 그가 밖에서 외쳤다. "그렇소. 꺼져버려요. 더러운 예수쟁이 같으니라고!" "하지만 내 말 좀 들어봐요." "꺼지라니까."
나는 소리를 질렀다. 한동안 조용했다. 이윽고 그가 계단을 내려가는
소리가 들렸다. 세속의 자녀들은 빛의 자녀들보다 더 약을 뿐만 아니
라*, 더 인간적이며 돈을 더 잘 쓴다. 나는 전차를 타고 역으로 갔다.
술과 담배를 위해서 돈을 좀 아끼고 싶었다. 여관 여주인은 내가 저녁
에 본에 사는 모니카 질브스에게 전보 친 값을 따로 청구했다. 코스테
르트가 지불을 거절했던 것이다. 역으로 택시를 타고 가기에는 돈이
충분하지 않았을 것이다. 나는 코블렌츠에서 공연을 취소했다는 사실
을 알기 전에 이미 전보를 쳤다. 그들이 나보다 한발 앞서 취소했다.
그것이 나를 다소 화나게 했다. 내가 "심한 무릎 부상으로 공연 불가
능"이라고 전보를 쳐서 먼저 취소할 수 있었다면 더 나았을 것이다.
그래, 적어도 모니카에게 보낸 전보는 갔다. "내일 집을 치워줘요. 안
녕. 한스."

---

* 「누가복음」16장 8절 참조.

2

본에서는 모든 일이 늘 다르게 진행되었다. 본에서는 무대에 선 적이 없다. 본은 내가 사는 곳이다. 손짓으로 부른 택시는 나를 호텔이 아닌 내 집으로 데려갔다. 우리 집이라고, 마리와 나의 집이라고 말했어야 했는데. 그 집에는 역무원처럼 보이는 수위가 없다. 1년에 두서너 달만 묵는 이 집은 내게 어떤 호텔보다 낯설다. 나는 본 기차역 앞에서 택시를 부르지 않도록 조심해야 했다. 손짓으로 택시를 부르는 이 동작은 너무 익숙해서 나를 난처하게 만들 수도 있다. 주머니 속의 1마르크가 내가 가진 전부였다. 나는 바깥으로 난 계단에 서서 열쇠를 확인했다. 건물 열쇠, 집 열쇠, 책상 열쇠. 책상 서랍 안에 자전거 열쇠가 있을 것이다. 이미 오래전부터 나는 열쇠 무언극을 생각하고 있다. 공연 도중 녹아 없어지는 얼음 열쇠 꾸러미를 생각하고 있다.

택시를 탈 돈이 없다. 평생 처음으로 정말 택시가 필요했는데 말이다. 무릎이 부었다. 나는 절뚝거리면서 역 앞 광장을 지나서 우체국이 있는 길로 힘겹게 접어들었다. 역에서 우리 집까지는 2분이 걸린다. 그 2분이 내게는 끝없이 여겨졌다. 나는 담배 자동판매기에 기대서서 어느 건물을 바라다보았다. 그 건물에 할아버지가 내게 마련해준 집이 있다. 단아한 색을 입힌 발코니가 있는, 네모반듯한 5층짜리 아파트 건물로 발코니에 다섯 가지 색이 사용되었다. 나는 모두 녹(綠) 빛깔로 칠해진 5층에 산다.

이것도 내가 공연한 작품 가운데 하나였나? 열쇠를 아파트 건물 자물쇠에 꽂는다. 열쇠가 녹지 않았다는 데 놀라지 않는다. 승강기 문을 연다. 5층을 누른다. 가벼운 소음이 나를 위로 데려갔다. 좁은 승강기 창문을 통해서 각 층 복도의 일부를, 각 층 복도 창문을 통해 그 복도 너머를 바라본다. 어느 기념비 뒷면, 광장, 교회가 밝게 빛난다. 검은색 단면, 시멘트 지붕 그리고 다시 눈을 돌리자 기념비 뒷면, 광장, 교회가 밝게 빛난다. 세번째 눈을 돌렸을 때도 마찬가지다. 네번째는 광장과 교회만 밝게 빛난다. 복도문 열쇠를 자물쇠에 꽂는다. 복도문 역시 열려 있다는 사실을 놀라움 없이 받아들인다.

내 아파트는 온통 녹 빛깔이다. 문, 장식, 조립장 모두 녹 빛깔이다. 녹빛 실내 가운을 걸친 여자가 검은색 소파에 앉아 있으면 잘 어울릴 것 같다. 아마도 그런 여자를 가질 수 있으리라. 그러나 나를 고통스럽게 하는 것은 우울증, 두통, 무감각함 그리고 전화 너머로 냄새를 맡는 신비한 능력만이 아니다. 나의 가장 끔찍한 고통은 일부일처제에 대한 나의 타고난 기질이다. 남자들이 여자들과 함께 하는 모든 일을 함께 할 수 있는 여자는 내게는 오직 한 사람, 마리뿐이다. 그녀가 나를 떠난 이후로 나는 수도사나 다름없는 생활을 하고 있다. 하지만 나는 수도사가 아니다. 나는 시골로 내려가 내가 다니던 학교의 신부들 중 한 명에게 조언을 구해야 하는 것은 아닌지 생각했다. 그러나 그 작자들은 인간을 일부다처에 적합한 존재라고 여긴다. (그래서 그들은 일부일처제를 그렇게 극성스럽게 변호한다. 나는 그들에게 틀림없이 괴물로 보일 것이다.) 그들은 사랑을 돈으로 살 수 있는ㅡ그들은 그렇게 믿는다ㅡ지역들을 넌지시 암시하는 것 이상의 조언은 해주지 못할 것이다. 코스테르트한테 놀랐듯이, 나는 여전히 개신교인들한테 놀랄 준비가 되어 있다. 그러나 천주교인들한테는 놀랄 만한 것이 더이상 없다. 나는 천주교에 큰 호감을 가진 적이 있다. 심지어 4년 전에 마리가 "진보적 천주교인들의 모임"에 나를 처음 데려갔을 때도 그 호감은 여전했다. 마리에게는 내가 천주교계의 지식인들과 알게 되는 것이 중요했다. 물론 그녀는 내가 언젠가는 개종할 거라고 내심 기대했다(이러한 속내는 모든 천주교인에게 다 있다). 그 모임은 첫 순간부터 끔찍했다. 당시 나는 어릿광대가 되어가는 힘든 단계에 있었다. 채 스물두 살도 안 되었다. 하루 종일 연습을 거듭하는 중이었다. 나는 그날 저녁을 매우 기대했다. 아주 피곤했다. 그래서 제법 좋은 포도주와 음식과 춤까지 곁들인 즐거운 모임이기를 바랐다. (우리는 주머니 사정이 안 좋았다. 포도주나 좋은 음식을 누릴 형편이 아니었다.) 그런데 질 나쁜 포도주가 나왔다. 그리고 모임은 지루한 교수의 사회학 상급 세미나를 연상시키는 정도였다. 그냥 힘든 게 아니었다. 쓸데없고 부자연스러워서 아주 힘들었다. 그들은 먼저 다 함께 기도했다. 나는 내내 손과 얼굴을 어디에 두어야 할지 몰랐다. 나는 교인이 아닌 사람을 그런 상황에 빠지게 해서는 안 된다고 생각한다. 그들은 그저 주기도문을 외려는 게 아니었다(그것도 충분히 난처한 일이었을 것이다. 나는 개신교적으로 자라나서, 어떤 종류든 개인적으로 하는 기도에 익숙해져 있다). 그랬다, 그것은 킨켈이 작성한 매우 강령적인 텍스트였다. "그리고 보수주의자나 진보주의자에게 똑같이 공정할 수 있는 능력을 주옵소서." 그런 식으로 기도는 계속되었다. 그런 다음에야 비로소 "그날 저녁의 주제"로 넘어갔다. 주제는 '우리가 살고 있는 사회 내의 빈곤'이었다. 그날은 내 생애에 가장 괴로운 저녁 가운데 하나가 되었다. 종교적인 대화들이 그렇게 힘들다는 것이 나로서는 도저히 믿을 수 없었다. 나는 안다. 이 종교를 믿기는 어렵다. 육신의 부활과 영생. 마리는 내게 종종 성경을 읽어주었다. 그 모든 것을 믿는 것은 어려운 일임에 틀림없다. 나는 그후 심지어 키르케고르를 읽었다(어릿광대가 되어가는 사람한테 유용한 독서다). 키르케고르는 어려웠지만 그렇게 힘들지는 않았다. 피카소나 클레를 모방해서 식탁보에 수를 놓는 사람들이 있는지 나는 알지 못한다. 그날 저녁, 그 진보적 천주교인들은 마치 토마스 아퀴나스와 프란체스코 다시시, 보나벤투라와 교황 레오 13세*를 가지고, 자기들의 알몸도 가리지 못하는 천쪼가리를 짜고 있는 듯 보였다. 왜냐하면 그 자리에는 적어도 월 1500마르크를 벌지 못하는 사람은 (나 외에는) 아무도 없기 때문이다. 그것은 그들에게도 너무 난처한 일이어서 그

---

* 모두 교회 개혁과 청빈 운동에 관련된 인물.

들은 나중에 냉소적이며 속물적이 되었다. 취프너에게만은 예외였다. 그에게는 모든 이야기가 너무나도 고역이어서 내게 담배를 청할 정도였다. 그가 태어나서 처음 피우는 담배였다. 그는 담배 연기를 서투르게 푹푹 내뿜었다. 나는 담배 연기가 그의 얼굴을 가려주어서 그가 기뻐하고 있음을 눈치챘다. 나는 암담했다. 마리 때문이었다. 킨켈이 월 500마르크를 버는 남자에 관한 일화를 꺼냈을 때 마리는 창백하고 두려운 표정으로 앉아 있었다. 이야기 속 남자는 월 500마르크로 생활을 잘 꾸려나갈 수 있었다. 그런데 1000마르크를 벌게 되자 생활이 더 어려워졌음을 알게 되었다. 2000마르크를 벌게 되었을 때는 심지어 큰 어려움을 겪었다. 마침내 3000마르크를 벌게 되었을 때, 그는 생활이 다시 아주 좋아졌음을 알게 되었다. 그의 경험이 주는 지혜는 이렇다. "월 500마르크까지는 아주 잘 지낸다. 그러나 500마르크와 3000마르크 사이는 비참함 그 자체이다." 킨켈은 자신이 무슨 일을 저질렀는지 눈치채지도 못했다. 그는 굵은 시가를 피우고, 포도주를 마시고, 치즈과자를 먹으면서 혼자서 아주 유쾌하게 떠들어댔다. 마침내 그 모임의 종교 자문인 좀머빌트 주교까지 불안해져서 화제를 돌렸다. 주교는 반응이라는 화두를 던졌고, 킨켈은 그가 던진 낚싯바늘에 걸려든 것 같았다. 그는 바늘을 덥석 물더니 발끈해서 하던 이야기를 중단했다. 만 2000마르크 하는 자동차가 4500마르크 하는 자동차보다 싸게 나왔다는 이야기를 하던 중이었다. 난처할 만큼 무비판적으로 그를 따르는 그의 아내조차 안도의 숨을 내쉬었다.

3

나는 이 집에서 처음으로 어느 정도 편안함을 느꼈다. 집은 따뜻하고 깨끗했다. 나는 외투를 옷걸이에 걸었다. 그리고 기타를 구석에 세워놓으면서 집이라는 게 혹시 자기기만 그 이상의 어떤 것은 아닌지 생각해보았다. 나는 한곳에 정착하지 않는다. 앞으로도 그럴 일은 결코 없을 것이다. 마리는 나보다 더하다. 그녀는 절대 한곳에 머무르지 않기로 아예 작심을 한 것 같다. 내가 한곳에서 일주일 이상 공연 계약을 하면 마리는 벌써 신경질적이 되었다.

모니카 질브스는 우리가 전보를 치면 늘 그랬듯이 이번에도 친절했다. 그녀는 아파트 관리인에게 열쇠를 받아다 집을 말끔히 치워놓았다. 거실에 꽃을 갖다놓았고, 냉장고를 온갖 것으로 가득 채워놓았다. 부엌 식탁에는 갈아놓은 커피가 있었다. 그 옆에는 코냑도 한 병 있었다. 거실 탁자 위의 꽃 옆에는 담배와 촛불이 있었다. 모니카는 굉장히 다감해서 감상적이 될 때도 있다. 유치한 일까지 할 수 있을 것이다. 그녀가 나를 위해 탁자 위에 켜놓은 초는 인위적으로 촛농이 떨어지게끔 되어 있었다. 이 초는 분명히 "천주교 취미위원회"의 심사를 통과하지 못했을 것이다. 그러나 바쁜 나머지 다른 초를 찾아내지 못했거나, 아니면 더 좋고 값비싼 초를 살 돈이 없었을 것이다. 바로 이 몰취미한 초 때문에 모니카 질브스에 대한 내 애정이, 일부일처제에 대한 내 불행한 욕구가 내게 그어놓은 한계 지점까지 커졌음을 느꼈다. 그 모임의 다른 천주교인들은 결코 감히 유치해지거나 감상적이 되려 하지 않을 것이다. 그들은 자신의 약점을 결코 드러내지 않을 것이다. 적어도 취향이라는 점에서보다는 도덕이라는 점에서 그렇다. 나는 심지어 내 집에서 모니카의 향수 냄새를 맡을 수 있었다. 그녀에게는 향이 너무 강한, 한창 유행하는 '타이가'라는 이름의 향수인 것 같았다.

나는 모니카의 촛불로 모니카의 담배에 불을 붙여 물고, 부엌으로 가서 코냑을 가져왔다. 그리고 현관에서 전화번호부를 가져온 뒤 수화기를 들었다. 실제로 모니카는 나를 위해 전화문제까지도 해결해놓았다. 전화선이 연결되어 있었다. 맑은 신호음이 끝없이 넓은 마음의 소리처럼 들렸다. 나는 지금 이 순간 그 신호음을 출렁이는 바다 소리보다, 폭풍의 숨결보다, 사자의 포효보다 더 사랑했다. 이 맑은 신호음 어딘가에 마리의 목소리가, 레오의 목소리가, 모니카의 목소리가 숨어 있었다. 나는 천천히 수화기를 내려놓았다. 수화기는 내게 남은 유일한 무기였다. 나는 곧 그 무기를 사용하게 될 것이다. 나는 바지

오른쪽을 올리고 다친 무릎을 자세히 들여다보았다. 긁힌 상처가 나 있었다. 부기는 그렇게 심하지 않았다. 나는 코냑을 잔에 가득 따랐다. 반만 마시고 나머지는 무릎에 난 상처에 부었다. 그런 다음 절뚝거리며 부엌으로 다시 가서 코냑병을 냉장고 안에 넣었다. 그제야 비로소 코스테르트가 내가 요구했던 술을 가져오지 않았다는 사실이 생각났다. 분명히 교육적인 이유에서 술을 가져다주지 않는 것이 더 좋겠다고 생각했을 것이다. 그는 그런 식으로 기독교적인 일에 7마르크 50페니히를 절약한 셈이었다. 나는 그에게 전화해서 그 돈을 송금하라고 요청할 작정이었다. 이런 무뢰한을 그렇게 아무런 괴로움 없이 빠져나가도록 해서는 안 된다. 그 외에도 나는 돈이 필요했다. 5년 동안 나는 내가 꼭 써야 하는 돈보다 훨씬 많은 돈을 벌었다. 하지만 그 돈은 다 없어졌다. 물론 나는 무릎이 완전히 낫는 대로 30~50마르크 정도 받는 공연을 계속할 수 있다. 그건 아무래도 상관없었다. 형편없는 홀의 관객이 오히려 보드빌* 극장의 관객보다 친절했다. 그러나 30~50마르크는 일당치고는 너무 적다. 호텔 방은 너무 작아서 연습 도중 탁자나 옷장에 부딪힌다. 나는 욕실은 사치가 아니라고 생각한다. 그리고 다섯 개나 되는 트렁크를 들고 여행할 경우, 택시는 낭비가 아니다.

나는 냉장고에서 코냑을 다시 한번 꺼내 병째 한 모금 마셨다. 나는 술꾼이 아니다. 마리가 떠난 이후 술은 내게 도움이 된다. 돈 때문에 어려움을 겪는 데에도 더이상 익숙해지지 않았다. 내게 겨우 1마르크

---

* 춤과 노래 따위를 곁들인 가볍고 풍자적인 통속 희극.

만 남아 있다는 사실이, 그리고 곧 돈을 벌 가망이 없다는 사실이 내 신경을 곤두세웠다. 내가 팔 수 있는 유일한 물건은 자전거일 것이다. 그러나 내가 공연하러 가기로 마음먹을 경우, 자전거는 아주 유용할 것이다. 택시요금을 절약할 수 있으니까. 이 아파트를 소유하는 데에는 한 가지 조건이 있는데, 그것은 내가 이 아파트를 팔 수도 세놓을 수도 없다는 것이다. 부유한 사람들의 전형적인 선물이다. 거기에는 언제나 장애물이 있게 마련이다. 나는 더이상 코냑을 마시지 않았다. 그리고 거실로 가서 전화번호부를 펼쳤다.

4

나는 본에서 태어났다. 그래서 이곳에 친척, 지인, 학교 동창 등 아는 사람이 많다. 부모님은 이곳에 산다. 취프너의 책임 아래 개종한 내 동생 레오는 여기서 천주교 신학을 공부한다. 일단 돈문제를 해결하기 위해서라도 나는 부모님을 한 번은 반드시 만나야 할 것이다. 나는 그것을 어쩌면 변호사에게 위임할 것이다. 나는 이 문제를 여전히 결정하지 못하고 있다. 내 누나 헨리에테가 죽은 뒤로 부모님은 나한테 더이상 부모로서 존재하지 않는다. 헨리에테는 겨우 열일곱 살의 나이에 죽었다. 전쟁이 끝나갈 무렵 그녀는 열여섯 살이었다. 금발에 예뻤던 그녀는 본과 레마겐에서 가장 뛰어난 테니스 선수였다. 당시 젊은 여자들은 자발적으로 대공방위대에 지원해야 했다. 헨리에테도 지원했다. 1945년 2월이었다. 나는 도저히 이해할 수 없을 정도로 모든 일이 일사천리로 진행되었다. 나는 학교에서 나와 쾰른가(街)를 가로질렀다. 그리고 방금 본을 향해 출발한 전차 안에 헨리에테가 앉아 있는 것을 보았다. 그녀는 내게 손을 흔들면서 미소를 지었다. 나역시 미소를 지었다. 그녀는 등에 작은 배낭을 메고, 머리에는 암청색의 예쁘장한 모자를 쓰고, 털로 된 깃이 달린 두꺼운 푸른색 겨울 외투를 입고 있었다. 나는 모자를 쓴 그녀를 한 번도 본 적이 없었다. 그녀는 모자 쓰기를 한사코 거부했다. 모자는 그녀를 아주 다른 사람으로 만들었다. 마치 아가씨처럼 보였다. 소풍을 가기에는 어울리지 않는 시기였지만 나는 그녀가 소풍을 가는 것이라고 생각했다. 그러나 당시 학교는 온갖 것이 가능한 곳이었다. 대포 소리가 나는 와중에도 학교는 지하공습대피소에서 우리한테 심지어 비례법을 가르치려고 했다. 우리 담임 선생인 브뢸은 그가 "경건한 것과 국가적인 것"이라 칭하는 〈영광에 가득 찬 집을 볼지니〉와 〈동쪽의 아침노을을 보았니?〉 같은 노래들을 우리와 함께 불렀다. 밤이 되어 30분간 조용해질 때면, 행군하는 군홧발 소리가 들렸다. 이탈리아인 전쟁포로와(학교에서 우리는 왜 이탈리아인들이 이제는 동맹군이 아니라 포로가 되어 우리를 위해 일하는지 들었다. 그러나 나는 어째서 그런지 지금까지 이해하지 못했다) 러시아인 전쟁포로와 여자 포로와 독일 군인들이 행군하는 소리가 밤새도록 들렸다. 무슨 영문인지는 아무도 몰랐다.

헨리에테는 정말 소풍을 가는 것처럼 보였다. 그러나 당시 학교에서는 무엇이든 가능하다고 여겼다. 때때로 공습경보가 울리는 동안 교실에 앉아 있으면, 열린 창문으로 진짜 총소리가 들렸다. 브뢸 선생은 그 총성이 무엇을 의미하는지 아느냐고 물었다. 우리는 알고 있었다. 그것은 저 위 숲속에서 탈영병이 총살당하는 소리였다. 브륄 선생은 말했다. "우리의 성스러운 독일 영토를 유대계 양키들한테서 지키는 일을 거절하는 자는 모두 저렇게 될 것이다." (나는 얼마 전에 그를 다시 만났다. 그는 이제 늙어서 머리도 하얘졌다. 사범대학 교수인 그는 "과거에 정치적으로 용감했던" 사람으로 인정받고 있다. 나치당에 한 번도 가입하지 않았기 때문이다.)

나는 헨리에테가 탄 전차가 떠나갈 때 다시 한번 손짓을 하고는 우리 집 정원을 지나서 집 안으로 갔다. 부모님은 동생 레오와 함께 벌써 식사중이었다. 밀가루수프가 있었다. 주요리는 소스를 끼얹은 감자였고 후식은 사과였다. 나는 후식을 먹을 때 비로소 어머니에게 헨리에테가 어디로 소풍을 가느냐고 물었다. 어머니는 살짝 웃으면서 말했다. "소풍이라고? 어리석기는. 헨리에테는 대공방위대에 지원하려고 본으로 간 거야. 애야, 사과를 그렇게 두껍게 깎지 마라. 여길 좀 봐." 어머니는 정말 내 접시에서 사과 껍질을 집어들어 요리조리 깎아냈다. 그러고는 절약의 산물인 아주 얇은 사과 조각들을 입안에 넣는 것이었다. 나는 아버지를 응시했다. 아버지는 접시를 보면서 아무 말도 하지 않았다. 레오 역시 말이 없었다. 내가 다시 한번 어머니를 바라보자 어머니는 부드러운 목소리로 말했다. "너도 알게 될 거다. 유대계 양키들을 성스러운 우리 독일 영토에서 다시 몰아내려면 모두 소임을 다해야 한단다." 어머니는 나를 바라보았다. 나는 무서워졌다. 이윽고 같은 시선으로 레오를 응시했다. 어머니는 유대계 양키와 싸우는 전쟁터로 우리 둘 역시 보내기로 마음먹은 듯했다. "성스러운 우리 독일 영토." 어머니가 말을 이었다. "그런데 그 작자들이 벌써 아이펠 지역 깊숙이 들어와 있단다." 나는 웃고 싶은 기분이었다. 그러나 눈물을 터뜨렸고, 과도를 집어 던지고 내 방으로 뛰어갔다. 나는 두려웠다. 그리고 그 이유를 알았지만 말로 표현할 수가 없었다. 그 저주스러운 사과 껍질을 생각하면 미칠 것 같았다. 나는 우리 집 정원에 있는, 더러운 눈에 덮인 독일 영토를, 라인 강 쪽을, 수양버들 저 너머의 지벤 산맥을 쳐다보았다. 나에게는 이 모든 풍경이 보잘것없어 보였다. 나는 그 "유대계 양키들" 중 몇몇을 본 적이 있다. 그들은 화물차에 실려서 베누스베르크에서 저 아래 본으로 수송되는 중이었다. 몸이 꽁꽁 얼어버린 듯한 겁먹은 젊은이들이었다. 내가 유대인들을 보며 무언가 떠올린다면, 그것은 미국인들보다 훨씬 추위에 떠는 듯한 이탈리아인들에게서 느껴지는 것과 같은 어떤 것이었다. 유대인들은 너무 피곤해서 두려움조차 느끼지 못하는 것 같았다. 나는 내 침대 앞의 의자를 걸어찼다. 의자가 쓰러지지 않자 다시 한번 걸어찼다. 의자가 마침내 쓰러졌다. 침대 옆 탁자 위의 유리판이 산산조각 났다. 암청색 모자를 쓰고 배낭을 멘 헨리에테. 그녀는 결코 돌아오지 않았다. 그녀가 어디에 묻혔는지 우리는 아직도 모른다. 전쟁이 끝난 후, 누군가가 우리 집에 와서 "그녀는 레버쿠젠에서 전사" 했노라고 알려주었다.

성스러운 독일 영토에 대한 이런 걱정은, 갈탄 주식의 상당 부분이 두 세대 전부터 우리 소유라는 사실을 생각하면, 희한할 정도로 우스꽝스럽다. 70년 전부터 슈니어 집안은 흙을 파내는 일로 돈을 벌어왔다. 성스러운 독일 영토는 이 일을 견뎌내야 한다. 예리코*의 성벽들처럼 마을과 숲과 성 들이 포크레인에 무너져내린다.

나는 며칠 후에야 비로소 누가 "유대계 양키들"에 대한 저작권을 신청할 수 있을지 알게 되었다. 헤르베르트 칼릭이었다. 당시 열네 살로, 내가 소속된 나치소년대의 대장이었다. 어머니는 관대하게도 그에게 우리 집 정원을 사용하라고 인심을 썼다. 우리 모두가 대전차 로켓포를 조작하는 법을 배울 수 있게 하기 위해서였다. 여덟 살 된 동생 레오도 함께 했다. 나는 동생이 연습용 대전차 로켓포를 어깨에 메고 행진하면서 테니스장을 지나는 모습을 보았다. 얼굴 표정이 진지했다. 아이들한테서나 볼 수 있는 그런 진지함이었다. 나는 레오를 붙들어 세워놓고 물었다. "너 거기서 뭐 하는 거야?" 그러자 그는 아주 진지한 표정으로 말했다. "난 베어볼프**가 될 거야. 형은 아닐걸?" "천만에." 나는 그렇게 말하고 나서 동생과 함께 테니스장을 지나 사격장으로 갔다. 헤르베르트 칼릭이 열 살 나이에 벌써 일등철십자 훈장을 받은 소년에 대해 설명하고 있는 참이었다. 소년은 먼 슐레지엔 지방의 어느 곳에서 대전차 로켓포로 러시아 탱크를 세 대나 해치웠다는 것이다. 그 영웅의 이름이 무엇이냐고 한 아이가 묻자 내가 말했다. "뤼베찰."*** 헤르베르트 칼릭은 얼굴이 샛노랗게 변해서 소리쳤다. "너 이 더러운 패배주의자." 나는 허리를 굽혀 재를 한주먹 집어서 그의 얼굴에 던졌다. 대원들 모두가 나를 덮쳤다. 레오만 중립을 지키며 울었지만 나를 돕지는 않았다. 겁이 난 나는 헤르베르트의 얼굴에 대고 외쳤다. "넌 나치 돼지야." 어디에선가 이 단어를 봤다. 철

도 건널목 앞 차단목에 쓰여 있었다. 나는 그것이 무슨 뜻인지 전혀 알지 못했다. 그러나 이 경우에 적절한 말 같았다. 헤르베르트 칼릭은 즉시 싸움을 중단하고는 공적인 태도를 취했다. 그는 나를 체포했다. 헤르베르트가 내 부모와 브륄 선생과 당원 한 명을 불러 모을 때까지 나는 사격장 창고에 감금되었다. 창고에는 사격판과 지휘봉 들이 널려 있었다. 나는 화가 치민 나머지 울부짖으며 사격판을 짓밟았다. 밖에서 나를 감시하는 소년들에게 거듭 "이 나치 돼지들아" 하고 외쳤다. 한 시간 뒤 나는 심문을 받기 위해 우리 집 거실로 끌려갔다. 브륄 선생은 안절부절못했다. 그는 똑같은 말을 계속했다. "모조리 없애버려요. 깡그리 없애버려요." 나는 그의 말이 육체를 두고 한 말인지, 아니면 소위 정신을 두고 한 말인지 지금까지 알지 못한다. 곧 그의 사범대학 주소로 편지를 써서 사실에 대한 해명을 부탁해야겠다. 이 지역 당 책임자를 대변하는 뢰베니히는 상당히 이성적인 사람이었다. 그는 계속 말했다. "생각해보세요. 이 아이는 아직 열한 살도 되지 않았어요." 나는 그의 말에 거의 진정이 되어서, 어디서 그런 흉한 말을 들었느냐는 그의 질문에 대답까지 했다. "안나베르거가(街)에 있는 건널목 앞 차단목에 쓰여 있었어요." "누가 너한테 말한 게 아니고?" "아니요." 나는 말했다. "이 아이는 자기가 무슨 말을 하고 있는지조차 몰라요." 아버지가 말했다. 아버지는 내 어깨에 손을 얹었다. 브륄 선생은 화난 표정으로 아버지를 바라보았다. 그러고는 두려운 듯 헤르베르트 칼릭 쪽을 보았다. 아버지의 태도가 심지어 아주 악의적인 동조 선언으로 여겨지고 있음이 분명했다. 어머니는 울면서 바보 같은 순진한 목소리로 말했다. "얘는 자기가 무슨 짓을 하고 있는지도 몰라요. 전혀 몰라요. 그렇지 않았다면 나는 저애한테 진작 손을 뗐을 거예요." "그래, 나한테 손 좀 떼." 나는 말했다. 그 모든 일은 엄청나게 큰 우리 집 거실에서 일어났다. 거실은 어두운색으로 칠한 호화스러운 떡갈나무 가구들과, 할아버지의 사냥대회 우승컵들이 놓여 있는 넓은 떡갈나무 선반들 그리고 납유리가 달린 육중한 책장들로 꾸며져 있었다. 나는 아이펠 위쪽에서 나는 대포 소리를 들었다. 20킬로미터도 안 되는 거리였다. 더러 기관총 소리까지 들렸다. 금발에 창백한 얼굴의 헤르베르트 칼릭은 마치 검사나 된 듯 열광적인 표정을 지은 채 손등 마디로 장식물들을 계속 치면서, "강인함, 강인함, 불굴의 강인함"을 요구했다. 나는 정원에서 헤르베르트의 감시 아래 탱크 구덩이를 파라는 선고를 받았다. 오후에도 슈니어 집안의 전통에 따라 독일의 영토를 파헤쳤다. 슈니어 집안의 전통과는 어긋나게 내 손으로 직접 팠지만 말이다. 나는 할아버지가 좋아하는 장미꽃 화단을 가로질러 구덩이를 팠다. 정확히 벨베데레의 아폴로상 모조품을 향해서 말이다. 그 대리석상이 나의 열정적인 흙 파기에 굴복하게 될 순간을 아주 기쁜 마음으로 기다렸다. 그러나 나는 너무 일찍 기뻐했다. 그 대리석상은 게오르크라는 이름의, 얼굴에 주근깨가 난 어린 소년이 쓰러뜨렸다. 대전차 로켓포가 오발되어서 소년과 아폴로상은 함께 공중폭파되었다. 이 사고에 대한 헤르베르트 칼릭의 평은 짧고 간단했다. "다행히도 게오르크는 고아였습니다."

5

　나는 전화번호부에서 이야기해봐야 할 사람들의 번호를 모두 찾았다. 왼쪽에는 내가 돈을 빌릴 수 있는 사람들의 이름을 적어내려갔다. 카를 에몬스, 하인리히 벨렌. 둘 다 학교 친구다. 그중 한 친구는 예전에 신학을 공부했지만 지금은 고등학교 교사다. 다른 친구는 보좌신부다. 그리고 아버지의 애인 벨라 브로젠을 적었다. 오른쪽에는 내가 극단적인 경우에만 돈을 빌리려는 사람들을 써내려갔다. 나의 부모님, 레오(그에게는 돈을 부탁할 수 있었다. 그러나 그는 돈을 가지고 있었던 적이 없다. 그는 가진 것은 전부 남한테 줘버린다), 천주교 모임 회원들인 킨켈, 프레데보일, 블로테르트, 좀머빌트를 적었다. 양쪽 이름 사이에 모니카 질브스를 써넣고 그 이름 주위에 예쁘장한 리본을 그려넣었다. 카를 에몬스에게는 전보를 쳐서 전화해달라고 부탁해야만 했다. 그는 전화가 없다. 나는 모니카에게 맨 먼저 전화하고 싶지만, 그녀는 마지막 순서가 되어야 할 것이다. 내가 그녀를 무시하면, 우리 사이는 물리적으로나 형이상학적으로 점잖지 못한 상태에 놓이게 된다. 나는 이 점에서 끔찍한 상황에 처해 있다. 나는 일부일처주의자다. 마리가 그녀 말대로 "형이상학적인 경악" 때문에 내게서 달아난 이래로 나는 마음에도 없이, 하지만 자연스럽게 독신생활을 하고 있다. 사실 나는 보훔에서 조금은 의도적으로 발을 헛디뎠다. 이미 시작된 순회공연을 중단하고 본으로 가려고 일부러 넘어졌던 것이다. 나는 마리의 종교 서적들에서 "살의 욕망"이라는 말로 잘못 표현된 것 때문에 이제 거의 참을 수 없는 고통을 받고 있다. 모니카에게서 여자에 대한 욕망을 채우기에 나는 모니카를 너무 좋아한다. 종교 서적에 여자에 대한 욕망이라고 쓰여 있다면, 그것은 이미 저속하다. 그러나 "살의 욕망"보다는 훨씬 낫다. 나는 푸줏간 외에는 살과 관련된 것을 알지 못한다. 그리고 푸줏간은 전적으로 고기하고만 관련 있는 것은 아니다. 마리가 나와만 해야 할 그 일을 취프너와 한다고 생각하자 나의 우울증은 절망으로 치달았다. 나는 취프너의 전화번호를 찾아서, 내가 돈을 꿀 생각이 없는 사람들 명단에 적어넣기까지 오랫동안 망설였다. 마리는 당장 돈을 줄 것이다. 자기가 가진 것을 모두 줄 것이다. 그러고는 나를 도와주러 올 것이다. 특히 내 일련의 공연 실패에 대해 알게 될 경우에는 말이다. 그러나 그녀는 동행 없이는 오지 않을 것이다. 6년은 긴 시간이다. 그녀는 취프너의 집에 어울리지 않는다. 그의 아침 식탁에, 그의 침대에 맞지 않는다. 나는 심지어 그녀를 위해 투쟁할 준비가 되어 있다. 비록 투쟁이라는 말이 취프너와의 격투라는 우스꽝스러운 짓거리 같은, 거의 육체와 관련된 생각들만을 불러일으키지만 말이다. 어머니가 나한테는 죽은 존재인 것과는 달리, 마리는 아직 그렇게 죽지 않았다. 나는 기독교인이나 천주교인이 믿는 것과는 다른 의미에서, 살아 있는 자들이 죽었고 죽은 자들이 살아 있다고 생각한다. 대전차 로켓포와 함께 공중폭파된 게오르크 같은 아이는 나한테는 어머니보다 더 살아 있는 존재다. 동작이 서툰 주근깨투성이의 아이가 잔디밭의 아폴로상 앞에 있는 모습을 본다. 헤르베르트 칼릭이 외치는 소리를 듣는다. "그렇게 말고, 그렇게 말고." 폭발 소리를 듣는다. 그리 잦지 않은 몇 번의 비명을, 그리고 칼릭의 소견을 듣는다. "다행히도 게오르크는 고아였습니다." 그리고 30분 후, 내가 재판받았던 곳인 식탁에서 저녁 식사를 하던 중 어머니가 레오에게 말했다. "너는 이 바보 녀석보다는 더 잘할 거야. 그렇지?" 레오가 머리를 끄덕인다. 아버지가 나를 건너다본다. 열 살짜리 아들의 눈에서 아무런 위안을 찾지 못한다.

나의 어머니는 그사이 벌써 몇 년 전부터 인종대립조정 중앙위원회 회장직을 맡고 있다. 어머니는 안네 프랑크 회관으로 간다. 더러는 미국까지 가서 미국의 여성클럽에서 독일 청소년들의 참회에 관한 강연을 하기도 한다. 늘 그 악의 없는 부드러운 목소리로 말이다. 헨리에테를 떠나보낼 때도 그 목소리로 말했을 것이다. "애야, 잘하거라." 이 소리를 나는 전화할 때마다 들을 수 있었다. 헨리에테의 목소리는 더이상 들을 수 없다. 헨리에테는 놀랄 만큼 낮은 목소리와 밝은 웃음소리를 가졌다. 한번은 테니스 시합 도중 손에서 라켓을 떨어뜨렸는데, 그녀는 그 자리에 서서 꿈을 꾸듯 하늘을 바라다보았다. 또 한번은 식사 도중 숟가락을 수프에 빠뜨렸는데, 그때 어머니가 소리를 질렀다. 어머니는 옷과 식탁보에 튄 얼룩 때문에 불만을 늘어놓았다. 헨리에테에게는 아무것도 들리지 않는 듯했다. 다시 정신이 들자 그녀는 수프 접시에서 숟가락을 꺼내 냅킨으로 닦았다. 그리고 식사를 계속했다. 그녀가 세번째로 그런 상태에 빠졌을 때는 벽난롯가에서 카드놀이를 하던 중이었다. 어머니는 무척 화가 치밀어 소리를 질렀다. "이 망할 놈의 몽상." 헨리에테는 어머니를 응시하더니 조용히 말했다. "왜 그래. 난 더이상 흥미가 없을 뿐이야." 그러고는 아직 손에 쥐고 있던 카드를 벽난로 속으로 집어던졌다. 어머니는 카드를 불에서 꺼냈다. 그 와중에 손가락을 데었다. 그러나 불에 그을린 하트 7을 제외하고는 카드를 모두 구해냈다. 어머니는 "아무 일도 없었던" 것처럼 하려고 했지만, 우리는 헨리에테를 생각하지 않고는 더이상 카드놀이를 할 수 없었다. 어머니는 결코 악독하지 않다. 단지 이해할 수 없을 정도로 둔하고 돈을 아낄 뿐이다. 어머니는 새 카드를 사는 것을 참지 못했다. 나는 사람들이 불에 그을린 하트 7을 가지고 여전히 카드놀이를 할 거라고, 그리고 어머니는 그 하트 7이 손에 들어와도 아무 생각도 하지 않을 거라고 믿는다. 나는 헨리에테와 전화하고 싶었다. 그러나 그런 대화를 위한 매체를 신학자들은 아직껏 고안해내지 못했다. 나는 늘 잊어버리곤 하는 내 부모님의 번호를 전화번호부에서 찾았다. 슈니어 알폰스, 사무총장이자 명예박사. 명예박사 칭호는 내게 새로운 것이었다. 전화를 걸면서, 나의 생각은 집으로 가고 있었다. 코블렌츠 거리 아래쪽으로, 에베르트 대로로, 왼쪽으로 꺾어 라인강을 향했다. 걸어서 한 시간이 빠듯하게 걸린다. 벌써 일하는 여자아이의 목소리가 들려왔다.

"슈니어 박사 댁입니다."

"슈니어 부인과 이야기하고 싶은데요." 내가 말했다.

"누구신데요?"

"슈니어입니다. 한스입니다. 지금 말한 슈니어 여사의 친아들입니다." 내가 말했다. 그녀는 침을 삼키고 한동안 생각했다. 나는 6킬로미터 떨어진 전화선 너머로 그녀가 망설이고 있음을 알아챘다. 그런데 그녀에게서 기분 좋은 냄새가 났다. 비누 냄새와 갓 칠한 매니큐어 냄새였다. 그녀는 내 존재를 알고 있는 것이 틀림없었다. 그러나 나에 관한 한 어떤 분명한 지시도 받지 않았다. 아마도 좋지 않은 소문만 들은 것 같다. 외톨박이, 이상한 과격분자.

"농담이 아닌지 확인할 수 있을까요?" 그녀가 마침내 물었다.

"그러지요." 나는 말했다. "필요하다면 어머니의 특징에 대해 이야기해줄 생각이 있어요. 입 아래 왼쪽에 간반(肝斑)이 있지요, 사마귀가……"

여자는 웃으면서 "됐어요" 하고 말했다. 그리고 전화를 연결해주었다. 우리 집 전화 구조는 복잡하다. 아버지 한 사람에게만 연결되는 전화기가 세 대다. 빨간색 전화기는 갈탄 사업용이고, 검은색 전화기는 주식용이다. 그리고 사적인 용도로 쓰는 하얀색 전화기가 있다. 어머니가 쓰는 전화기는 두 대다. 검은색 전화기는 인종대립조정 중앙위원회를 위한 것이고, 하얀색 전화기는 개인적인 통화를 위한 것이다. 어머니의 개인 은행계좌에는 그녀 마음대로 사용할 수 있는 여섯자리 수의 잔고가 있는데도, 전화요금들은(물론 암스테르담이나 다른 곳으로 가는 여비도) 중앙위원회의 계좌에서 빠져나간다. 전화를 바꿔준 아가씨가 연결을 잘못했다. 어머니는 검은색 전화기에 대고 사업적인 태도로 전화를 받았다. "인종대립조정 중앙위원회입니다."

나는 할 말을 잃었다. 어머니가 "슈니어 부인입니다"라고 말했다면, 나는 그냥 "엄마, 나 한스야, 어떻게 지내?"라고 물었을 것이다. 하지만 그 대신 나는 "순회중인 유대계 양키협회 의원입니다. 당신의 따님을 좀 바꾸어주십시오"라고 말했다. 나 자신도 놀랐다. 나는 어머니가 지르는 소리를 들었다. 그러고 나서 어머니는 그녀가 이제 몇 살이 되었는지 분명히 알 수 있게 해주는 한숨을 내쉬었다. 어머니가 말했다. "넌 그걸 결코 잊지 못하나 보구나. 그렇지?" 나는 거의 눈물이 날 지경이어서 나지막이 말했다 "잊어? 엄마, 그걸 잊어야 한다고?" 어머니는 말이 없었다. 늙은 여자의 끔찍한 울음소리가 들렸다. 어머니를 못 본 지 5년이 되었다. 어머니는 지금 틀림없이 예순 살이 넘었을 것이다. 한순간 나는 어머니가 내게 헨리에테를 바꿔줄 수 있을 거라고 정말 믿었다. 어머니는 늘 자기는 "하늘까지도 줄이 닿아 있다"고 말하곤 했다. 어머니는 짓궂게 말한다. 마치 오늘날 너도나도 당에, 대학에, 텔레비전에, 내무부에 줄이 닿아 있다고 말하듯이 말이다.

나는 헨리에테의 목소리를 듣고 싶었다. 그녀가 설령 "아무것도"라거나 "제기랄"이라고 말한다 해도 말이다. 그녀의 입에서 그런 말이 나와도 이상하게 상스럽게 들리지 않았다. 헨리에테는 그 말을 그녀의 신비로운 재능에 대해 말하던 슈니츨러에게 대놓고 했는데, 그때 그 말은 눈처럼 아름답게 들렸다. (작가인 슈니츨러는 전쟁중 우리 집에 살았던 식객들 중 하나였다. 그는 헨리에테가 그녀만의 상태에 빠질 때면, 언제나 신비로운 재능에 관해 말하곤 했다. 그가 그 이야기를 시작하면 헨리에테는 그저 "제기랄"이라고만 말했다.) 그녀는 "내가 오늘 이 바보 애송이 녀석을 또 때려줬어"라고 말하거나 "백작은 기분이 최고였지(La condition du Monsieur le Comte est parfaite)"와 같은 뭔가 프랑스적인 것을 말할 수도 있었을 것이다. 헨리에테는 가끔 나의 숙제를 도와주었다. 그녀가 다른 사람의 숙제는 그렇게 잘하면서 자신의 숙제는 그렇게 형편없이 하는 것을 보고 우리는 웃은 적이 있다.

헨리에테의 목소리 대신 어머니가 내는 늙은 여자 울음소리만 들렸다. 나는 물었다. "아빠는 어떻게 지내?"

"아, 아빠도 이젠 늙으셨단다. 나이를 먹고 지혜로워졌지."

"레오는?"

"아, 레오, 그애는 부지런하지. 부지런해. 사람들은 레오가 신학자가 될 거라고 말한단다."

"맙소사. 하필이면 레오가 신학자가 되다니."

"레오가 개종했을 때, 우리는 말도 못 하게 괴로웠지. 하지만 그 아이가 원하는 대로 되겠지."

어머니는 목소리를 다시 꾹 눌렀다. 순간 나는 여전히 우리 집에 드나드는 슈니츨러에 대해 물어보려고 했다. 그는 살이 좀 투실투실하면서도 세련된 사내였다. 그 당시 그는 늘 고귀한 유럽주의와 게르만인들의 자의식에 대해 열광했다. 나는 훗날 호기심에서 그가 쓴 소설 가운데 『프랑스인의 애정』이라는 작품을 읽은 적이 있다. 제목에서 기대한 것과는 달리 지루했다. 이 소설의 아주 독창적인 면은 포로가 된 주인공인 프랑스 대위가 금발이라는 것과 여주인공인 모젤 강변의 아가씨가 흑발이라는 것이다. 헨리에테가 "제기랄"이라고 말할 때면 (모두 두 번 말했던 것 같은데) 그는 항상 어깨를 움찔하면서 소스라쳤다. 그리고 신비로운 재능은 "추한 단어들을 내뱉으려는 충동적 욕망"과 반드시 함께한다고 주장했다. (그러나 헨리에테는 전혀 충동적이지 않았다. 결코 단어를 "내뱉지"도 않았다. 그저 혼잣말을 했을 뿐이다.) 그리고 그 증거로 괴레스가 쓴 다섯 권짜리 책『기독교의 신비』를 가져왔다. 그것은 물론 슈니츨러의 소설에서 정교하게 다루어졌다. "시심(詩心)이 어려 있는 프랑스의 포도주 이름들은 마치 사랑하는 사람들이 서로를 축하하기 위해 맞부딪치는 크리스털잔 같은 소리를 낸다." 이 소설은 비밀 결혼으로 끝이 난다. 그러나 이 비밀 결혼 장면 때문에 슈니츨러는 제국작가위원회의 눈 밖에 났다. 결국 열 달 동안 저술 금지 처분을 받았다. 미국인들은 그가 문화계의 투사였다며 그를 두 팔 벌려 환영했다. 지금 그는 본을 주름잡고 다니면서 기회가 있을 때마다 자신은 나치에게 저술 금지 처분을 받았다고 이야기한다. 그런 위선자는 자기 자리를 단단히 하려고 거짓말할 필요조차 없다. 그는 우리를 부역에 내보내라고, 나는 히틀러소년단에, 헨리에테는 히틀러소녀단에 가입시키라고 어머니에게 강요했던 자다. "부인, 우리는 지금 뭉쳐야만 합니다. 함께해야 합니다. 고통을 함께해야 합니다." 나는 아버지의 궐련 하나를 손에 든 채 벽난로 옆에 서 있는 그를 본다. "내가 부당하게 희생당했다고 나의 명백한 객관적 통찰이 흐려질 수는 없지요. 총통은……" 그의 목소리는 정말로 떨렸다. "총통은 이미 구원을 손에 쥐고 있어요." 미군이 본을 점령하기 하루 반나절 전에 그가 한 말이었다.

"슈니츨러는 대체 뭐 하는데?" 어머니에게 물었다.

"대단해." 어머니가 말했다. "외무부에서 그 사람 없이는 전혀 일이 안 된대." 어머니는 물론 그 모든 일을 잊어버렸다. 그런데 아주 놀랍게도 유대계 양키들이 어머니한테서 기억들을 불러오고 있다. 나는 이제 그렇게 어머니와 전화로 대화를 시작한 것을 더이상 후회하지 않는다.

"할아버지는 뭐 하셔?" 나는 물었다.

"놀라울 만큼 건강하시단다. 곧 아흔번째 생신을 맞이하시지. 어떻게 그럴 수 있는지 수수께끼란다."

"아주 간단해." 나는 말했다. "그런 노인들은 기억이나 양심의 고통 때문에 힘을 소진하지 않거든. 할아버지는 집에 있어?"

"아니. 지금은 이시아에 가 계시단다. 6주간 머무르실 거야."

우리는 둘 다 말이 없었다. 나는 여전히 내 목소리에 자신이 없었다. 어머니는 다시 확신에 꽉 차 있었다. 어머니가 물었다. "네가 전화한 진짜 목적은…… 듣자하니, 너 다시 생활이 어렵다던데. 사람들이 그러더구나, 직업운이 나쁘다고."

"그래? 내가 엄마 아빠 돈에 손댈까봐 걱정되나보지. 하지만 엄마, 전혀 그런 걱정할 필요 없어. 엄마 아빠는 나한테 한 푼도 안 주잖아. 법적인 절차를 밟을 생각이야. 나 돈이 좀 필요하거든. 미국 가려고. 미국에서 어떤 사람이 내게 기회를 줬어. 그런데 유대계 양키야. 그렇지만 난 무슨 일이든 다 할 거야. 인종 대립이 생기지 않도록." 어머니는 이제 울지 않았다. 수화기를 내려놓기 전에 나는 어머니가 무언가 원칙들에 대해서 말하는 것을 들었을 뿐이다. 그건 그렇고, 평소에 나던 냄새가 어머니한테 났다. 즉 아무 냄새도 나지 않았다. 그녀의 원칙들 가운데 하나는 "숙녀는 어떤 종류의 냄새도 발산해서는 안 된다"는 것이었다. 아마도 바로 그 때문에 아버지에게 예쁜 애인이 있는지도 모르겠다. 그녀는 어떤 종류의 냄새도 발산하지 않음이 분명했다. 그러나 냄새가 좋은 여자 같아 보인다.

6

나는 손에 닿는 방석이란 방석은 모두 집어서 등 뒤에 받쳤다. 부상당한 다리를 높이 올리고 전화기를 가까이 끌어당겼다. 그리고 부엌으로 가서 냉장고를 열고 코냑을 가져와야 하는 것은 아닌가 생각했다.

"직업운"이 나쁘다는 말이 어머니의 입에서 나오니 특히 악의적으로 들렸다. 어머니는 승리의 기쁨을 억누를 수 없었던 것이다. 이곳 본에서 아직 누구도 내 실패에 대해 알지 못할 거라고 생각했다면, 내가 너무 순진한 건지도 모른다. 어머니가 알았다면 아버지가 알 테고, 그렇다면 레오도 알 것이다. 레오를 통해서 취프너가, 모임 전체가, 그리고 마리가 알게 된다. 그것은 마리를 나보다 더 심하게 괴롭힐 것이다. 내가 폭음하는 습관을 다시 완전히 버린다면, 나는 내 매니저 초너러가 "평균 그 이상"이라고 표현한 수준에 금세 도달할 것이다.

그리고 그것으로 내가 시궁창까지 가는 데 걸리는 22년의 시간을 보내기에 충분하다. 초너러가 늘 칭찬하는 것은 나의 "광범위한 직업적 토대"다. 그는 어차피 예술에 대해 아무것도 모른다. 그는 예술을, 거의 천재적이다 싶을 정도로 단순하게 성공 여부에 따라 평가한다. 그는 직업에 대해서는 좀 이해한다. 그는 내가 앞으로 20년은 일당 30마르크 이상을 벌면서 공연을 다닐 수 있음을 잘 안다. 마리는 다르다. 그녀는 "예술가적 몰락"과, 그리고 나 자신은 전혀 끔찍하게 느끼지 않는 나의 불행을 슬퍼할 것이다. 바깥에 있는 사람은—이 세상에서는 누구나 다른 사람의 바깥에 있다—문제의 안에 들어 있는 사람보다 늘 더 나쁘게 생각하거나, 아니면 더 좋게 생각한다. 그 문제는 행운이나 불행, 사랑의 번민이나 "예술가적 몰락"일 수도 있다. 그러나 곰팡내 나는 홀에서 천주교 주부들이나 개신교 간호사들 앞에서 훌륭한 광대짓을 하든지, 아니면 그저 바보짓거리만을 하든지 나는 아무래도 상관없다. 그러나 그러한 종교단체들은 사례금에 대해 잘못된 생각들을 한다. 물론 그런 단체들의 여성 대표는 아무리 착해도 50마르크를 상당한 액수라고 생각한다. 그런 금액을 한 달에 스무 차례 받는다면 그는 분명 문제없이 잘 지낼 거라고 믿는다. 그러나 그 여성 대표에게 내 화장품 계산서를 보여주면서, 연습하는 데 60제곱미터보다 좀더 큰 호텔 방이 필요하다고 말하면, 그녀는 내 애인이 시바의 여왕처럼 돈이 많이 드는 여자라고 생각할 것이다. 그러나 내가 거의 반숙 달걀과 고기수프, 고기경단 그리고 토마토만 먹고 산다고 말하면, 그녀는 성호를 그으면서 내가 점심을 "실하게" 먹지 않아서 영양실조에 걸렸다고 생각할 것이다. 내가 개인적인 빚을 지게 된 것은 석간신문들과 담배 그리고 '이봐 화내지 마' 게임* 때문이라고 계속 이야기하면, 그녀는 나를 아마 야바위꾼이라고 여길 것이다. 누군가와 돈이나 예술에 대해 이야기하는 것을 나는 오래전에 포기했다. 돈과 예술이 만나는 곳에서는 일이 제대로 되는 법이 결코 없다. 예술에는 돈을 너무 적게 지불하거나 너무 많이 지불하게 마련이다. 나는 영국의 어느 방랑서커스단에서 한 어릿광대를 본 적이 있다. 그는 나보다 재능 면에서 스무 배나, 그리고 예술 면에서 열 배나 더 뛰어났다. 그런데 하루에 받는 보수는 10마르크도 안 되었다. 제임스 엘리스라는 그 어릿광대는 이미 사십대 후반에 접어들었다. 내가 그를 저녁 식사에 초대했을 때—햄오믈렛과 샐러드와 사과파스타를 내놓았다—그는 메스꺼움을 느꼈다. 한 끼 식사로 그렇게 많이 먹어본 것이 10년은 되었다. 제임스를 알게 된 뒤로 나는 더이상 돈과 예술에 대해 말하지 않는다.

나는 상황을 되는 대로 받아들인다. 그러고는 시궁창을 생각한다. 하지만 마리는 전혀 다르게 생각한다. 그녀는 노상 "교시(敎示)"에 관해 말한다. 내가 무엇을 하든 만사는 하나님의 교시라는 것이다. 나는 그로 인해 명랑하며, 그로 인해 나름대로 경건하고, 그로 인해 정결하다는 것이다. 계속 그런 식이다. 천주교인들의 머릿속에 떠오르는 생각들은 오싹하다. 그들은 어떤 구실 없이는 좋은 포도주 한번 마셔볼 수 없다. 그들은 무슨 일이 있어도 포도주가 얼마나 좋은지, 왜 좋은지 "의식"해야만 한다. 천주교인들은 의식에서만큼은 마르크스주의

---

* 독일에서 대중적인 보드게임의 일종.

자들에게 뒤지지 않는다. 몇 달 전에 기타를 사서 우선 내가 작사 작곡한 노래들을 기타 반주에 맞춰 부를 거라고 하자 마리는 경악했다. 그것은 내 "수준" 이하라는 것이었다. 나는 시궁창 밑에는 하수도만 있을 뿐이라고 말했다. 마리는 내가 무슨 말을 하는지 이해하지 못했다. 나는 어떤 생각을 설명하기를 싫어한다. 사람들은 나를 이해하거나 이해하지 못한다. 나는 결코 해석학자가 아니다.

사람들은 내 꼭두각시 끈이 끊어졌을 거라고 말할 수 있었을 것이다. 그러나 그 반대다. 나는 그 끈을 손에 꽉 쥐고 있었다. 그곳 보훔의 클럽 무대 위에서, 무릎을 다친 채 술에 취해 누워 있는 내가 보였다. 홀에서 웅성대며 동정하는 소리가 들려왔다. 나 자신이 뻔뻔하다고 생각되었다. 나는 그만큼의 동정을 받을 자격이 없었다. 몇몇 야유의 휘파람 소리가 차라리 어울렸으리라. 내가 상처를 입은 것이 사실이기는 했지만, 다리를 절뚝거리는 것은 그 상처 때문만은 아니었다. 나는 마리를 되찾고 싶었다. 오로지 마리의 책 속에 "살의 욕망"이라고 표현되어 있는 그 일을 위해, 내 식대로 투쟁을 시작했던 것이다.

7

　내가 스물한 살, 마리가 열아홉 살이던 어느 날 저녁, 나는 남자와 여자가 함께 하는 그 일을 마리와 함께 하려고 곧장 그녀의 방으로 갔다. 나는 오후에 이미 그녀가 취프너와 함께 있는 것을 보았다. 둘은 손을 잡고 웃으며 기숙사를 나오고 있었다. 나는 마음이 몹시 상했다. 그녀는 취프너의 소유물이 아니었다. 그렇게 주책없이 손을 맞잡고 있는 것이 내 마음을 상하게 했다. 이 도시 사람들은 거의 다 취프너를 알고 있다. 그것은 주로 나치에게 박해받았던 그의 아버지 때문이었다. 그는 고등학교 교사였는데 전쟁 후 곧장 그 학교 교장으로 가라는 제안을 마다했다. 누군가는 그를 장관까지 시키려고 했다. 그러나 그는 화를 내면서 말했다. "나는 선생이오. 그러니까 다시 선생이 되고 싶소." 그는 키가 컸고 과묵해서 교사로서는 좀 지루하다고 여겨졌다. 그가 독일어 교사를 대신해서 수업한 적이 있다. 그는 아름답고 젊은 릴로페*에 관한 시를 우리에게 낭독했다.

학교 일에 대한 나의 판단은 아무 의미도 없었다. 나를 법률상 지정된 기간 이상으로 학교에 보내는 것은 잘못이었다. 법률상의 기간조차 너무 길었다. 나는 학교 때문에 교사들을 비난한 적이 결코 없다. 단지 나의 부모를 비난했다. "그는─대학─입학─시험을─봐야─한다"는 생각은 원래 인종대립조정 중앙위원회에서 다루어야 할 사안이다. 그것은 사실 인종문제다. 입학시험 합격자와 불합격자, 평교사와 주임교사, 학자와 비학자, 순전히 인종문제다. 취프너의 아버지는 시를 낭독하고 나서 잠시 기다렸다. 그러더니 미소를 지으면서 물었다. "자, 누구 이 시에 대해 말해보고 싶은 사람 없나?" 나는 벌떡 일어나서 말했다. "시가 훌륭하다고 생각합니다." 그 말에 반 전체가 웃음을 터뜨렸다. 취프너의 아버지만 웃지 않았다. 그는 미소를 지었다. 그러나 거만한 태도는 아니었다. 나는 그가 아주 친절하다고 생각했다. 단지 좀 재미없었을 뿐이다. 나는 그의 아들은 잘 알지 못했지만 그의 아버지에 대해서보다는 잘 알았다. 한번은 운동장 옆을 지나간 적이 있다. 그때 취프너는 또래들과 축구를 하고 있었다. 내가 서서 그들을 지켜보자 그는 나를 향해 외쳤다. "같이 하지 않을래?" 나는 곧장 그러겠다고 대답하고 취프너의 상대 팀의 왼쪽 공격수로 뛰었다. 경기가 끝나자 취프너가 말했다. "같이 가지 않을래?" "어디를?" "기숙사 야간 모임에." "하지만 난 천주교인이 아닌데." 그가 웃었다.

---

* 독일 옛 민요에 나오는 왕의 딸.

다른 아이들도 함께 웃었다. 취프너가 말했다. "노래 부를 거야. 너 노래하는 거 좋아하잖아." "좋아해. 그렇지만 모임이라면 지긋지긋해. 2년 동안 기숙사에서 살았거든." 그는 웃었다. 그러나 마음이 상한 표정이었다. 그는 말했다. "생각 있으면 다시 축구하러 와." 나는 그 뒤 몇 번 더 그애들과 축구를 했고, 함께 아이스크림을 먹으러 갔다. 그는 나를 다시는 그 기숙사 모임에 초대하지 않았다. 같은 기숙사에 있는 마리가 또래 아이들과 야간 모임을 가졌다는 사실을 알았다. 나는 그녀를 잘 알았다. 아주 잘 알았다. 그녀의 아버지와 자주 함께 있었기 때문이다. 나는 그녀가 또래 여자애들과 함께 피구를 하는 저녁이면, 가끔씩 운동장으로 가서 그들을 지켜보았다. 정확히 말하자면, 그녀를 지켜보았다. 그녀는 경기 도중 자주 나를 향해 윙크를 보내면서 미소를 지었다. 나 역시 윙크로 응하면서 미소를 지었다. 우리는 서로 아주 잘 알았다. 그 당시 나는 그녀 아버지에게 자주 갔다. 그가 내게 헤겔이나 마르크스에 대해 이야기하려고 하면, 그녀는 종종 곁에 와서 앉았다. 그러나 집에서는 내게 웃어주는 일이 한 번도 없었다. 그날 오후 그녀가 취프너와 손을 잡고 기숙사를 나오는 것을 보자 나는 불쾌했다. 어찌할 바를 몰랐다. 나는 김나지움 6학년 때 스물한 살의 나이로 자퇴했다. 신부들은 내게 아주 친절했다. 그들은 나를 위해 송별회까지 열어주었다. 맥주와 빵과 담배, 그리고 담배를 피우지 않는 사람들을 위해 초콜릿을 차려놓았다. 나는 동급생들에게 온갖 쇼를 보여주었다. 천주교 신부의 설교, 개신교 목사의 설교, 월급봉투를 쥔 노동자, 갖가지 소극, 채플린 흉내를 보여주었다. 심지어 고별사까지 했다. '대학입학시험이 영원한 은총의 필수 요소라는, 잘못된 생각에 관하여'라는 제목이었다. 화려한 고별식이었다. 그러나 집에서는 몹시 화가 나 있었다. 어머니는 내게 화를 냈다. 아버지한테 나를 "탄갱"에 처박으라고 했다. 아버지는 내게 뭐가 되려고 그러느냐고 계속 물었다. "어릿광대요." "연극배우가 되겠다는 말이냐. 좋다. 너를 연극학교에 보낼 수도 있지." "아니요." 나는 말했다. "연극배우가 아니라 어릿광대요. 학교 같은 건 나한테는 아무 쓸모 없어요." "도대체 무슨 생각을 하는 거니?" "아무것도요." 나는 말했다. "아무 생각도 안 해요. 그냥 도망갈 거예요." 끔찍한 두 달이었다. 내게 정말로 도망갈 용기가 없었기 때문이다. 밥을 먹을 때마다 어머니는 내가 마치 범죄자라도 되는 양 나를 바라보았다. 어머니는 몇 년 동안 떠돌이 식객들을 데리고 있었다. 그들은 "예술가와 시인들"이었다. 속물인 슈니츨러와 그루버. 그루버, 그자는 그렇게 나쁜 사람은 아니었다. 뚱뚱하고 지저분하고 과묵한 서정시인인데, 반년 동안 우리 집에 있으면서 시는 단 한 줄도 쓰지 않았다. 그가 아침마다 밥 먹으러 내려올 때면, 어머니는 그를 쳐다보았다. 그가 밤새 악마와 고투한 흔적을 발견하기를 기대하는 듯했다. 그를 바라보는 어머니의 모습은 거의 외설적이었다. 그는 어느 날 흔적도 없이 사라졌다. 우리 아이들은 그가 묵었던 방에서 다 해진 한 무더기의 추리소설들을 발견하고 경악했다. 책상 위에는 메모지가 몇 장 놓여 있었는데, 거기에는 "무(無)"라는 단어 하나만 쓰여 있었다. 한 메모지에는 그 단어가 두 번 적혀 있었다. "무, 무." 그런 사람들을 위해 어머니는 심지어 지하실까지 내려가 비축용 햄을 가져왔다. 만일 내가 아주 커다란 이젤을 장만해서 거대한 화폭 위에 바보 같은 것을 그렸다면 어머니는 내 삶과 타협할 수도 있었으리라고 나는 생각한다. 어머니는 이렇게 말할 수 있었으리라. "우리 한스는 예술가예요. 곧 자기 길을 찾게 될 거예요. 아직 싸우는 중이죠." 그러나 나는 좀 나이 든 김나지움 6학년생 외에 아무것도 아니었다. 그에 대해 어머니가 아는 것은 "이런저런 익살을 꽤 잘" 부릴 줄 안다는 것뿐이었다. 나는 약간의 음식물 때문에 "나의 자격을 시험"하는 것을 물론 거부했다. 그래서 나는 하루의 반나절은 마리의 아버지인 데르쿰 노인의 가게 일을 거들어주면서 보냈다. 상황이 좋지 않은데도 그는 내게 담배를 선사했다. 내가 그런 식으로 집에서 보낸 것은 겨우 두 달뿐이었다. 그러나 두 달은 내게 전쟁보다 길게, 마치 영원처럼 느껴졌다. 마리를 보는 경우는 드물었다. 대학입학시험 준비에 한창이던 마리는 학교 친구들과 함께 공부했다. 나는 가끔 데르쿰 노인의 말을 듣지 않고 부엌문 쪽만을 노려보다가 들키기도 했다. 그러면 그는 머리를 저으면서 말했다. "마리는 오늘 늦게야 와." 나는 얼굴을 붉혔다.

어느 금요일이었다. 나는 데르쿰 노인이 금요일 저녁마다 영화관에 간다는 사실을 알고 있었다. 그러나 마리가 집에 있는지, 아니면 친구 집에서 시험 때문에 벼락치기 공부를 하고 있는지 알지 못했다. 나는 아무것도 생각하지 않았다. 그럼에도 불구하고 거의 모든 것을 생각했다. 심지어 마리가 "그후"에도 시험을 볼 상태가 될지도 생각했다. 그리고 나는, 나중에 확인한 것처럼, 그 유혹에 본의 절반이 격분하리라는 것뿐만 아니라 "더구나 그렇게 대학입학시험 직전에"라고 토를 달리라는 것을 이미 알고 있었다. 나는 마리의 친구들 가운데 그 일 때문에 실망할 여자애들까지도 생각했다. 나는 언젠가 기숙사에서 한 소년이 "세밀한 신체 부위들"이라고 말했던 것에 대해 엄청난 두려움을 느꼈다. 그리고 정력의 문제가 나를 불안하게 했다. 놀라운 것은 내가 "살의 욕망"을 조금도 느끼지 못했다는 점이다. 그녀의 아버지가 내게 준 열쇠를 가지고 집으로 들어가서 마리의 방으로 가는 것은 옳은 일이 아니라고 생각했다. 그러나 그 열쇠를 이용하는 것 외에 다른 선택의 여지가 전혀 없었다. 마리의 방에 난 하나뿐인 창문은 길 쪽을 향해 있었다. 게다가 새벽 2시까지 시끌벅적해서 나는 결국 경찰서로 가게 될지도 몰랐다. 그런데 나는 그 일을 오늘 마리와 해야만 했다. 나는 약제상회에서 동생 레오에게 빌린 돈으로 약까지 샀다. 학교에서 아이들이 남성의 힘을 증강시킨다고 떠들어댔던 약이었다. 약제상회로 들어갈 때 나는 얼굴이 새빨개졌다. 다행히도 남자 점원이었다. 그러나 내가 너무 작은 소리로 말하자 점원은 무엇을 원하느냐며 "크고 분명하게" 말하라고 나한테 소리를 질렀다. 나는 약 이름을 말했다. 나는 약을 받아들고 여주인에게 돈을 지불했다. 그녀는 고개를 설레설레 흔들면서 나를 바라보았다. 물론 여주인은 나를 알고 있었다. 다음 날 아침 무슨 일이 일어났는지 알게 되면 그녀는 황당한 생각을 할 것이다. 나는 두 개의 다른 거리를 지나면서 약갑을 열어 알약을 죄다 하수구에 쏟아버렸다.

영화가 시작되는 7시에 나는 구데나우크 골목으로 들어섰다. 열쇠를 여전히 손에 쥐고 있었다. 그러나 가게 문은 아직 열려 있었다. 가게 안으로 들어가자 위쪽에서 마리가 복도로 고개를 내밀고 외쳤다. "여보세요, 거기 누구 있어요?" "응, 나야." 나는 계단을 뛰어올라갔다. 내가 손도 대지 않은 채 그녀를 서서히 그녀의 방으로 몰아넣자 그녀는 놀라서 나를 주시했다. 우리는 평소 서로 말을 많이 하지 않았다. 늘 서로 바라보면서 미소만 지었다. 나는 그녀에게 말을 놓아야할지 높여야 할지 몰랐다. 그녀는 자기 어머니에게 물려받은 다 해진회색 목욕가운을 걸치고 있었다. 검은 머리는 뒤쪽에서 녹색 끈으로묶여 있었다. 나중에 그 끈을 풀면서, 나는 그것이 그녀 아버지의 낚싯줄 중 일부분임을 알았다. 그녀가 깜짝 놀라는 바람에 나는 아무 말도 할 필요가 없었다. 그녀는 내가 무엇을 원하는지 정확히 알았다.“가.” 그녀가 말했다. 그러나 그녀는 그저 반사적으로 말했을 뿐이다.나는 그녀가 그렇게 말할 수밖에 없음을 알았다. 그 말이 반사적인 만큼 또한 진심이었음을 우리 둘 다 알았다. 그러나 그녀가 내게 “가세요”가 아니라 “가”라고 말했을 때 일은 이미 결정되었다. 그 한마디속에는 내게 평생 충분하다고 생각될 만큼의 다정함이 담겨 있었다.나는 하마터면 울 뻔했다. 그녀는 그 한마디를, 내가 올 것을 그녀가알고 있었다는 확신이 들게끔 말했다. 어쨌든 그녀는 완전히 놀란 것같지는 않았다. “아니, 아니. 난 안 가. 도대체 내가 어디로 가겠어?”그녀는 머리를 가로저었다. “20마르크 꿔서 쾰른으로 가서 너랑 결혼할까?” “아니, 쾰른에 가지 마.” 나는 그녀를 응시했다. 이제 불안감은 거의 사라졌다. 나는 더이상 애가 아니었다. 그녀도 이제는 여자였다. 나는 그녀가 목욕가운을 여미는 모습을 바라보았다. 창가에 놓인그녀의 책상을 바라보았다. 다행히도 학용품들이 하나도 놓여 있지않았다. 바느질 도구와 옷본만 있었다. 나는 가게로 뛰어내려가 문을잠갔다. 그리고 50년 전부터 해왔던 대로, 열쇠를 비단방석과 줄 쳐진공책 사이에 놓았다. 다시 위층으로 올라갔을 때 마리는 침대에 앉아

56

서 울고 있었다. 나는 마리 침대의 다른 쪽 모서리에 앉아 담배에 불을 붙여서 마리에게 주었다. 마리에게는 태어나서 처음 피우는 담배였다. 서툴렀다. 우리는 웃을 수밖에 없었다. 그녀는 우스꽝스러운 모습으로 담배 연기를 내뿜었다. 뾰족 내민 입이 거의 요염할 정도였다. 어쩌다 그녀의 코에서 연기가 나오자 나는 웃었다. 그 모습이 마치 타락한 여자처럼 보였다. 드디어 우리는 이야기를 하기 시작했다. 우리는 많은 이야기를 했다. 그녀는 돈을 위해 "그 일"을 하는, 그리고 그 일이 돈벌이가 될 수 있다고 믿는 쾰른의 여자들에 대해 생각한다고 말했다. 그러나 그것은 돈벌이가 될 수 없으며, 그렇게 그곳에 가는 남편을 둔 여자들은 그네들에게 신세를 지고 있다고 말했다. 마리는 자기는 그 여자들의 신세를 지고 싶지 않다고 했다. 나도 말을 많이 했다. 나는 소위 육체적 사랑과 그 밖의 다른 사랑에 대해 내가 읽은 모든 것을 다 무의미하게 생각한다고 말했다. 나는 육체적 사랑과 그렇지 않은 사랑을 분리할 수 없다고 했다. 그녀는 자기를 예쁘다고 생각하느냐고 그리고 사랑하느냐고 물었다. 나는 "그 일"을 함께 하고 싶은 유일한 여자는 그녀라고 말했다. 그 일을 생각할 때면 오로지 그녀만을 생각했노라고, 기숙사 시절에도 마찬가지였다고 했다. 항상 그녀만을 생각한다고 말해주었다. 마침내 마리는 일어서서 욕실로 갔다. 나는 그녀의 침대에 앉아서 계속 담배를 피웠다. 그리고 하수구에 쏟아버린 그 흉측한 알약들을 생각했다. 다시 두려워졌다. 욕실로 다가가서 문을 두드렸다. 마리는 잠시 머뭇거리더니 들어오라고 말했다. 나는 들어갔다. 그녀를 보자 다시 불안감이 사라졌다. 모발용 향수로 머리 마사지를 하는 그녀의 얼굴에서 눈물이 흐르고 있었다. 그녀는 분을 두드렸다. 내가 물었다. "도대체 여기서 뭘 하는 거야?" "화장하는 중이야." 그녀가 말했다. 분을 두껍게 바른 그녀의 얼굴에 눈물이 흘러 도랑을 이루었다. "설마 곧 가려는 건 아니겠지?" 마리가 물었다. "안 갈 거야." 내가 대답했다. 마리는 화장수로 가볍게 얼굴을 닦았다. 나는 욕조 가장자리에 앉아서 두 시간이면 충분할지 생각했다. 이미 반 시간 이상을 잡담으로 흘려보냈다. 학교에는 이런 특별한 문제들을 담당하는 전문가들이 있었다. 여자아이를 여자로 만드는 일이 얼마나 어려운 일인가 하는 문제 말이다. 나는 지그프리트를 먼저 보내야만 했던 군터를 생각했다. 그리고 그 일 때문에 생긴 끔찍스러운 니벨룽겐의 살육을 생각했다. 학교에서 니벨룽겐 전설에 대해 토론할 당시, 나는 자리에서 일어나서 부니발트 신부에게 말했다. "브룬힐트는 원래 지그프리트의 부인이었잖아요." 신부는 미소를 지으면서 말했다. "학생, 그렇지만 그는 크림힐트와 결혼했지." 나는 화가 치밀어서 "신부다운" 해석이라고 말했다. 부니발트 신부는 격분하여 손가락으로 교단을 두드렸다. 그러고는 자신의 권위를 내세워 "그런 식의 모욕"을 금지했다.

나는 일어서서 마리에게 말했다. "울지 마." 마리는 울음을 멈추고 분첩으로 눈물 자국을 말끔히 지웠다. 우리는 그녀의 방으로 가기 전에 복도 창가에 서서 거리를 내다보았다. 1월이었다. 거리는 젖어 있었다. 아스팔트 위로 가로등 불빛이 누렇게 반사되었다. 건너편 야채 가게 위의 광고판이 녹색으로 빛나고 있었다. 에밀 슈미츠라고 쓰여 있었다. 나는 슈미츠를 알고 있었다. 그러나 그의 이름이 에밀인지는 몰랐다. 에밀이라는 이름이 슈미츠라는 성에 어울리지 않는 것 같았다. 마리의 방으로 들어가기 전, 나는 살그머니 문을 열어 방 안의 불을 껐다.

마리의 아버지가 집에 돌아왔을 때 우리는 아직 자지 않고 있었다. 거의 11시였다. 계단을 올라오기 전에 그가 아래층 가게에서 담배를 가져오는 소리가 들렸다. 우리는 뭔가 엄청난 일이 일어났음을 그가 눈치챈 것이 틀림없다고 생각했다. 그러나 그는 아무것도 눈치채지 못했다. 그저 잠시 문에 귀를 기울였을 뿐이다. 그러고는 위로 올라갔다. 바닥에 신을 벗어 던지는 소리가 들렸다. 한참 후, 그가 자면서 기침하는 소리가 들렸다. 나는 그가 이 일을 어떻게 받아들일지 생각해보았다. 그는 더이상 천주교인이 아니었다. 이미 오래전에 교회를 떠났다. 나와 함께 있을 때면 그는 늘 "시민사회의 위선적인 성도덕"을 비난했다. "신부들이 결혼을 가지고 부리는 속임수"에 분노했다. 그러나 나는 내가 마리와 함께 한 그 일을 그가 소음 없이 받아들일지 확신하지 못했다. 나는 그를 아주 좋아했다. 그도 나를 좋아했다. 나는 밤중에 일어나서 그의 방으로 가 모든 것을 말하려고 했다. 그러나 나는 스물한 살로 나이도 먹을 만큼 먹었고, 마리도 열아홉 살이니 들 만큼 든 나이라고 생각했다. 특정 형태의 남성적인 솔직함은 침묵보다 더 난처하다는 생각이 들었다. 게다가 그 일은 내가 생각했던 것만큼 마리 아버지에게 중요하지 않음을 알았다. 오후에 그한테 가서 "데르쿰 씨, 오늘 밤에 따님 곁에서 자겠습니다"라고 말할 수도 있었을 것이다. 그렇다면 무슨 일이 있었는지 그는 알 수 있었을 것이다.

잠시 후 마리가 일어섰다. 어둠 속에서 내게 키스하더니 침대보를 벗겼다. 방 안은 무척 어두웠다. 밖에서는 불빛 한 가닥 들어오지 않았다. 우리는 두꺼운 커튼을 쳤다. 나는 그녀가 지금 한 일, 즉 침대보를 벗기고 창문을 여는 일을 어디서 알게 되었는지 생각해보았다. 그녀가 내게 속삭였다. 난 욕실로 가니까 넌 여기서 씻어. 그녀는 내 손을 침대 바깥으로 잡아끌었다. 그리고 어둠 속에서 내 손을 잡고 세면대가 있는 구석으로 끌고 가더니 내 손을 세숫물 항아리와 비누갑과 세숫대야에 갖다 댔다. 그러고는 침대보를 겨드랑이에 끼고 방을 나갔다. 나는 씻고 다시 침대에 누웠다. 마리가 그 깨끗한 빨래를 갖고 어디로 가서 그렇게 오랫동안 있는지 궁금했다. 나는 기진맥진했다. 저주받은 군터를 두려움 없이 생각할 수 있다는 사실이 기뻤다. 그러자 마리에게 무슨 일이 일어날 수도 있다는 두려움이 생겼다. 기숙사에서는 미주알고주알 다 이야기한다. 침대보도 없이 그냥 매트에 눕는 것이 기분 좋지는 않았다. 매트가 낡고 해졌다. 나는 팬티만 입고 있어서 추웠다. 나는 다시 마리의 아버지를 생각했다. 사람들은 모두 그를 공산주의자라고 여긴다. 그러나 전후에 다들 그가 시장이 되어야 한다고 했을 때, 공산주의자들은 그가 시장이 되지 못하도록 애썼다. 내가 나치를 공산주의자들과 비교할 때면, 그는 늘 분노해서 이렇게 말했다. "이보게, 사람이 연성(軟性)비누 공장이 주도한 전쟁중에 죽는가, 아니면 자기가 옳다고 믿는 일을 위해서 죽는가 하는 것에는 차이가 있다네." 그가 정말 어떤 사람이었는지 나는 지금까지도 모른다. 킨켈이 언젠가 내 면전에서 그를 "천재적인 파벌주의자"라고 불렀을 때, 나는 킨켈의 얼굴에 하마터면 침을 뱉을 뻔했다. 데르쿰 노인은 내가 존경하는 몇 안 되는 사람들 중 하나였다. 그는 마른 체격에 신랄했고 보기보다 훨씬 젊었다. 그리고 담배를 너무 많이 피워서 호흡장애가 있었다. 마리를 기다리는 내내 그가 위층 침실에서 기침하는 소리가 들렸다. 나 자신이 야비하게 생각되었다. 하지만 내가 야비하지 않다는 사실을 나는 알았다. 그가 내게 이렇게 말한 적이 있다. "자네 아는가, 자네 부모들 집안 같은 부유한 집안에서는 왜 하녀 방을 다 자란 남자애들 방 옆에 붙여놓는지? 내가 말해주지. 그건 본성과 자비에 대한 아주 오래된 사념 때문이지." 나는 그가 내려와서 마리의 침대에 있는 나를 놀래주길 바랐다. 그러나 위로 올라가는 일은, 말하자면 보고를 하는 일은 하고 싶지 않았다.

밖은 이미 환해졌다. 추웠고, 마리 방의 궁핍함이 내 마음을 짓눌렀다. 데르쿰 집안은 이미 오래전에 몰락했다고 여겨졌다. 사람들은 그 몰락을 마리 아버지의 "정치적 광신주의" 탓으로 돌렸다. 데르쿰 집안은 작은 인쇄소를 갖고 있었다. 작은 출판사와 서점도 갖고 있었다. 그러나 지금은 어린 학생들을 상대로 사탕도 파는, 이 작은 문방구만 남아 있다. 아버지는 언젠가 이렇게 말했다. "광신주의가 한 인간을 어디까지 몰고 갈 수 있는지 이젠 알겠지. 데르쿰은 정치적 박해를 당한 사람으로, 전쟁 후에 자신의 신문을 소유할 수 있는 둘도 없는 기회가 있었는데." 이상하게도 나는 데르쿰 노인을 광신적이라고 생각해본 적이 한 번도 없었다. 나의 아버지는 광신과 신념을 혼동했던 것 같다. 마리의 아버지는 단 한 번도 기도서를 판 적이 없다. 특히 부활절 시즌은 돈을 좀 벌 수 있는 기회였는데도 말이다.

마리의 방이 환해지자, 나는 마리네가 정말 얼마나 가난한지 보았다. 마리의 옷장에는 옷이 네 벌 걸려 있었다. 마치 100년 전부터 입고 다닌 듯한 진한 연두색 옷과 거의 다 해진 누런 옷, 가장 행렬 때마다 걸치는 검푸른색의 요상한 의상, 낡은 겨울 외투 그리고 신발 세 켤레가 전부였다. 한순간 일어서서 옷장 서랍을 열고 그녀의 속옷들을 보고 싶은 유혹을 느꼈다. 그러나 참았다. 내가 한 여자와 정상적으로 결혼한 상태였다면, 결코 그녀의 속옷을 훔쳐보지는 않겠지. 마리 아버지의 기침은 오래전에 멈췄다. 마리가 마침내 욕실에서 나왔을 때는 벌써 6시가 지나 있었다. 내가 늘 마리와 함께 하고자 했던 일을 했음에 나는 기뻤다. 마리에게 키스했다. 그녀가 미소를 짓자 행복했다. 마리의 두 손이 내 목덜미에 와 닿는 것을 느꼈다. 얼음처럼 차가웠다. 나는 그녀에게 속삭이듯 물었다. "도대체 뭐 했어?" "뭘 했겠어. 침대보 빨았어. 너한테 새 침대보를 깔아주고 싶지만, 우리는 침대보가 네 장뿐이야. 두 개는 늘 사용중이고, 다른 두 개는 빨래통에 있거든." 나는 마리를 내 옆으로 끌어당겨서 감싸안았다. 그리고 얼음장같이 차가운 그녀의 손을 내 겨드랑이에 갖다 댔다. 마리는 자기 손이 마치 둥지 속의 새처럼 따뜻하다고 말했다. "침대보를 우리 집 빨래를 해주는 후버 부인에게 맡길 수는 없었어. 그러면 시 전체가 우리가 한 일을 알게 될 테니까. 그렇다고 그 침대보를 버리고 싶지도 않았고. 한동안 버리려고도 생각했는데, 그러기에는 너무 아깝다는 생각이 들어서." "더운 물은 없었어?" 내가 물었다. "응, 보일러가 오래전에 고장 나서." 그러더니 그녀는 갑자기 울기 시작했다. 나는 도대체 왜 우느냐고 물었다. 그녀가 속삭였다. "맙소사. 난 천주교인이야. 너도 알잖아." 나는 개신교인이든 무신론자든 상관없이 여자애라면 다 울 거라고 말했다. 그리고 그 이유도 안다고 했다. 그녀는 왜냐고 묻는 듯 나를 바라보았다. "왜냐하면 순수함 같은 무엇인가가 실제로 있기 때문이지." 그녀는 계속 울었다. 나는 그녀가 왜 우는지 묻지 않았다. 나는 알고 있었다. 그녀는 이미 몇 년 동안 그 여학생 모임에 참석했고 늘 함께 가장행렬을 해왔다. 그 여자애들과 틀림없이 성처녀 마리아에 관해 끊임없이 이야기했을 것이다. 그리고 지금 그녀는 자신을 사기꾼이나 배신자처럼 여겼다. 그것이 그녀한테 얼마나 심각한 일인지 상상할 수 있었다. 내가 여자애들과 이야기하겠다고 했다. 그러자 그녀는 깜짝 놀라서 말했다. "뭐라고, 누구랑?" "너희 모임의 여자애들 말이야. 너한테 정말 좋지 않은 일이 생기겠지. 만일 더이상 견딜 수 없게 되면, 내가 널 강간했다고 말해도 난 상관없어." 마리는 웃으면서 말했다. "안 돼. 쓸데없는 생각이야. 도대체 애들과 무슨 이야기를 한다는 거야." "아무 말도 안 할 거야. 그냥 애들 앞에 나타나서 몇 가지 공연을 보여주는 거야. 흉내도 내고 말야. 그러면 애들은 아, 이 사람이 마리와 그 일을 한, 그 슈니어구나 하고 생각할 거야. 그건 그냥 수군거리는 것과는 완전히 다르지." 그녀는 곰곰이 생각하더니 다시 웃으며 조용히 말했다. "넌 바보가 아니잖아." 마리는 갑자기 다시 울면서 말했다. "나는 여기서 더이상 나다닐 수가 없어." "왜?" 그러나 그녀는 울기만 했다. 그리고 머리를 가로저었다.

그녀의 두 손이 내 겨드랑이에서 따뜻해졌다. 그녀의 손이 따뜻해질수록 나는 점점 졸렸다. 이제 그녀의 손이 나를 따뜻하게 해주었다. 그녀가 내게 자기를 사랑하느냐고 그리고 자기가 예쁘냐고 묻자, 나는 당연하지라고 대답했다. 그러나 그녀는 그 당연한 사실을 듣고 싶어했다. 나는 졸면서 응, 응, 예뻐, 사랑해라고 중얼거렸다.

잠에서 깨어났다. 마리는 일어나서 씻고 옷을 입고 있었다. 그녀는 부끄러워하지 않았다. 그런 마리를 옆에서 지켜보는 일이 내게도 당연한 일처럼 되었다. 그녀의 옷차림이 얼마나 초라한지 한층 분명해졌다. 그녀가 머리를 묶고 단추를 다 채우는 동안, 내게 돈만 있다면 그녀에게 사줄 여러 가지 예쁜 물건들을 생각했다. 나는 전에 자주 옷가게 앞에 서서 치마, 스웨터, 신발, 가방 등을 바라보면서, 그녀에게 얼마나 잘 어울릴까 생각했다. 그러나 그녀의 아버지는 돈에 대해서 너무 단호한 생각을 가지고 있어서 감히 그녀에게 뭘 가져다주지는 못할 것이다. 한번은 그가 내게 이런 말을 했다. "가난하다는 것은 끔찍하지. 하지만 대부분의 사람들처럼 겨우 만족하며 사는 것도 나쁘지." "그러면 부유하다는 것은요? 그건 어떤데요?" 나는 물으면서 얼굴을 붉혔다. 그는 나를 예리하게 주시하더니 역시 얼굴을 붉히면서 말했다. "이보게나, 자네가 그 생각을 포기하지 않으면 그것도 나쁜 일이 될 수 있지. 자네 아는가, 이 세상에서 뭔가를 해낼 수 있다는 믿음과 용기가 아직도 내게 있다면 내가 무엇을 할지?" "모르겠는데요." "난 말이야, 부유한 집 자녀들을 돌볼 협회를 하나 만들 거야." 그는 다시 얼굴을 붉혔다. "그 바보들은 반사회적이라는 개념을 항상 가난한 사람들에게만 적용하지."

마리가 옷 입는 것을 지켜보는 동안 많은 일이 머릿속을 스쳐지나 갔다. 그녀의 육체가 그녀에게 얼마나 자연스러운가 하는 사실이 나를 기쁘게도, 불행하게도 했다. 훗날 우리가 함께 호텔에서 호텔로 옮겨다닐 때, 나는 씻고 옷 입는 그녀의 모습을 지켜보려고 아침에는 늘 침대에 머물렀다. 욕실의 위치가 좋지 않아 침대에서 그녀를 볼 수 없을 때면 욕조 안으로 들어가 누웠다. 그날 아침 그녀 방에서 나는 아예 계속 누워 있고 싶었다. 그녀의 옷 입기가 절대 끝나지 않기를 바랐다. 그녀는 목과 팔과 가슴을 꼼꼼히 씻은 뒤 열심히 이를 닦았다. 나 자신은 아침마다 씻는 일을 가능한 한 기피해왔다. 나는 이 닦기가 아직도 끔찍하다. 욕조 안에 있을 때가 더 좋다. 그러나 마리를 옆에서 바라보는 일도 좋아한다. 그녀는 정말이지 깨끗했고, 그녀의 모든 것, 치약 뚜껑을 돌려서 여는 작은 동작까지도 그렇게 자연스러웠다. 나는 동생 레오 생각도 했다. 신앙심이 돈독하고 양심적이며 꼼꼼한 레오는 나를 "믿는다"고 노상 말했다. 레오도 대학입학시험을 앞두고 있다. 그는 그것을 왠지 부끄러워했다. 비록 나는 스물한 살에 여전히 김나지움 6학년생으로 니벨룽겐 전설에 대한 기만적 해석에 분개하고 있지만, 열아홉 살에 대학입학시험을 보는 것은 보통 있는 일이다. 레오는 천주교와 개신교 청소년들이 모여서 민주주의와 종교적 관용에 대해 토론하는 어느 교육단체를 통해 마리를 알게 되었다. 나와 레오, 우리 둘은 부모님을 기숙사 사감 부부 정도로 여긴다. 아버지한테 거의 10년 전부터 애인이 있었다는 사실을 레오가 알게 되었을 때, 레오는 엄청난 충격을 받았다. 나도 충격을 받았다. 그러나 도덕적 충격은 아니었다. 어머니와 결혼해서 산다는 것이 얼마나 힘든지 나는 이미 상상할 수 있었다. 어머니의 기만적인 온유함은 일종의 I와 E의 온유함이다. 어머니는 A, O, U가 나올 말들은 거의 하지 않는다.[*] 레오

---

[*] 독일어의 중성모음 I와 E는 후설모음 A, O, U보다 음색이 온유하고 부드러운데, 주인공은 어머니의 위선적인 온유함은 기껏해야 후설모음이 들어 있는 말을 피하는 어머니의 말투에 국한된 것이라고 빈정거리고 있다.

의 이름을 레로 줄여서 부르는 것은 그녀다운 일이었다. 그녀가 즐겨 하는 말은 "우리는 그 일을 다르게 봅니다"였다. 그다음으로 즐겨 하는 말은 "원칙적으로 내가 옳아요. 난 특정한 일들에 대해 논의할 마음이 있어요"였다. 아버지한테 애인이 있다는 사실은 내게는 차라리 미학적 충격이었다. 그건 아버지에게 전혀 어울리지 않았다. 아버지는 정열적이지도 활력적이지도 않다. 그녀를 한낱 아버지를 돌보는 간호사나 아버지의 영혼을 정화시켜주는 여자라고(이 경우 애인이라는 정념적 표현은 맞지 않다) 말해서는 안 된다면, 애인은 아버지한테 어울리지 않았다는 내 생각은 맞지 않았다. 실제로 그 여자는 한마디로 말해서 사랑스럽고 예쁜, 그다지 지적이지는 않은 가수였다. 아버지는 그녀를 위해서 단 한 번도 특별 행사나 음악회를 열어주지 않았다. 이런 점에서 아버지는 또다시 너무나도 정확했다. 그 문제는 나를 매우 혼란스럽게 했고 레오를 가슴 아프게 했다. 레오의 이상(理想)이 타격을 받았다. 어머니는 레오의 상태를 "레는 위기야"라는 말 외에 달리 설명할 줄 몰랐다. 레오가 시험에서 낙제점인가를 받아 오자, 어머니는 레오를 정신과 의사한테 데려가려고 했다. 나는 그것을 저지할 수 있었다. 일단 남자와 여자가 함께 하는 그 일에 대해 내가 아는 모든 것을 이야기해주고, 숙제를 집중적으로 도와주어서 레오가 다음번 시험부터는 C나 B를 받았기 때문이다—어머니는 정신과 의사가 더이상 필요 없다고 보았다.

마리는 진녹색 원피스를 입었다. 그녀가 지퍼를 올리는 데 애를 먹는데도 나는 일어나서 그녀를 돕지 않았다. 그녀가 양손으로 등을, 그녀의 하얀 피부와 검은 머리카락과 진녹색 원피스를 움켜쥐는 모습을 보는 것이 그렇게 좋았다. 그런데도 마리가 신경질을 내지 않는 걸 보는 것 역시 즐거웠다. 그녀가 드디어 침대가로 왔다. 나는 일어나서 그녀의 지퍼를 올려주었다. 나는 그녀에게 왜 이렇게 일찍 일어나느냐고 물었다. 그녀는 아버지가 아침 무렵에야 제대로 잠이 들어서 9시까지는 잘 거라고 말했다. 그래서 내려가서 신문을 가져오고 가게를 열어야 한다는 것이다. 어린 학생들이 종종 가게 문을 열기도 전에 와서 공책과 연필, 사탕 등을 사려고 하기 때문이라고 했다. "그러잖아도 너는 7시 반에 여기서 나가는 게 나아. 내가 커피를 끓일게. 5분 뒤에 부엌으로 내려와." 그녀가 말했다.

부엌으로 내려가자 마리는 내게 커피를 따라주고 빵을 내주었다. 나는 결혼한 듯한 기분이었다. 그녀는 고개를 가로저으면서 말했다. "씻지도 않고, 머리도 안 빗고, 늘 그런 모습으로 아침을 먹어?" 나는 그렇다고, 기숙사에서도 나를 아침 일찍 규칙적으로 세수하도록 교육하는 데 실패했다고 말했다.

"그럼 도대체 어떻게 하는데? 어쨌든 얼굴은 닦아야 하잖아?"

"늘 오드콜로뉴로 닦아내." 나는 말했다.

"그거 상당히 비싼데." 그녀는 말하고 곧장 얼굴을 붉혔다.

"선물로 받아. 큰 병으로. 어떤 아저씨한테. 그 회사의 대표거든." 당황한 나머지 나는 익숙한 부엌을 둘러보았다. 부엌은 작고 어둠침침했다. 가게에 딸린 일종의 골방이었다. 구석에 작은 화덕이 있었다. 마리는 이 화덕에 조개탄을 불씨 상태로 유지해놓곤 했다. 모든 가정주부가 그러듯이, 마리는 조개탄을 저녁에는 젖은 신문지에 싸놓고, 아침에는 불씨를 돋워 나무와 새 조개탄을 넣고 불을 땠다. 나는 아침마다 거리에 배어 있는, 그리고 그날 아침 그 곰팡내 나는 작은 부엌에 배어 있던 조개탄 냄새를 싫어한다. 부엌은 너무 좁았다. 그래서 화덕에서 커피 주전자를 가져와야 할 때마다 마리는 매번 자리에서 일어나 의자를 옆으로 치워야 했다. 십중팔구 그녀의 할머니와 어머니도 똑같이 그렇게 했을 것이다. 지금은 그렇게 익숙한 그 부엌이 내게는 그날 아침 처음으로 일상적으로 여겨졌다. 아마 나는 처음으로 일상이라는 것을, 더는 하고 싶지 않은데도 해야만 하는 일들을 체험했던 것 같다. 나는 그 비좁은 집을 다시 떠나 바깥에서 이러저러한 책임들을 떠맡고 싶은 마음이 없었다. 내가 마리와 함께 했던 일 때문에 여자애들에게, 레오에게 어떤 해명도 하고 싶지 않았다. 더구나 부모님도 어디선가 그 일을 듣게 될 것이다. 내가 가장 원했던 것은 이곳에 그대로 머무르는 것이다. 그렇게 죽을 때까지 사탕과 줄 쳐진 공책을 팔고, 저녁이 되면 마리와 함께 잠자리에 들어 그녀 옆에서 자고 싶었다. 그녀 옆에서 제대로 자고 싶었다. 몇 시간 전처럼 그녀의 손을 내 겨드랑이에 갖다 댄 채 자고 싶었다. 나는 그것을, 커피 주전자와 빵 그리고 마리의 진녹색 원피스 위에 빛바랜 청백색 앞치마가 있는 일상을, 끔찍하면서도 대단하다고 생각했다. 마치 육체가 그러하듯이 일상은 여자들에게만 자명한 것 같았다. 나는 마리가 내 아내라는 사실이 자랑스러웠다. 이제부터는 어른처럼 행동해야 할 것 같았지만, 나는 그렇게 완전히 어른이 된 기분은 아니었다. 나는 일어나 식탁 주위를 돌고 나서 마리를 안으며 말했다. "너, 알아? 네가 밤중에 일어나서 침대보를 빨았던 거?" 그녀는 고개를 끄덕였다. "내 손을 네 겨드랑이에 품어 따뜻하게 해준 일 잊지 않았어. 너 이제 가야 해.

곧 7시 반이야. 첫 손님들이 올 거야."

나는 그녀가 바깥에 있는 신문 뭉치를 들여와 푸는 일을 도왔다. 바로 저편에서 슈미츠가 자동차에 채소를 싣고 시장에서 돌아왔다. 나는 복도로 뛰어들어갔다. 그가 나를 보지 못하게 하려고 했다. 그러나 그는 나를 이미 보았다. 악마의 눈도 이웃의 눈만큼 날카롭지 못하다. 나는 가게 안에 서 있다가, 남자들의 정신을 그토록 빼앗는, 방금 나온 조간신문들로 눈을 돌렸다. 내가 신문에 관심을 갖는 건 저녁때나 욕조 안에 있을 때뿐이다. 욕조 안에서는 아무리 진지한 조간신문도 석간신문처럼 가볍게 읽힌다. 그날 아침 머리기사는 "슈트라우스*, 초지일관하다!"였다. 사설이나 머리기사의 작성은 인공두뇌에게 맡기는 게 더 나을 것이다. 헛소리에도 넘어서는 안 되는 한계가 있는 법이다. 가게 벨소리가 울렸다. 여덟이나 아홉 살쯤 되어 보이는 여자아이가 가게 안으로 들어왔다. 검은 머리에 뺨은 붉고, 말끔히 목욕을 한 모습이었다. 팔에는 기도서를 끼고 있었다. "누에사탕 10페니히어치 주세요." 10페니히면 몇 개의 사탕을 줘야 하는지 몰랐다. 유리병을 열어 사탕 스무 개를 봉지에 담았다. 나는 깨끗하지 않은 내 손가락이 처음으로 부끄러웠다. 그 손가락은 두꺼운 유리병을 통해서 더 커 보였다. 내가 사탕 스무 개를 봉지 안에 담자 여자아이는 놀라서 나를 바라보았다. "됐어, 가." 나는 계산대에서 돈을 집어 금고에 넣었다.

마리가 돌아와서 웃었다. 나는 그녀에게 자랑스럽게 동전을 보여주

---

* 독일의 정치인. 바이에른 주의 지역당인 기독교사회연맹(CSU)을 공동으로 창당했다.

었다. "너, 이제 가야 해." 그녀가 말했다.

"도대체 왜, 너희 아버지가 내려올 때까지 기다리면 안 돼?" 내가 물었다.

"아버지가 내려오면, 9시에 넌 다시 여기 와야 하잖아. 가. 너 레오한테 그 얘기 해야 해. 레오가 다른 사람을 통해서 알기 전에."

"그래, 네 말이 맞아. 그런데 너," 내 얼굴은 이미 붉어졌다. "너 학교 안 가도 돼?"

"오늘은 안 가. 이제 안 갈 거야. 빨리 돌아와." 그녀가 말했다

그녀를 떠나는 것이 어려웠다. 그녀는 나를 가게 문까지 배웅했다. 나는 열린 가게 문 앞에 서 있는 그녀에게 키스했다. 저쪽에 있는 슈미츠와 그의 부인이 볼 수 있도록 말이다. 그들은 낚싯바늘을 이미 삼켜버렸음을 갑자기 깨닫고 기겁을 한 물고기처럼 멍청한 눈으로 이쪽을 바라보았다.

나는 주위를 살피지 않고 곧장 걸었다. 추웠다. 재킷 깃을 세우고 담배 한 개비를 물었다. 시장을 약간 돌아 프란치스카가(街)로 내려갔다. 코블렌츠가에서 달리는 버스로 뛰어올랐다. 안내양이 버튼을 눌러 문을 열더니 차비를 내려고 옆에 서 있는 나를 손가락으로 위협했다. 그러고는 머리를 흔들면서 내 담배를 가리켰다. 나는 담배를 비벼 끈 다음 재킷 주머니에 넣고 가운데로 뚫고 들어가서, 선 채로 코블렌츠가를 바라보았다. 마리를 생각했다. 내 얼굴의 무언가가 내 옆에 서 있는 남자를 화나게 하는 것 같았다. 그는 "슈트라우스, 초지일관하다!"를 포기하고 신문을 내려놓더니 안경을 코 위로 밀었다. 그는 머리를 가로젓더니 나를 주시하고는 "믿을 수 없군"이라고 중얼거

렸다. 그 남자 뒤에 앉아 있던 부인이—나는 하마터면 그녀가 옆에 세워둔 당근 자루 위로 넘어질 뻔했다—그 남자 말에 고개를 끄덕였다. 그러고는 머리를 가로저으면서 소리 없이 입술을 움찔거렸다.

그날 나는 특별히 마리의 거울 앞에서 마리의 빗으로 머리까지 빗었다. 그리고 깨끗하고 평범한 회색 재킷을 입었다. 내 수염은 하루 면도하지 않았다고 나를 "믿을 수 없는" 모습으로 만들 만큼 빨리 자라지 않았다. 나는 크지도 작지도 않다. 내 코는 여권에 특징으로 적어넣을 만큼 그렇게 길지 않다. 특징란에 특징 없음이라고 적혀 있다. 나는 지저분하지도 술에 취하지도 않았다. 그런데 그 당근 자루의 여자는 안경 쓴 남자보다 더 흥분했다. 그 남자는 끝내 포기한 듯 마지막으로 머리를 설레설레 흔들더니 안경을 다시 올려 쓰고 슈트라우스의 초지일관에 관한 기사에 매달렸다. 여자는 혼자서 소리 없는 욕을 퍼부어댔다. 그리고 그녀의 입술이 누설하지 못한 것을 다른 승객들에게 전달하려고 거칠게 머리를 흔들었다. 유대인이 어떻게 생겼는지 나는 지금까지도 알지 못한다. 그렇지 않았다면 난 그 여자가 나를 유대인으로 생각한 것은 아닌지 알 수 있었으리라. 그렇지만 그것은 내 외모 탓이라기보다는 오히려 창밖 거리를 바라보면서 마리를 생각할 때의 내 눈빛 탓이라고 생각한다. 그 무언의 적대감은 나를 화나게 했다. 나는 한 정거장 전에 버스에서 내렸다. 에베르트 대로를 조금 걸어서 내려갔다. 이윽고 라인 강 쪽으로 굽어 들어갔다.

우리 집 정원에 있는 너도밤나무의 줄기들은 까맸고 아직 축축했다. 테니스장은 새로 땅을 골라 붉은 빛을 띠었다. 라인 강에서 예인선의 경적 소리가 들려왔다. 현관으로 들어섰을 때, 안나가 부엌에서 나지막이 욕하는 소리가 들렸다. 내가 알아들을 수 있는 것은 "……끝이 좋지 않아―끝이 좋아야 하는데―아냐"라는 말뿐이었다. 나는 열려 있는 부엌 안으로 외쳤다. "안나, 나 아침 필요 없어." 황급히 부엌을 지나 거실로 가서 멈춰 섰다. 떡갈나무 선반이, 우승컵과 사냥 트로피들이 늘어서 있는 목조 회랑이 그렇게 어두워 보인 적이 없었다. 옆의 음악실에서 레오가 쇼팽의 마주르카를 연습하고 있었다. 그 당시 음악을 전공하려고 했던 레오는 매일 새벽 5시 반에 일어나서 학교 가기 전까지 연습을 했다. 그의 연주는 나를 어느 늦은 낮시간 속으로 옮겨놓았다. 그리고 나는 레오가 연주하고 있다는 사실도 잊었다. 레오와 쇼팽은 서로 어울리지 않았다. 그러나 레오는 그가 치고 있다는 사실을 내가 잊어버릴 만큼 피아노를 잘 쳤다. 나는 옛 작곡가들 가운데 쇼팽과 슈베르트를 가장 좋아한다. 모차르트는 황홀하고, 베토벤은 위대하며, 글루크는 유일무이하고, 바흐는 웅장하다고 한 우리 학교 음악 선생의 말이 옳았음을 안다. 나는 안다. 바흐는 내게 언제나 나를 놀래는 서른 권짜리 교리서처럼 여겨졌다. 그러나 슈베르트와 쇼팽은 나와 비슷하게 세속적이다. 나는 이 둘을 즐겨 듣는다. 라인강 쪽으로 서 있는 정원의 버드나무들 앞에서 사격 과녁판을 할아버지의 사격장으로 옮기는 것이 보였다. 푸어만 씨가 사격 과녁판에 기름을 칠하라는 분부를 받은 것이 분명했다. 할아버지는 왕왕 "늙은 녀석들"을 불러 모은다. 그러면 열다섯 대의 중형 자동차가 집 앞의 자그맣고 동그란 빈터에 늘어서고, 열다섯 명의 운전기사가 추위에 떨면서 울타리와 나무들 사이에 서 있거나 돌의자 위에서 무리를 지어 스카트*를 한다. "늙은 녀석들" 가운데 누군가가 과녁의 12

를 맞히면 곧장 샴페인을 터뜨리는 소리가 들린다. 할아버지는 간혹 나를 불러오게 했다. 나는 노인들 앞에서 소극 몇 가지를 보여주었다. 아데나워**나 에르하르트***를 흉내 냈다. 우울할 정도로 간단한 것이었다. 또는 노인들에게 〈식당차의 지배인〉 같은 간단한 공연들을 보여주기도 했다. 내가 냉소적으로 공연을 해도 노인들은 죽어라 웃어댔다. "아주 즐거워했다." 내가 이어서 빈 탄약통이나 쟁반을 들고 한 바퀴를 돌면, 그들은 대부분 기꺼이 지폐를 내놓았다. 나는 이 냉소적이고 완고한 노인들과 좋은 관계를 유지했다. 그들과는 아무런 관계도 갖지 않았다는 말이다. 나는 중국의 고관대작과도 잘 지냈을 것이다. 노인 몇 사람은 내 공연에 평까지 달았다. "엄청나", "대단해." 더러는 한마디 이상 하는 노인들도 있었다. "이 아이는 자기 안에 뭔가를 가지고 있어." 또는 "이 아이 안에는 뭔가가 숨어 있어."

쇼팽을 들으면서 처음으로 약간의 돈을 벌기 위해 일자리를 찾아야 겠다는 생각을 했다. 할아버지에게 자본가들 모임이나 감사위원회 모임 뒤풀이에서 원맨쇼를 하도록 나를 추천해달라고 부탁할 수도 있었을 것이다. 나는 벌써 〈감사위원회〉라는 공연을 준비해놓았다.

레오가 거실로 들어오자마자 쇼팽은 사라졌다. 레오는 키가 매우 크고 금발이다. 테 없는 안경을 쓴 레오는 교구 감독이나 스웨덴의 예수교도처럼 보인다. 그의 검은 바지에 칼날처럼 세운 다리미 주름이 쇼팽의 마지막 숨결을 앗아갔다. 날카롭게 주름을 세운 바지 위의 흰

---

* 독일 카드놀이의 일종.
** 콘라트 아데나워. 당시 독일의 총리.
*** 루트비히 에르하르트. 독일의 정치가이자 경제학자.

색 스웨터는 그 위로 보이는 붉은 셔츠의 깃처럼 곤혹스러웠다. 그런 모습을 볼 때면—매력적으로 보이려고 노력했는데도 허사가 되는 경우를 볼 때면—에텔베르트나 게렌트루트 같은 까다로운 이름처럼 나는 항상 우울해진다. 나는 레오가 헨리에테와 닮은 데가 없는데도 들창코와 푸른 눈과 모간(毛幹)이 비슷해 보이는 것을 다시 보았다. 그러나 입은 아니었다. 헨리에테에게서는 매력적이고 동적인 인상을 주는 모든 것이 레오에게서는 감정적이면서 경직돼 보였다. 사람들은 그가 자기 반에서 가장 뛰어난 체조선수라는 사실을 모른다. 그는 체조와는 무관한 사람처럼 보인다. 그러나 그의 침대 머리맡에는 스포츠 관련 자격증들이 대여섯 개 걸려 있다.

그는 급히 내 쪽으로 오더니, 몇 걸음 떨어져 내 앞에서 갑자기 멈춰 섰다. 그리고 당황한 듯 두 손을 약간 옆으로 내밀면서 말했다. "형, 도대체 무슨 일이야?" 그는 내 눈을 들여다보았다. 그러고는 마치 누군가에게 얼룩이 묻었음을 알려주려는 것처럼 시선을 약간 아래로 돌렸다. 나는 내가 울었다는 사실을 깨달았다. 쇼팽이나 슈베르트의 곡을 들을 때면 나는 늘 눈물을 흘린다. 나는 오른쪽 집게손가락으로 눈물을 닦고 말했다. "네가 쇼팽을 그렇게 잘 치는지 몰랐어. 마주르카를 한 번 더 쳐봐."

"안 돼, 학교에 가야 해. 첫 시간에 대학입학시험에 대비한 독일어 주제들을 받을 거야."

"내가 엄마 자동차로 데려다줄게."

"형 알잖아, 내가 엄마 차 싫어한다는 거." 어머니는 그 당시 친구한테서 "무지무지하게 유리한 가격에" 스포츠카를 한 대 넘겨받았다.

레오는 누군가가 자기한테 뭔가를 선심 쓰는 듯 말하면 아주 민감하게 반응했다. 그를 아주 화나게 만드는 딱 한 가지 방법이 있었다. 놀리거나 아니면 부모가 부자라는 이유로 그를 우대하는 것이었다. 그럴 때면 레오는 얼굴을 붉히면서 주먹을 사정없이 휘둘러댔다.

"예외라는 게 있잖아. 피아노 한 번만 더 쳐봐. 너는 내가 어디 있었는지 전혀 알고 싶지 않니?"

그는 얼굴이 빨개져서 바닥으로 시선을 돌렸다. "응, 알고 싶지 않아."

"나 여자애 집에 있었다. 여자 곁에 ─ 내 아내 곁에."

"그래?" 레오는 시선을 들지 않은 채 말했다. "도대체 언제 결혼했는데?" 그는 여전히 당황해서 손을 어디에 두어야 할지 몰라하며 갑자기 머리를 떨어뜨리더니 내 옆을 지나가려 했다. 나는 그의 소매를 꽉 움켜잡았다.

"마리 데르쿰이야." 내가 작은 소리로 말했다. 그는 내게서 팔을 빼고 뒤로 한 걸음 물러서면서 말했다.

"맙소사, 안 돼."

그는 화가 나서 나를 노려보며 혼자서 뭐라고 투덜댔다.

"뭐라고, 너 지금 뭐라고 말했어?" 내가 물었다.

"이제 차를 타고 가야 한다고. 나 데려다줄 거지?"

나는 그렇다고 대답하고 그의 어깨를 쥐었다. 그러고는 그를 지나 거실로 갔다. 나는 그에게 나를 바라보는 일을 피하게 해주고 싶었다. "가서 자동차 열쇠를 가져와. 엄마가 열쇠를 줄 거야. 그리고 면허증 잊지 말고. 그런데 레오, 나 돈이 필요해. 너 돈 가진 거 있니?"

"은행에 있어. 형이 직접 꺼내갈 수 있지?"

"모르겠어. 차라리 내게 보내줘." 내가 말했다.

"보내라고? 형 떠날 거야?" 그가 물었다.

"응." 나는 대답했다. 레오는 고개를 끄덕이더니 계단을 올라갔다.

레오가 내게 물은 그 순간에야 비로소 나는 내가 떠나고 싶어했음을 깨달았다. 나는 부엌으로 갔다. 안나가 투덜거리면서 나를 맞이했다.

"너 아침 안 먹을 거라고 생각했는데." 그녀가 화가 나서 말했다.

"아침 말고, 커피만 좀 줘." 나는 닦아놓은 식탁에 앉아 안나를 바라보았다. 안나는 화덕 옆에서 커피 주전자의 필터를 꺼내 물이 다 떨어지도록 컵 위에 올려놓았다. 우리는 늘 부엌에서 하녀들과 함께 아침 식사를 했다. 식당에서 격식을 갖춰 대접받는 게 지루했기 때문이다. 이 시간에는 안나만 부엌에 있었다. 서열이 두번째인 하녀 노레테는 어머니 침실에서 아침 식사 시중을 들면서 어머니와 함께 의상과 화장에 대해 이야기했다. 어머니는 지금쯤 튼튼한 이로 호밀을 갈고 있을 것이다. 얼굴에는 태반으로 만든 화장품을 발랐을 것이다. 노레테는 신문을 읽어주고 있을 것이다. 어쩌면 그들은 이제야 비로소 아침기도를 하는 중인지도 모른다. 기도문은 괴테와 루터를 섞어놓은 것으로, 대부분 도덕적 무장을 위해 추가한 내용이 들어 있다. 모아놓은 변비약 광고 전단지들 가운데서 읽어주기도 했다. 노레테는 "소화"와 "심장"과 "신경"별로 분리된 의약품 광고 전단지들을 가득 모아서 철해놓은 파일을 갖고 있다. 어디선가 의사와 안면을 트게 되면, 어머니는 "신제품들"에 대한 정보를 모은다. 그렇게 상담 비용을 절약한다. 어느 의사가 임상시험용 약을 보내오기라도 하면 어머니는 아주 행복해한다.

　나는 안나의 등을 보며, 그녀가 몸을 돌려 나를 보면서 이야기해야 하는 순간을 꺼리고 있음을 알았다. 안나가 나를 교육시키려는 괴로운 성향을 결코 억누를 수 없음에도 불구하고 우리는 서로 좋아했다. 그녀가 우리 집에 온 지 벌써 15년이나 되었다. 어머니는 개신교 목사였던 한 사촌에게서 그녀를 넘겨받았다. 안나는 포츠담 출신이다. 우리가 개신교인인데도 라인 지방 사투리를 쓴다는 사실이 안나에게는 어딘가 무시무시하게, 거의 자연법칙에 어긋나는 것으로 보였다. 바이에른 지방 말을 하는 개신교인이 있다면, 그는 안나에게 악마처럼 보일 것이다. 그녀는 이미 어느 정도는 라인 지방에 익숙해져 있었다. 그녀는 키가 크고 날씬하며 "마치 숙녀처럼 몸을 놀린다"는 데 자부심을 갖고 있다. 그녀의 아버지는 어느 기관의 회계주임이었다. 기관의 이름이 I.R.9라는 것이 그 기관에 대해 내가 알고 있는 전부였다. 우리는 I.R.9에 속해 있지 않다고 안나에게 말하는 것은 아무런 도움이 되지 않았다. 청소년 교육문제에 관한 한 그녀는 "이런 일은 I.R.9에서는 불가능해"라는 염불을 그만둘 수가 없었다. 나는 I.R.9의 정체를 도저히 알 수 없었다. 그러나 그사이 나는 이 비밀에 가득 찬 교육기관에서는 화장실 청소부 자리조차 얻지 못했으리라는 사실을 알게 되었다. 특히 내 씻는 습관은 안나로 하여금 늘 I.R.9 염불을 외도록 했다. "침대에 그렇게 오랫동안 머물러 있는 이 몹쓸 버릇"이 내가 문둥병에 걸리기라도 한 듯, 그녀를 역겹게 했던 것이다. 마침내 몸을 돌려 커피 주전자를 들고 식탁으로 오면서 그녀는 마치 평판이 나쁜 주교를 시중드는 수녀처럼 눈을 내리깔았다. 나는 그녀가 마리와 어울리는 여자애들처럼 안쓰러웠다. 안나는 수녀의 본성으로 내가 어디에서 왔는지 확실히 눈치챘다. 반면 어머니는 내가 3년 동안 비밀 결혼 생활을 했어도 조금도 눈치채지 못했을 것이다. 나는 안나의 손에서 커피 주전자를 받아 직접 커피를 따랐다. 그러고는 안나의 팔을 꽉 움켜잡고 나를 바라보게 했다. 그녀는 창백한 파란 눈으로 나를 바라보았다. 눈썹이 떨렸다. 안나는 정말로 울고 있었다. "나 원 참. 안나, 나를 좀 봐. 내가 알기로 너희 I.R.9에서는 남자처럼 눈을 바라본다던데."

"난 남자가 아니야." 그녀가 흐느꼈다. 나는 그녀의 팔을 놓았다. 그녀는 화덕 쪽으로 얼굴을 돌리고 서서 죄와 치욕과 소돔과 고모라에 대해 뭔가를 중얼거렸다. 내가 말했다. "맙소사, 안나. 그들이 소돔과 고모라에서 실제로 무엇을 했는지 생각해봐." 안나는 어깨에서 내 손을 떨쳐냈다. 나는 집을 나가려 한다는 사실을 그녀에게 말하지 않고 부엌을 나왔다. 그녀는 내가 가끔 헨리에테에 대한 이야기를 나눌 수 있었던 유일한 사람이었다.

레오는 이미 밖에 나가 차고 앞에 서서 불안한 듯 손목시계를 바라보았다. "엄마가 내가 안 들어왔다는 거 눈치챘니?" 내가 물었다. "아니." 레오는 대답하면서 내게 열쇠를 주고 차고 문을 열어주었다. 나는 어머니의 차를 몰고 나와서 레오를 태웠다. 레오는 골똘히 자신의 손톱을 바라보더니 말했다. "통장 가져왔어. 쉬는 시간에 돈 찾아올게. 돈 어디로 보내야 해?" "데르쿰 노인에게 보내줘." "알았어. 출발해. 시간 됐어." 나는 우리 집 정원을 지나 출구를 빠른 속도로 빠져나간 뒤 정거장에서 멈춰야 했다. 헨리에테가 대공방위대로 가던 날 전차를 탔던 곳이었다. 헨리에테 또래의 소녀 몇 명이 전차를 탔다. 전차를 지나오면서 우리는 그 또래의 소녀들을 더 많이 보았다. 헨리에테가 웃었듯이 소녀들은 웃고 있었다. 머리에는 푸른색 모자를 쓰고 털로 된 깃이 달린 외투를 입었다. 우리 부모가 헨리에테를 보냈던 것처럼 전쟁이 일어나면 그들의 부모는 그들을 바로 그렇게 떠나보내겠지. 부모들은 몇 푼의 용돈을 찔러주고, 버터샌드위치를 싸주고, 어깨를 두드리면서 "잘해라"라고 말할 것이다. 나는 소녀들에게 손짓을 하고 싶었지만 그만두었다. 오해받을 것이다. 그렇게 멍청한 자동차를 타고 가면 여자애들에게 손짓 한번 할 수가 없다. 한번은 궁중정원에서 한 소년에게 초콜릿 반 개를 선물한 뒤, 더러운 이마 위에 흘러내린 그의 금발을 쓰다듬어준 적이 있다. 소년은 울면서 얼굴 위의 눈물을 문질렀다. 나는 그를 위로하려 했을 뿐이다. 그것 때문에 웬 여자 둘과 끔찍한 말다툼을 벌이게 되었다. 그들은 경찰을 부를 태세였다. 말다툼이 끝나자 나는 나 자신이 정말 파렴치범처럼 느껴졌다. 두 여자 중 하나가 내게 "당신은 더러운 놈팽이야, 당신은 더러운 놈팽이야" 하고 계속 말했기 때문이다. 불쾌했다. 그 사건은 진짜 파렴치범이 내 앞에 나타나기라도 한 듯 변태적으로 보였다.

코블렌츠가를 아주 빠른 속도로 질주하는 동안 하마터면 스칠 뻔한 어느 장관의 차를 내다보았다. 어머니의 자동차는 바퀴통이 튀어나와 있어서 다른 자동차를 긁을 수도 있었다. 그러나 그렇게 이른 시각에 밖에 나와 있는 장관은 없었다. 나는 레오를 향해 물었다. "그건 어떻게 됐어, 너 정말 군대에 갈 거야?" 그는 얼굴을 붉히면서 끄덕였다. "우리가 공부하는 모임에서 그 일에 대해 이야기한 적이 있어. 민주주의를 위해 복무해야 한다는 결론에 이르렀지.” “그래 좋아. 가. 가서 바보짓거리나 같이들 하라고. 내게 병역의 의무가 없다는 게 나도 가끔 유감이거든.” 레오는 의아한 듯 내 쪽으로 몸을 돌렸다. 그러나 내가 그를 바라보려고 하자 머리를 돌려버렸다. “왜?” 그가 물었다. “응, 나는 우리 집에 묵었던 그 소령을 다시 한번 보고 싶어. 비네켄 부인을 총살시키려고 했던 사람 말이야. 그는 지금 분명히 대령이나 장군이 되어 있을 거야.” 나는 레오를 내려주려고 베토벤 고등학교 앞에 차를 세웠다. 그는 고개를 흔들면서 말했다. “기숙사 뒤편 오른쪽에 세워.” 나는 차를 더 몰고 가서 세우고 레오에게 손을 내밀었다. 그러나 그는 억지로 미소를 지었고, 활짝 편 손을 내게 맡긴 채로 있었다. 나는 마음이 이미 떠나 있었다. 왜 레오가 계속 손목시계를 쳐다보는지 알지 못했지만, 그것이 신경에 거슬렀다. 이제 겨우 8시 5분 전이었다. 그는 아직 시간이 충분했다. “진짜 군대에 가려는 것은 아니겠지.” 내가 말했다. “왜 아닌데?” 그가 화가 나서 말했다. “자동차 열쇠 줘.” 나는 그에게 자동차 열쇠를 주고 고개를 끄덕인 뒤 떠났다. 나는 내내 헨리에테를 생각했다. 레오가 군인이 되려 한다니, 미친 짓 같았다. 나는 궁중정원을 지나 대학교 아래로 해서 시장 쪽으로 갔다. 추웠다. 마리한테 가고 싶었다.

내가 도착했을 때 가게는 아이들로 가득 차 있었다. 아이들은 사탕과 석필과 고무지우개를 선반에서 꺼낸 뒤 데르쿰 노인의 계산대에 돈을 올려놓았다. 내가 가게를 통해 뒷방으로 가려 했을 때 노인은 나를 바라보지 않았다. 나는 화덕으로 가서 커피 주전자로 손을 데웠다. 그러고는 매 순간 마리가 올 거라고 생각했다. 담배가 떨어졌다. 마리에게 담배를 부탁했을 경우, 그것을 그냥 받아야 하는지 아니면 돈을 쥐야 하는지를 생각했다. 커피 주전자에서 커피를 따랐다. 그때 식탁 위에 놓인 컵 세 개가 눈에 들어왔다. 가게가 조용해지자 나는 내가 마신 잔을 치웠다. 마리가 내 옆에 있었으면 했다. 나는 화덕 옆 설거지통에서 얼굴과 손을 씻었다. 비누갑 안에 든 손톱솔로 머리를 빗었다. 셔츠 깃을 펴고 넥타이를 매만졌다. 그러고는 다시 한번 손톱을 살펴보았다. 손톱은 깨끗했다. 나는 평상시 하지 않던 일들을 이제는 다 해야 함을 불현듯 깨달았다.

마리의 아버지가 들어왔을 때 나는 막 자리에 앉으려던 참이었다. 나는 곧장 일어섰다. 그도 나처럼 당황했고, 또한 수줍어했다. 화가 난 것처럼 보이지는 않았다. 아주 진지해 보일 뿐이다. 그가 커피 주전자를 향해 손을 뻗었을 때 나는 움찔했다. 심하지는 않았지만 그가 알아차릴 정도였다. 그는 고개를 흔들더니 커피를 따르고 나서 내게 주전자를 내밀었다. 나는 고맙다고 말했지만 그는 여전히 나를 바라보지 않았다. 지난밤 위층 마리의 침대에서 모든 것을 숙고했을 때, 나는 커다란 자신감을 느꼈다. 담배를 피우고 싶었다. 그러나 탁자 위에 놓인 그의 담뱃갑에서 담배 한 개비를 꺼낼 용기가 없었다. 여느 때 같으면 충분히 하고도 남을 행동인데 말이다. 그가 식탁 위로 고개를 숙인 채 서 있는 모습이, 그리고 그의 커다란 대머리와 흐트러진 회색 머리카락이 그를 아주 늙어 보이게 했다. 나는 조용히 말했다. “데르쿰 씨, 당신은 권한이 있습니다.” 그러나 그는 손으로 탁자를 치더니 드디어 나를 안경 너머로 바라보며 말했다. “빌어먹을, 그래야만 했나? 그리고 그러자마자 온 동네가 다 알아야만 했나?” 나는 그가 실망하지 않았고 명예에 관한 이야기를 꺼내는 것이 기뻤다. "그래야만 했냐고? 자네 알지 않나, 우리가 이 저주스러운 시험 때문에 얼마나 아끼며 사는지. 그런데 이제는," 그는 마치 한 마리 새를 놓아주기라도 하듯이 손을 쥐었다 폈다. "아무것도 아닌 게 됐어." "마리는 어디 있습니까?" 내가 물었다. "갔어." 그가 말했다. "쾰른으로 갔어." "마리가 어디 있다고요?" 나는 소리를 질렀다. "어디요?" "조용히 해. 곧 알게 될 거야. 자네 지금 사랑, 결혼 따위를 운운하려 드는 것 같은데, 관두게. 자, 가라고. 자네가 장차 뭐가 될지 궁금하군, 가라고." 나는 그의 옆을 지나가기가 두려웠다. "그런데 주소는요?" "여기 있네." 그는 쪽지 한 장을 책상 위로 내밀었다. 나는 쪽지를 집어넣었다. "또 뭐야, 뭐가 더 있냐고. 뭘 더 기다려?" 그가 소리쳤다. "돈이 필요합니다." 나는 말했다. 그가 갑자기 웃자 나는 기뻤다. 그것은 이상한 웃음이었다. 우리가 나의 아버지에 대해 이야기했을 때 그에게서 처음 들었던 딱딱하고 화난 웃음이었다. "돈이라고. 농담이겠지. 그렇지만 이리 와보게. 이리 와봐." 그가 말했다. 그는 내 소매를 잡고 나를 가게 안으로 끌고 들어가더니 계산대 뒤로 가서 금고를 열었다. 그러고는 두 손으로 동전을 집어서 나를 향해 던졌다. 1페니히와 5페니히짜리 동전들이었다. 동전들이 공책과 신문지 위로 날아갔다. 나는 망설이다가 동전들을 천천히 주워 모으기 시작했다. 손바닥으로 동전들을 쓸어 담으려다가 결국 하나하나 주워서 세었다. 그리고 1마르크씩 주머니에 넣었다. 그는 동전을 줍는 나를 주시하면서 고개를 끄덕이더니 지갑을 꺼내 5마르크짜리 지폐 한 장을 건네주었다. 우리는 둘 다 얼굴이 빨개졌다. "미안하네." 그가 나지막한 소리로 말했다. "미안하네. 오, 맙소사─미안하군." 그는 내가 모욕을 느꼈으리라고 생각했다. 그러나 나는 그를 아주 잘 이해했다. "담배도 한 갑 선물하십시오." 내가 말했다. 그는 즉시 자기 뒤에 있는 선반에서 담배 두 갑을 꺼내어 내게 주었다. 그는 울었다. 나는 계산대 위로 몸을 구부려 그의 뺨에 키스했다. 지금까지 그는 내가 키스한 유일한 남자다.

취프너가 마리가 옷 입는 모습이나, 치약 뚜껑을 닫는 모습을 지켜봐도 된다는 생각은 나를 아주 비참하게 만들었다. 다리가 아팠다. 30~50마르크 정도를 받고 공연할 기회가 내게 아직 있는지 의심이 들었다. 치약 뚜껑을 닫는 마리를 지켜보는 게 취프너에게는 전혀 대수로운 일이 아니라는 생각 또한 나를 괴롭혔다. 내 얕은 경험에 따르면, 천주교인들은 섬세함이 부족하다. 내 수첩에는 취프너의 전화번호가 적혀 있다. 그러나 그 번호를 누를 준비가 아직 안 되어 있다. 한 인간이 세계관의 억압 때문에 무슨 일을 하게 될지 우리는 모른다. 어쩌면 그녀는 취프너와 정말 결혼했을 것이다. 취프너 씨 집인데요 하고 전화받는 마리의 목소리를 듣는 것을 나는 견디지 못할 것이다. 레오와 통화하려고 전화번호부에서 신학교들의 전화번호를 뒤졌지만 찾지 못했다. 하지만 나는 레오니눔 신학교와 알베르티눔 신학교를 알고 있었다. 드디어 수화기를 들어 안내전화번호를 누를 힘을 찾았다. 연결까지 되었다. 게다가 전화를 받은 여자는 라인 지방 억양으로 말했다. 나는 가끔 라인 지방 사투리를 듣고 싶다. 전투적인 느낌이 전혀 나지 않는 이 말을 들으려고 호텔에서 본의 전화국에 전화할 정도로 말이다. 라인 지방 사투리에는 군대에서 훈련할 때 주로 사용하는 R 발음이 없다.

"기다리세요"라는 말만 다섯 번 듣고 난 뒤 한 여자가 전화를 받았다. 나는 그녀에게 "천주교 사제를 양성하는 곳들"에 대해 물었다. 신학교들을 찾아보았지만 허사였다고 말했다. 그녀는 웃으면서 "그곳들"을—이 말을 그녀는 아주 애교 있게 발음했다—천주교 신학생 기숙학교라고 부른다고 말했다. 그러고는 두 곳의 전화번호를 주었다. 여자의 목소리가 나를 약간 위로해주었다. 그녀의 목소리는 더없이 자연스럽게 들렸다. 쌀쌀하지도, 애교 떨지도 않는, 전형적인 라인 지방의 말투였다. 뿐만 아니라 나는 전보 접수처에서 카를 에몬스에게 부치는 전보를 접수시켰다.

지적으로 보이고 싶은 사람들은 왜 본에 대해 의무적인 증오를 표출하려고 애쓰는지 나는 도무지 이해할 수가 없었다. 본은 늘 어떤 매력을, 나른한 매력을 풍기는 곳이다. 나른한 매력을 풍기는 여자들이 있듯이 말이다. 본은 물론 어떤 과장을 견뎌내지 못한다. 그런데 우리는 이 도시를 과장해왔다. 어떤 과장도 견뎌내지 못하는 도시는 재현될 수 없다. 재현될 수 없다는 것도, 드물긴 하지만 어쨌든 하나의 특성이다. 본의 기후가 정년퇴직한 사람들을 위한 것임은 애들도 다 안다. 기압은 혈압에 영향을 미친다. 본에 도저히 어울리지 않는 것이 바로 이 방어적인 과민함이다. 나는 집에서 고위 공무원, 국회의원, 장군 같은 사람들과 이야기할 기회가 많았다―나의 어머니는 파티 마담이다―그들은 모두 과민한, 더러는 거의 울 것 같은 방어 상태에 있다. 그들은 모두 다 그렇게 고통스러울 만큼 역설적으로 본을 조소했다. 나는 이 과장된 행위를 이해하지 못한다. 나른함이 매력인 여자가 갑자기 거친 여자처럼 캉캉을 추기 시작한다면 사람들은 그녀가 흥분제를 복용했다고 생각할 수밖에 없을 것이다. 그러나 도시 전체가 흥분제를 복용하는 것은 불가능하다. 마음씨 좋고 나이가 지긋한 아줌마는 스웨터를 뜨고, 덮개에 손고리를 달고, 셰리주를 대접하는 법을 가르쳐줄 수 있다―그러나 나는 그녀가 동성애에 대해 두 시간에 걸쳐 재치 있고 이해하기 쉽게 강의하거나, 본에 사는 모든 이가 그토록 그리워하는 창녀들의 은어를 갑자기 사용하기를 기대하지 않는다. 그릇된 기대이고, 그릇된 부끄러움이고, 본성을 거역하는 것에 대한 그릇된 생각들이다. 설령 성직자 대표들이 본에 창녀가 부족하다는 사실을 불만스러워한다 해도 나는 놀라지 않을 것이다. 한번은 집에서 파티가 열렸을 때 한 정치인을 알게 되었다. 매춘퇴치위원회 소속이었던 그는 내게 속삭이는 말로 본의 창녀 부족에 대한 불만을 토로했다. 본은 사실 예전에는 그 정도로 형편없지 않았다. 전에는 좁은 골목길도 많았고, 서점과 학생단체 그리고 커피를 마실 수 있는 별실이 딸린 작은 빵집들이 있었다.

레오와 통화를 시도하기 전에, 나는 고향 도시를 한번 둘러보고자 절뚝거리며 발코니로 나갔다. 도시는 정말 예뻤다. 교회, 고성들의 지붕, 베토벤 기념비, 작은 시장과 궁중정원이 있었다. 본의 운명은 사람들이 그 운명을 믿지 않는 데 있다. 나는 발코니에서 본의 공기를 마음껏 들이마셨다. 놀랍게도 기분이 좋아졌다. 본은 몇 시간 동안 공기의 전환이라는 기적을 일으킬 수 있다.

나는 발코니에서 방으로 돌아왔다. 주저하지 않고 레오가 공부하고 있는 곳으로 전화했다. 두려웠다. 레오가 천주교인이 된 이래로 그를 본 적이 한 번도 없었다. 그는 자신의 개종을 순진할 만큼 정확한 그의 방식대로 통보했다. "사랑하는 형. 알리는 바야. 심사숙고 끝에 천주교로 개종하고 신부가 되기로 결심했어. 내 삶의 이 중대한 변화에 대해 만나서 함께 이야기할 기회가 곧 오리라 확신해. 형을 사랑하는 레오." 레오는 편지 서두를 '나'로 시작하지 않고 구식적인 투로 시작했다. 즉 '나는 이렇고 저렇고' 하는 대신에 '알리는 바'라는 식으로 시작했다. 꼭 레오였다. 피아노를 칠 때의 그 유연함은 찾아볼 수 없었다. 만사를 사무적으로 처리하는 이런 방식 때문에 내 우울증은 더 심해졌다. 이런 식으로 계속 나간다면, 레오는 언젠가 백발의 고상한 성직자가 되어 있으리라. 이런 점에서 ―편지를 쓰는 방식에서― 아버지와 레오는 똑같이 구제불능이다. 그들은 모든 것을 마치 갈탄 이야기를 하듯 쓴다.

신학교 기숙사에서 누군가가 전화를 받기까지는 오래 걸렸다. 나는 교회의 이런 게으른 작태를 내 식대로 심한 말로 낙인찍기 시작했다. "염병할." 바로 그때 누군가가 수화기를 들었다. "네?" 놀랍게도 쉰 목소리였다. 나는 실망했다. 연한 커피와 마른 쿠키 냄새가 나는 수녀의 목소리를 기대했는데 그 대신 쉰 목소리의 남자였다. 파이프 담배와 양배추 냄새가 났다. 코를 찌르는 듯한 냄새 때문에 나는 기침을 하기 시작했다.

"미안합니다만, 신학과 학생인 레오 슈니어와 통화할 수 있을까요?"

"전화하는 사람은 누굽니까?"

"슈니어입니다." 내가 말했다. 분명 그는 그 말을 이해하지 못했다. 그는 오랫동안 입을 다물고 있었다. 나는 다시 기침을 하기 시작했다. 마음을 가다듬었다. 그리고 말했다. "철자를 말하겠습니다. 학교, 북극, 이다, 에밀, 리하르트."*

"그게 어쨌다는 거요?" 드디어 그가 입을 열었다. 나는 그의 목소리에서 내가 느꼈던 것만큼의 절망의 소리를 들었다고 믿었다. 아마도 그들은 담배를 피우던 친절한 노교수에게 전화를 연결해준 모양이었다. 나는 급히 라틴어 단어 몇 개를 긁어 모아서 겸손하게 말했다. "레오의 형입니다(Sum frater leonis)." 그러면서 나는 뭔가 불공평하다고 여겼다. 나는 이따금 이곳의 누군가와 이야기하고 싶어하는, 라틴어는 한마디도 배운 적이 없는 많은 사람을 생각했다.

그러자 그는 이상하게도 킥킥대면서 말했다. "그대 형제는 식당에 있소(Frater tuus est in refectorio). 식사중이오." 그는 좀더 큰 소리로 말했다. "그분들은 지금 식사중이오. 식사중에는 누구도 방해해서는 안 되지."

"아주 급한 일입니다." 내가 말했다.

"누가 죽기라도 했소?" 그가 물었다.

---

* 학교(Schule)할 때 Sch, 북극(Nordpol)할 때 N, 사람 이름 이다(Ida)할 때 I, 에밀(Emil)할 때 E, 리하르트(Richard)할 때 R를 합하면 슈니어(Schnier)가 된다.

"아닙니다. 하지만 거의 그런 셈입니다."

"그러면 큰 사고요?"

"아닙니다. 내적인 사고입니다."

"아, 내출혈이군." 그가 말했다. 그의 목소리가 좀 부드러워졌다.

"아닙니다. 영혼의 문제입니다. 순전히 영혼의 문제입니다." 그것은 그에게 낯선 말임이 분명했다. 그는 얼음을 뒤집어쓴 듯 입을 다물었다.

"맙소사. 인간은 육체와 영혼으로 이루어져 있습니다." 내가 말했다.

그의 투덜거림은 이런 주장에 대한 의혹의 표현인 것 같았다. 그는 파이프 담배를 두 모금 빨면서 웅얼거렸다. "아우구스티누스—보나벤투라—쿠자누스—당신은 잘못된 길에 들어서 있습니다."

"영혼입니다, 슈니어 씨에게 전해주십시오. 그의 형의 영혼이 위험에 처해 있다고요. 식사가 끝나는 대로 전화하라고요."

"영혼, 형, 위험." 그는 냉랭하게 말했다. 그는 쓰레기, 오물, 우유를 그런 식으로 똑같이 말할 수 있었을 것이다. 그것은 우스꽝스러웠다. 어찌 되었든 학생들은 그곳에서 미래의 사제로 양성되고 있었다. 그는 영혼이라는 말을 이미 한 번쯤은 틀림없이 들어보았을 것이다. "일이 아주, 아주 절박합니다." 나는 말했다.

그는 그저 "흠, 흠" 했을 뿐이다. 영혼과 관련된 어떤 것이 절박할 수 있다는 게 그는 전혀 이해되지 않는 것 같았다.

"그 말을 전하지요. 그 일이 학교와는 무슨 상관이 있지요?"

"없습니다. 전혀 없습니다. 학교와는 아무런 상관이 없습니다. 제 이름의 철자를 말하려고 학교라는 단어를 사용했을 뿐입니다."

"당신은 학교에서 아직도 철자법을 가르친다고 믿나보군요. 진짜 그렇게 믿습니까?" 그의 목소리가 활기를 띠기 시작해서 나는 그가 드디어 좋아하는 주제를 만났다고 생각할 수밖에 없었다. "오늘날에는 방법들이 지나칠 정도로 부드러워졌지요." 그는 소리쳤다. "너무 부드러워졌어요."

"물론입니다. 학교에서 매를 더 많이 사용해야 합니다."

"맞소." 그가 불같이 소리를 질렀다.

"그렇습니다. 특히 교사들은 매를 더 많이 맞아야 합니다. 동생에게 제 말을 전해주는 거 잊지 않으셨죠?"

"이미 적어놨소. 영혼의 긴급 상황. 학교 일. 이보시오, 젊은 양반. 분명히 내가 나이를 더 먹은 거 같은데, 당신에게 선의의 충고를 하나 해도 되겠소?"

"오, 좋습니다." 내가 말했다.

"아우구스티누스는 그만두시오. 노련하게 표현된 주관성은 신학이 되려면 아직 한참 멀었소. 젊은 영혼들에게 해나 끼칠 따름이라오. 몇몇 변증법적인 요소를 지닌 저널리즘 외에 아무것도 아니라오. 당신, 내 충고를 불쾌하게 받아들이지는 않겠죠?"

"아닙니다. 곧장 가서 제 아우구스티누스를 불에 던져버리겠습니다."

"좋소, 그러시오. 불에 던져버리시오. 신이 그대와 함께하기를." 그는 거의 환호에 가까운 소리로 말했다. 나는 고맙다는 인사를 하고 싶었다. 그러나 그것은 적절하지 않은 것 같았다. 그래서 그냥 수화기를 내려놓았다. 그리고 땀을 닦아냈다. 나는 냄새에 아주 민감하다. 그

강한 양배추 냄새는 내 자율신경계를 자극했다. 나는 교회 당국의 방침들에 대해 곰곰이 생각했다. 노인에게 자신이 아직 쓸모 있다는 느낌을 주는 것은 분명히 좋은 일이다. 그러나 난청인데다 그렇게 괴팍한 노인에게 전화 업무를 맡긴 것을 나는 이해할 수 없었다. 양배추 냄새는 기숙사 시절부터 알고 있었다. 기숙사의 한 사제가 우리에게 양배추는 욕정을 무디게 한다고 설명한 적이 있었다. 나 또는 누군가의 욕정이 무뎌졌다는 생각에 구역질이 났다. 분명히 그들은 그곳에서 밤낮으로 "살의 욕망"만을 생각하고 있다. 식단표를 작성하고, 교장과 함께 그것에 대해 이야기하는 수녀 하나가 틀림없이 부엌 어딘가에 앉아 있다. 그리고 그들은 마주 보고 앉아서, 식단표에 대해 이야기하지는 않지만 식단표에 적힌 모든 음식에 대해 생각할 것이다. 이것은 욕정을 억제하고, 저것은 욕정을 촉진한다. 그러한 장면이 내게는 기숙사 시절 몇 시간씩이고 했던, 그 빌어먹을 축구와 똑같이 확실히 외설로 보인다. 우리는 모두 알고 있었다. 여자 생각을 하지 못하도록 우리를 지치게 만들려고 한다는 것을. 그것은 내가 축구를 싫어하도록 만들었다. 내 동생 레오가 욕정을 죽이기 위해 양배추를 먹어야 한다고 생각하니, 그 신학교 기숙사라는 데로 가서 모든 양배추에 염산을 들이붓고 싶은 생각이 간절했다. 젊은이들이 그곳에서 해야 하는 일들은 양배추 없이도 충분히 힘들다. 육신의 부활과 영생이라는 이해할 수 없는 내용을 매일같이 설교한다는 것은 끔찍할 정도로 힘든 일임이 분명하다. 주님의 포도밭을 일구고, 거기서 얻는 가시적 성과가 얼마나 적은지를 보는 것은 분명히 힘든 일이다. 마리가 유산했을 때 우리에게 그렇게 친절했던 하인리히 벨렌은 내게 모든 것을 설명해준 적이 있다. 그는 내 앞에서 자신을 늘 "정서적으로 보나 보수로 보나 주님의 포도밭의 배우지 못한 노동자"라고 불렀다.

우리는 5시에 병원에서 나왔고, 나는 걸어서 그를 집까지 데려다주었다. 전차를 탈 돈이 없었기 때문이다. 문 앞에 서서 주머니에서 열쇠를 꺼낼 때 그는 야근에서 돌아온 노동자와 조금도 다르지 않았다. 피곤한 모습에 수염도 깎지 않았다. 그 시간에 미사를 올린다는 것은, 마리가 내게 늘 얘기했던 온갖 예식을 갖추어서 미사를 올린다는 것은, 그에게 끔찍한 일임이 틀림없었다. 하인리히가 문을 열자 가정부가 현관에 서 있었다. 무뚝뚝하고 늙은 여자였다. 슬리퍼를 신고 있었는데, 드러난 다리의 피부가 샛노랬다. 그녀는 수녀가 아니었다. 그의 어머니도, 그의 누이도 아니었지만 그녀는 그를 호되게 야단쳤다. "뭐하자는 거야? 뭐하자는 거냐고?" 이 가련한 홀아비들의 무뚝뚝함. 젠장할, 몇몇 천주교 부모들이 제 어린 딸들을 사제의 집으로 보내면서 불안해하는 것에 나는 놀라지 않는다. 이 불쌍한 사제들이 가끔씩 바보 같은 짓을 저질러도 나는 놀라지 않는다.

하마터면 나는 레오의 신학교 기숙사의, 파이프 담배를 피우는 그 난청의 노인한테 한 번 더 전화할 뻔했다. 그와 육체의 욕망에 관해 이야기하고 싶었다. 내가 알던 사람들 가운데 누군가에게 전화를 하는 것이 두려웠다. 차라리 나를 모르는 사람이 나를 더 잘 이해할 것 같았다. 그에게 천주교에 관한 내 사고가 옳은지 묻고 싶었다. 내게는 이 세상에 오직 네 명의 천주교인밖에 없다. 교황 요한, 알렉 기네스*,

---

* 2차 세계대전 후 세계적으로 알려진 영국의 영화배우.

마리, 그레고리다. 한때는 세계 챔피언이 될 뻔한, 이제는 늙은 흑인 권투선수인 그레고리는 버라이어티쇼에서 힘 장사로 근근이 세상을 헤쳐나가고 있다. 순회공연중 가끔 그를 만났다. 제3교구에 속해 있던 그는 매우 경건했고 교리에 충실했다. 그는 권투선수다운 우람한 가슴에 늘 스카풀라리오*를 늘어뜨리고 있었다. 대부분의 사람들은 그를 정신박약자로 여겼다. 그가 거의 한마디도 하지 않는데다 오이와 빵 외에 다른 것은 거의 먹지 않았기 때문이다. 그런데도 그는 나와 마리를 마치 인형을 들듯이 방 안에서 들고 왔다갔다할 수 있을 만큼 힘이 셌다. 그 외에도 꽤 믿을 만한 천주교인들이 몇 명 더 있다. 카를 에몬스와 하인리히 벨렌 그리고 취프너다. 나는 이미 마리를 의심하기 시작했다. 그녀의 "형이상학적 경악"을 나는 이해할 수가 없었다. 나를 떠난 마리가 나와 함께 했던 모든 일을 취프너와 함께 했다면, 그렇다면 마리는 자기 책에 간통이나 간음이라고 분명히 적혀 있는 일들을 한 것이었다. 그녀의 형이상학적 경악은 우리가 호적상 결혼하고, 우리 아이들을 천주교식으로 교육하는 것을 내가 거부하는 것에 대한 것뿐이었다. 우리에게는 아직 아이가 없었다. 그렇지만 우리는 늘 아이에 대해 이야기했다. 아이들에게 어떤 옷을 입힐지, 아이들과 어떻게 대화할지, 아이들을 어떻게 교육할지 이야기했다. 우리는 천주교식으로 교육시키는 것 외에 모든 점에서 의견이 일치했다. 나는 아이들이 세례를 받는 것에 동의했다. 마리는 내가 문서상으로 동의해주어야 한다고 말했다. 그러지 않으면 우리는 교회법상으로 혼

---

* 수도사가 어깨에 두르는 겉옷.

인한 게 아니라는 것이다. 내가 교회법상의 결혼식에 동의한다고 밝히자, 우리는 호적상으로도 결혼한 상태여야 한다는 것이었다. 거기서 나는 인내심을 잃었다. 그래서 우리는 아직 좀더 기다려야만 한다고 말했다. 이제 1년 늦어지는 것은 더이상 문제가 아니라고 했다. 그러자 그녀는 울면서 이 상태로 산다는 게, 그것도 우리 아이들이 기독교식으로 교육될 전망도 없이 산다는 게 그녀에게 무엇을 의미하는지 나는 이해하지 못한다고 했다. 나는 언짢았다. 이 점에서 우리가 5년 동안 서로 다른 이야기를 해왔다는 사실이 밝혀졌기 때문이다. 교회법상으로 결혼하기 전에 먼저 국가법상으로 결혼해야만 한다는 것을 나는 정말 몰랐다. 물론 나는 그것을 알았어야 했다. 성년이 된 국민으로서 그리고 "온전히 책임을 지는 남자"로서 말이다. 그러나 나는 그것을 그냥 몰랐다. 백포도주는 차게, 적포도주는 약간 미지근하게 해서 내놓아야 함을 얼마 전까지 몰랐던 것처럼 말이다. 호적사무소들이 있다는 것과 그곳에서 결혼식을 치르고 증명서를 발급받을 수 있다는 것은 물론 알았다. 그러나 나는 그것은 교회에 다니지 않는 사람들과, 이른바 국가에 작은 기쁨을 선사하려는 사람들을 위한 거라고 생각했다. 교회에서 결혼하기 전에 먼저 그곳에 들러야만 한다는 사실을 알았을 때 나는 정말로 화가 났다. 그리고 앞으로 우리 아이들을 천주교식으로 교육하겠다고 내가 문서로 약속해야 한다고 마리가 말했을 때, 우리는 다투게 되었다. 그것은 내게 협박처럼 여겨졌다. 마리가 문서상의 협약 요구에 동의했다는 사실이 마음에 들지 않았다. 그녀는 물론 아이들을 세례받게 할 수 있었고 그녀가 옳다고 여기는 대로 교육할 수 있었다.

그날 저녁 그녀는 기분이 좋지 않았다. 그녀는 창백했고 지쳤으며, 나에게 상당히 큰 소리로 말했다. 그래, 좋아, 다 하겠어, 그 일에도 동의하겠어, 내가 말하자 마리는 화를 냈다. "넌 지금 그저 게으름 때문에 그렇게 말하는 거야. 추상적 질서원칙의 권한에 대한 확신 때문에 그러는 게 아니야." 나는 그렇다고, 사실 게으름 때문에, 그리고 그녀를 평생 옆에 두고 싶기 때문에 그러는 거라고 말했다. 그녀를 갖기 위해서 필요하다면 천주교로 개종도 할 거라고 했다. 나는 심지어 비장해져서 "추상적 질서원칙" 같은 단어는 내게 고문실을 생각나게 한다고 말했다. 그녀는 내가 그녀를 붙잡아두려고 필요하다면 천주교로 개종도 할 생각이라는 말을 모욕으로 받아들였다. 그러나 나는 그녀에게 좀 지나치다 싶을 정도로 아첨을 했다고 생각했다. 그녀는 더이상 나나 그녀가 문제가 아니라고, "질서"가 문제라고 말했다.

저녁 무렵 하노버에 있는 호텔 방에서였다. 그 호텔은 커피 한 잔을 주문하면 4분의 3잔만 나오는 일급 호텔들 가운데 하나였다. 이런 호텔 사람들은 너무 고상해서 잔에 가득 담은 커피를 저급한 취향으로 생각한다. 호텔 종업원들은 무엇이 고상한지를 저쪽에서 호텔 손님 역할을 해내고 있는 고상한 사람들보다 더 잘 안다. 내게 이 호텔은 늘 특히 비싸고 특히 지루한 기숙사 같았다. 그날 저녁 나는 기진맥진했다. 그날은 세 번이나 연달아 무대에 섰다. 이른 오후에는 강철주식회사 주주들 앞에서, 오후에는 교직 후보생들 앞에서, 그리고 저녁에는 한 버라이어티쇼에서 공연을 했다. 버라이어티쇼에서의 박수 소리가 너무나 시답지 않아, 나는 나의 몰락이 다가왔음을 감지했다. 이 달갑지 않은 호텔에서 방으로 맥주를 갖다달라고 전화로 주문하자,

호텔 종업원은 마치 내가 썩은 물을 원하기라도 한 듯이 "알았습니다, 손님" 하고 쌀쌀맞게 말했다. 그들은 맥주를 은쟁반에 가져왔다. 나는 피곤했다. 그저 맥주를 마시고 싶었다. '이봐 화내지 마' 게임을 조금 하고, 목욕을 하고, 석간신문을 읽고, 마리 옆에서 잠들고 싶었다. 오른손을 그녀의 가슴에 얹고, 얼굴은 그녀의 머리 가까이 대고, 그렇게 그녀의 머리 냄새를 잠 속으로 함께 가져가고 싶었다. 내 귀에는 그 힘없는 박수 소리가 여전했다. 그들 모두가 엄지손가락을 땅 쪽으로 내렸다면 차라리 더 인간적이었으리라. 내 공연에 대한 그 피곤하고 권태로운 경멸은 그 시답지 않은 은쟁반 위의 맥주처럼 맥이 빠져 있었다. 한마디로 나는 세계관에 입각한 대화를 할 상태가 아니었다.

"한스, 그 일이 문제야." 그녀가 좀 낮은 목소리로 말했다. 그녀는 "그 일"이 우리에게 어떤 의미를 갖고 있었음을 전혀 알아차리지 못했다. 그것을 잊어버린 듯 보였다. 그녀는 이인용 침대의 발치에서 왔다갔다했다. 그리고 손을 움직일 때마다 매번 정확히 허공에 담배를 휘둘러 작은 담배 연기들이 마치 반점처럼 보이도록 했다. 그녀는 그 사이 담배를 배웠다. 연초록빛 스웨터를 입은 마리는 아름다웠다. 하얀 피부, 예전보다 검어진 머리. 나는 그녀의 목에서 처음으로 그리움을 알았다. 나는 말했다. "불쌍하게 봐주라. 우선 잠 좀 푹 자게 해줘. 우리 내일 아침 식사 때 모든 것을 다시 한번 이야기하자. 특히 그 일에 대해서 말이야." 그러나 그녀는 아무것도 눈치채지 못한 채 몸을 돌리더니 침대 앞에 멈춰 섰다. 나는 그녀의 입을 보고, 그녀 스스로 노골적으로 털어놓지는 않았지만 말다툼거리가 있음을 알아챘다. 나는 담배를 빠는 그녀의 입가에서 한 번도 본 적이 없는 몇 개의 작은 주름을 보았다. 그녀는 고개를 저으면서 나를 바라보더니 한숨을 내쉬고 도로 몸을 돌렸다. 그리고 다시 왔다갔다했다.

"이해 못 하겠는데." 나는 지쳐서 말했다. "처음에 우리는 이 협박 문서에 내가 서명하는 일 때문에 싸웠지. 그다음에는 호적상의 결혼 때문에 싸웠고. 지금 난 그 두 가지를 받아들일 준비가 되어 있어. 그런데 넌 지금 전보다 더 화를 내고 있잖아."

"그래. 일이 너무 빨리 돌아가. 네가 논쟁을 꺼리는 게 느껴져. 도대체 원하는 게 뭐야?"

"너야." 나는 말했다. 나는 여자에게 할 수 있는 그보다 더 다정한 말을 알지 못한다.

"이리 와. 내 옆에 와서 누워. 그리고 재떨이도 가져오고. 그러면 이야기가 더 잘될 거야." 나는 그녀 앞에서 '일'이라는 단어를 더이상 입에 담을 수가 없었다. 그녀는 머리를 저으면서 침대 위 내 앞에 재떨이를 갖다놓았다. 그러고는 창가로 가서 바깥을 내다보았다. 나는 불안했다. "지금 대화에서 뭔가가 맘에 들지 않아—너 같지 않아!"

"그럼 뭐 같은데?" 그녀가 나지막이 물었다. 갑자기 그토록 부드러워진 목소리에 나는 넘어갔다.

"본 같아. 그 모임 말이야. 좀머빌트와 취프너 같아—그들 이름이 뭐든."

"어쩌면 네 눈이 본 것을 네 귀가 들었다고 착각하는지도 몰라." 그녀는 몸을 돌리지 않은 채 말했다.

"네가 무슨 말을 하는지 모르겠어." 나는 지쳐서 말했다.

"참, 지금 천주교인의 날이라는 걸 모르는 것처럼 말하네."

"현수막들 봤어." 내가 말했다.

"그런데도 헤리베르트와 좀머빌트 주교가 여기 있을지도 모른다는 생각은 들지 않았나 보지?"

나는 취프너의 이름이 헤리베르트인지 몰랐다. 그녀가 그 이름을 언급했을 때, 그것이 그의 이름일 수밖에 없다는 생각이 들었다. 나는 다시 마리와 취프너가 서로 손을 잡았던 일이 생각났다. 하노버에서 천주교 사제들과 수녀들이 보통 때보다 더 자주 눈에 띄는 것을 벌써 눈치챘다. 그러나 나는 마리가 여기서 누군가를 만나리라고는 생각하지 못했다. 며칠 동안 공연이 없을 때, 우리는 이따금 본으로 갔다. 그래서 마리는 그 "모임"을 충분히 즐길 수 있었다.

"여기 이 호텔에?" 나는 피곤해서 물었다.

"응." 그녀가 말했다.

"왜 나를 그들과 만나게 해주지 않았어?"

"넌 거의 여기 없었잖아." 그녀가 말했다. "일주일 내내 돌아다녔잖아, 브라운슈바이크, 힐데스하임, 첼레……"

"하지만 지금은 시간이 있어. 그들한테 전화해. 아래 바에서 뭐라도 같이 마시게." 나는 말했다.

"그 사람들 떠났어. 오늘 오후에 갔어." 그녀가 말했다.

"네가 그렇게 오랫동안 충분히 '천주교적인 공기'를 마실 수 있었다니 기뻐. 물론 수입한 것이기는 하지만." 내가 말했다. 이 말은 내가 아니라 그녀의 표현이었다. 가끔 그녀는 천주교적인 공기를 다시 좀 마셔야 한다고 말하곤 했다.

"왜 기분 나빠하는 거야?" 그녀가 물었다. 그녀는 여전히 거리 쪽

을 향해 서 있었다. 다시 담배를 피웠다. 그 모습 역시 나한테는 생소
했다. 이렇게 성급하게 담배를 피우는 모습이 그녀가 나와 말하는 방
식만큼이나 낯설었다. 그 순간 그녀는 그저 어느 여자였으리라. 어느
예쁜 여자, 그다지 지적이지 않은 여자, 떠나려고 구실을 찾는 여자.

　"나 화나지 않았어. 너도 알잖아. 너도 알고 있다고 내게 말해줘."
내가 말했다. 그녀는 아무 말도 하지 않았다. 그러나 고개를 끄덕였
다. 그녀가 울음을 참고 있음을 얼굴만 보고도 충분히 알 수 있었다.
왜? 그녀는 울어야 했다. 격렬하게, 그리고 오랫동안 울어야 했다. 그
러면 나는 일어나서 그녀를 안고 키스해줄 수 있었으리라. 하지만 하
지 않았다. 그럴 기분이 나지 않았다. 그저 습관이나 의무 때문에 그
러고 싶지는 않았다. 나는 누워서 취프너와 좀머빌트를 생각했다. 그
녀는 사흘 동안 그들과 이런저런 이야기를 나누고서도 내게는 아무
말도 하지 않았다. 그들은 분명히 나에 대해 이야기했다. 취프너는 천
주교 평신도 상부 조직의 일원이었다. 나는 너무 오랫동안 망설였다.
1분, 1분 30초 아니면 2분, 모르겠다. 내가 일어나서 그녀에게 가자,
그녀는 머리를 가로저었다. 그리고 자기 어깨에서 내 손을 밀어내고
다시 입을 열었다. 그녀의 형이상학적 경악에 대해, 그리고 질서원칙
에 대해 말했다. 나는 마치 벌써 20년간 그녀와 결혼생활을 한 것 같
았다. 그녀의 목소리에는 교육적인 말투가 담겨 있었다. 그녀의 주장
을 받아들이기에 나는 너무 피곤했다. 그녀의 주장들은 나를 스쳐 날
아갔다. 나는 그녀의 말을 중단시켰다. 그리고 버라이어티쇼에서 있
었던 나의 실패에 대해, 3년 만에 처음인 실패에 대해 그녀에게 이야
기했다. 우리는 나란히 창가에 서서 거리를 내려다보았다. 택시가 계

속 지나갔다. 천주교위원회 임원들을 역으로 데려가고 있었다. 수녀들과 사제들과 평신도들을. 한 무리에서 나는 슈니츨러를 알아보았다. 아주 고상해 보이는 늙은 수녀가 타고 갈 택시 문을 열어놓고 서 있었다. 그는 우리 집에 살았을 때는 개신교인이었다. 개종을 했거나 아니면 개신교의 참관인으로 여기 온 게 틀림없었다. 그에게는 모든 것이 가능했다. 저 아래에서 여행가방들을 끌고 가는가 하면 호텔 종업원들에게 팁을 쥐여주기도 했다. 피곤과 혼란으로 눈앞에서 모든 것이 빙빙 돌았다. 택시와 수녀, 불빛과 가방. 그리고 극도로 피곤한 박수 소리가 계속해서 귀에 들렸다.

마리는 이미 오래전에 질서원칙에 대한 독백을 중단했다. 담배도 더이상 피우지 않았다. 내가 창가에서 물러서자 그녀는 나를 따라오더니, 내 어깨를 잡고 눈에 키스했다. "자기는 참 사랑스러워. 참 사랑스럽고 참 피곤해." 그녀가 말했다. 그러나 내가 그녀를 안으려 하자 그녀는 작은 소리로 말했다. "제발, 제발 그러지 마." 그녀를 정말 놓아버린 게 잘못이었다. 나는 옷을 입은 채 침대에 몸을 던졌다. 바로 잠이 들었다. 그리고 아침에 깨어났을 때, 나는 마리가 가버렸음을 알았지만 놀라지 않았다. 테이블 위에서 메모지를 보았다. "나는 내가 가야 할 길을 가야 해." 그녀는 이제 스물다섯 살이 다 되었다. 그녀는 뭔가 더 나은 것을 생각해냈어야 했다. 나는 그녀의 그런 모습을 나쁘게 생각하지 않았다. 단지 그것이 내게는 별로 중요치 않게 보였을 뿐이다. 나는 즉시 자리에 앉아서 그녀에게 긴 편지를 썼다. 아침 식사 후 한 통을 더 썼다. 매일 편지를 썼다. 그리고 편지들을 모두 본에 있는 프레데보일의 주소로 보냈다. 그러나 한 번도 답장을 받지 못했다.

9

프레데보일 집에서도 누군가 전화를 받기까지는 오래 걸렸다. 계속 울리는 벨소리가 신경을 건드렸다. 나는 프레데보일 부인이 자다가, 전화벨 소리에 깨어났다가, 다시 잠들었다가, 다시 깨어나는 것을 상상했다. 그리고 이 전화 때문에 그녀의 귀가 겪을 모든 고통을 나는 겪었다. 나는 수화기를 내려놓으려고 했다. 그러나 일종의 긴급 상황이라고 생각해서 전화벨이 계속 울리도록 두었다. 프레데보일까지 깊은 잠에서 깨운다 해도 나는 전혀 곤란하지 않았다. 이 남자는 조용히 잠을 잘 자격이 없었다. 그의 명예욕은 병적이다. 그는 손을 언제나 전화기 위에 놓고 있을 것이다. 국장, 편집장, 중앙위원회, 상부 조직 그리고 당에 전화하거나 그들한테 걸려오는 전화를 받으려고 말이다. 나는 그의 부인을 좋아한다. 그가 처음 그녀를 그 모임에 데려왔을 때 그녀는 아직 학생이었다. 가만히 앉아서, 예쁜 눈으로 사회신학적 논쟁을 따라가고 있는 그녀의 모습은 나를 아주 비참하게 만들었다. 나는 그녀가 차라리 춤을 추거나 영화를 보러 가고 싶어할 거라고 생각했다. 이 모임이 열렸던 집의 주인인 좀머빌트가 내게 계속 물었다. "슈니어 씨, 너무 덥지 않습니까?" 내 뺨과 이마에 땀이 흐르는데도 나는 대답했다. "아닙니다, 사제님." 결국 나는 발코니로 나갔다. 이야기를 더이상 참을 수 없었기 때문이다. 그 장황한 이야기를 시작한 사람은 바로 그녀였다. 그녀가 — 덧붙여 말하자면 지역주의의 규모와 한계에 관한 토론의 맥락과는 전혀 동떨어지게 — 벤*이 쓴 몇몇 작품들을 "아주 훌륭하게" 생각한다고 말했기 때문이다. 그러자 그녀의 약혼자인 프레데보일이 얼굴을 붉혔다. 킨켈이 자신의 그 유명한 '말하는 시선들' 가운데 하나를 그에게 던졌기 때문이다. "어떻게 자네는 여태 그녀를 바로잡아주지 못했나?" 그래서 킨켈은 서양 전체를 대패 삼아서 그 불쌍한 아가씨를 바로잡고, 다듬었다. 그 착한 아가씨에게는 거의 아무것도 남아 있지 않았다. 대팻밥들이 날아갔다. 나는 그 비겁자 프레데보일에게 화가 났다. 그는 끼어들지 않았다. 특정 이데올로기의 노선에 있는 킨켈과 "결탁했기" 때문이다. 그것이 좌파 쪽인지 우파 쪽인지, 나는 더이상 알지 못한다. 어쨌든 그들에게는 노선이 있었고, 킨켈은 프레데보일의 신부를 인도할 도덕적 의무를 느꼈다. 좀머빌트는 킨켈과 프레데보일과는 대립된 노선을 대변하는데도 동요하지 않았다. 그것이 어떤 노선인지 나는 모른다. 킨켈과 프레데

---

* 고트프리트 벤. 독일 표현주의의 대표 작가.

보일이 좌파라면, 좀머빌트는 우파다. 아니면 그 반대다. 마리 역시 조금은 창백해졌다. 그러나 교양은 그녀에게 감흥을 준다―나는 그녀가 그러는 것을 결코 그만두게 할 수 없었다―그리고 킨켈의 교양은 프레데보일의 미래의 아내에게도 감흥을 주었다. 그녀는 거의 외설적인 한숨과 함께 그 강한 어조의 가르침을 받아들였다. 교부(敎父)들에서부터 브레히트에 관한 것까지 폭우처럼 쏟아졌다. 내가 발코니에서 기분이 상쾌해져서 돌아왔을 때는 다들 완전히 지친 채 앉아서 과일칵테일을 마시고 있었다. 이 모든 것은 순전히 그 불쌍한 여자가 벤의 몇몇 작품을 "아주 훌륭하게" 생각한다고 말했기 때문이었다.

지금 그녀는 프레데보일과 함께 살며, 이미 아이를 둘이나 낳았다. 나이는 스물두 살이 채 안 된다. 집에서 전화벨이 계속 울리는 동안 어디선가 아기 우유병, 베이비파우더, 기저귀, 크림 등을 들고 정신없이 움직이는 그녀의 모습을 상상해보았다. 그리고 산더미처럼 쌓인 더러운 아기 옷과 부엌의 기름때 묻은 그릇들을 생각했다. 언젠가 대화하는 것이 너무 힘들어지자 그녀를 도운 적이 있다. 토스트를 굽고, 빵을 썰고, 커피를 끓였다. 이런 일들이 특정한 형식의 대화보다 덜 역겹다는 사실을 나는 꼭 말해야겠다.

주저하는 듯한 목소리가 들렸다. "네, 여보세요?" 나는 그 목소리에서 부엌과 욕실과 침실은 예전보다 더 어질러져 있음을 알 수 있었다. 이번에는 거의 아무 냄새를 맡을 수 없었다. 그러나 그녀는 손에 담배 한 개비를 들고 있었던 게 틀림없다.

"슈니어입니다." 나는 말했다. 나는 기쁨의 환호성을 기대했다. 내가 전화하면 그녀는 늘 기쁨의 탄성을 질렀다. 어머, 당신 본에 왔군요—아, 반가워요—또는 그와 비슷한 탄성을 질렀다. 그러나 그녀는 당황해서 입을 다물었다. 이윽고 힘없는 소리로 말했다. "아, 반갑군요." 나는 무슨 말을 해야 할지 몰랐다. 예전에 그녀는 늘 "언제 한번 와서 우리한테 뭐 좀 보여줄 거지요?"라고 말했다. 하지만 지금은 한 마디도 없었다. 나는 당황스러웠다. 나 때문이 아니라 그녀 때문에. 나는 실망스러웠을 뿐이지만, 그녀는 당황스러워했다. "편지들은," 마침내 내가 겨우 입을 열었다. "내가 댁의 주소로 마리한테 보낸 편지들은요?"

"여기 있어요. 뜯지 않고 돌려보냈어요."

"도대체 어느 주소로 부치셨는데요?"

"나는 몰라요. 남편이 한 일이라서."

"그렇지만 당신도 되돌아온 편지에 쓰여 있는 주소를 보셨을 거 아닙니까?"

"저를 심문하시는 거예요?"

"오, 천만에요." 나는 부드러운 목소리로 말했다. "아닙니다, 아닙니다. 난 그저 나한테 내 편지들이 어떻게 되었는지 알 권리가 있다고 생각했을 뿐이에요."

"당신은 그것들을 우리한테 물어보지도 않고 보냈잖아요."

"프레데보일 부인, 제발 인간적으로 헤아려주세요."

그녀는 웃었다. 미미하지만 들을 수 있었다. 그러나 아무 말도 하지 않았다.

"제 말은, 인간들이, 비록 이데올로기적인 것 때문이라고 하더라도—인간적이 될 때가 있다는 겁니다."

"내가 이제까지 비인간적으로 행동해왔다는 말이에요?"

"그렇습니다." 나는 말했다. 그녀가 다시 웃었다. 작게, 그러나 여전히 들을 수 있었다.

"그 일은 정말 유감입니다." 그녀가 마침내 입을 열었다. "하지만 더이상 말할 수가 없군요. 당신은 우리 모두를 아주 실망시켰어요."

"어릿광대로서요?" 내가 물었다.

"그것도요. 하지만 그것만이 아니에요."

"남편이 댁에 안 계신 거 같은데요?"

"네. 그 사람은 며칠 후에나 와요. 아이펠에서 선거 연설을 하고 있어요."

"뭐라고요?" 나는 소리쳤다. 그것은 정말로 새로운 소식이었다. "하지만 기독교민주당을 위해서는 아니겠죠?"

"왜 아니겠어요?" 그녀는 수화기를 내려놓겠다는 뜻을 내게 분명히 전달하려는 말투로 말했다.

"좋습니다. 제 편지들을 저한테 다시 보내달라고 한다면 너무 많은 것을 요구하는 것이겠지요."

"어디로요?"

"본으로요. 여기 내 본 주소로."

"본에 계세요?" 그녀가 물었다. 그리고 그것은 그녀가 "하느님 맙소사"라는 말을 참는 것처럼 보였다.

"안녕히 계세요. 아울러 그토록 넘치는 인간성을 보여주신 것에 감사드립니다." 나는 말했다. 그녀에게 그렇게 못되게 군 것이 마음에 걸렸다. 나는 완전히 지쳐 있었다. 부엌으로 가 냉장고에서 코냑을 꺼내 한 모금을 깊이 들이켰다. 아무런 도움이 되지 않았다. 한 모금을 더 마셨다. 도움이 되지 않기는 마찬가지였다. 적어도 프레데보일 부인은 일을 그런 식으로 처리하지 않을 거라고 생각했다. 나는 결혼에 관한 장황한 설교를 예상했다. 마리를 대하는 내 태도에 대한 비난을 생각했다. 프레데보일 부인은 친절하면서도 철저한 방식으로 교조적일 수 있었다. 그러나 내가 본에 머물면서 전화할 때면 대부분 그녀는 농담으로 내게 부엌일과 애들 방을 치우는 일을 한 번 더 도와달라고 했다. 내가 그녀를 잘못 본 게 틀림없었다. 아니면 그녀가 다시 임신을 해서 기분이 안 좋았는지도 모른다. 나는 그녀에게 다시 전화해서 무슨 일인지 알아낼 용기가 없었다. 그녀는 내게 늘 그렇게 친절했는데. 프레데보일이 나를 그런 식으로 대하라고 그녀에게 "엄격한 지시"를 내렸다고 설명할 수밖에 없었다. 완전히 미칠 때까지 자기 남편에게 순종하는 부인들을 나는 자주 목격했다. 그녀의 부자연스러운 냉담함이 내 마음을 얼마나 아프게 했는지 알기에는 프레데보일 부인이 너무 어렸는지도 모른다. 프레데보일이 어떤 대가를 지불해서라도 출세하려는, 방해가 된다면 자기 할머니까지 "내버릴" 기회주의적 떠벌이 그 이상은 아님을 알아야 한다고 그녀에게 요구할 수는 없었다. 그가 그녀에게 "슈니어를 없는 사람으로 여기라"고 말했던 게 확실하다. 그녀는 나를 간단히 없는 사람으로 여겼다. 그녀는 그에게 종속되어 있었다. 그가 나를 어딘가 쓸모가 있다고 여겼던 동안에 그녀는 본성대로 나를 상냥하게 대할 수 있었다. 하지만 지금은 그녀의 본성과 반대로 나에게 모욕을 줘야만 했다. 어쩌면 내가 그들 부부에게 부당한 짓을 했는지도 모른다. 그들은 그저 자신들의 양심에 따랐을 뿐인지도 모른다. 마리가 취프너와 결혼했다면, 나를 마리와 만나게 해주는 것은 그들에게는 죄악이었을 것이다. 취프너가 바로 천주교 상부 조직의 남자이며, 프레데보일에게 이용 가치가 있을지도 모른다는 사실은 양심을 힘들게 하지 않았다. 이익이 된다면, 그들은 마찬가지로 선하고 올바른 일도 했을 것이 틀림없다. 나는 프레데보일보다는 그의 부인에게 더 놀랐다. 그에게는 한 번도 어떤 환상을 가져본 적이 없었다. 그가 지금 기독교민주당을 위한 선거연설을 하고 있다는 사실조차 나를 놀라게 하지 못했다.

나는 코냑병을 냉장고에 도로 가져다 넣었다.

나는 천주교인들을 해치우기 위해 지금 당장 모두에게 일일이 전화하고 싶었다. 아무튼 정신이 멀쩡해졌다. 그리고 부엌에서 나와 다시 거실로 갈 때에는 더이상 절뚝거리지도 않았다.

현관의 옷걸이대와 청소도구함의 문까지도 녹(綠) 빛깔이었다.

나는 킨켈에게 전화한다고 약속하지 않았다. 하지만 그의 전화번호를 눌렀다. 그는 자신이 내 예술의 열광적인 흠모자라고 항상 말했다. 우리의 직업에 대해 아는 사람은 무대 위에서 일하는 사람들에 대한 아주 작은 칭찬 한마디가 마음을 터질 만큼 부풀어오르게 함을 안다. 나는 킨켈의 기독교적인 저녁의 평화를 방해하고 싶었다. 그가 나한테 마리의 거처를 누설할지도 모른다는 생각 때문이었다. 그는 그 모임의 우두머리였는데, 신학을 공부하다 한 아리따운 여자 때문에 학업을 중단했다. 그리고 자식을 일곱 둔 법률학자가 되었고 "우리의 가장 유능한 사회정치가들 중 하나"로 꼽혔다. 어쩌면 정말 그런지도 모른다. 나는 그것을 판단할 수 없었다. 그를 알게 되기 전에, 마리는 내게 그에 관한 책자 하나를 읽으라고 준 적이 있다. 『새로운 질서의 길』이라는 책이었는데 마음에 들었다. 그 글을 읽은 뒤 나는 그를 키가 크고 부드러운 금발의 남자로 상상했다. 그러고 나서 그 남자를, 숱 많은 검은 머리에 묵직해 보이는, 키 작고 "활기찬" 남자를 처음 보았을 때, 나는 그가 바로 그 사람임을 도저히 믿을 수가 없었다. 그가 내 상상과 달랐다는 사실 때문에 그를 부당하게 대했는지도 모르겠다. 마리가 킨켈에게 열광적인 찬사를 보내기 시작할 때면 데르쿰 노인은 늘 '킨켈 칵테일'에 대해 말하곤 했다. 그것은 말하자면, 마르크스와 과르디니*를, 아니면 블로이**와 톨스토이를 섞어놓은, 변화하는 성분들의 혼합물이었다.

우리가 처음으로 초대받아 갔을 때, 곧바로 난처한 상황이 벌어졌다. 우리는 너무 일찍 도착했는데, 집 뒤편에서 킨켈의 아이들이 요란스럽게 싸우고 있었다. 쉬쉬 하는 소리가 들려왔다. 그 소리 사이로 저녁 식탁을 치워야 한다고 달래는 목소리가 들려왔다. 킨켈이 나왔다. 미소를 지으면서 입에는 여전히 뭔가를 씹고 있었다. 그는 우리가 너무 빨리 나타나는 바람에 과민해진 기분을 떨쳐버리려고 안간힘을 썼다. 좀머빌트도 왔다. 그는 뭔가를 씹고 있지는 않았지만 이죽거리듯 비웃으며 양손을 비볐다. 집 뒤편에 있는 킨켈의 아이들은 악랄하게 소리를 질러댔다. 그것은 킨켈의 미소와 좀머빌트의 이죽거리는 웃음과는 난처하게도 대조적이었다. 뒤에서 뺨 때리는 소리가 들렸

---

* 로마노 과르디니. 이탈리아 출신의 독일 천주교 신학자이자 종교철학자.
** 레온 블로이. 프랑스 작가로 천주교 색채를 띤 모더니즘 문학의 본보기를 보였다.

다. 난폭한 소음이었다. 잠긴 문 뒤에서 날카롭게 외치는 소리가 전보
다 격렬해졌다. 나는 마리 옆에 앉아서 흥분한 나머지 담배를 연거푸
피웠다. 배경의 부조화 때문에 완전히 무게중심을 잃고 말았다. 반면
좀머빌트는 여전히 그 "관용의 미소"를 지은 채 마리와 잡담을 나눴
다. 우리는 도주 후 처음으로 본에 왔다. 마리는 흥분하여, 또한 경외
심과 자긍심으로 얼굴이 창백해졌다. 나는 그녀를 아주 잘 이해했다.
그녀에게는 "교회와 다시 화해하는 것"이 중요했다. 좀머빌트는 그녀
에게 꽤 친절했다. 킨켈과 좀머빌트는 그녀가 경외심으로 올려다보는
사람들이었다. 그녀는 나를 좀머빌트에게 소개했다. 우리가 다시 자
리에 앉자, 좀머빌트가 물었다. "당신은 갈탄회사의 슈니어 집안과
친척입니까?" 그 질문은 나를 화나게 했다. 그는 내가 누구와 친척 관
계인지 정확히 알고 있었다. 마리 데르쿰이 갈탄회사의 슈니어 집안
사람들 중 하나와 집을 뛰쳐나갔다는 사실을 본에 사는 아이들은 다
알고 있었다. "대학입학시험 직전에 말이야. 하지만 그녀는 아주 경건
한 신자였어." 나는 좀머빌트의 질문에 아무 대답도 하지 않았다. 그
가 웃으면서 말했다. "난 당신의 조부님과 함께 가끔 사냥을 갑니다.
당신 아버지도 본의 남성클럽에서 열리는 스카트 게임판에서 더러
만나곤 하지요." 그 말에도 나는 화가 났다. 그는 사냥과 남성클럽 같
은 쓸데없는 말에 내가 동하리라고 생각할 만큼 둔할 리 없었다. 그리
고 당황해서 그냥 아무 말이나 내뱉을 사람처럼 보이지 않았다. 나는
마침내 입을 떼고 말했다. "사냥이라고요? 저는 성직자들은 사냥에
참여하는 일이 금지되어 있다고 생각했는데요." 곤혹스러운 침묵이
흘렀다. 마리의 얼굴이 빨개졌다. 킨켈은 당황해서 방 안을 왔다갔다

하면서 병따개를 찾았다. 방금 들어온 그의 부인은 올리브가 들어 있는 유리 접시에 구운 아몬드를 쏟았다. 좀머빌트마저 얼굴을 붉혔다. 그것은 그에게 전혀 어울리지 않았다. 그의 얼굴은 이미 충분히 붉다. 그는 나지막하지만 약간 마음이 상한 듯한 목소리로 말했다. "개신교인치고 당신은 정보에 밝군요." 그러자 내가 말했다. "저는 개신교인이 아닙니다. 그러나 특정한 일들에는 관심이 있습니다. 마리가 관심이 있기 때문이지요." 킨켈이 우리 모두에게 포도주를 따라주는 동안 좀머빌트가 말했다. "슈니어 씨, 규정이라는 것이 있지요. 그러나 예외라는 것도 있습니다. 나는 상급산림관직을 대대로 이어받은 집안 출신입니다." 그가 산림관이라고 말했다면 나는 그의 말을 이해했을 것이다. 하지만 상급산림관이라고 말한 것이 나를 다시 화나게 만들었다. 나는 아무 말도 하지 않았다. 그저 퉁명스러운 표정만 지었다. 그러자 그들은 그들끼리 눈으로 하는 대화를 시작했다. 킨켈의 부인이 좀머빌트를 향해 눈으로 말했다. 내버려둬요. 그는 아직 너무 어려요. 그러자 좀머빌트가 그녀에게 말했다. 네, 게다가 아주 막돼먹었군요. 그러고는 마지막으로 킨켈이 내게 포도주를 따르면서 눈으로 말했다. 세상에 당신은 어쩌면 아직도 그렇게 어립니까. 그는 마리를 향해 소리 내어 말했다. "아버지는 어떻게 지내요? 아직도 여전하신가?" 불쌍한 마리는 너무 당황해서 창백한 얼굴에 말없이 고개만 끄덕였다. 좀머빌트가 말했다. "데르쿰 씨가 없었다면 우리의 이 경건하고 선량한 오래된 도시는 어찌 되었을꼬." 그것이 나를 다시 화나게 했다. 데르쿰이 내게 이렇게 말한 적이 있었기 때문이다. 좀머빌트가 데르쿰 노인의 가게에서 사탕과 연필을 사는 천주교 학교 아이들에게 데르쿰 노인을 조심하라고 했다고 말이다. 나는 말했다. "데르쿰 노인이 없다면 우리의 경건하고 선량하고 오래된 도시는 더 더러워졌을 겁니다. 그는 적어도 아첨꾼은 아니니까요." 킨켈은 내게 놀란 듯한 눈빛을 던지더니 잔을 높이 들고 말했다. "고맙소, 슈니어 씨. 당신이 내게 건배를 위한 좋은 말을 해준 셈입니다. 자, 마르틴 데르쿰의 평안을 위해서 건배합시다." 나는 말했다. "그러지요. 그의 평안을 위해 기쁜 마음으로 건배합시다." 그러자 킨켈 부인이 다시 그의 남편에게 눈으로 말했다. 그는 어리고 돼먹지 못한데다 파렴치하기까지 하네요. 나는 킨켈이 훗날 "그들과 처음으로 함께한 그날 저녁"을 가장 유쾌한 저녁이라고 부르는 것을 결코 이해하지 못했다. 곧 이어서 프레데보일, 그의 신부, 모니카 질브스 그리고 제베른이라는 사람이 왔다. 제베른이 오기 전에 들은 바에 따르면 그는 "개종하기는 했지만 사회민주당에 가깝다." 그리고 그것은 당연히 엄청난 화젯거리가 되었다. 나는 프레데보일 역시 그날 저녁에 처음 보았다. 나는 그도 다른 사람들과 마찬가지로 대했다. 그런데도 나는 그들한테 호감을 주었고, 그들은 나한테 호감을 주지 못했다. 프레데보일의 신부와 모니카 질브스는 예외였다. 제베른은 내게는 이도저도 아니었다. 그는 지루해했다. 그리고 개종한데다 사회민주당 당원이라는 충격적인 사실에 자신을 완전히 내맡기기로 단호히 결심한 듯 보였다. 그는 미소를 지었고 친절했다. 그러나 그의 조금 튀어나온 눈은 나를 봐, 내가 그 사람이야! 하고 끊임없이 말하는 것처럼 보였다. 나는 그를 결코 불쾌하게 여기지 않았다. 프레데보일은 나를 아주 호탕하게 대했다. 그는 거의 45분 동안 베케트와 이오네스코에 대해 말했다. 쓸데없는 이야기를 잔뜩 지껄였다. 나는 그가 그 이야기를 주워들었음을 알아챘다. 내가 어리석게도 베케트를 읽었다고 고백하자, 놀랄 만큼 두꺼운 입술을 가진 매끈하고 잘생긴 그의 얼굴이 기쁨으로 환해졌다. 그가 말하는 모든 것은 늘 내가 이미 어디선가 읽었던 것처럼 낯설지 않다. 킨켈은 경탄하듯 그를 바라보았다. 좀머빌트가 주위를 둘러보며 눈으로 말했다. 그는 우리 천주교인들은 최근 소식을 알고 있다고 눈으로 말했다. 그 모든 것은 기도하기 전에 일어났다. 킨켈 부인이 말했다. "오딜로, 이제 기도해도 되겠어요. 헤리베르트는 오늘 오지 않나봐요."—그들 모두 마리를 바라보았다. 그러더니 갑자기 그녀에게서 시선을 돌렸다. 나는 왜 다시 그런 곤혹스러운 침묵을 지키는지 이해하지 못했다—하노버에 있는 한 호텔에서 나는 취프너의 이름이 헤리베르트임을 불현듯 알아차렸다. 취프너는 늦게서야 왔다. 기도가 끝나고 사람들이 그날 저녁의 주제에 한참 빠져 있을 때였다. 그가 들어오자마자 마리는 그한테 가서 그를 바라보며 어찌할 바를 모르는 듯 어깨를 움찔했다. 취프너가 다른 사람들에게 인사하고 웃으면서 내 옆에 앉기 전에 말이다. 나는 그런 마리가 아주 사랑스러워 보였다. 좀머빌트가 어떤 천주교 작가에 대해 이야기했다. 그 작가는 이혼한 여자와 오랫동안 동거했는데, 그가 그녀와 결혼하자 한 고위성직자가 그에게 말했다. "내 사랑하는 베제비츠, 당신은 그 내연 관계를 지속할 수 없었는가?" 이 이야기에 모두들 거리낌 없이 웃었다. 특히 킨켈 부인은 거의 음탕스러울 정도로 웃어댔다. 웃지 않은 유일한 남자는 취프너였다. 그래서 나는 그를 좋아했다. 마리 역시 웃지 않았다. 좀머빌트는 천주교 교회가 얼마나 관대하고 따뜻한지, 얼마나 위트 있고 유연한지 나한테 보여주려고 그 이야기를 한 것이 분명했다. 그들은 내가 마리와, 말하자면 내연 관계로 살고 있다는 사실을 생각하지 않았다. 나는 그들에게 우리 집 근처에 살았던 노동자에 대해 이야기했다. 프렐링겐이라는 이름의 그는 역시 이혼한 여자와 정착촌에서 동거를 했다. 그는 그녀의 세 자녀를 먹여 살렸다. 그런데 어느 날 신부가 프렐링겐을 찾아와서 "그 부도덕한 동거 행위를 끝내라고" 위협적으로 요구했다. 매우 신실했던 프렐링겐은 그 예쁜 여자와 그녀의 세 아이들을 정말로 떠나보냈다. 나는 그 여자가 그후 세 아이들을 먹여 살리고자 길거리에서 매춘을 하게 되었다는 이야기도 했다. 그리고 프렐링겐이 어떻게 술을 가까이하게 되었는지도 말했다. 그가 그녀를 정말로 좋아했기 때문이라고 말이다. 내가 뭔가 말할 때면 늘 그렇듯이, 다시 고통스러운 침묵이 흘렀다. 그런데 좀머빌트가 웃더니 말했다. "슈니어 씨, 당신 설마 두 경우를 서로 비교하려는 것은 아니겠지요?" "그러면 안 되나요?" 내가 물었다. "그렇게 할 수 있는 건 당신이 베제비츠를 전혀 모르기 때문이오." 그는 화가 나서 대답했다. "그는 기독교 훈장을 받을 자격이 있는, 가장 섬세한 감각을 지닌 작가입니다." 나 역시 화가 나서 말했다. "당신은 프렐링겐이 얼마나 섬세한지, 얼마나 기독교적인 노동자인지 도대체 알기나 하시오?" 그는 그저 머리를 저으면서 나를 바라보았다. 그러고는 절망한 듯 두 손을 들었다. 다시 예기치 않은 침묵이 흘렀다. 모니카 질브스가 기침하는 소리만 들렸다. 그러나 프레데보일이 방에 있는 한 누구도 대화가 중단되는 것을 두려워할 필요가 없었다. 그는 그 짧은 정적을 깨고 그날 저녁의 주제로 돌아가 빈곤 개념의 상대성에 관해 이야기했다. 거의 한 시간 반 동안 이야기하더니 마침내 킨켈에게 이야기할 기회를 주었다. 월 500마르크와 3000마르크의 수입 사이에서 비참함 그 자체를 경험해야 했던 남자의 일화였다. 그리고 취프너는 내게 담배 한 개비를 부탁했다. 부끄러움으로 빨개진 얼굴을 담배 연기로 가리기 위해서였다.

우리가 마지막 기차를 타고 쾰른으로 되돌아왔을 때 나는 마리처럼 비참했다. 우리는 그 여행을 위해 돈을 긁어모았다. 마리에게는 그 초대에 응하는 일이 아주 중요했기 때문이다. 몸도 불편했다. 우리는 거의 먹은 게 없는데다 평소보다 더 많이 마셨다. 여행은 끝없이 길게 느껴졌다. 쾰른 서부에서 하차하고, 우리는 집까지 걸어가야만 했다. 차비가 더이상 없었기 때문이다.

킨켈의 집에서 누군가가 즉시 전화를 받았다. "알프레트 킨켈입니다." 젊은이의 자신감 있는 목소리였다.

"슈니어라고 하는데, 아버지와 통화할 수 있을까요?"

"신학자 슈니어인가요, 아니면 어릿광대 슈니어인가요?"

"어릿광대인데요." 내가 말했다.

"아, 너무 심각하게 받아들이지 않기를 바랍니다." 그가 말했다.

"심각하게라니요?" 나는 지쳐서 말했다. "뭘 너무 심각하게 받아들이지 말라는 말입니까?"

"뭐라니요?" 그가 말했다. "신문을 읽지 않으셨나봐요?"

"어떤 신문 말입니까?"

"〈본의 목소리〉요."

"혹평인가요?"

"오, 차라리 부고에 가까운데요. 신문을 가져와서 읽어드릴까요?"

"고맙지만, 아니요." 나는 말했다. 이 젊은이의 목소리에는 상당히 사디즘적인 어조가 담겨 있었다.

"그렇지만 한번 보셔야 할걸요. 뭔가를 배우려면요." 맙소사, 게다가 교육적인 야망까지 있었다.

"그 기사를 쓴 사람이 누굽니까?" 내가 물었다.

"코스테르트라는 사람인데요, 루르 지방 통신원이라고 되어 있어요. 매끈한 글이기는 한데 상당히 야비하네요."

"아, 그래요. 그 사람도 기독교인인데요."

"당신은 아닌가요?"

"아닙니다. 아버지와 통화할 수 없을까요?"

"아버지는 방해받고 싶어하지 않습니다. 하지만 당신을 위해서 그를 기꺼이 방해하지요."

사디즘이 내게 유용하기는 이번이 처음이었다. "고마워요."

나는 그가 수화기를 탁자 위에 놓고 방으로 가는 소리를 들었다. 그리고 다시 수화기 너머에서 그 기분 나쁜 쉬쉬 소리를 들었다. 그것은 마치 뱀 가족이 엉겨붙어 싸우는 소리처럼 들렸다. 두 마리의 수컷과 한 마리의 암컷 뱀. 내 눈으로 보거나 귀로 듣지 않은 사건들을 눈으로 보거나 귀로 들은 증인이 된다는 것이 괴로웠다. 전화를 통해서 냄새를 맡는 신비로운 재능은 결코 기쁨이 아니다. 부담이다. 킨켈의 집에서는 황소 한 마리를 통째로 삶기라도 한 듯한 육수 냄새가 났다. 수화기 너머에서 나는 쉬쉬 소리는 아들이 아버지를, 아니면 어머니가 아들을 죽이기라도 하려는 듯 생명의 위협이 느껴졌다. 나는 라오 콘*을 생각했다. 이 쉬쉬 하는 소리와 욕지거리가—심지어 서로 치고받는 소리까지 들렸다. 꺼져, 악, 그러고는 "이 구역질 나는 녀석", "잔인한 놈" 하고 외치는 소리가 들렸다—"독일 천주교의 막후 실력자"라고 불리는 자의 집에서 들린다는 사실이 내 기분전환에 도움이 되지 못했다. 나는 보훔의 기분 나쁜 코스테르트도 생각했다. 그는 어제저녁 전화에 매달려 자기의 글을 읽어준 것이 틀림없었다. 그리고 오늘 아침에는 내 방문을 마치 비굴한 개처럼 긁어대면서 기독교 형제인 척했다.

전화를 받으러 오자니 문자 그대로 킨켈의 손과 발이 말을 듣지 않은 것이 분명했다. 그의 아내는—나는 수화기 너머에서 들려오는 소음과 움직임들을 서서히 해독할 수 있었다—그보다 더 완강히 전화를 받으려 하지 않았다. 반면 그의 아들은 "제가 착각했군요, 아버지가 집에 없네요" 하고 내게 말하고 싶어하지 않았다. 갑자기 완전히 조용해졌다. 누군가가 피를 흘리며 죽어갈 때처럼 아주 조용했다. 그것은 피를 흘리며 죽어가는 고요였다. 그러다가 발을 질질 끄는 소리, 누군가 탁자 위의 수화기를 드는 소리가 났다. 나는 전화를 끊으려 하는 것이라고 생각했다. 킨켈의 집 어디에 전화가 놓여 있는지 나는 아직도 정확히 기억하고 있었다. 킨켈이 노상 가장 하찮은 것이라고 부르는, 바로크양식의 성모마리아상 세 개 바로 아래에 있다. 나는 차라리 그가 전화를 끊어버렸으면 했다. 그에게 동정심이 생겼다. 그는 지

---

* 트로이의 마지막 신관. 그리스군의 목마를 트로이 성 안으로 들이는 것에 반대하다가 아폴론이 보낸 뱀들에 의해 두 아들과 함께 죽었다고 전해진다.

금 나와 말하는 것을 끔찍하다고 생각하는 것이 틀림없었다. 나 자신은 그 통화에서 어떤 것도 바라지 않았다. 돈도 충고도 바라지 않았다. 그가 숨이 찬 목소리로 말했다면 나의 동정심은 훨씬 컸을 텐데. 그러나 그의 목소리는 예전처럼 쩌렁쩌렁 울리면서 생기 넘쳤다. 누군가 그의 목소리를 트럼펫 연주부대 전체와 비교한 적이 있다.

"안녕하십니까, 슈니어 씨. 당신이 전화를 다 하다니."

"안녕하세요, 박사님. 저는 지금 곤경에 빠져 있습니다."

내 말 중 유일하게 악의가 담겨 있던 것은 박사라는 호칭이었다. 왜냐하면 그 박사는 아버지가 받은 박사 호칭처럼 갓 생긴 명예박사를 의미했기 때문이다.

"슈니어 씨, 우리가 그런 사이입니까? 당신이 나를 박사님이라고 불러야 하는 그런 사이 말입니다."

"나는 우리가 어떤 사이인지 모르겠습니다." 내가 말했다.

그가 유난히 쩌렁쩌렁 웃었다. 활력 넘치고 천주교적이며 "바로크적인 쾌활함"을 지닌 호탕한 웃음소리였다. "당신에 대한 내 호감은 변치 않고 그대로요." 나는 그 말을 믿기가 어려웠다. 나를 더 깊이 추락시키는 것이 더이상 의미가 없을 만큼, 그에게 나는 이미 그렇게 깊이 추락해 있는지도 몰랐다.

"당신은 위기에 빠져 있어요. 그뿐입니다. 당신은 아직 젊소. 분발하시오. 다시 괜찮아질 거요." 분발하라는 말이 안나의 I. R. 9처럼 들렸다.

"무슨 말씀을 하시는지요?" 나는 부드러운 목소리로 물었다.

"내가 무슨 이야기를 하겠소. 당신의 예술에 대해서, 당신의 출세에 대해서지요."

"하지만 제 말은 그게 절대 아닙니다. 당신도 아시다시피 저는 원칙상 예술에 관해 말하지 않습니다. 출세에 관해서는 더더욱 아닙니다. 제 말은—제가 하려던 말은—제가 지금 마리를 찾고 있다는 겁니다." 내가 말했다.

그는 뭐라고 정확히 표현할 수 없는, 짜증과 투덜거림 사이의 소리를 냈다. 나는 방 안 어딘가에서 여전히 쉬쉬 하는 잡음을 들었다. 킨켈이 수화기를 탁자 위에 놓았다가 다시 드는 소리가 들렸다. 그의 목소리는 더 작아졌고 더 어두워졌다. 그는 담배를 한 개비 입에 물었다.

"슈니어 씨, 지나간 것은 지나가게 놔두세요. 당신의 현재는 예술이에요."

"지나가다니요?" 내가 물었다. "당신 아내가 갑자기 다른 남자한테 갔다고 한번 상상해보세요."

그는 침묵했다. 그녀가 그렇게 갔다더군요 하고 말하려는 것 같았다. 그러더니 뻑뻑 소리 내어 시가를 피우면서 말했다. "그녀는 당신 아내가 아니었잖소. 당신들한테는 일곱 명의 애들이 없지 않소."

"그녀가 내 아내가 아니었다고요?"

"아, 이런 낭만적 무정부주의라니. 남자답게 구시오."

"제기랄, 내가 바로 남자라는 족속이라서 일이 더 힘든 거라고요. 그리고 일곱 명의 애들은 아직 충분히 가능해요. 마리는 이제 겨우 스물다섯 살이거든요."

"남자라면 타협할 줄 알아야 한다고 생각합니다. 나는 이해하고 있소."

"그거 아주 기독교적으로 들리는데요." 나는 말했다.

"맙소사, 하필이면 당신이 내게 기독교적이라는 게 뭔지 말하려 드는 겁니까?"

"그렇습니다. 내가 배운 바로는, 천주교 교리에 따르면 부부는 서로 성사(聖事)를 베풀지요?"

"물론이지요." 그가 말했다.

"그리고 부부가 이중 삼중으로 호적상, 교회법상 결혼하고 성사를 베풀지 않으면—결혼은 성립하지 않습니다."

"흠." 그가 소리를 냈다.

"박사님, 제 말을 들어보세요. 담배를 좀 끄시라고 말씀드려도 괜찮을까요. 이 모든 게 마치 우리가 주식 시세에 대해 말하는 것처럼 들려서요. 당신이 담배 빠는 소리가 제 일을 왠지 난처하게 만드네요."

"이봐요." 그가 말하면서 담배를 입에서 뗴었다. "당신이 그 일을 어떻게 생각하든 그건 당신 일임을 알아두시오. 데르쿰 양은 그 일을 분명히 다르게 생각하고 있소. 그리고 그녀의 양심이 시키는 대로 행동하고 있는 거요."

"왜 당신네 역겨운 천주교인들은 그녀가 어디에 있는지 말해주지 않는 거죠? 당신들은 그녀를 나한테서 숨기고 있어요."

"슈니어 씨, 자신을 그렇게 우스꽝스럽게 만들지 마세요. 우리는 중세에 살고 있지 않아요."

"차라리 중세에 살았으면 합니다. 그러면 마리는 동거를 허락할 테고, 끊임없이 양심의 가책을 받는 일도 없을 테지요. 그녀는 돌아올 겁니다."

"내가 당신 입장이었다면 그렇게 확신하지 못할 거요." 킨켈이 말했다. "안됐지만 확실히 당신한테는 형이상학을 위한 기관이 없군요."

"마리가 내 영혼을 걱정하는 한, 마리와는 만사형통이었다고요. 그런데 당신네들이 그녀에게 자신의 영혼을 돌보라고 가르쳤어요. 그리고 지금 형이상학을 위한 기관이 없는 내가 마리의 영혼을 걱정하고 있습니다. 그녀가 취프너와 결혼했다면, 그녀는 이제 진짜 죄인이 된 거라고요. 당신네들의 형이상학에 대해 나도 그 정도는 이해했다고요. 그녀가 저지른 일은 간음이에요. 좀머빌트 신부는 뚜쟁이 역할을 하고 있어요."

쩌렁쩌렁 울리지는 않았지만 그는 실제로 웃었다. "그거 아주 우습게 들리는군요. 독일 천주교에서 헤리베르트가 이른바 세속적 막후 인물이고, 좀머빌트가 말하자면 정신적 막후 인물이라는 것을 한번 생각해보시오."

"그리고 당신은 천주교의 양심이죠. 내 말이 맞다는 걸 당신은 정확히 알고 있습니다." 나는 화가 나서 말했다.

그는 위쪽에 있는 성모마리아상 세 개 가운데 가장 별볼일 없는 상의 음부 옆에서 한동안 숨을 헐떡였다. "당신은 놀랄 만큼 젊어요. 부러울 정도입니다."

"박사님, 그만두세요. 놀리지 마세요. 저를 부러워하지 마세요. 마리를 돌려받지 못한다면 당신들의 가장 매력적인 주교를 죽여버리겠어요. 그를 죽여버릴 겁니다. 나는 더이상 잃을 게 없습니다." 내가 말했다.

그는 침묵했다. 그리고 다시 담배를 입에 물었다.

"지금 당신의 양심이 뜨겁게 동요하고 있다는 거, 난 압니다. 내가 취프너를 죽여버린다면 당신에게는 아주 적격이겠죠. 그자는 당신을 좋아하지 않아요. 그리고 당신이 보기에 지나치게 열렬한 우익이고요. 반면 좀머빌트는 당신에게는 로마의 좋은 버팀목이죠. 당신은 로마에서 — 내 빈약한 소견으로는 매우 부당하게도 — 좌파분자로 소문이 났죠."

"슈니어 씨, 그런 헛소리는 그만둬요. 도대체 왜 그러는 거요?"

"천주교인들은 내 신경을 건드립니다. 공정하지 못하기 때문이죠."

"개신교인들은요?" 그가 웃으면서 물었다.

"그들은 양심을 들먹이며 나를 괴롭힙니다."

"무신론자들은요?" 그는 여전히 웃고 있었다.

"따분해요. 그들은 항상 신에 대한 이야기만 하니까요."

"그러면 당신은 도대체 뭡니까?"

"나는 어릿광대입니다. 지금 세간의 평판보다 낫죠. 내게 무조건 필요한 천주교적인 생명체가 하나 있습니다. 마리라고 하지요 — 그런데 하필이면 당신네들이 그녀를 내게서 빼앗아갔습니다."

"말도 안 되는 소리요, 슈니어 씨. 그 유괴론을 머릿속에서 떨쳐버려요. 우리는 20세기에 살고 있어요."

"바로 그겁니다. 13세기였다면 난 궁정의 상냥한 어릿광대였겠죠. 그리고 추기경들조차 내가 그녀와 결혼했는지 안 했는지 신경 쓰지 않았을 거예요. 지금은 천주교 평신도 모두가 그녀의 가련한 양심에

북을 두드려대고, 그녀를 음탕한 간통생활로 몰아대고 있지요. 단지 그 멍청한 종이 쪼가리 하나 때문에 말입니다. 당신의 성모마리아상 말인데요, 박사님, 13세기였다면 당신을 파문하고 교회에서 추방했을 겁니다. 그 성모마리아상들은 바이에른과 티롤에 있는 성당들에서 훔친 거라는 거, 아주 잘 알고 계시잖아요. 성물 도둑은 오늘날에도 상당히 무거운 범죄라는 거, 말씀드릴 필요가 없겠죠.”

“이봐요, 슈니어 씨. 인신공격을 하려 드는 겁니까? 당신 나를 놀라게 하는군요.”

“당신은 이미 수년 전부터 나의 가장 개인적인 일들에 관여하고 있습니다. 짧게 덧붙이자면, 당신이 개인적으로 불편해할 사실을 당신에게 들이댄다면 분노하겠지요. 내게 돈이 생기면 사설탐정을 고용해서 당신의 성모마리아상들의 출처를 반드시 밝혀내겠습니다.”

그는 더이상 웃지 않았다. 헛기침만 했다. 내가 진지하게 말하고 있다는 사실을 그가 아직 깨닫지 못했음을 알아차렸다. “킨켈 씨, 전화를 끊으세요, 그러지 않으면 난 최저생계비에서 시작하게 될 겁니다. 당신과 당신의 양심이 즐거운 저녁을 보내기 바랍니다.” 그러나 그는 여전히 말을 알아듣지 못했다. 그렇게 먼저 전화를 끊은 사람은 나였다.

10

나는 킨켈이 내게 놀라울 만큼 친절했음을 잘 알고 있었다. 내가 부탁했다면 돈까지 주었을 것이다. 입에 담배를 문 채 형이상학에 대해 떠들어댄 것, 내가 성모마리아상들을 언급했을 때 그의 갑작스러운 심적 괴로움, 그것은 나를 아주 구역질 나게 했다. 나는 그와 더이상 어떤 관계도 맺고 싶지 않았다. 프레데보일 부인과도 마찬가지였다. 끝났다. 언젠가 기회가 닿으면 프레데보일에게는 따귀를 한 대 올려붙여주리라. "정신적 무기들"을 갖고 그에 맞서서 투쟁하는 것은 무의미하다. 결투가 사라졌다는 사실이 더러는 유감스럽다. 마리를 둘러싸고 취프너와 나 사이에 생긴 일은 오로지 결투로 해결할 수 있을 것이다. 마리가 하노버의 한 호텔에서 질서원칙들과, 문서상의 선언과, 며칠 동안의 비밀 상담에 이끌렸다는 사실이 나는 지독히 기분 나

뺐다. 마리는 두번째 유산 이후 너무 쇠약해지고 예민해져서 계속 교회로 달려갔다. 공연이 없는 날에 내가 그녀와 극장이나 콘서트나 강연회에 함께 가지 않으면 그녀는 신경이 날카로워졌다. 내가 다시 예전처럼 '이봐 화내지 마' 게임을 하면서 차를 마시고 침대에 엎드려 있자고 제안이라도 하면 그녀는 더 날카로워졌다. 따지고 보면 그것은 그녀가 그저 친절함에서, 나를 안심시키거나 내게 잘해주려고 나와 '이봐 화내지 마' 게임을 할 때부터 시작되었다. 그녀는 내가 좋아하는 6세 이상 관람가 영화들을 더이상 함께 보러 가지 않았다.

나는 이 세상에는 어릿광대를 이해하는 사람이 하나도 없다고 믿는다. 어릿광대조차 다른 어릿광대를 이해하지 못한다. 언제나 시기와 미움이 끼어들기 때문이다. 마리는 나를 이해할 뻔했지만 결코 완전히 이해하지는 못했다. 그녀는 내가 "창조적 인간"으로서 가능한 한 많은 문화를 수용하는 데 "대단한 관심"을 갖고 있는 게 틀림없다고 늘 말했다. 착각이다. 물론 나는 쉬는 날 저녁 어디선가 베케트가 공연되고 있음을 알게 되면, 당장 택시를 잡아타고 갈 것이다. 나는 이따금 영화관에 간다. 제대로 따져보니 자주 가는 편이다. 영화관에서 나는 늘 여섯 살짜리 아이가 볼 수 있는 영화만 본다. 마리는 그것을 결코 이해하지 못했다. 그녀가 받은 천주교 교육의 대부분은 심리학적인 정보와 신비주의로 위장한 합리주의로 이루어졌다. 이는 "여자 생각을 못 하도록 축구를 시켜라"라는 틀 안에 머물렀다. 그 와중에 나는 곧잘 여자 생각을 하곤 했다. 나중에는 늘 마리 생각만 했다. 나는 가끔 나 자신이 괴물처럼 여겨졌다. 나는 6세 관람가 영화들을 즐겨 본다. 그런 영화에는 간통과 이혼 같은 성인 세계의 저속한 일들이 전혀 나오지 않기 때문이다. 간통과 이혼에 관한 영화에서는 항상 누군가의 행복이 중요하다. "여보, 나를 행복하게 해줘" 또는 "당신은 내 행복을 가로막으려고 하지?" 1초보다는 긴, 어쩌면 2, 3초 동안 지속되는 행복에 대해 나는 아무것도 떠올릴 수 없다. 창녀들을 소재로 제대로 만든 영화들을 보는 것도 무척 좋아한다. 그러나 그런 영화들은 별로 없다. 그런 영화들은 대부분 요구사항이 너무 까다로워서 원래 창녀에 관한 영화임을 전혀 알아볼 수가 없다. 창녀도 아니고 유부녀도 아닌 부류의 여자들이 있다. 자비로운 여자들이다. 그러나 그들은 영화에서 소홀히 다뤄진다. 6세 아이들에게 관람이 허용된 영화들은 대부분 창녀들로 북적거린다. 영화를 심의하는 위원회들이 무슨 생각으로 그런 영화들을 아이들이 보도록 허용하는지 나는 도저히 이해하지 못했다. 그런 영화들에 등장하는 여자들은 본래 창녀거나 아니면 사회학적인 의미에서 창녀다. 그들은 자비로울 때가 거의 없다. 그런 영화 속에서는 황량한 서부의 술집에서 금발 아가씨들이 캉캉을 춘다. 거친 카우보이, 금 채굴업자, 2년 동안 혼자서 냄새 나는 동물들을 쫓아다닌 모피 사냥꾼이 캉캉을 추는 금발의 아리따운 아가씨들을 바라본다. 그러나 이들 카우보이, 금 채굴업자, 모피 사냥꾼이 그녀들을 따라 방으로 가려고 하면, 십중팔구는 문이 코앞에서 요란하게 닫히거나 난폭한 불량배한테 사정없이 얻어터진다. 그런 식으로 뭔가 미덕이라는 것을 표현하려는 것 같다. 자비가 유일하게 인간적인 것일지도 모르는 곳에서의 무자비다. 그 불쌍한 개들이 서로 치고받으면서 총을 쏘기 시작하는 것은 놀라운 일이 아니다. 그것은 기숙사에서 축구 경기를 하는 것과 같다. 다만, 성인 남자들이 하기 때문에 더 무자비하다. 나는 미국의 도덕을 이해하지 못한다. 그곳에서 자비로운 여자는 마녀라고 간주되어 화형당하리라고 나는 생각한다. 말하자면 돈이나 남자에 대한 열정 때문이 아니라 단지 남성의 본능을 불쌍히 여기는 마음에서 그것을 하는 여자 말이다.

특히 내가 난처하게 생각하는 것은 예술가에 대한 영화다. 예술가에 대한 영화들은 대부분, 고흐에게 그림 하나 값으로 한 갑도 아닌 반 갑의 담배를 준 뒤, 고흐에게 파이프 담배 하나가 아직 남아 있음을 알고 그 반 갑마저도 아까워할 사람들이 만든다. 예술가에 대한 영화에서 예술가의 영혼의 고통, 빈곤과 악마와의 고투는 늘 과거로 옮겨져 있다. 담배 한 개비 없는, 아내를 위해 신발 한 짝 살 형편이 안 되는 생존하는 예술가는 영화 제작자들의 관심을 끌지 못한다. 떠버리들이 그가 천재라는 사실을 아직 3세대에 걸쳐 증명해주지 않았기 때문이다. 떠버리 1세대들만으로는 충분하지 않을 것이다. "예술가 영혼의 열정적 탐색." 심지어 마리도 그것을 믿는다. 그것과 비슷한 것이 있기는 하다. 하지만 그렇게 말고 다르게 불러야 할 것이다. 어릿광대에게 필요한 것은 안식이다. 사람들이 일과 휴식이라고 부르는 것에 대한 그럴싸한 포장이다. 그러나 그들은 일과 휴식에 대한 그럴싸한 포장의 본질이, 어릿광대에게 바로 그의 일을 잊게 하는 데 있음을 이해하지 못한다. 왜냐하면 그들은, 그들에게는 역시 아주 자연스러운 일이지만, 자신들의 일과 후에야 비로소 이른바 예술에 정신을 쏟기 때문이다. 문제는 예술가 타입의 인간들이다. 그들은 예술 외에는 다른 어떤 것도 생각하지 않고, 특히 일과 후의 휴식도 필요로 하지 않는다. 그들은 일하지 않기 때문이다. 누군가 어떤 예술가 타입의 인간을 예술가라고 부르기 시작하면 아주 난처한 오해들이 생긴다. 예술가가 바로 휴식 같은 어떤 것을 가져야 한다고 느낄 때, 예술가 타입의 인간들은 늘 바로 그 예술에 관해 이야기하기 시작한다. 그들은 대부분 핵심을 아주 정확히 찌른다. 예술가가 예술을 잊은 지 2분, 3분, 5분도 지나지 않아 예술가 타입의 인간은 고흐, 카프카, 채플린 또는 베케트에 대해 이야기하기 시작한다. 그런 순간에는 자살이라도 하고 싶어진다. 내가 오로지 마리와 함께 하는 그 일을, 아니면 맥주, 가을날의 낙엽, '이봐 화내지 마' 게임 또는 뭔가 저속하거나 감상적인 것을 생각하기 시작하면, 프레데보일이든 좀머빌트든 그 누군가가 예술 이야기를 하기 시작한다. 온전히 정상적이라는 흥분을 느끼는 순간에, 카를 에몬스처럼 고루하게 정상적이라는 엄청난 흥분을 느끼는 바로 그 순간에 프레데보일이나 좀머빌트는 클로델*이나 이오네스코에 대한 이야기를 꺼낸다. 마리한테도 그런 면이 좀 있다. 전에는 덜했지만 최근 들어서 잦아졌다. 기타에 맞춰 노래를 부르겠다고 그녀에게 말했을 때 그것을 알아챘다. 그것은, 그녀가 말했듯이, 그녀의 미학적 본능에 충격을 주었다. 예술가가 아닌 사람의 휴식 시간은 어릿광대의 작업 시간이다. 맥주를 마시든, 알래스카에서 곰 사냥을 하든, 우표를 수집하든, 인상주의나 표현주의 그림을 수집하든(한 가지는 분명하다. 예술을 수집하는 사람은 예술가가 아니다) 고임금의 매니저에서부터 단순 노동자에 이르기까지, 다들 일과 후 휴식이 무엇인지 안다. 그들이 일과 후 담배를 꼬나물고 어떤 표정을 짓는 방식은

---

* 샤를 마리 클로델. 프랑스의 서정시인이자 극작가.

나를 미치게 할 수 있다. 그들이 그런 느낌을 계속 가지는 것을 내가 부러워할 만큼 나는 그 느낌을 잘 안다. 어릿광대에게도 일과 후 휴식과 같은 순간들이 있다. 그러면 어릿광대는 두 다리를 쭉 뻗을 수 있고, 담배 반 개비를 피울 동안에 일과 후 휴식이 무엇인지 알게 된다. 이른바 휴가는 살인적이다. 다른 사람들은 휴가를 분명히 3주, 4주, 6주 정도라고 알고 있다! 마리는 내게 그 느낌을 알게 해주려고 몇 번 시도했다. 우리는 바다로, 뭍으로, 온천으로, 산으로 떠났다. 나는 둘째 날에 벌써 병이 났다. 머리에서 발끝까지 종기투성이가 되었다. 그리고 내 영혼은 살인에 대한 생각들로 가득했다. 나는 내가 시기심 때문에 병이 났다고 생각한다. 그러자 마리는 예술가들이 휴가를 보내는 곳에서 나와 함께 휴가를 보내려는 끔찍한 생각을 했다. 물론 그들은 순전히 예술가 타입의 인간들이다. 나는 첫날 저녁 이미 영화계에서 중요한 역할을 하고 있는 어떤 바보 같은 작자와 심하게 싸웠다. 그는 그로크*와 채플린 그리고 셰익스피어 작품 속의 바보들에 관한 대화에 나를 끌어들였다. 나는 꽤 많이 얻어맞았다(예술 비슷한 것으로 먹고살아갈 줄 아는 이 예술가 타입의 인간들은 일도 하지 않고 힘도 넘쳐난다). 나는 심한 황달에 걸렸다. 그 끔찍한 소굴에서 벗어나자 금세 다시 건강해졌다.

나를 그렇게 불안하게 만드는 것은 나 자신을 통제하는 능력, 혹은 내 매니저 초너러는 집중하는 능력이라고 표현했을 그런 능력이 없다는 것이다. 내 공연 레퍼토리에는 무언극, 예술극, 어릿광대물 등이

---

* 스위스의 어릿광대이자 곡예사.

지나치게 뒤섞여 있다. 나는 훌륭한 피에로일지도 모른다. 아니, 훌륭한 어릿광대일 수도 있다. 나는 공연 레퍼토리를 너무 자주 바꾼다. 아마 나는 〈천주교적 설교와 개신교적 설교〉〈감사위원회 회의〉〈도로 교통〉그리고 몇몇 다른 작품들로 수년 동안 버텨나갈 수도 있었을 것이다. 그러나 한 작품을 열 번 또는 스무 번 보여주고 나면 나는 너무 지루해져서 공연 도중 하품 발작을 일으킨다. 문자 그대로 안간힘을 다해 입 근육을 훈련해야 한다. 나는 나 자신이 지겹다. 30년 동안 똑같은 작품들을 공연하는 어릿광대들이 있다는 생각을 하면, 밀가루 한 부대를 숟가락 하나로 먹어 없애버리는 저주를 받기라도 한 듯 마음이 불안해진다. 어떤 일을 하든 그 일이 재미있어야 한다. 그렇지 않으면 나는 병이 난다. 내가 곡예를 부리거나 노래를 부를 수도 있다는 생각이 불현듯 들었다. 매일 해야 하는 연습을 피하기 위한 온갖 구실이 생각났다. 적어도 세 시간, 가능하면 여섯 시간의 연습, 길면 길수록 좋다. 나는 지난 6주 동안 연습을 소홀히 했다. 몇 번의 거꾸로서기, 물구나무서기, 재주넘기 등으로 만족했다. 그리고 항상 가지고 다니는 고무매트에서 약간의 체조를 했다. 현재 부상당한 무릎은 소파에 누워 담배를 피우면서 자기연민을 들이마실 수 있는 좋은 핑곗거리다. 지난번 공연한 새 무언극 〈장관의 연설〉은 아주 좋았다. 그러나 나는 인물들을 희화화하는 데 신물이 났다. 그렇지만 일정한 한계를 벗어나지 않았다. 나의 모든 서정적 시도는 무산되었다. 나는 아직까지 아주 대중적인 요소 없이 인간적인 것을 묘사하는 데 성공한 적이 없다. 〈춤추는 한 쌍〉과 〈등교와 하교〉 같은 작품들은 적어도 곡예 면에서 여전히 봐줄 만하다. 그런데 〈한 남자의 생애〉를 시도하면서 나는 다시 인물들을 희화화하게 되었다. 기타에 맞춰 노래를 부르려는 나의 시도를 도피 시도라고 불렀던 마리의 말이 맞다. 내가 가장 잘하는 것은 일상적 부조리들에 대한 묘사이다. 나는 관찰하고, 이 관찰들을 모으고, 그것을 증폭시키고, 증폭된 관찰들에서 그 뿌리를 끌어낸다. 하지만 내가 관찰들을 증폭시킬 때 이용했던 요소와는 다른 요소를 가지고 말이다. 비교적 큰 기차역마다 아침이면 도시에서 일하는 수천 명의 사람들이 도착한다. 도시 밖에서 일하는 수천 명의 사람들은 기차를 타고 도시에서 나간다. 왜 이 사람들은 그냥 서로 일자리를 바꾸지 않을까? 혹은 러시아워에 서로 먼저 가려고 꼬리를 물고 늘어선 자동차 행렬. 일자리나 주거지의 교환, 온갖 쓸데없는 작태들, 경찰들이 팔로 노젓기하는 것은 피할 수 있지 않을까. 경찰들이 '이봐 화내지 마' 게임을 할 수 있을 정도로 횡단보도가 조용해질지도 모른다. 나는 그런 관찰들을 토대로 무언극을 하나 만들었다. 이 무언극에서는 손과 발만 사용하고, 얼굴은 눈처럼 하얗게 분장한 채 전혀 움직이지 않고 한가운데 머물러 있다. 나는 네 개의 팔다리만으로 물밀듯이 밀려드는 움직임의 엄청난 규모를 표현해내는 데 성공했다. 나의 목표는 소도구를 가능한 한 적게 쓰는 것이다. 최상의 목표는 소도구를 아예 쓰지 않는 것이다. 〈등교와 하교〉 공연에는 책가방조차 쓰지 않았다. 책가방을 드는 손으로 충분하다. 나는 경적을 울리는 전차 앞에서 마지막 순간에 도로를 뛰어 건너 버스 안으로 뛰어오른다. 이 버스 안에서 쇼윈도에 주의를 빼앗긴다. 맞춤법이 틀린 글자를 분필로 건물 벽에 쓴다. 꾸중하는—너무 늦게 와서—선생님 앞에 서 있다. 어깨의 가방을 내려놓는다. 슬그머니 의자로 간다. 아이라는 존재가 갖는 서정적인 요소를 나는 아주 잘 표현한다. 아이의 삶에는 일상적인 것이 중요하다. 그것은 낯설고, 질서가 없고, 늘 비극적이다. 아이 또한 아이로서의 휴식을 결코 갖지 못한다. "질서원칙들"이 받아들여지면 비로소 일과 후의 휴식이 시작된다. 나는 일과 후 휴식 시간의 온갖 양상을 열광적으로 관찰한다. 한 노동자가 급여봉투를 주머니에 찔러넣고 오토바이를 타는 모습, 증권 투기자들이 마침내 전화를 손에서 내려놓고 수첩을 서랍 안에 넣은 다음 서랍을 잠그는 모습, 생필품 가게의 여점원이 앞치마를 벗고 손을 씻고 거울 앞에서 머리와 입술을 고치고 손지갑을 집어드는 모습—그리고 그녀는 떠난다. 이 모든 것이 너무도 인간적이라서 나 자신은 종종 인간이 아닌 것 같다. 나는 일과 후 휴식 시간을 오로지 작품을 통해서만 보여줄 수 있기 때문이다. 되새김질을 하는 소나 울타리 옆에 우두커니 서 있는 당나귀 같은 짐승이 휴식 시간을 가질 수 있는가에 대해 마리와 이야기한 적이 있다. 그녀는 노동을 하고 나서 휴식 시간을 갖는 짐승들이 있다면 그것은 신성모독이라고 말했다. 잠은 일과 후 휴식 시간과 같은 어떤 것인지도 모른다. 인간과 짐승 사이의 훌륭한 공통점이겠지. 그러나 일과 후 휴식 시간에서 느끼는 느긋함은 우리가 그 시간을 매우 의식적으로 체험하는 일일 것이다. 심지어 의사들한테도 일과 후 휴식 시간이 있다. 최근에는 성직자들조차도 휴식 시간을 가진다. 그것이 나를 화나게 한다. 성직자들은 휴식 시간을 가져서는 안 된다. 그러나 적어도 예술가들이 휴식 시간을 갖는 것은 이해해야 한다. 성직자들은 예술에 대해서 아무것도 이해할 필요가 없다. 사명이나 임무 같은 쓸데없는 것은 하나도 이해할 필요가 없다. 그러나 예술가의 본질에 대해서는 이해할 필요가 있다. 나는 마리가 믿는 신에게도 일과 후 휴식 시간이 있는지에 대해 마리와 늘 논쟁했다. 그녀는 항상 그렇다고 주장하며 구약성경을 꺼내왔다. 그리고 「창세기」에서 하느님께서 일곱째 되는 날에는 쉬셨다라는 구절을 읽어주었다. 나는 신약성경을 가지고 그녀를 반박했다. 구약성경의 신은 일과 후 휴식 시간을 가졌을 수도 있지만 예수가 휴식 시간을 가진다는 것은 나로서는 상상할 수 없다고 말했다. 내가 그렇게 말하자 마리의 안색이 창백해졌다. 그녀는 예수가 일과 후 휴식 시간을 갖는 것은 신성모독이라고 인정했다. 예수는 축제를 즐겼지만 즐기기 위한 휴식 시간을 가진 적은 한 번도 없을 거라고 말했다.

나는 짐승처럼 잘 수 있다. 대부분 꿈을 꾸지 않고, 몇 분 동안만 잘 수도 있다. 그런데도 마치 무한한 어둠이 펼쳐진 벽 속으로 머리를 박고 있었던 듯 영원히 사라져 있었던 느낌이 든다. 망각과 일과 후의 영원한 휴식 시간. 그리고 헨리에테가 갑자기 테니스 라켓을 바닥에 떨어뜨리거나 숟가락을 수프에 빠뜨릴 때, 또는 재빠른 동작으로 카드를 불 속에 던져넣을 때 생각했던 것, 즉 무(無). 그런 일이 갑자기 일어날 때 무슨 생각을 하느냐고 그녀에게 물은 적이 있다. 그녀는 말했다. "너 정말 몰라?" "몰라." 나는 말했다. 그러자 그녀가 나지막이 말했다. "무. 난 무를 생각해." 무를 생각할 수는 없는 일이라고 나는 말했다. 그러자 그녀가 말했다. "천만에, 할 수 있어. 그럴 때 난 갑자기 텅 비어버려. 취한 것 같아. 그러면 신발을 벗어 던지고 싶어. 옷마저도. 거추장스러운 것들 없이 있고 싶어져." 그녀는 그것이 너무 황홀해서 그것을 늘 기다린다고도 말했다. 그러나 그것은 기다리면 결코 일어나지 않고 늘 예기치 않게 찾아온다고, 그리고 그것은 마치 영원과도 같다고 했다. 그녀는 그것을 학교에서도 몇 번 경험했다. 나는 어머니와 담임 선생님의 격렬한 전화 통화 그리고 "네, 네, 히스테리가 있어요. 그게 그 말이에요. 그애를 호되게 혼내주세요"라던 말을 아직도 기억한다.

나는 그런 엄청난 공허와 비슷한 것을 '이봐 화내지 마' 게임이 서너 시간 이상 지속될 때 느끼곤 한다. 주사위들이 달그락거리는 소리, 말을 옮기는 소리, 말을 둘 때 나는 딱 소리 등 오로지 소음뿐이다. 나는 심지어 체스를 더 좋아하는 마리를 '이봐 화내지 마' 게임에 중독시켰다. 그 게임은 우리에게는 마취제와 같았다. 우리는 더러 대여섯 시간 동안 연달아 게임을 했다. 우리에게 차나 커피를 가져다주던 웨이터나 웨이트리스들은 헨리에테에게 그런 일이 일어났을 때 어머니와 똑같이 두려움과 분노가 뒤섞인 표정을 지었다. 때때로 마리와 헤어져 집으로 갈 때 버스 안에서 듣던 말을 하기도 했다. "믿을 수 없어." 마리는 점을 이용한, 아주 복잡한 게임 기록 체계를 고안했다. 쫓겨나는가 아니면 쫓아내는가에 따라서 점수를 매겼다. 그녀는 아주 흥미 있는 도표를 만들어냈다. 그녀가 수동적 가치들과 능동적 가치들이라고 일컫는 것들을 더 잘 표시할 수 있도록 나는 그녀에게 네 가지 색연필을 사다주었다. 우리는 장거리 기차 여행중에도 가끔 점잖은 승객들이 놀랄 정도로 그 게임을 하곤 했다. 마리가 나를 기쁘게 하고, 나를 안정시키고, 나의 "예술가 영혼"의 긴장을 풀어주고자 여전히 나와 게임을 하고 있음을 내가 갑작스럽게 알아차릴 때까지 우리는 게임을 했다. 그녀는 더이상 함께 게임을 하지 않았다. 그것은 닷새 연달아 공연이 없었음에도 내가 본에 가기를 거부한 몇 달 전부터였다. 나는 본에 가고 싶지 않았다. 그 모임이 두려웠다. 레오를 만나는 게 두려웠다. 그러나 마리는 계속 다시 한번 "천주교적인 공기"가 필요하다고 했다. 나는 우리가 그 저녁 모임에 처음 참석했을 때 어떻게 본에서 쾰른으로 돌아왔는지를, 얼마나 피곤하고 비참하고 진이 빠져 있었던지를, 그리고 그녀가 기차에서 내게 계속 "고마워, 고마워" 하고 말했던 것을, 그녀가 내 어깨에 기대 잠을 잤던 것을 상기시켰다. 바깥에서 차장이 역 이름을 외칠 때마다 그녀는 깜짝 놀라곤 했다. 제흐템, 발버베르크, 브륄, 칼쇼이렌—그녀는 매번 어깨를 움찔했고 깜짝깜짝 놀랐다. 나는 그녀의 머리를 다시 내 어깨에 갖다 댔다. 우리가 쾰른 서부에서 내렸을 때 그녀는 말했다. "영화관에 갔더라면 더 좋았을 텐데." 나는 마리가 천주교적인 공기를 들이마셔야 한다는 말을 꺼내자 그때를 상기시켰다. 그리고 영화도 보러 가고, 춤도 추고, '이봐 화내지 마' 게임도 하자고 제안했다. 그러나 그녀는 머리를 가로저었다. 그리고 혼자서 본으로 갔다. 나는 천주교적인 공기라는 말에서 아무것도 떠올릴 수 없다. 생각해보면 우리는 오스나브뤼크에 있었고, 그곳의 공기가 그토록 비천주교적이었을 리가 없다.

11

나는 욕실로 갔다. 모니카 질브스가 나를 위해 준비해놓은 입욕제를 욕조 안에 조금 부었다. 그리고 온수 꼭지를 틀었다. 목욕은 잠만큼이나 좋다. 잠이 거의 "그 일"을 하는 것만큼이나 좋듯이 말이다. 마리는 그것을 그렇게 불렀다. 나는 항상 그녀가 한 그 말을 생각한다. 나는 마리가 취프너와 "그 일"을 하리라고 도저히 상상할 수 없다. 내가 마리의 속옷을 뒤지고 싶은 유혹에 진지하게 빠져본 적이 없는 것처럼, 내 판타지에는 도대체 그런 상상을 위한 공간이 없다. 나는 그저 그녀가 취프너와 '이봐 화내지 마' 게임을 할 거라고 상상할 수 있었다. 그것은 나를 미치게 했다. 그녀는 자신을 배신자나 창녀로 생각하지 않고서는 나와 함께 했던 어떤 일도 취프너와 함께 할 수 없었다. 그의 빵에 버터조차 발라줄 수 없었다. 그녀가 재떨이에 놓인 그의 담배를 집어서 피우는 생각을 할 때면 나는 돌아버릴 지경이었다. 그가 담배를 피우지 않는다는 것, 어쩌면 그녀와 체스를 둘지도 모른다는 것은 아무런 위안이 되지 않았다. 그녀는 물론 그와 무언가를 함께 한다. 춤을 추거나 카드놀이를 하고, 그가 그녀에게, 아니면 그녀가 그에게 뭔가를 읽어줄 것이다. 그녀는 그와 말도 할 것이다, 날씨에 대해, 돈에 대해. 그녀는 원래 끊임없이 나를 생각하지 않고 오로지 그를 위해서 요리할 수 있다. 그녀는 나를 위해 요리한 적이 거의 없었기 때문에 그를 위해 요리하는 일이 무조건 배신이나 간음이 되지는 않을 것이다. 나는 곧장 좀머빌트에게 전화하고 싶었다. 그러나 너무 이른 시간이었다. 나는 새벽 2시 반에 그를 깨워서 예술에 대한 이야기를 늘어놓으려고 했다. 그에게 전화를 걸어 묻기에는, 저녁 8시는 정신이 너무 말짱한 시간이었다. 그가 마리한테 얼마나 많은 질서원칙들을 퍼먹였는지, 취프너한테 어떤 대가를 받는지, 그 대가가 13세기 수도원장이 지녔던 십자가인지, 14세기 라인 중부 지방에서 제작된 성모마리아상인지 묻기에는 말이다. 그리고 나는 어떤 방법으로 그를 죽일지도 곰곰이 생각해보았다. 탐미주의자들을 죽일 때는 어쩌면 아주 귀중한 예술품들을 이용하는 게 가장 좋을 것이다. 그러면 그들은 죽어가면서도 예술 모독 행위에 대해 화를 낼 테니까. 성모마리아상은 그럴 만큼의 가치도 없고 너무 단단한지도 모른다. 그러면 그는 성모마리아상은 구했다는 위안 속에서 죽겠지. 그리고 그림은 그다지 무겁지도 않다. 기껏해야 액자 정도나 망가질 것이다. 그러면 그는 적어도 그림은 건졌다고 안심하겠지. 어떤 귀중한 그림에서 물감을 긁어내고 화폭으로 그를 질식시키거나 목 졸라 죽일 수도 있다. 결코 완전한 살인은 아니지만 탐미주의자에게는 완전한 살인이다. 그렇게 건장한 사내를 저세상으로 보내는 것이 그리 쉽지는 않을 것이다. 좀머빌트는 키가 크고 늘씬하며 백발의 "근엄한 모습"에 "호인다운" 사람이다. 등산가였고 1, 2차 세계대전에 참가했으며 은관스포츠 훈장을 받았다는 사실을 자랑스럽게 여긴다. 잘 훈련된 적이다. 나는 금속이나 청동 아니면 대리석으로 된 귀중한 예술품을 찾아내야만 한다. 그러나 그전에 로마로 가서 바티칸 미술관에서 뭔가를 훔쳐내기는 참으로 어렵다.

목욕물을 받는 동안 블로트헤르트가 떠올랐다. 그 모임의 중요한 인물인 그를 나는 단 두 번 보았다. 그는 뭐랄까, 킨켈에게 "걸맞은 맞수"였다. 킨켈과 같은 정치가였지만 "배경과 출신 지역은 달랐다." 블로트헤르트에게 취프너가 있다면 킨켈에게는 프레데보일이 있었다. 취프너는 일종의 조수였을 뿐만 아니라 "정신적 상속인"이었다. 그러나 블로트헤르트에게 전화하느니 차라리 집 벽에 대고 도움을 청하는 편이 나을 것이다. 그가 살아 있다는 미미한 표시를 그에게서 불러일으킬 수 있는 유일한 것은 킨켈의 바로크양식의 성모마리아상뿐이었다. 그는 킨켈의 성모마리아상을 자신의 성모마리아상과 비교했는데, 그때 나는 두 사람이 서로를 얼마나 증오하는지를 분명히 알 수 있었다. 그는 어떤 모임의 회장이었는데, 킨켈은 그 모임의 회장이 되고 싶어했다. 그들은 같이 학교를 다니던 때부터 서로 말을 놓고 지냈다. 나는 블로트헤르트를 두 번 봤는데, 두 번 다 깜짝 놀랐다. 그는 밝은색 금발에 중간 키로, 스물다섯 살짜리처럼 보였다. 누군가가 그를 바라보면 그는 인상을 찌푸렸다. 무언가를 말하기 전에는 일단 30

초 정도 이를 갈았다. 그가 말한 네 단어 가운데 두 단어는 "총리"와 "천주교인*"이었다. 그러면 사람들은 그가 쉰 살이 넘었음을 갑자기 알게 되었다. 그는 남모르는 부담감 때문에 늙어버린 대학입학시험 준비생처럼 보였다. 섬뜩한 모습이었다. 그는 가끔씩 경직되었다. 몇 마디 말할 때면 더듬거리기 시작했다. 그러고는 "츠, 츠, 츠, 츠"라고 말했다. 그가 안쓰러웠다. 그는 마침내 나머지인 "옹리"나 "언주교인"을 뱉어냈다. 마리는 내게 그는 바로 이처럼 "유별난 방식으로 이지적"이라고 말했다. 나는 이 주장에 대한 증거를 한 번도 보지 못했다. 어떤 기회에 그가 스무 단어 이상 말하는 것을 들은 적이 있을 뿐이다. 모임에서 사형에 대해 이야기할 때였다. 그는 "무조건 사형에 찬성"했다. 그의 그런 발언에서 내가 놀랐던 점은 그가 반대하는 척 꾸며대지 않았다는 사실뿐이다. 그는 의기양양하고 기쁜 표정으로 다시 츠, 츠 하며 허둥댔다. 그가 츠, 츠 할 때마다 누군가의 목을 치는 듯 들렸다. 그는 가끔 나를 바라보았고 그때마다 놀란 듯한 표정이었다. 마치 "믿을 수 없을 만큼" 자신을 억제하고 있는 듯 보였다. 그러고는 머리를 설레설레 흔들었다. 천주교인이 아닌 사람은 그에게 전혀 존재하지 않는 사람인 듯 보였다. 사형이 도입된다면, 그는 모든 비천주교인을 사형하는 데 찬성할 거라고 나는 늘 생각했다. 그에게는 부인과 아이들과 전화가 있다. 하지만 나는 차라리 어머니한테 다

---

* 원문은 'katholon'으로, '일반적으로'라는 뜻의 그리스어 부사 'katholou'와 물질의 소립자를 뜻하는 명사형 어미 '-on'을 합해서 작가가 만든 말이다. '천주교인'을 뜻하는 독일어 'Katholik'과 발음이 비슷한 이 낱말로 작가는 천주교 상부 조직의 교리를 그대로 따르는 천주교인들을 풍자하고 있다.

시 한번 전화하고 싶었다. 마리를 생각할 때면 블로트헤르트가 떠올랐다. 그는 그녀의 집에 자주 드나들었다. 그는 천주교 상부 조직과 뭔가 관련되어 있었다. 그가 그녀의 단골손님들 가운데 한 명이 될 거라는 생각이 나를 두렵게 했다. 나는 그녀를 아주 좋아한다. "내가 가야만 하는 길을 나는 가야 한다"는 마리의 선구자적인 말은 어쩌면 맹수들 앞에 던져질 초기 기독교인의 작별 기도문으로 이해할 수 있을 것이다. 나는 모니카 질브스도 생각했다. 내가 언젠가는 그녀의 자비심을 받아들이리라는 것을 알았다. 그녀는 꽤 매력적이고 사랑스러웠다. 그녀는 마리보다 그 모임에 더 어울리지 않는 것 같았다. 그녀가 부엌일을 하든―나는 빵조각에 햄을 얹는 그녀를 도운 적도 있었다―웃든 춤을 추든 그림을 그리든 매우 자연스러웠다. 비록 그녀가 그린 그림들은 내 마음에 들지 않았지만 말이다. 그녀는 좀머빌트에게 전도와 설교에 대해 너무 많은 이야기를 들었고, 거의 성모마리아만 그렸다. 나는 그러지 말라고 그녀를 설득할 것이다. 설령 성모마리아를 믿고 그림을 잘 그린다 하더라도 성모마리아를 그려서 성공할 수는 없다. 그녀는 성모마리아를 그리는 일을 아이들 아니면 스스로를 예술가라고 여기지 않는 경건한 수도사들에게 맡겨야 한다. 성모마리아를 그리는 일을 그만두도록 내가 모니카를 설득할 수 있을지 생각해보았다. 그녀는 예술 애호가가 아니다. 스물둘 아니면 스물세 살로 아직 젊다. 아직 처녀임이 틀림없다. 이 사실은 나에게 두려움을 불러일으킨다. 천주교인들이 그녀를 위해서 내게 지그프리트 역을 맡기려고 했다는 것이 끔찍하게 느껴졌다. 결국 그녀는 나와 몇 년 함께 살게 될 것이다. 그 질서원칙이 작용하기 시작할 때까지는 내게 친절할 것이다. 질서원칙이 작용하면 본으로 돌아가 제베른과 결혼할 것이다. 그 생각에 나는 얼굴이 붉어져서 생각을 그만두었다. 모니카는 매우 사랑스러웠다. 나는 그녀를 악의적인 사유의 대상으로 만들 수 없었다. 제베른과 결혼 약속을 했을 경우, 나는 그녀를 설득해서 우선 좀머빌트를 떼어놓아야 한다. 거의 나의 아버지 같은 타입의 그 사교계의 스타를 말이다. 하지만 나의 아버지는 반쯤은 인간적인 착취자가 되는 것 외에 다른 어떤 요구도 하지 않는다. 그에게는 이 요구면 충분하다. 나는 좀머빌트에게서 요양소나 음악회 감독, 신발 공장의 홍보부장, 세련된 대중음악 가수 또는 패션 잡지의 "분별 있는" 편집인 같은 인상을 늘 받았다. 그는 매주 일요일 저녁 성 코르비니아누스 교회에서 설교한다. 마리는 그 설교에 나를 두 번 끌고 갔다. 설교는 좀머빌트의 교회 당국이 승인해야 했던 것보다 더 지독했다. 나는 릴케와 호프만슈탈*과 뉴먼**을 달콤하게 섞어놓은 것을 읽느니 차라리 그들을 따로따로 읽는다. 설교 내내 땀이 났다. 내 자율신경계는 특정한 형식의 비자연적 현상을 견디지 못한다. 존재하는 것은 존재하고 부유하는 것은 부유한다는 것이다. 그런 말들을 들으면 나는 겁이 난다. 구제불능인 뚱보 신부가 설교단에서 그 종교의 이해할 수 없는 진리들을 더듬거리고, "인쇄에 적합하도록" 설교한다고 착각하지 않는 편이 차라리 낫다. 마리는 우울했다. 좀머빌트의 설교가 내게 아무런 감흥도 일으키지 못했기 때문이다. 특히 고통스러웠던 것은, 설교가 끝난 후 우리가 성 코르비니아누스 교회 근처 카페에 앉아 있을 때였

---

* 후고 폰 호프만슈탈. 오스트리아의 시인이자 극작가.
** 존 헨리 뉴먼. 영국의 추기경이자 신학자.

다. 카페 전체가 좀머빌트의 설교를 듣고 온 예술가 타입의 인간들로 가득 찼다. 이윽고 좀머빌트가 왔다. 그의 주변에 하나의 무리가 형성되었다. 우리도 그 무리에 끼어들게 되었다. 그는 설교단 위에서 말했던 그 시시껄렁한 내용을 두 번, 세 번, 네 번까지 되씹었다. 긴 금발에 천사 같은 얼굴의 그림처럼 아리따운 여배우 하나가—그녀는 "4분의 3"은 개종했다고 마리가 내게 귀엣말을 했다—좀머빌트의 발에 입이라도 맞출 심산이었다. 나는 그가 그것을 막지 않았으리라고 믿는다.

나는 목욕물을 잠근 뒤 웃옷을 벗었다. 와이셔츠와 내의를 머리 위로 벗어서 구석에 던지고 욕조 안으로 들어가려고 했다. 바로 그때 전화벨이 울렸다. 전화를 그렇게 활기차면서 남자답게 울리게 할 수 있는 사람은 내가 아는 한 오직 한 사람뿐이다. 내 매니저 초너러다. 그는 수화기에 지나치게 가까이 대고 다급하게 말을 해서 나는 매번 그의 침이 튀지 않을까 두렵다. 내게 좋은 말을 해주고 싶을 때면 그는 "당신 어제 대단했어"라는 말로 대화를 시작한다. 내가 정말 대단했는지 알지도 못하면서 그냥 그렇게 말한다. 내게 좋지 않은 말을 꺼내려고 할 때는 "이봐요, 슈니어 씨. 당신은 채플린이 아니야"라고 서두를 시작한다. 내가 채플린 같은 훌륭한 어릿광대가 아니라는 말은 결코 아니다. 단지 나는 초너러를 화나게 하는 행위를 내 맘대로 해도 될 만큼 충분히 유명하지 않다는 뜻이다. 오늘 그는 좋지 않은 말조차 하지 않을 것이다. 내가 공연을 취소할 때면 늘 하던 대로 세상에 임박한 종말을 고언하지도 않을 것이다. 그는 나의 "취소 히스테리"조차 탓하지 않을 것이다. 이미 오펜바흐, 밤베르크, 뉘른베르크에서 공연을 취소했을 것이다. 그는 전화로 그사이 내가 부담해야 할 비용이 얼마인지 계산해 보일 것이다. 전화는 계속 울렸다. 강하게, 남자답게, 활기차게 울렸다. 나는 전화 쪽으로 소파 쿠션을 집어던지려 했다. 그러나 목욕가운을 입고 거실로 갔다. 그리고 울리는 전화기 앞에 멈춰 섰다. 매니저들은 뱃심과 지구력을 갖추었다. "예술가 영혼의 예민함" 같은 말은 그들에게는 "도르트문트의 악티엔비어"*와 같은 말이다. 예술과 예술가에 대해 매니저들과 진지하게 말하려는 모든 시도는 호흡 낭비일 것이다. 그들은 아무리 양심 없는 예술가도 양심적인 매니저보다 천 배는 더 양심적이라는 사실을 정확히 알고 있다. 그들은 누구도 대적할 수 있는 무기를 하나 갖고 있다. 어떤 예술가도 자신이 하는 것과 결코 다르게 할 수 없다는 사실에 대한 적나라한 인식이 바로 그것이다. 그림을 그리든, 어릿광대로서 지방을 순회하든, 노래를 부르든, 돌이나 화강암을 쪼아서 "지속적인 것"을 조각하든 그 어떤 일을 하든 말이다. 예술가란 사랑밖에 몰라서 가까이 다가오는 멍청한 사내들에게 속아 넘어가는 여자와 같다. 예술가와 여자들은 착취하기에 가장 좋다. 모든 매니저는 1에서 99퍼센트 정도 포주와 닮았다. 전화벨은 순전히 포주의 전화벨이었다. 그는 내가 언제 보훔을 떠났는지 코스테르트에게 들어서 알고 있었다. 그리고 내가 집에 있다는 것도 정확히 알고 있었다. 나는 목욕가운을 여미고 수화기를 들었다. 순간 맥주 냄새가 내 얼굴로 확 풍겨왔다. "젠장할, 슈니어 씨. 뭘 어쩌자고 나를 이렇게 오랫동안 기다리게 하는 거요."

---

* 맥주 생산업체.

"막 목욕을 하려던 참이라서요. 그것이 계약 위반이라도 된다는 겁니까?" 나는 말했다.

"당신 유머는 교수대에서나 하는 억지 유머일 뿐이오."

"올가미는 어디 있지요. 이미 교수대에 달려 있기라도 한가요?"

"상징적 표현은 집어치워요. 우리, 일에 대해 이야기합시다."

"나는 상징적 표현을 먼저 시작하지 않았는데요."

"상관없소, 누가 무슨 말을 먼저 시작했는지는. 당신, 예술적으로 자살하려고 단단히 결심한 것 같더군."

"초너러 씨, 수화기에서 얼굴을 좀 돌려주시면 안 되겠습니까? 맥주 냄새가 제 얼굴에 너무 심하게 풍겨서요." 내가 나지막하게 말했다.

그는 도둑들의 은어로 욕을 했다. "씹할, 자빠져 있네." 그러더니 웃었다. "그 뻔뻔함은 여전하군. 우리 무슨 얘기를 했었죠?"

"예술에 대해서요. 하지만 허락하신다면 사업 이야기를 하고 싶군요." 내가 말했다.

"그렇다면 우리는 서로 할 말이 거의 없을 텐데요. 이봐요, 난 당신을 포기하지 않소. 내 말 이해하겠소?"

나는 놀란 나머지 대답을 할 수가 없었다.

"우리는 반년 정도 당신을 거래에서 빼낼 거요. 그리고 내가 당신을 다시 일으켜 세울 거요. 보훔의 그 아첨꾼이 당신을 심각하게 건드린 게 아니었으면 싶소."

"그랬어요. 그는 내 돈을 떼어먹었어요. 소주 한 병 값과 본행 1등 칸과 2등칸 표의 차액을 말이에요."

"당신이 보수를 내려서 흥정한 것은 바보 같은 짓이었소. 계약은

계약이오. 그리고 사고로 인해서 당신의 실력이 부족하다는 게 밝혀
진 거요."

"초너러 씨, 당신 정말 그렇게 인간적입니까, 아니면……" 내가 작
은 소리로 말했다.

"쓸데없는 소리, 난 당신을 좋아하오. 당신이 아직 그걸 알아채지
못했다면, 당신은 내 생각보다 둔하군. 게다가 당신은 사업적으로 아
직 가치가 있소. 그 유치한 폭음은 이제 그만두시오."

그의 말이 맞았다. 유치하다는 게 적당한 표현이었다.

"그렇지만 그게 나를 도와주었는데요." 내가 말했다.

"무엇을 말이오?"

"영혼을요."

"쓸데없는 소리. 영혼은 이 일에 끌어들이지 마시오. 우리는 마인
츠 측을 계약 위반으로 고소할 수도 있소. 아마 우리가 이기겠지. 그
러나 그러지 않는 게 좋을 거요. 반년 동안 휴식을 가져요. 그러면 내
가 당신을 다시 일으켜 세울 거요."

"그러면 나는 뭘로 먹고살란 말입니까?" 내가 물었다.

"글쎄요, 당신 아버지한테 좀 내놓으라고 해요."

"안 내놓으면?"

"그러면 그동안 당신을 먹여 살릴 아주 친절한 여자친구를 하나 찾
아요."

"차라리 자전거를 타고 시골 마을과 읍내를 돌아다니면서 쇼를 하
고 구걸을 하겠소."

"당신 착각하는군. 마을이나 읍내에서도 신문은 읽어요. 난 현재

당신을 하루에 20마르크씩 주는 청소년 모임에도 못 내놔요."

"시도해보았습니까?"

"그래요, 당신 일로 하루 종일 전화를 했소. 할 수 있는 일이 아무것도 없더군. 사람들에게는 동정심을 유발하는 어릿광대보다 더 맥 빠지는 건 없는 법이오. 그것은 마치 휠체어를 타고 맥주를 가져다주는 웨이터와 같은 것이오. 당신 착각하고 있어요."

"당신은 아닌가요?" 내가 물었다. 그는 침묵했다. "내 말은, 반년 뒤에는 다시 한번 해볼 수 있을 거라고 당신이 생각한다면 말입니다."

"그럴지도 모르지요. 그러나 그게 유일한 기회요. 아주 1년을 기다리는 게 더 나을지도 모르지." 그가 말했다.

"1년이라고요, 당신 1년이 얼마나 긴지 압니까?" 내가 말했다.

"365일이지요." 그가 말했다. 그러고는 다시 무신경하게 내 쪽으로 얼굴을 돌렸다. 맥주 냄새에 구역질이 났다.

"다른 이름으로 해보면 어떨까요. 새 코를 달고, 공연 레퍼토리도 바꾸고, 기타에 맞춰 노래도 부르고, 약간의 묘기도 부리고요."

"허튼소리요. 당신 노래는 울부짖는 소리고, 당신 묘기는 졸렬 그 자체라고. 다 허튼소리요. 당신은 어릿광대의 소질이 다분해요. 아니 훌륭한 어릿광대가 될 거요. 적어도 3개월 이상 매일 여덟 시간씩 훈련하기 전에는 나한테 연락하지 마요. 나는 그때나 오겠소. 그때 새로운 공연 레퍼토리들을 보여주시오, 아니면 옛날 레퍼토리라도. 하지만 연습을 해야 해요. 멍청한 음주 행각은 그만둬요."

나는 침묵했다. 그가 헐떡거리듯 기침을 하면서 담배를 빠는 소리가 들렸다.

"다시 한번 충실한 영혼을 찾도록 해봐요. 당신과 함께 여행한 그 아가씨 같은 여자 말이오." 그가 말했다.

"충실한 영혼이라." 내가 말했다.

"그렇소. 다른 것은 다 쓸데없소. 당신, 나 없이 헤쳐나갈 수 있을 거라고, 더러운 모임들을 돌아다니면서 구걸 공연을 할 수 있을 거라고 착각하지 마요. 3주는 잘되겠지, 슈니어 씨. 3주 정도는 소방서 축제 때 약간 바보 같은 짓을 하고 나서 모자를 들고 돌아다닐 수 있겠지. 하지만 내가 그것을 알게 되는 즉시 모든 것을 막아버릴 거요."

"당신, 개로군요." 내가 말했다.

"그렇소. 나는 당신이 찾아낼 수 있는 최고의 개요. 당신이 당신 힘으로 공연하러 다니기 시작하면, 길어야 두 달 안에 당신은 끝장이오. 나는 이 바닥에 훤하니까. 듣고 있소?"

나는 침묵했다. "당신 듣고 있냐고?" 그가 나지막이 물었다.

"네." 내가 말했다.

"슈니어 씨, 난 당신을 좋아해요. 나는 당신이랑 일을 잘해왔소. 그러지 않았다면 내가 이렇게 비싼 전화를 했겠어요."

"7시가 지났는데요.* 그리고 농담 값은 어림잡아 2마르크 50페니히예요." 내가 말했다.

"그래요. 3마르크 정도 하겠군. 그러나 지금 어떤 매니저도 당신에게 그렇게 많이 지불하지는 않을 거요. 요는 3개월 뒤, 그리고 흠잡을 데 없는 작품이 적어도 여섯 개는 있어야 한다는 거요. 당신 아버지한

---

* 그 당시 독일에서는 오후 7시 이후로 전화요금이 할인되었다.

테 할 수 있는 만큼 짜내시오. 또 봐요."

그는 정말로 전화를 끊었다. 나는 수화기를 여전히 손에 들고 있었다. 신호음이 들렸다. 기다렸다. 오랜 망설임 뒤에 비로소 수화기를 내려놓았다. 그는 나를 몇 번 속였지만 거짓말을 한 적은 한 번도 없었다. 내가 하루에 250마르크의 가치가 있던 시절, 그는 내게 180마르크짜리 계약들을 주선했다. 아마도 내 덕분에 돈을 제법 벌어들였을 것이다. 나는 수화기를 내려놓은 뒤에야 비로소 내가 좀더 오랫동안 통화하고 싶었던 첫 사람이 그였음을 알았다. 그는 내게 반년을 기다리는 것과는 다른 기회를 주었어야 했다. 어쩌면 나 같은 사람이 필요한 곡예단이 있을 것이다. 나는 무겁지 않고 현기증도 없다. 어느 정도 연습하면 가벼운 곡예 정도는 할 수 있고, 다른 어릿광대와 함께 짧은 풍자극도 배울 수 있을 것이다. 마리는 내게 "파트너"가 필요하다고 늘 말했다. 그러면 공연이 그렇게 지루하지 않으리라는 것이다. 초너러가 모든 가능성을 고려하지는 않았음이 확실했다. 나중에 그에게 전화하기로 마음먹고 다시 욕실로 갔다. 목욕가운을 벗어 던지고 남은 옷가지들도 벗어서 구석에 던졌다. 그리고 욕조 안으로 들어갔다. 따뜻한 물에서 하는 목욕은 잠만큼이나 좋다. 공연 기간에 나는 늘, 우리한테 돈이 거의 없을 때조차, 욕실 딸린 방을 썼다. 마리는 그런 낭비는 내 출신 탓이라고 늘 말했다. 그러나 그것은 맞는 말이 아니다. 우리 집에서는 다른 모든 경우와 마찬가지로 더운 목욕물에 아주 인색했다. 찬물 샤워는 언제든지 할 수 있었다. 그러나 더운물 목욕은 집에서도 낭비로 여겼다. 다른 경우는 다 눈감아주는 마리도 그 점에서는 생각을 바꾸지 않았다. 그녀의 I.R.9에서 더운물 목욕을 일종의 죽을죄로 여겼음이 분명하다.

나는 욕조 안에서도 마리가 없어 아쉬웠다. 내가 욕조 안에 있을 때면, 그녀는 침대에 누워 내게 뭔가를 읽어주곤 했다. 한번은 구약성경에서 솔로몬과 스바 여왕의 이야기 전부를, 또 한번은 유대인 자유 투사인 마카베르들의 전투에 대해 읽어주었다. 그리고 때로는 토마스 울프의 『천사여, 고향을 보라』를 읽어주곤 했다. 나는 완전히 버려진 채, 이 멍청한 녹 빛깔 욕조 안에 누워 있었다. 욕실에는 시커먼 타일이 깔려 있었다. 그러나 욕조, 비누갑, 샤워기 손잡이 그리고 변기 좌대는 녹 빛깔이었다. 나는 마리의 목소리가 그리웠다. 곰곰이 생각해 보면, 스스로를 배신자나 창녀로 여기지 않고서는 그녀는 취프너와 성경조차 읽을 수 없었다. 그녀는 뒤셀도르프의 호텔을 생각하게 될 것이다. 그곳에서 그녀는 내가 욕조 안에서 지쳐 잠들 때까지 솔로몬과 스바 여왕 이야기를 읽어주었다. 그 호텔 방의 녹색 양탄자, 마리의 검은 머리, 그녀의 목소리. 그녀는 내게 불붙은 담배 한 개비를 가져왔다. 그러면 나는 그녀에게 키스했다.

나는 비누 거품 속에 누워서 마리를 생각했다. 그녀는 그와 함께 혹은 그의 옆에서 아무것도 할 수 없었다. 내 생각을 하지 않고서는 말이다. 그녀는 그가 있는 데서는 치약 뚜껑조차 돌릴 수 없었다. 우리가 얼마나 자주 아침 식사를 함께 했던가. 빈약하게도 먹고 풍성하게도 먹고, 성급하게도 먹고 늘어지게도 먹고, 아주 이른 아침에도 먹고 오전 늦게도 먹었으며, 잼을 아주 많이 먹기도 하고 잼 없이 먹기도 했다. 그녀가 매일 아침 같은 시간에, 취프너가 차를 몰고 천주교 사무실로 출근하기 전에 그와 함께 아침 식사를 하리라는 생각은 나를 거의 경건하게 했다. 나는 취프너와 아침 식사를 하는 일이 결코 없기를 기도했다. 나는 취프너의 모습을 떠올리려고 노력했다. 갈색 머리, 밝은 피부, 곧은 몸매의 그는 독일 천주교에서 일종의 알키비아데스*였다. 하지만 그렇게 경박하지는 않은 사람이었다. 킨켈의 말에 따르면 그는 "중도적이기는 하지만, 좌파보다는 우파에" 가까웠다. 이러한 좌파 그리고 우파적 입장은 그들 대화의 중요한 주제들 가운데 하나였다. 솔직해지자면, 나는 천주교인으로 보이는 네 사람들 속에 취프너를 포함시켜야 했다. 교황 요한, 알렉 기네스, 마리, 그레고리―그리고 취프너. 그들이 사랑에 빠졌기는 했지만, 그가 마리를 죄악의 상황에서 죄 없는 상황으로 구해냈다는 사실이 하나의 역할을 했음이 확실하다. 당시 마리와 손을 잡았던 것은 분명 진지한 것이 아니었다. 나는 후에 마리와 그 일에 대해 이야기했다. 마리의 얼굴이 빨개졌다. 그러나 다정한 목소리로 그 우정에는 "많은 것이 포함되어 있을 수도 있어"라고 내게 말했다. 그리고 자기들의 아버지는 둘 다 나치에게 박해를 받았고 둘 다 천주교인이라고 했다. 그리고 말했다. "그의 기질이 어떤지, 너 알아? 그 사람 여전히 내 마음에 들어."

나는 미지근해진 목욕물의 일부를 흘러나가게 하고 더운물을 틀었다. 그리고 물에 입욕제를 좀더 부었다. 나는 이 목욕용품 공장에도 관여하는 아버지를 생각했다. 내가 담배를 사든, 비누, 도화지, 아이스크림 또는 소시지를 사든 마찬가지였다. 아버지는 모든 것에 관여했다. 추측하건대 아버지는 심지어 내가 이따금 사용하는 2.5센티미

---

* 고대 그리스의 정치가이자 군인. 탁월한 외모와 재능을 지녔으며, 야욕적이면서 무절제한 권력형 인간의 전형이다.

터 크기의 치약에도 관여하고 있을 것이다. 그러나 우리 집에서는 돈에 대해 말하면 안 되었다. 안나가 어머니와 결산을 한 다음 어머니에게 회계장부를 보여줄 때면, 어머니는 늘 말하곤 했다. "돈 이야기를 하다니, 끔찍도 해라." 어머니는 때때로 모음 '애'를 빠뜨리거나 '애'를 '에'에 아주 가깝게 발음한다. 우리는 용돈을 아주 조금 받았다. 다행히도 우리는 친척이 아주 많았다. 친척들이 다 모일 때면, 아줌마 아저씨들이 50~60명가량 되었다. 그들 중 몇몇은 아주 친절해서 우리한테 가끔 약간의 돈을 주었다. 어머니의 절약 정신은 유명했기 때문이다. 과분하게도 어머니의 어머니는 귀족이었고, 호헨브로데 가문 출신이었다. 아버지는 여전히 관대하게 받아들여진 사위 취급을 당한다. 아버지의 장인은 툴러 가문이고 장모만 호헨브로데 귀족 가문 태생인데도 말이다. 독일인들은 지금 귀족 중독증에 걸려 있어서 1910년 때보다 더 귀족을 추앙한다. 심지어 지식인이라는 인간들조차 귀족들과 안면을 트려고 기를 쓴다. 나는 어머니가 맡고 있는 중앙위원회에 이 사실에 대해서도 한 번쯤 주의시켜야겠다. 그것은 인종문제다. 나의 할아버지처럼 이성적인 사람도 슈니어 가문이 1918년 여름에 벌써 귀족이 되었어야 했다는 생각을 떨쳐버리지 못하고 있다. 그 일은 "이른바" 이미 문서상으로 확정되어 있었다. 그러나 결정적인 순간에 그 칙령에 서명해야 할 황제가 퇴위했다—황제에게 다른 걱정거리가 있었던 것 같다—그에게 걱정거리라는 게 있었다면 말이다. 슈니어 가문이 "귀족이 될 뻔한" 이야기는 50년 가까이 지난 지금도 기회 있을 때마다 언급된다. "황제의 서류가방 속에서 그 칙령을 찾아냈지"라고 아버지는 노상 말한다. 아무도 도른*으로 떠나지 않았고, 아무도 그 칙령에 서명하도록 시키지 않았다는 사실이 의아하다. 내가 말을 탄 전령 한 명을 그리로 보냈어야만 했는지 모른다. 그렇다면 그 문제는 적어도 그 문제에 맞는 방식으로 해결되었을 것이다.

내가 욕조 안에 누워 있을 때 마리가 여행가방들을 풀던 일이 생각났다. 그녀는 거울 앞에 서서 장갑을 벗고 머리를 반듯이 빗었다. 그리고 옷장에서 옷걸이들을 꺼내 옷을 걸고 다시 옷장 안에 넣었다. 놋쇠 봉에 걸려 있는 옷걸이들이 삐걱거렸다. 그리고 구두, 나지막한 구두굽 소리, 구두창 비비는 소리. 그녀는 화장품 튜브, 작은 병, 통 같은 것들을 화장실 탁자 위 유리판에 세워놓았다. 커다란 크림 통, 좁다란 매니큐어 병, 분첩 통, 립스틱을 세울 때 나는 딱딱한 금속성 소리.

갑자기 내가 욕조 안에서 울기 시작했음을 깨달았다. 그리고 아주 놀라운 물리적 발견을 했다. 눈물이 차게 느껴졌다. 전에는 눈물이 늘 따뜻하게 느껴졌다. 지난 몇 달 동안 나는 술에 취해서 뜨거운 눈물을 흘린 적이 몇 번 있었다. 헨리에테 생각도 났고, 아버지, 개종한 레오 생각도 났다. 그런데 레오에게서 아직 연락이 없는 것이 이상했다.

---

* 황제 빌헬름 2세가 말년을 보낸 곳.

12

내가 오스나브뤼크에서 본에 가지 않겠다고 하자 그녀는 처음으로 내가 무섭다는 말을 했다. 그녀는 "천주교적인 공기"를 호흡하고자 무조건 본에 가기를 원했다. 그 표현이 내 마음에 들지 않았다. 나는 오스나브뤼크에도 천주교인들이 충분히 있다고 말했다. 그러나 그녀는 내가 자기를 이해하지 못한다고 했다. 나는 그녀를 이해하고 싶지 않았다. 우리는 이미 이틀 전부터 오스나브뤼크에 와 있었다. 두 번의 공연이 예정되어 있었고, 일정이 아직 사흘이 더 남았다. 이른 아침부터 비가 내렸다. 영화관에는 내 관심을 끌 만한 영화가 전혀 없었다. 나는 '이봐 화내지 마' 게임을 하자는 제안을 일단 하지 않았다. 마리는 전날부터 벌써, 게임을 하면서 특별히 자제하고 있는 보모 같은 표정을 지었다.

마리는 침대에 누워 독서를 했다. 나는 창가에 서서 담배를 피우면서 함부르크가(街)를 주시했다. 이따금 역 광장을 바라보았다. 대합실에서 나온 사람들이 정차해 있는 전차를 향해 빗속을 달려가고 있었다. 우리는 "그 일"을 할 수가 없었다. 마리가 아팠다. 그녀는 정식으로 유산을 하지는 않았지만, 뭔가 유산 비슷한 일을 겪었다. 나는 그 일을 정확히 알지 못했다. 누구도 내게 그 일을 설명해주지 않았다. 어찌 되었든 마리는 자신이 임신했다고 믿었는데, 지금은 임신한 상태가 아니었다. 그녀는 아침에 몇 시간만 병원에 있었다. 그녀는 창백했고 지쳤으며 흥분해 있었다. 나는 지금 이렇게 오랫동안 기차를 타는 일은 그녀에게 분명히 좋지 않다고 말했다. 나는 그녀가 고통을 느끼는지 좀더 자세히 알고 싶었지만 그녀는 아무런 말도 하지 않았다. 그저 이따금 울 뿐이었다. 아주 낯설고 격앙된 모습으로.

나는 왼편에서 역 광장 쪽을 향해 올라오는 어린 소년을 보았다. 그는 흠뻑 젖어 있었고, 거센 비를 맞으며 열린 책가방을 앞쪽으로 들고 있었다. 아기예수에게 유향과 황금과 몰약을 갖다준 세 동방박사를 그린 그림에서 본 듯한 표정을 짓고 있었다. 그는 가방 뚜껑을 뒤로 젖혀놓았다. 책표지들이 젖어서 거의 너덜너덜해져 있었다. 소년의 얼굴 표정은 헨리에테를 기억나게 했다. 모든 것을 잊은 채 뭔가에 골몰해 있는 모습이 비장해 보였다. 마리가 침대에서 물었다. "무슨 생각 해?" 나는 말했다. "아무것도." 소년은 아직도 역 광장을 걸어가고 있었다. 서서히 걸어가더니 역 안으로 사라졌다. 그가 걱정되었다. 그는 그 장엄한 15분 때문에 5분 동안 혹독한 벌을 받을 게 틀림없었다. 어머니의 꾸짖음, 아버지의 걱정, 집에는 새 책과 공책을 살 돈이 없다. "무슨 생각 해?" 마리가 다시 한번 물었다. 나는 다시 "아무것도"라고 말하려고 했다. 그런데 그 소년이 생각났다. 나는 그녀에게 내가 생각하고 있는 것을 설명했다. 그 소년이 인근의 어떤 마을에 있는 집에 도착해서 아마도 거짓말을 할 거라고 말했다. 자기가 한 일을 사실대로 말하면 누구도 그의 말을 믿지 않을 테니 말이다. 그는 넘어졌다거나 책가방이 웅덩이에 빠졌다고 할지도 모른다. 아니면 책가방을 몇 분 동안 손에서 내려놓았는데, 바로 처마 밑 물이 새는 곳이었다고, 그런데 갑자기 비가 퍼부었다고, 그대로 책가방 안으로 퍼부었다고 말할지도 모른다. 나는 그 모든 것을 마리에게 단조로운 어조로 조용조용 이야기했다. 그러자 그녀는 침대에서 말했다. "그애가 어쨌다는 거야? 왜 내게 그런 터무니없는 이야기를 하는 거야?" "왜냐하면 그것이 네가 물었을 때, 바로 내가 했던 생각이니까." 그녀는 내 이야기를 믿지 않았다. 나는 화가 났다. 우리는 여태 서로에게 거짓말하거나 거짓말했다고 책망한 적이 한 번도 없었다. 나는 너무 화가 나서 일어나 신발을 신고 함께 역으로 가자고 그녀에게 강요했다. 나는 서두르느라 우산을 잊어버렸다. 우리는 흠뻑 젖었다. 소년은 역에 없었다. 우리는 대합실을 지나서 역 안내소까지 갔다. 그리고 나는 끝내 역무원에게 방금 기차가 떠났는지 물었다. 그는 그렇다고, 봄테행 기차가 2분 전에 떠났다고 말했다. 나는 키가 이만하고 흠뻑 젖은 금발 소년이 개찰구를 통과했는지 물었다. 그는 불신하는 듯한 목소리로 물었다. "무슨 일이죠? 그 소년이 뭔가를 집어가기라도 했나요?" "아닙니다, 그저 그 소년이 그 기차에 탔는지 알고 싶을 뿐입니다." 나는 말했다. 우리 둘, 마리와 나는 젖어 있었다. 그는 우리를 머리에서 발끝까지 불신의 눈길로 쳐다보았다. "당신들 라인 지방 사람들입니까?" 그가 물었다. 그것은 내가 처벌받은 적이 있는지 묻는 것처럼 들렸다. "네." 나는 말했다. "이런 종류의 정보는 관의 허가가 있을 때만 줄 수 있습니다." 그가 말했다. 그는 분명히 라인 지방 사람과 좋지 않은 일이 있었다. 어쩌면 군대에서였을것이다. 나는 무대 만드는 일을 하는 사람을 알고 있다. 그는 군대에서 베를린 사람한테 사기를 당한 적이 있다. 그는 그후로 남녀를 불문하고 베를린 사람을 자신의 적으로 생각했다. 그는 베를린 출신 여자 곡예사가 무대에서 공연을 하고 있는데 갑자기 조명을 꺼버렸다. 그녀는 발을 헛디뎌 다리가 부러졌지만, 그 사건은 결코 증명되지 않았고 그저 "정전"으로 발표되었다. 그러나 나는 그 무대 만드는 사람이 조명을 껐다고 확신한다. 그 아가씨는 베를린 사람이고, 그는 군대에서 베를린 사람한테 사기를 당한 적이 있으니까 말이다. 오스나브뤼크의 역무원이 나를 바라보았다. 나는 불안해졌다. "내가 이 아가씨와 내기를 했거든요. 내기 때문에 그런 거예요." 나는 말했다. 그것은 거짓이었으니 틀린 말이었고, 내가 거짓말을 하면 누구나 금세 알아챘다. "그래요, 내기라. 라인 지방 사람들이 벌써 내기를 하기 시작했다면." 그가 말했다. 어쩔 도리가 없었다. 한순간 나는 택시를 타고 봄테로 가서 그곳 역에서 기차를 기다렸다가 그 소년이 내리는지 볼까 생각했다. 그러나 그는 봄테 역보다 한 정거장 앞이나 뒤의 다른 마을에서 내릴 수도 있었다. 호텔로 돌아왔을 때 우리는 온몸이 젖은데다 얼어 있었다. 나는 마리를 아래층 술집으로 밀어넣고, 카운터에 서서 그녀를 팔로 안았다. 그리고 코냑을 주문했다. 호텔 주인이자 술집 주인이 우리를 바라보았다. 경찰을 부르고 싶어하는 듯했다. 어제 우리는 몇 시간 동안 '이봐 화내지 마' 게임을 하면서 햄 넣은 빵과 차를 방으로 주문했고, 아침에 마리는 병원에 갔다가 창백한 모습으로 돌아왔다. 그가 코냑잔을 우리 앞으로 휙 밀치는 바람에 코냑은 반이나 흘러넘쳤고, 그는 과시하듯 힐끗 우리를 보았다. "너, 나 믿지 않지?" 나는 마리에게 물었다. "그 소년 말이야." "천만에, 믿어." 그녀가 말했다. 그녀는 단지 동정심에서 그렇게 말했다, 정말로 나를 믿기 때문이 아니었다. 그리고 나는 주인에게 흘러넘친 코냑에 대해 변명을 요구할 용기가 없어서 화가 났다. 우리 옆에 한 육중한 남자가 선 채로 쩝쩝 소리를 내면서 맥주를 마셨다. 그는 맥주를 한 모금 마실 때마다 입가의 거품을 핥으며, 매번 내게 말을 걸 것처럼 나를 바라보았다. 나는 특정 연령대의 어중간하게 취한 독일인들이 말을 걸어오는 것이 두렵다. 그들은 늘 전쟁 이야기를 꺼내는데, 대단했다. 그리고 만취 상태가 되면, 그들이 살인자라는 사실이, 그리고 그들이 모든 일을 "그렇게까지 나쁘지 않게" 생각하고 있음이 드러났다. 마리는 추위에 떨었다. 내가 코냑잔을 주인을 향해 내밀자 그는 고개를 흔들면서 나를 바라보았다. 주인이 이번에는 코냑잔을 넘치지 않게 조심조심 우리 앞으로 민 덕에 마음이 놓였다. 그는 나 자신을 겁쟁이로 느끼게 만드는 압박에서 나를 해방시켰다. 내 옆의 남자는 입맛을 다시며 술을 마시더니 혼잣말을 하기 시작했다. "마흔네 살 때 우리는 소주와 코냑을 양동이째 마셨다고—마흔네 살 때에 양동이째 말이야—나머지는 거리에 쏟아붓고 불을 붙였지…… 졸장부 녀석한테는 단 한 방울도 없어." 그는 웃었다. "단 한 방울도 안 줬어." 내가 다시 한번 우리 잔을 주인 쪽으로 밀자 그는 잔

하나에만 코냑을 채웠다. 그는 두번째 잔을 채우기 전에 의아한 듯 나를 바라보았다. 나는 그제야 마리가 갔음을 알아차렸다. 나는 고개를 끄덕였다. 그가 두번째 잔도 채웠다. 두 잔을 다 비우고 나서야 마음이 놓였다. 그렇게 나는 술집을 나설 수 있었다. 마리는 위층 침대에 누워 울고 있었다. 그녀의 이마에 손을 대자 그녀는 내 손을 밀어냈다. 조용히, 부드럽게 밀어냈다. 나는 옆에 앉아서 그녀의 손을 잡았다. 그녀는 내버려두었다. 나는 기뻤다. 밖은 이미 어두워졌다. 나는 침대 옆에 한 시간 동안 앉아 있었다. 그리고 말을 꺼내기 전까지 그녀의 손을 잡고 있었다. 나는 나지막이 말했다. 다시 한번 그 소년 이야기를 했다. 그녀는 마치 그래, 널 믿어 하고 말하려는 듯 내 손을 꼭 잡았다. 나는 병원에서 사람들이 무슨 짓을 했는지, 정확히 이야기해달라고 그녀에게 간청했다. 그녀는 "여자들 일"이었다고, "별일은 아니었지만 끔찍했다"고 말했다. 여자들 일이라는 말이 내게 공포를 불러일으켰다. 그 말은 불쾌하게도 비밀에 가득 찬 듯 들렸다. 나는 그 일에 완전히 문외한이었으니까. 나는 마리와 벌써 3년째 같이 살고 있다. 그리고 처음으로 "여자들 일"에 대해 뭔가를 알게 되었다. 나는 물론 여자들이 어떻게 아이를 낳는지 안다. 그러나 세세한 것은 전혀 알지 못한다. 나는 스물네 살이었다. 내가 처음으로 그것에 대해 알게 되었을 때는 마리가 내 아내가 된 지 이미 3년째였다. 마리는 당시 내가 아무것도 모르는 것을 알고 웃었다. 그녀는 내 머리를 자기 가슴에 끌어안으면서 계속 말했다. "넌 사랑스러워, 정말 사랑스러워." 그런 일에 대해 내게 설명해준 두번째 사람은 나의 학교 친구인 카를 에몬스였다. 그는 끔찍한 수태일람표들을 늘 갖고 다녔다.

나중에 나는 약국에 가서 마리에게 수면제를 사다주었다. 그리고 그녀가 잠들 때까지 침대 옆에 앉아 있었다. 나는 그녀에게 무슨 일이 있었는지, 여자들 일 때문에 그녀가 어떤 복잡한 일을 겪었는지 지금까지도 모른다. 다음 날 아침 나는 시립도서관에 가서 사전을 뒤져서 그 일에 대해 찾을 수 있는 것은 다 찾아서 읽었다. 그러고 나니 마음이 가벼워졌다. 점심 무렵 마리는 달랑 가방 하나만 들고 혼자서 본으로 갔다. 그녀는 내가 함께 갈 수 있는지 더이상 묻지 않았다. 그녀는 말했다. "우리 모레 프랑크푸르트에서 다시 만나."

오후에 경찰이 왔을 때 나는 마리가 떠났다는 사실이 극도로 고통스러웠지만 기뻤다. 주인이 우리를 신고한 것 같았다. 나는 물론 마리를 늘 내 아내라고 말했고, 우리는 그것 때문에 두 번인가 세 번 어려움을 겪었다. 오스나브뤼크에서 일이 난처해졌다. 사복 차림의 남녀 경찰이 왔다. 그들은 "편안한 기분이 들게 하라는" 교육을 받은 듯 매우 친절했고 태도도 분명했다. 경찰들의 전형적인 공손함이 나는 특히 불쾌하다. 여자 경찰은 예뻤다. 화장도 단정히 했다. 그녀는 내가 자리를 권하자 그제야 앉았다. 그리고 그녀의 동료가 "눈에 띄지 않게" 방 안을 살펴보는 동안 담배까지 꺼내 물었다. "데르쿰 양은 함께 있지 않나보죠?" "네, 그녀는 먼저 떠났습니다. 프랑크푸르트에서 만나기로 했습니다, 모레요." "당신은 곡예사인가요?" 나는 그렇지 않음에도 불구하고 네라고 대답했다. 네라고 말해야 일이 더 간단해질 거라고 생각했다. "이해하셔야 합니다. 여행중인 여자가 낙태를—그녀는 가벼운 기침을 했다—할 경우, 몇 가지 조사를 해야 하거든요." "다 이해합니다." 나는 말했다. 나는 사전에서 낙태에 관한 것은 아무것도 읽지 못했다. 남자 경찰은 자리에 앉기를 정중하게 사양하고 눈에 띄지 않게 계속 주위를 살펴보았다. "당신 고향 주소는요?" 여자 경찰이 물었다. 나는 우리의 본 주소를 말해주었다. 그녀가 일어섰다. 그녀의 동료가 열려 있는 옷장으로 시선을 던졌다. "데르쿰 양의 옷들인가요?" 그가 물었다. "네." 내가 말했다. 그는 "많은 것을 말하는" 시선으로 그의 동료를 바라보았다. 그녀가 어깨를 으쓱했다. 그도 역시 으쓱하더니 다시 한번 양탄자를 꼼꼼히 내려다보았다. 그러더니 웬 얼룩 위로 몸을 굽혔다. 그리고 내가 살인을 자백하기를 기다리기라도 하듯이 나를 바라보았다. 그러고 나서 그들은 갔다. 그들은 조사가 끝날 때까지 아주 정중했다. 그들이 나가자마자 나는 서둘러서 가방을 쌌다. 계산서를 방으로 가져오게 하고, 역에서 짐꾼을 불러오도록 했다. 그리고 다음 기차로 떠났다. 나는 떠나는 날 숙박료를 지불했다. 짐을 프랑크푸르트로 부치고 남쪽으로 가는 기차를 탔다. 나는 두려웠다. 그리고 떠나고 싶었다. 짐을 쌀 때 마리의 손수건에서 핏자국을 보았다. 플랫폼에서도 프랑크푸르트로 가는 기차에 앉을 때까지 두려웠다. 누군가가 뒤에서 갑자기 내 어깨에 손을 올려놓고 정중한 목소리로 "자백하시겠습니까?"라고 물어올 것 같았다. 나는 모든 것을 자백했어야 했다. 기차가 본을 통과할 때는 이미 자정이 지나 있었다. 나는 내릴 생각을 전혀 하지 않았다.

나는 프랑크푸르트까지 내쳐 기차를 타고 갔다. 그곳에 새벽 4시경에 도착해 아주 비싼 호텔로 들어갔다. 그리고 본에 있는 마리에게 전화했다. 나는 그녀가 집에 없을까봐 걱정했다. 그러나 그녀는 바로 전화를 받았다. "한스, 하느님 감사합니다. 네가 전화를 하다니, 걱정했어.” “걱정”이라고 내가 말했다. “응, 오스나브뤼크로 전화해서 네가 떠났다는 걸 알았어. 당장 프랑크푸르트로 갈게, 당장.” 그녀가 말했다. 나는 목욕을 했고, 아침 식사는 방으로 가져오도록 했다. 잠이 들었다. 오전 11시쯤 마리가 와서 깼다. 그녀는 변한 것처럼 보였다. 아주 사랑스러웠고, 거의 쾌활했다. 내가 물었다. “천주교적 공기는 충분히 마셨어?” 그녀는 웃으면서 내게 키스했다. 나는 그녀에게 경찰에 대해서는 한마디도 하지 않았다.

13

나는 목욕물을 두번째로 다시 갈아야 할지 곰곰이 생각했다. 그러나 물을 다 써버렸다. 이제 탕에서 나와야 함을 느꼈다. 목욕은 내 무릎에 이롭지 않았다. 무릎이 다시 부어올랐다. 거의 딱딱하다 싶을 지경이었다. 욕조에서 나오다 미끄러졌다. 하마터면 그 예쁜 타일 위로 넘어질 뻔했다. 나는 초너러에게 즉시 전화해서 나를 곡예단에 주선해달라고 하려고 했다. 물기를 닦고 담배를 한 개비 문 채 거울 속의 나를 관찰했다. 더 말랐다. 전화벨이 울리자 나는 순간 마리일지도 모른다는 희망을 가졌다. 레오일지도 모르고. 나는 절뚝거리면서 거실로 가서 수화기를 집어들었다. "여보세요."

"오." 좀머빌트의 목소리였다. "내가 당신이 이중 공중돌기하는 것을 방해한 게 아니기를 바라오."

"난 곡예사가 아닙니다." 내가 화가 나서 말했다. "어릿광대입니다. 그건 전혀 달라요. 적어도 예수교인과 도미니크교인 사이만큼이나 현저한 차이가 있지요. 여기서 뭔가 이중적인 일이 벌어진다면, 기껏해야 이중 살인이겠죠."

그는 웃었다. "슈니어 씨, 슈니어 씨, 난 당신을 무척 걱정하고 있어요. 당신은 우리 모두에게 전화로 적대 관계를 선포하려고 본에 온 것 같소."

"내가 당신에게 전화했나요, 아니면 당신이 내게 했나요?"

"그게 정말로 그렇게 중요하오?"

나는 침묵했다.

"난 당신이 나를 좋아하지 않는다는 것을 잘 알아요. 당신, 놀라겠군. 난 당신을 좋아해요. 당신은 내가 믿고 대변하는 어떤 질서들을 관철시킬 권리가 나한테 있음을 인정해야만 하오." 그가 말했다.

"필요하다면 폭력으로 말이죠." 내가 응수했다.

"아니요." 그가 말했다. 그의 목소리가 맑게 울렸다. "아니요, 폭력은 안 돼요. 그러나 강력하게 해야죠. 우리가 문제 삼는 인물이 기대하는 것처럼."

"왜 인물이라고 말하죠, 마리라고 말하지 않고요?"

"내게는 그 일을 가능한 한 객관적으로 보는 게 중요하니까."

"주교님, 그것은 당신의 큰 실수입니다. 그 일은 주관적일 수밖에 없습니다."

나는 목욕가운을 입고 있었지만 추웠다. 담배가 젖어서 제대로 타지 않았다. "마리가 돌아오지 않을 경우, 당신뿐만 아니라 취프너도 죽여버릴 겁니다."

"맙소사, 헤리베르트를 끌어들이지 마요." 그가 화난 목소리로 말했다.

"당신 재미있군요. 누군가가 내 아내를 빼앗아가려 하는데 하필이면 그자를 그냥 놔두라고요."

"그는 누군가가 아니고, 데르쿰 양은 당신의 아내가 아니었어요. 그리고 그는 당신한테서 그녀를 빼앗아가지 않았소. 그녀가 간 거지."

"완전히 자발적으로 갔단 말입니까?"

"그래요. 자연과 초자연 사이에서 갈등하기는 했지만 전적으로 자발적으로 간 거요."

"도대체 초자연이 거기 어디에 있습니까?"

"슈니어 씨, 난 그래도 당신을 훌륭한 어릿광대라고 믿어요. 그렇지만 당신은 신학에 대해서 아무것도 몰라요." 그가 화를 내며 말했다.

"당신네 천주교인들은 나 같은 비신자들에게 가혹하죠. 유대인이 기독교인들에게 하듯이, 기독교인들이 이교도들에게 하듯이 말입니다. 그 정도는 나도 알고 있다고요. 노상 듣는 게 법이고 신학이죠— 그것들은 다 근본적으로는 그 바보 같은 서류 나부랭이 때문에 존재하죠. 국가가 교부해줘야만 하는 서류 쪼가리 말이오."

"당신은 동기와 원인을 혼동하고 있어요. 슈니어 씨, 이해합니다. 당신을 이해합니다." 그가 말했다.

"당신은 아무것도 이해하지 못해요." 나는 말했다. "그리고 결과는 이중 간통죄가 될 겁니다. 마리는 당신네들의 헤리베르트와 결혼함으로써 간통을 범하게 되는 겁니다. 그녀가 언젠가 나와 같이 그곳을 떠나면, 그녀는 다시 이중 간통죄를 짓게 되는 거죠. 나는 섬세하지 않아요. 예술가도 아니고요. 무엇보다도 나는 주교가 '슈니어 씨, 내연관계로 그냥 뇌두었어야 했는데'라고 말할 만큼 기독교적이지 못합니다."

"당신은 당신의 경우와 우리가 당시 논쟁했던 것의 차이가 지닌 신학적 핵심을 오인하고 있소."

"어떤 차이요? 베제비츠가 더 예민하다는—당신들 모임에서 중요한 믿음의 견인차 역할을 한다는 차이를 말하는 겁니까?"

"아니요." 그는 정말로 웃었다. "아닙니다. 그 차이는 교회법적인 차이입니다. 베제비츠는 이혼한 여자와 함께 살았어요. 그는 그녀와 교회법적으로 절대 결혼할 수 없었지요. 반면 당신은—그래요, 데르쿰 양은 이혼하지 않았어요. 혼인에 방해될 게 아무것도 없지요."

"나는 서명할 준비가 되어 있었습니다. 심지어 개종할 자세도요." 내가 말했다.

"경멸하는 방식으로 준비가 되었겠지요."

"내게 없는 믿음을, 감정을 꾸며대야 한단 말입니까? 당신이 순전히 형식적인 것들 때문에 권리와 법을 고집한다면, 왜 내게 없는 감정을 비난하는 겁니까?"

"당신의 어떤 것도 비난하지 않아요."

나는 입을 다물었다. 그가 옳았다. 깨달음은 타격이었다. 마리는 이미 떠나갔다. 그들은 물론 그녀를 두 팔 벌려 받아들였다. 그러나 그녀가 내 곁에서 머무르고자 했다면, 누구도 그녀에게 떠나라고 강요할 수는 없었을 것이다.

"여보세요, 슈니어 씨, 당신 아직 듣고 있소?" 좀머빌트가 말했다.

"네, 듣고 있어요." 나는 말했다. 나는 다른 방식으로 그와 통화할 생각이었다. 자는 그를 새벽 2시 반에 깨워서 욕하고 협박할 생각이었다.

"내가 도와줄 일이 있을까요?" 그가 나지막이 물었다.

"없습니다. 하노버 호텔에서의 그 비밀회의가 오로지 나에 대한 마리의 믿음을 강화할 목적만이었다고 당신이 말해준다면, 나는 당신의 그 말을 믿으려 합니다."

"당신과 데르쿰 양의 관계가 위기에 처해 있었다는 사실을, 당신이 인식하지 못한 게 분명합니다."

"그래서 당신들이 곧장 끼어들었군요. 나와 갈라서도록 법과 교회법의 틈새를 그녀에게 보여줬군요. 나는 천주교회는 이혼에 반대할 거라고 노상 생각했지요."

"맙소사, 슈니어 씨." 그가 소리를 질렀다. "당신은 천주교 신부인 나한테 내연 관계에 있는 여자를 지지하라고 요구할 수 없습니다."

"왜 안 되죠? 당신은 그녀를 매음과 간음으로 몰아가고 있습니다. 신부로서 대답해보시지요, 자, 어서요."

"당신의 반교권주의가 나를 놀라게 하는군요. 그런 일은 천주교인들한테서만 보았지요."

"저는 결코 반교권적이지 않습니다. 혼자 상상하지 마세요. 저는 다만 좀머빌트에게 반대할 뿐입니다. 당신이 공정치 못하고 겉과 속이 다르기 때문이죠."

"맙소사, 어째서요?" 그가 말했다.

"당신의 설교를 들으면, 당신의 마음은 삼각돛만큼이나 크다고 생각하게 되지요. 하지만 당신은 호텔의 홀들을 돌아다니면서 쑥덕거리고 기만하고 있어요. 내가 땀을 흘리면서 밥값을 버는 동안, 내 말은 들어보지도 않고 내 아내와 상의를 하지요. 공정치 못하고 겉과 속이 달라요. 하지만 탐미주의자에게 달리 무엇을 기대할 수 있겠어요?"

"자, 어서 실컷 욕하시오. 나를 부당하게 대하라고요. 나는 당신을 잘 이해할 수 있어요." 그가 말했다.

"당신은 아무것도 이해하지 못합니다. 당신은 마리에게 저주받은, 변조된 술을 주입해놨어요. 난 말이죠, 순수한 것을 마시는 걸 더 좋아합니다. 가짜 코냑보다는 차라리 순 감자소주를 더 좋아한다고요."

"자, 어서 실컷 말하시오, 말하시라고요. 당신도 내적으로 관련되어 있는 것처럼 들리는군요."

"주교님, 나는 그 일에 관련되어 있습니다. 내적으로 그리고 외적으로요. 마리 문제니까요."

"슈니어 씨, 당신이 나를 부당하게 대했다는 것을 깨달을 날이 올 겁니다. 이 일과 전반적인 일에서 말입니다." 그의 목소리는 거의 울 것 같았다. "그리고 내 변조된 술에 대해 말하자면, 당신은 많은 사람이 느낀다는 사실을 잊고 있는 것 같군요. 단순한 갈증을 말입니다. 그들에게는 아무것도 안 마시는 것보다는 변조된 것을 마시는 편이 차라리 나을 수도 있지요."

"하지만 당신의 성경에는 맑고 깨끗한 물에 대해 쓰여 있습니다. 왜 당신은 그 깨끗한 물을 부어주지 않는 거죠?"

"아마," 그의 목소리가 떨렸다. "내가—당신의 비교를 그대로 사용하지요—우물에서 물을 길어내는 긴 쇠줄의 끝 부분에 있기 때문이겠지요. 아마 그 쇠줄의 백번째, 아니 천번째쯤이나 될까요. 물은 더 이상 신선할 리가 없지요—그리고 한 가지 더, 슈니어 씨, 듣고 있습니까?"

"듣고 있습니다." 내가 말했다.

"당신은 함께 살지 않고도 여자를 사랑할 수 있습니다."

"그래요? 이제 동정녀 마리아 이야기를 시작하시는군요."

"비아냥거리지 마십시오, 슈니어 씨. 당신한테 어울리지 않아요."

"비아냥거리는 게 아닙니다. 나는 내가 이해하지 못하는 것을 존중하는 능력이 있습니다. 나는 수녀원에 들어갈 생각이 없는 젊은 아가씨에게 동정녀 마리아를 모범으로 내놓는 것을 치명적인 오류로 볼 뿐입니다. 나는 그것에 대해 강연을 한 적도 있습니다."

"그래요? 어디서요?"

"여기 본에서요. 어린 아가씨들 앞에서요. 마리의 모임에서였어요. 기숙사 행사 때 왔죠. 아가씨들에게 두서너 가지 소극을 보여주고 동정녀 마리아에 대해 이야기를 나눴습니다. 모니카 질브스에게 물어보세요. 물론 나는 주교님이 육체적 욕망이라고 부르는 것에 대해서는 소녀들과 이야기할 수 없었답니다! 아직 듣고 있습니까?"

"듣고 있소. 놀랍군요, 슈니어 씨. 당신 정말로 대담해지는군요." 그가 말했다.

"제기랄, 주교님, 아이를 생산하는 과정은 상당히 노골적입니다. 당신이 원한다면 교미기에 접어든 황새들에 대한 이야기도 할 수 있습니다. 이 노골적인 일에 대해 이야기하고, 설교하고, 가르치는 일은 모두 위선입니다. 당신들은 마음속으로는 이 일을 자연에 대항하는 정당방위로, 결혼생활 속에서 합법화된 추잡한 짓으로 생각하지요. 아니면 당신들 스스로 착각을 만들어내서 육체적인 것을 애를 만드는 데 필요한 것에서 분리하든지요. 하지만 이것은 복잡한 일입니다. 자기 남편을 그저 견뎌낼 뿐인 아내조차 몸뚱이만 있는 것은 아니지요. 창녀에게 가는 더러운 주정뱅이조차 창녀와 마찬가지로 몸뚱이만 있는 것은 아닙니다. 당신들은 그 일을 섣달그믐 밤의 폭죽처럼 생각하는데—하지만 그건 다이너마이트입니다."

"슈니어 씨, 당신이 그 일에 대해 그 정도로 심사숙고했다니 놀랍군요." 그가 시원찮은 소리로 말했다.

"놀랍다고요." 나는 소리를 질렀다. "당신은 아내를 그저 합법적인 소유물로 여기는 생각 없는 개들한테 놀라야 합니다. 모니카 질브스에게 물어보십시오, 당시 내가 아가씨들에게 그 일에 대해 뭐라고 했는지. 내가 남성이라는 성을 가지고 있음을 알고부터 나는 거의 다른 어떤 것에 대해서도 그렇게 깊이 생각해본 적이 없었어요. 그것이 놀랍습니까?"

"당신한테는 권리와 법에 대한 생각이 거의 없군요, 아니 전혀 없어요. 그 일은—그 일이 얼마나 복잡하든 상관없이—법에 의해 규정되어야 합니다."

"네, 당신네 규정을 저도 조금 맛보았죠. 당신들은 자연적 본성을 당신들이 간음이라고 부르는 궤도에 끼워넣었습니다. 그 본성이 결혼으로 침투하면, 당신들은 그것을 두려움과 연관시킵니다. 고해하고,

용서받고, 죄를 짓고—계속 그런 식이죠. 모든 게 법으로 규정되어 있지요."

그는 웃었다. 그의 웃음소리가 뻔뻔하게 들렸다. "슈니어 씨, 당신한테 대체 무슨 일이 일어났는지 알겠어요. 당신은 확실히 당나귀 같은 일부일처주의자입니다."

"당신은 동물학에 대해 아무것도 몰라요. 호모사피엔스에 대해서는 말할 것도 없고요. 당나귀들은 경건해 보이기는 하지만 일부일처주의자들이 아닙니다. 완전한 난혼(亂婚)이 지배하고 있죠. 까마귀들이 일부일처주의자들입니다. 가시고기, 지빠귀, 더러 무소들도 그렇지요."

"마리는 분명히 아니지요." 그가 말했다. 그는 이 짤막한 말이 내게 어떤 영향을 줄지 알고 있었던 것 같다. 그가 낮은 목소리로 말을 이었기 때문이다. "미안합니다, 슈니어 씨. 그 말은 하지 말았어야 했는데. 내 말을 믿지요?"

나는 침묵했다. 타고 있던 담배꽁초를 양탄자에 내던졌다. 불똥이 흩어져서 작고 시커먼 구멍을 내면서 타들어가는 것을 보았다. "슈니어 씨, 적어도 그 말은 하고 싶지 않았다는 것을 믿어주시오." 그가 큰 소리로 애원하듯이 말했다.

"내가 당신을 믿든 안 믿든 상관없지 않나요? 하지만 네, 당신을 믿어요." 내가 말했다.

"당신은 방금 본성에 대해 이야기했어요. 당신은 본성에 따라야 했고, 마리를 쫓아가야 했고, 그녀를 위해 투쟁해야만 했지요."

"투쟁한다고요, 당신들의 그 망할 결혼법 어디에 투쟁한다는 단어가 있습니까?"

"당신이 데르쿰 양과 했던 것은 결혼생활이 아니었습니다."

"좋아요, 결혼생활이 아니었다고 해두죠. 거의 매일 그녀와의 통화를 시도했고, 매일 그녀한테 편지를 썼습니다."

"알아요, 알아요. 이제 너무 늦었어요." 그가 말했다.

"이제 남은 건 공개적인 간통뿐입니다." 내가 말했다.

"당신은 그럴 능력이 없습니다. 난 당신이 생각하는 것보다 당신을 더 잘 알아요. 당신은 내키는 대로 욕해도 되고 나를 위협해도 됩니다. 바로 그거지요. 당신의 놀라운 점은, 당신이 순수한 인간이라는 점입니다. 거의 순결하다고까지 말하고 싶군요. 내가 당신을 도울 수 있을까요…… 내 말은……"

그는 입을 다물었다. "돈 이야기를 하시는군요?" 내가 물었다.

"그것도요. 하지만 직업문제를 말한 거요."

"그것에 대해서는 다시 이야기하지요. 돈과 직업, 둘 다요. 도대체 그녀는 어디에 있습니까?"

그의 숨소리가 들렸다. 침묵 속에서 나는 처음으로 어떤 냄새를 맡았다. 은은한 면도용 화장수와 약간의 적포도주 그리고 담배. 그러나 약했다. "그들은 로마에 갔습니다." 그가 말했다.

"밀월여행인가요?" 나는 쉰 목소리로 물었다.

"아, 그걸 그렇게 부르는군요." 그가 말했다.

"그걸로 오입질이 완전해지거든요." 나는 말했다. 그에게 고맙다거나 안녕히 계시라는 인사 없이 수화기를 내려놓았다. 나는 담배꽁초 불똥에 타들어가는 양탄자의 작고 검은 점들을 내려다보았다. 그러나 그것들을 발로 밟아 완전히 꺼버리기에 나는 너무 피곤했다. 춥고 무릎이 아팠다. 너무 오랫동안 욕조 안에 있었던 것이다.

마리는 나와 함께 로마에 가려고 하지 않았다. 내가 로마에 가자고 제안했을 때 그녀는 얼굴을 붉혔다. 이탈리아는 좋지만 로마는 싫다고 했다. 왜 싫으냐고 묻자 그녀는 너 정말 몰라? 하고 물었다. 나는 모른다고 대답했다. 그녀는 내게 이유를 말하지 않았다. 나는 그녀와 함께 로마에 가서 교황을 만나고 싶었다. 피에트로 광장에서 몇 시간이고 기다렸다가, 교황이 창가에 나타나면 손뼉을 치고 만세까지 부르려고 했다. 마리에게 그 이야기를 하자 그녀는 벌컥 화를 내려 했다. 나 같은 무신론자가 교황을 환호하려는 것이 "어딘가 변태적으로" 보인다는 것이었다. 그녀는 사실 시기심이 있었다. 나는 그것을 천주교인들에게서 자주 보았다. 그들은 자신들의 보물을—성찬식과 교황을—구두쇠처럼 보호한다. 그 외에도 그들은 내가 아는 한 착각을 가장 심하게 하는 인간 집단이다. 그들은 자기들 교회의 강점과 약점에 대해 착각한다. 그리고 그들은 자기들이 어느 정도 지적이라고 여기는 사람은 모두 곧 개종할 거라고 기대한다. 어쩌면 마리는 나와의 죄 많은 동거생활을 로마에서 특별히 수치스럽게 여기게 될까봐 나와 로마에 가지 않았는지도 모른다. 마리는 여러모로 순진했고 그다지 지적이지도 않았다. 그녀가 지금 취프너와 로마로 간다는 것은 파렴치한 짓이다. 그들은 분명히 교황을 알현할 것이다. 마리를 내 딸이라고, 취프너를 내 착한 아들이라고 부를 불쌍한 교황은 간통까지 저지른 음탕한 한 쌍이 자기 앞에 무릎을 꿇고 있는 것을 짐작하지 못할 것이다. 마리가 취프너와 함께 로마에 간 것은 로마에는 나를 기억나게 하는 것이 하나도 없기 때문인지도 모른다. 우리는 나폴리, 베네치아, 프로방스에 다녀왔다. 파리와 런던, 여러 독일 도시들에도 가보았다. 로마에서 그녀는 기억으로부터 안전할 수 있다. 그리고 그곳에서는 틀림없이 "천주교적인 공기"를 충분히 마실 수 있다. 나는 좀머빌트에게 전화해서, 일부일처제에 대한 나의 기질 때문에 나를 조소한 것은 특히 좀스러운 짓이었다고 말해야겠다고 생각했다. 그러나 교양 있는 천주교인들은 거의 다 그런 파렴치한 면이 있다. 그들은 교리로 만들어진 보호벽 뒤에 웅크리고 있거나, 교리로 재단된 원칙들을 몸에 두르고 있다. 그러나 사람들이 그들의 "불변의 진리들"에 심각하게 대적해오면 그들은 미소를 지으면서 "인간의 본성"을 끌어들인다. 부득이한 경우에는 비웃듯 미소를 짓는다. 마치 교황이 그들과 함께 있는 자리에서 그들에게 자신의 무오류성에 대한 믿음을 교시할 때처럼 말이다. 어쨌든 누군가가 냉혹하게 선포된 터무니없는 진리들을 아주 진지하게 받아들이기 시작한다면, 그는 "개신교인"이거나 유머가 없는 사람이다. 그들과 진지하게 결혼에 대해 이야기하면, 그들은 헨리 8세*를 끄집어낸다. 그들은 이 무기를 이미 300년 전부터 사용해왔다. 그렇게 그들은 자신들의 교회가 얼마나 엄한지 보여주고 싶어한다. 그러나 교회가 얼마나 부드러운지, 얼마나 아량이 넓은지 보여주고 싶을 때는 베제비츠 일화들을 들먹인다. 주교들의 기지에 대해 이야기를 하는 것이다. 그러나 그것은 그들이 "교양 있고 지적"이라는 의미로 이해하고 있는 "전문가들" 가운데 — 이들이 스스로를

---

* 교황에게 "신앙의 수호자"라는 칭호를 받았으나 이혼문제로 로마교와 결별한 영국 왕.

좌파로 느끼는가 우파로 느끼는가는 중요하지 않다―있을 때만 그러하다. 내가 그 베제비츠 이야기를 설교 때 한번 해달라고 좀머빌트에게 요구하자 그는 몹시 화를 냈다. 남녀문제에 관한 한 그들은 설교단에서 언제나 헨리 8세라는 자기들의 대포만 쏘아댔다. 결혼생활을 위한 왕국! 법! 규정! 교리!

여러 가지 이유로 기분이 나빠졌다. 육체적으로는, 보훔에서 먹은 형편없는 아침 식사 이래로 코냑을 마시고 담배를 피운 것 외에는 먹은 것이 하나도 없었기 때문이다. 정신적으로는, 로마의 한 호텔에서 마리가 옷 입는 것을 취프너가 지켜보는 모습을 상상했기 때문이다. 어쩌면 그는 그녀의 속옷들을 뒤적거릴지도 모른다. 가르마를 반듯하게 탄, 지적이고 공정하고 교양 있는 천주교인들한테는 자비로운 여자가 필요하다. 마리는 취프너에게 적당한 여자가 아니다. 옷맵시가 언제나 나무랄 데 없고, 유행에 뒤지지 않을 만큼 충분히 감각이 있지만, 멋쟁이처럼 보일 만큼 유행을 따르지는 않는 취프너 같은 남자, 아침에 찬물로 오래도록 몸을 씻고, 기록 경쟁이라도 하듯 열중해서 이를 닦는 남자―그런 남자에게 마리는 그다지 지적이지 않다. 마리는 아침에 화장을 지나치게 열심히 하는 여자다. 그는 교황을 알현하러 방으로 안내되기 전에 재빨리 휴지를 꺼내서 구두를 닦을 사람이다. 두 사람은 교황 앞에서 무릎을 꿇을 것이고, 나는 그 교황 또한 안쓰러웠다. 그는 선량한 미소를 지으면서 예쁘고 호감 가는, 천주교를 믿는 독일인 부부를 진심으로 반길 것이다. 그렇게 그는 다시 한번 사기를 당하는 것이다. 그는 간음한 두 사람에게 축복을 내리고 있음을 짐작조차 못 할 것이다.

나는 욕실로 들어갔다. 몸의 물기를 닦고 다시 옷을 입었다. 그리고 부엌으로 가서 물을 얹었다. 모니카는 모든 것을 다 생각해놓았다. 성냥이 가스레인지 옆에 놓여 있었다. 커피는 갈아서 밀폐통 안에 넣어두었다. 커피 여과지는 그 옆에 있었다. 냉장고에는 햄, 달걀, 야채 통조림이 들어 있었다. 나는 부엌일이 성인들의 특별한 수다를 피할 유일한 방법일 경우에만 기꺼이 부엌일을 한다. 좀머빌트가 "에로스"에 대해 말하기 시작하고, 블로트헤르트가 츠, 츠, 총리를 뱉어내거나 프레데보일이 장 콕토에 관해 교묘하게 짜깁기한 강연을 할 경우─나는 차라리 부엌으로 가서 마요네즈를 짜고, 올리브를 반으로 자르고, 간(肝)소시지를 빵에 바른다. 부엌에서 나 자신을 위해 혼자 뭔가를 할 때면 길을 잃은 기분이 든다. 두 손은 외로움으로 서툴러진다. 통조림 깡통을 열고, 달걀을 프라이팬에 깨뜨려 넣는 꼭 필요한 일이 나를 우울하게 한다. 나는 총각이 아니다. 마리가 아팠을 때나 일하러 갔을 때─마리는 한동안 쾰른의 지물포에서 일했다─부엌에서 일하는 것은 별문제가 아니었다. 그녀가 첫번째 유산을 했을 때, 나는 집주인이 영화관에서 돌아오기 전에 이불 빨래까지 했다.

나는 손을 다치지 않고 깡통을 여는 데 성공했다. 끓는 물을 여과기에 부었다. 그러면서 취프너가 지은 집을 생각했다. 2년 전에 그 집에 간 적이 있다.

14

나는 어둠 속에서 그녀가 집으로 오는 것을 보았다. 바짝 깎아놓은 잔디밭은 달빛을 받아 거의 푸른색으로 보였다. 차고 옆에는 잘라낸 나뭇가지들이 쌓여 있었다. 정원사가 그곳에 쌓아놓았다. 금잔화와 붉은 산사나무 덤불 사이에 쓰레기통이 있었다. 수거해 가기만 하면 되었다. 금요일 저녁이었다. 그녀는 부엌에서 무슨 냄새가 날지 이미 알고 있을 것이다. 생선 냄새다. 어떤 메모지들을 보게 될지도 알고 있을 것이다. 한 장은 취프너가 텔레비전 위에 놓아둔 것이다. "급하게 F에게 가오. 키스를 보내며. 헤리베르트." 다른 한 장은 하녀가 냉장고 위에 놓은 것이다. "영화관에 가요. 10시에 돌아옵니다. 그레테 (루이제, 비르기트)."

차고 문을 열고 불을 켠다. 하얗게 칠한 벽에 롤러와 망가진 재봉틀의 그림자가 졌다. 취프너의 차고에 있는 메르세데스 자동차는 그가 걸어서 갔음을 말해준다. "공기를 마시려고, 좀 공기를 마시려고, 공기 말이야." 자동차 바퀴와 흙받기에 묻은 오물이 아이펠에 다녀왔음을, 기독교민주당 청년회("같이 살고, 같이 서고, 같이 견딘다")에서 한 오후의 강연을 말해준다.

위층을 한번 쳐다본다. 아이들 방 역시 어둡다. 이웃집들과는 2차선 일방통행로와 넓은 화단으로 경계를 이룬다. 텔레비전 빛이 희미하게 반사된다. 그때 귀가하는 남편과 아버지는 방해물로 느껴진다. 잃어버린 아들이 귀가해도 방해물로 느껴지리라. 송아지도 잡지 않고 닭 한 마리도 굽지 않는다. 누군가 잽싸게 냉장고에 간소시지가 있다고 알려준다.

토요일 오후에는 친목을 도모한다. 배드민턴 셔틀콕이 울타리 너머로 날아가고, 새끼 고양이나 강아지가 쫓아간다. 배드민턴 셔틀콕을 다시 던지고, 새끼 고양이나—"오, 귀여워"—강아지들은—"오, 귀여워"—정원 문이나 울타리 틈새로 되돌아온다. 목소리에 예민함이 억눌려 있다. 결코 개인적인 감정은 드러내지 않는다. 그녀는 그저 이따금씩 평정을 잃고 톱으로 이웃집 하늘을 찔러댄다. 늘 아무것도 아닌 이유로, 한 번도 제대로 된 이유도 없이 그런다. 커피 받침접시가 쨍그렁 깨지거나, 구르던 공에 꽃이 꺾이거나, 아이들이 자갈을 자동차로 던지거나, 갓 세탁해서 다림질한 옷이 정원의 물호스에 젖기라도 하면—목소리들이 날카로워진다. 사기, 간음, 낙태 때문에 날카로워져서는 안 될 목소리들이 말이다.

"그저 당신 귀가 예민해서 그래, 뭘 좀 복용해봐."

마리, 아무것도 복용하지 마.

집 문이 열려 있다. 조용하고 기분 좋을 만큼 따뜻하다. 마리의 아기는 위층에서 자고 있다. 본에서의 결혼, 로마로의 신혼여행, 임신, 출산이 매우 신속히 진행된다. 눈처럼 하얀 아기 베개에 달린 갈색 리본. 너 기억하니, 그가 우리한테 집을 보여주고 활기차게 말했던 것을, 여기는 열두 명의 아이들을 위한 자리라고. 그리고 아침 식사 때마다 너를 유심히 쳐다보면서 말하지 못하고 우물거리던 것을, 그리고 복잡하지 않은 교회 친구와 정당 동료들이 세번째 코냑잔을 비우고 이렇게 외치던 것을. "하나에서 열둘까지라. 정확히 말해 아직 열한 명이 부족하군!"

시내에서 사람들이 수군거린다. 네가 다시 영화관에 다녀왔다고, 이 화창한 오후에. 또다시 영화관에 다녀왔다고—또다시.

저녁 내내 혼자서 블로트헤르트 집에서 열린 모임에 참석한다. 그리고 츠 츠 츠 외에는 아무 소리도 귀에 들리지 않는다. 이번에 뒤에 나올 말은—옹리가 아니라—언주교인이다. 네 귀에서 그 단어가 이물질처럼 맴돈다. 웅얼거리는 소리가 나는 것 같고, 이명이 있는 것도 같다. 블로트헤르트는 천주교인을 찾아낼 수 있는 계수기를 갖고 있다. "가지고 있다—가지고 있지 않다—가지고 있다—가지고 있지 않다." 그것은 나뭇잎점과 같다. 그녀는 나를 사랑한다, 그녀는 나를 사랑하지 않는다. 그녀는 나를 사랑한다. 축구클럽 회원들과 정당 동료들, 정부와 야당원이 천주교인인지 아닌지 시험한다. 북유럽 사람들의 코, 지중해 연안 사람들의 입처럼 인종적인 특징 같은 것을 원하지만 찾지 못한다. 많이 열망하고, 그렇게 열렬히 원하는 것을 누군가

는 확실히 갖고 있다. 블로트헤르트를, 그의 눈을 조심해, 마리. 뒤늦
은 욕망, 여섯번째 계명에 관한 신학교 학생들의 생각, 그리고 블로트
헤르트가 특정한 죄악에 대해 말할 때, 그는 라틴어로만 말한다. 인
섹스토, 데 섹스토.* 물론이다, 그것은 섹스라는 말처럼 들린다. 그리
고 사랑하는 아이들. 좀 큰 애들은, 열여덟 살인 후베르트와 열일곱
살인 마그레트는 더 깨어 있어도 된다. 어른들의 대화가 그들에게 유
익하기 때문이다. 천주교인과 신분제 국가와 사형에 관한 대화들은
블로트헤르트 부인의 눈에 이상한 광채를 띠게 하며 목소리를 격앙시
킨다. 그렇게 웃음과 눈물이 유쾌하게도 하나가 된다. 너는 프레데보
일의 내용 없는 좌파적 냉소로 너 자신을 위로해보려 한다. 소용없다.
네가 블로트헤르트의 내용 없는 우파적 냉소에 화를 내려고 했다 하
더라도 마찬가지로 소용없으리라. '아무것도'라는 아름다운 말이 있
다. 아무것도 생각하지 마. 총리와 천주교인에 대해 생각하지 마. 욕
조 안에서 우는, 슬리퍼에 커피를 뚝뚝 흘리는 어릿광대를 생각해.

---

* In sexto, de sexto. '여섯번째 계명에서는, 여섯번째 계명에 대해서는'이라는 뜻.

15

나는 소음을 분류할 수 있지만 소음에 맞춰 처신하지는 못한다. 나는 소음을 자주 들었지만 아직까지는 소음에 반응해야 할 필요가 한 번도 없었다. 우리 집 하녀들은 대문 손잡이에서 나는 소음에 반응했다. 나는 데르쿰 씨 집에서 가게 초인종 소리를 종종 들었다. 그러나 단 한 번도 자리에서 일어난 적이 없다. 쾰른에서 우리는 여관에 묵었고 호텔에는 전화벨 소리만 있다. 나는 초인종 소리를 들었지만 그 소리에 응하지 않았다. 초인종 소리가 낯설었다. 이 집에서 초인종 소리를 들은 것은 단 두 번뿐이다. 소년이 우유를 배달하러 왔을 때, 그리고 취프너가 마리에게 장미를 보냈을 때다. 장미가 왔을 때 나는 침대에 누워 있었다. 마리가 나한테 와서 장미를 보여줬다. 그녀는 황홀해서 코를 장미 꽃다발에 들이댔다. 그런데 난처한 상황이 벌어졌다. 나는 그 꽃이 나를 위한 것이라고 생각했던 것이다. 가끔 팬들이 호텔로 꽃을 보내왔다. 나는 마리에게 말했다. "예쁘네. 장미구나. 너 가져." 그녀는 나를 바라보더니 말했다. "이 꽃 나한테 온 거야." 나는 얼굴이 빨개졌다. 마리에게 꽃을 보낸 적이 한 번도 없다는 생각이 났다. 물론 무대 위에서 받은 꽃은 전부 그녀에게 가져다주었다. 그러나 그녀를 위해서 꽃을 사본 적은 한 번도 없었다. 무대 위에서 받는 꽃다발 값은 대부분 내가 직접 지불해야 했다. "이 꽃 도대체 누가 보낸 거야?" 내가 물었다. "취프너." 그녀가 말했다. "제기랄, 뭐하자는 거야?" 나는 둘이 손을 잡았던 일이 생각났다. 마리가 얼굴을 붉히면서 말했다. "그가 나한테 꽃을 보내면 왜 안 되는데?" "질문을 달리 하지. 왜 그가 너한테 꽃을 보내야 하는데?" 나는 말했다. "우리는 오래전부터 아는 사이야. 어쩌면 그가 나를 흠모하는지도 모르지." "좋아, 그가 너를 흠모한다고 치자. 하지만 그렇게 값비싼 꽃은, 그건 부담을 주는 거야. 몰취미하기는." 그녀는 모욕당한 채 방에서 나갔다.

우유를 배달하는 소년이 초인종을 눌렀을 때, 우리는 거실에 앉아 있었다. 마리가 나가서 문을 열고 그에게 돈을 주었다. 우리는 이 집에서 딱 한 번 누군가의 방문을 받았다. 레오였다. 개종하기 전이었다. 그러나 그는 초인종을 누르지 않았다. 마리와 함께 올라왔던 것이다.

초인종 소리는 이상하게도 망설이는 듯하면서도 동시에 집요하게 울렸다. 끔찍한 두려움이 일었다. 모니카일 수도 있다. 좀머빌트가 구실을 만들어 보냈을지도 모른다. 나는 즉시 니벨룽겐 콤플렉스를 느꼈다. 나는 흠뻑 젖은 실내화를 신은 채 현관으로 달려갔다. 눌러야 하는 단추를 찾지 못했다. 단추를 찾으면서 모니카는 집 열쇠를 갖고 있다는 생각이 났다. 마침내 단추를 찾아서 눌렀다. 마치 벌 한 마리가 창문가에서 붕붕거리는 듯한 소음이 아래에서 들렸다. 나는 복도로 나가서 승강기 옆에 섰다. 탑승 표시에 빨갛게 불이 들어왔다. 1층에 불이 들어왔다. 그리고 2층. 나는 신경을 곤두세우고 숫자를 응시했다. 그러다 갑자기 누군가가 내 옆에 서 있음을 알아차렸다. 기겁해서 몸을 돌렸다. 웬 예쁘게 생긴 여자였다. 밝은 금발, 너무 마르지 않은 몸매, 밝은 회색의 사랑스러운 눈. 그녀의 모자는 내 취향에는 좀 지나치게 빨갰다. 나는 미소를 지었다. 그녀 역시 미소를 지으며 말했다. "당신, 슈니어 씨가 분명하죠. 내 이름은 그렙젤이에요. 이웃에 살아요. 당신을 이렇게 실제로 보게 돼 기뻐요." "저도 기쁩니다." 나는 말했다. 정말로 기뻤다. 그렙젤 부인은 지나치게 빨간 모자에도 불구하고 멋진 눈요깃거리였다. 나는 그녀의 팔 아래 끼고 있는 신문 〈본의 목소리〉를 보았다. 내 눈길을 본 그녀는 얼굴을 붉히면서 말했다. "신경 쓰지 마세요." "그 개자식한테 따귀를 올려붙일 겁니다. 부인께서 그자가 얼마나 음흉한 아첨쟁이인지 아신다면. 게다가 그자는 나를 속이기까지 했어요. 소주 한 병을 가져오지 않았죠." 그녀가 웃었다. "우리 이웃끼리 한번 정말로 자리를 만들어보면 제 남편과 저, 둘 다 기쁠 거예요. 오래 머무르실 건가요?" "네. 허락하신다면 한번 찾아뵙죠. 댁네도 모든 게 녹빛입니까?" "물론이죠. 녹빛은 5층이라는 표시인걸요."

승강기는 3층에서 오래 머물렀다. 이제 4층에 불이 들어왔다. 5층, 나는 문을 확 열어젖혔다. 그리고 놀란 나머지 뒤로 한걸음 물러섰다.

아버지가 승강기에서 내리더니 그렙젤 부인이 승강기에 타는 동안 문을 붙잡아주었다. 그러고는 나를 향해 돌아섰다. "맙소사, 아버지." 나는 말했다. 나는 한 번도 아버지라고 불러본 적이 없었다. 항상 아빠라고 불렀다. 그는 "한스"라고 말하더니 나를 어설프게 안으려 했다. 나는 아버지보다 앞장서서 집으로 들어가, 아버지의 모자와 외투를 받아 든 뒤 거실 문을 열고 소파를 가리켰다. 그는 장황스러운 몸짓을 하며 앉았다.

우리는 둘 다 당황했다. 당황하는 것이 부모와 자식 사이의 유일한 소통 방법처럼 보였다. "아버지"라는 나의 인사가 아주 격정적으로 들렸나보다. 그리고 그것은 그러잖아도 피할 수 없는 당황스러움을 더욱 고조시켰다. 아버지는 녹빛 소파들 가운데 하나에 앉아 머리를 좌우로 흔들면서 나를 바라보았다. 나는 흠뻑 젖은 실내화에 젖은 양말을 신고, 쓸데없이 새빨간 긴 목욕가운을 걸치고 있었다. 아버지는 온화한데다 아주 능숙하게 무관심한 척하기 때문에 텔레비전 관계자들은 어떤 경제문제를 토론해야 할 때면 아버지를 서로 끌어가려고 야단이다. 아버지한테서는 선량함도 풍기고 분별도 있어 보인다. 그 사이 갈탄회사의 슈니어로서보다 텔레비전 스타로 더 유명해져 있다. 그는 모든 폭력적인 느낌을 싫어한다. 그렇게만 놓고 볼 경우, 사람들은 아버지가 궐련을 피울 거라고, 두꺼운 궐련이 아니라 가볍고 가는 궐련을 피울 거라고 생각할 것이다. 그러나 그가 그냥 담배를 피운다는 사실은 일흔 살이 다 된 자본가를 놀랍도록 활기 있고 진보적으로 보이게 한다. 나는 그들이 돈에 관련된 모든 토론에 아버지를 내보내는 것을 충분히 이해한다. 사람들은 아버지를 보고 아버지가 선량하게 보일 뿐 아니라 실제로 선량함을 알게 된다. 나는 아버지에게 담배를 내밀고 불을 내밀었다. 불을 붙이려고 몸을 굽혔을 때 아버지가 말했다. "난 어릿광대들에 대해서는 아는 게 많지 않지만 몇 가지는 알고 있지. 어릿광대들이 커피로 목욕한다는 것은 내게는 새로운 사실이구나." 아버지는 무척 재치가 있다. "아버지, 커피로 목욕한 게 아니에요. 커피를 따르려다 실수한 것뿐이에요." 나는 여기서 다시 아빠라고 말했어야 했다. 그러나 이미 늦었다. "뭐 좀 마실래요?" 그는 미소를 지었고, 못 미더운 듯 나를 바라보더니 물었다. "도대체 뭐가 있는데?" 나는 부엌으로 갔다. 냉장고에는 코냑이 있었다. 그리고 생수 몇 병과 레몬수와 적포도주가 한 병 있었다. 나는 종류마다 한 병씩 꺼내 거실로 가져가서 아버지 앞의 탁자 위에 놓았다. 그는 주머니에서 안경을 꺼내 상표를 자세히 살폈다. 그리고 머리를 흔들더니 먼저 코냑을 옆으로 밀었다. 나는 아버지가 코냑을 즐겨 마신다는 사실을 알았기에 기분이 상해서 말했다. "하지만 그거 아주 좋은 상표일 텐데요." "상표는 훌륭하지. 그렇지만 최상의 코냑도 차게 두면 더이상 최상이 아니지."

"맙소사, 그럼 코냑은 냉장고에 넣는 게 아니란 말이에요?" 내가 물었다. 아버지는 내가 방금 수간(獸姦)이라도 했다는 듯 안경 너머로 나를 바라보았다. 그는 나름대로 심미주의자다. 아침에 안나가 토스트를 제대로 된 갈색으로 구워낼 때까지 세 번, 네 번 부엌으로 되돌려 보낸다. 아침마다 되풀이되는 말 없는 전쟁이다. 어쨌거나 안나는 토스트를 "앵글로색슨족의 난센스"로 생각하기 때문이다. "냉장고 안에 코냑이라고? 너 정말 몰랐니, 아니면 그냥 모르는 척하는 거니? 도대체 너를 어떻게 생각해야 할지 도무지 모르겠구나!" 아버지가 경멸하듯 말했다.

"몰랐어요." 내가 말했다. 그는 나를 탐색하듯이 바라보더니 미소를 지었다. 확신하는 것처럼 보였다.

"그런데 난 너를 교육하느라 그토록 많은 돈을 들였구나." 그가 말했다. 일흔 살이 다 된 아버지가 완전히 어른이 된 아들과 그런 이야기를 나누다니, 아이러니하게 들릴 것이다. 그러나 그 말은 아이러니하게 들리지 않았다. 돈이라는 말에 아이러니가 얼어붙었다. 그는 머리를 흔들면서 레몬수와 포도주를 단념하고 말했다. "지금 상황으로 보건대 물이 가장 안전한 음료인 듯하구나." 나는 선반에서 잔을 두 개 가져온 뒤 물병 마개를 열었다. 적어도 그 일은 내가 제대로 한 듯했다. 아버지는 나를 지켜보면서 호의적으로 머리를 끄덕였다.

"제가 목욕가운을 입은 게 거슬려요?"

"그래, 거슬린다. 단정하게 좀 입으렴. 네 옷차림과 네, 네 커피 냄새가 분위기에 어울리지 않게 우습구나. 너랑 진지하게 할 이야기가 있다. 게다가—이렇게 대놓고 말해서 미안하구나—너도 알다시피 난 무엇이든 칠칠치 못한 건 혐오한다."

"이건 칠칠치 못한 게 아니에요. 단지 긴장이 풀린 것뿐이라고요."

"네가 살아오면서 정말로 얼마나 내 말에 순종했는지 모르겠구나. 너는 이제 내게 순종할 의무도 없다. 내 마음에 드는 일을 한 번만 해달라고 부탁하마."

나는 놀랐다. 아버지는 예전에 다소 소심했고 거의 말이 없었다. 그는 텔레비전에서 토론하고 논쟁하는 법을 배웠다. "반박할 수 없이 매력적으로" 말이다. 그 매력에서 벗어나기에는 나는 너무 피곤했다.

나는 욕실로 가서 커피에 젖은 양말을 벗고 발의 물기를 닦았다. 셔츠와 바지와 재킷을 입고 맨발로 부엌으로 달려갔다. 데운 흰콩을 접시에 수북이 담고 반숙한 달걀을 깨뜨려 콩 위에 얹었다. 달걀 껍데기에 붙은 달걀을 숟가락으로 긁어내고는 빵 한 쪽과 숟가락을 들고 거실로 갔다. 아버지는 놀라움과 역겨움이 교묘하게 섞인 표정으로 내 접시를 바라보았다.

"죄송해요. 오늘 아침 9시부터 아무것도 못 먹었거든요. 제가 실신해서 아버지 발 아래 쓰러져도 아버지는 상관하지 않을 거라는 생각이 들어서요." 아버지는 괴로운 듯 웃으면서 고개를 흔들었다. 그리고 한숨을 쉬면서 말했다. "괜찮다. 그런데 너 알지, 단백질만 먹는 건 건강에 전혀 좋지 않다."

"바로 사과 하나 먹을 거예요."

나는 콩과 달걀을 섞었다. 먼저 빵을 한입 베어먹은 뒤 콩죽을 한 숟가락 떠먹었다. 아주 맛있었다.

"최소한 토마토 조각이라도 얹어서 먹어야 한다."

"지금 토마토가 하나도 없어요."

나는 아주 급하게 먹었다. 먹으면서 어쩔 수 없이 나는 소리가 아버지의 마음에 들지 않는 듯했다. 그는 구역질을 참고 있었다. 그러나 참아낼 수 있을지 확신이 들지 않았다. 결국 나는 일어나서 부엌으로 갔고, 냉장고 옆에 서서 접시를 비웠다. 먹으면서 냉장고 위에 있는 거울 속의 나 자신을 보았다. 지난 몇 주 동안 나는 가장 중요한 훈련인 표정 연습을 단 한 번도 제대로 끝낸 적이 없었다. 어릿광대의 핵심은 변화가 없는 표정이다. 그러면서도 어릿광대는 표정을 쉽게 바꿀 수 있도록 얼굴 상태를 유지해야 한다. 예전에 연습을 시작하기 전에는 늘 혀를 쭉 내밀었다. 내가 나와 멀어지게 하기 전에, 우선 나를 나에게 가까이 데려가기 위해서였다. 나중에는 그 짓을 그만두었다. 그리고 어떤 속임수도 쓰지 않고 거울 속의 나를 바라보았다. 내가 더 이상 거기에 있지 않을 때까지, 매일 반 시간 동안 나를 바라보았다. 나는 스스로에게 도취되는 체질이 아니라서 나를 바라보면서 종종 미칠 뻔했다. 나는 내가 바로 거울 속의 그자라는 사실을 그냥 잊어버렸다. 연습이 끝나면 거울을 뒤집어놓았다. 후에 하루 일과 중 우연히 지나치다 거울을 보게 되면 나는 깜짝 놀랐다. 내 욕실, 내 화장실에 있는 자는 낯선 사내였다. 진지한 사람인지 웃기는 사람인지, 아무튼 내가 모르는 사내였다. 코가 길고 얼굴이 창백한 유령이었다. 마리의 얼굴에서 나를 보려고 나는 가능한 한 빨리 그녀에게로 달려갔다. 그녀가 떠난 후로 나는 이제 표정 연습을 끝마칠 수가 없었다. 미칠까봐 두려웠다. 연습에서 돌아오면 나는 마리의 눈에서 나를 볼 수 있을 때까지 그녀에게 아주 가까이 다가갔다. 아주 작고 약간 일그러져 있었지만, 알아볼 수 있었다. 그것은 나였고, 거울 앞에서 나를 두렵게 했던 바로 그자였다. 마리 없이는 거울 앞에서 더이상 연습할 수 없음을 어떻게 초너러에게 설명한단 말인가? 밥을 먹으면서 자신을 관찰하는 일은 슬프기만 했고 놀랍지 않았다. 나는 숟가락을 잡고 버텨냈다. 콩에 묻은, 흰자와 노른자의 흔적, 자꾸만 작아지는 빵조각을 볼 수 있었다. 거울은 빈 접시와 작아진 빵조각과 음식 찌꺼기가 묻은 입처럼 뭔가 가슴을 울렁이게 하는 현실적인 것을 내게 확인시켜주었다.

186

소맷부리로 입을 쓱 닦아냈다. 연습은 하지 않았다. 거울에서 나를 다시 데려올 사람이 아무도 없었다. 나는 천천히 거실로 되돌아갔다.

"너 너무 급하게 먹는구나, 너무 급해. 이젠 앉거라. 넌 아무것도 안 마시니?"

"안 마셔요. 커피를 끓이려고 했는데 실패했어요."

"내가 커피 끓여줄까?"

"도대체 커피를 끓일 줄이나 아세요?"

"내가 커피를 아주 잘 끓인다고 소문이 다 났다."

"그냥 두세요. 물 마시죠. 커피 마시는 게 그리 중요한 일도 아닌데요 뭐."

"내가 끓여주고 싶어서 그래."

"고맙지만 사양할게요. 부엌이 혐오스러울 지경이라서요. 커피를 쏟은데다 열어놓은 통조림 깡통, 달걀 껍데기가 부엌 바닥에 어질러져 있거든요."

"그래, 마음대로 하렴." 아버지는 마음이 상한 듯 어색한 표정을 지으며 내게 생수를 따라주고 담뱃갑을 내밀었다. 나는 담배 한 개비를 꺼내 들었다. 아버지가 불을 붙여주었다. 우리는 담배를 피웠다. 나는 아버지에게 동정심이 생겼다. 콩이 가득한 접시 때문에 아버지가 아주 당황한 것 같았다. 그는 분명히 보헤미안이라는 말을 들으면 떠오르는 것을 나의 집에서 보게 되리라 예상했을 것이다. 온통 뒤죽박죽인데다 벽과 천장에서는 온갖 현대적인 것을 예상했을 것이다. 그러나 나의 집은 본의 아니게 몰취미하게 꾸며져 있었다. 거의 속물적이다 싶을 정도였다. 그것이 아버지를 짓누르고 있음을 나는 눈치챘다.

찬장은 카탈로그를 보고 구입했다. 벽에 걸린 그림들은 순전히 인쇄된 것들이었고, 그 가운데 두 점만 추상화였다. 유일하게 봐줄 만한 것은 장식장 위에 걸린 모니카 질브스의 수채화 두 점이었다. '라인 풍경 Ⅲ'과 '라인 풍경 Ⅳ'라는 제목이 붙은, 거의 식별하기 어려운 흰색 자국이 있는 어두운 회색 그림이었다. 우리가 갖고 있는 예쁘장한 몇 개의 물건들, 의자, 꽃병 몇 개 그리고 구석에 있는 바퀴 달린 탁자는 마리가 산 것이었다. 아버지는 분위기가 필요한 인간이었다. 내 집의 분위기가 아버지의 신경을 곤두세우고 침묵하게 만들었다. 우리가 한마디도 나누지 않은 채 두번째 담배를 꺼내 물었을 때, 마침내 내가 물었다. "제가 여기 있는 거 엄마가 얘기했어요?"

"그래, 너는 엄마한테 좀 그러지 않을 수 없니?"

"엄마가 그 위원회 말투로 전화만 받지 않았어도 모든 게 완전히 달랐을 거예요." 내가 말했다.

"너 그 위원회에 반감 있니?" 아버지가 조용히 물었다.

"아니요, 인종 대립이 완화되는 것은 아주 좋은 일이에요. 하지만 인종에 대한 제 생각은 위원회와는 달라요. 예를 들자면 흑인들이 요즘 인기잖아요. 엄마한테 제가 잘 아는 한 흑인을 성탄구유 속의 인물로 진작부터 추천하려고 했어요. 수백의 흑인 인종이 있다는 생각을 해본다면, 위원회가 할 일이 없어지지는 않을 거예요. 아니면 집시들도 있고요. 엄마는 한번 집시들에게 차를 대접해야 해요. 거리에서 직접 초대해야죠. 할 일은 아직도 많아요."

"너와 그런 이야기를 하려는 건 아니었다."

나는 입을 다물었다. 그는 나를 바라보더니 조용한 소리로 말했다.

"너와 돈 이야기를 하고 싶었다." 나는 계속 입을 다물었다. "네, 상황이 상당히 곤란한 것 같더구나. 자, 말해보렴."

"상황이 곤란하다는 것은 미화해서 말한 거예요. 1년 동안 무대에 서지 못할 것 같아요. 이걸 보세요." 나는 바지를 걷어올려 부어오른 무릎을 보여주었다. 그리고 바지를 내린 다음 오른쪽 집게손가락으로 내 왼쪽 가슴을 가리켰다. "그리고 여기요." 나는 말했다.

"맙소사, 심장 말이냐?"

"네, 심장이에요."

"드로메르트에게 전화해서 너를 봐달라고 부탁하마. 그는 우리가 아는 최고의 심장전문의란다."

"오해하셨군요. 난 드로메르트에게 진찰받을 필요가 없어요."

"하지만 심장이라고 말했잖아."

"영혼이라고, 심정이라고, 내면적인 것이라고 말했어야 했는데. 난 심장이라는 말이 적당한 듯해서요."

"아, 그 이야기." 그가 건성으로 말했다. 좀머빌트가 남성클럽에서 스카트 게임을 할 때, 양념한 토끼간과 맥주와 색 없는 하드솔로를 사이에 두고 그 "이야기"를 아버지에게 들려준 것이 틀림없었다.

그는 일어서서 왔다갔다하기 시작했다. 그러고는 소파 뒤로 가더니 등받이에 기대 서서 나를 내려다보았다.

"내가 중대한 말을 하려는데, 너한테는 분명히 어리석게 들릴 거다. 너한테 부족한 게 뭔지 아니? 그게 부족해, 남자를 남자답게 만드는 거—자신과 타협하는 능력." "그 말은 오늘 벌써 한 번 들었어요." 내가 말했다.

"그럼 세번째로 들어라. 너 자신과 타협해라."

"그만두세요." 나는 피곤한 목소리로 말했다.

"레오가 내게 와서 천주교로 개종하겠다고 말했을 때 내 기분이 어땠을 거라고 생각하니? 헨리에테가 죽었을 때와 똑같이 마음이 아팠다. 공산주의자가 되겠다고 말했다면 그렇게 마음 아프지는 않았을 거다. 그러면 나는 한 젊은이가 사회적 정의나 그 밖의 것에 대해 그릇된 꿈을 꾸고 있다고 생각할 수 있었을 테니까. 하지만 그건." 그는 소파 등받이에 몸을 딱 붙이고서는 머리를 거세게 흔들었다. "그건. 아니야. 아니야." 그는 진지해 보였다. 얼굴이 아주 창백해져서 실제보다 훨씬 나이 들어 보였다.

"앉으세요, 아버지. 코냑 한잔 드시지요."

아버지는 앉아서 코냑병을 향해 머리를 숙였다. 나는 선반에서 유리잔을 가져다 코냑을 따랐다. 아버지는 코냑을 들고 고맙다거나 건배하자는 말도 없이 마셔버렸다.

"너는 그걸 이해하지 못하는 게 틀림없어." 그가 말했다. "네, 못해요." 내가 말했다.

"그걸 믿는 젊은이들이 걱정이구나. 그래서 그 일이 그렇게 끔찍하게 느껴졌지. 하지만 나는 그 일에 관해서도 나 자신과 합의를 봤다. 타협을 했단 말이다. 나를 왜 그렇게 보느냐?"

"아버지한테 용서를 빌어야겠어요. 텔레비전을 보면서 아버지가 대단한 배우 같다고 생각했거든요. 심지어 약간은 어릿광대 같다고도 생각했어요."

그는 못 믿겠다는 눈길로 나를 바라보았다. 마음이 상한 듯했다. 나는 재빨리 말했다. "아니 정말로요, 아빠, 대단하세요." 나는 아빠라는 말을 다시 찾게 되어 기뻤다.

"그들이 나를 그냥 그 역할에 밀어넣은 거다."

"아빠한테 잘 어울려요. 거기서 맡은 역할도 잘해냈고요."

"난 거기서 아무 연기도 하지 않는다. 전혀 하지 않아, 아무 연기도 할 필요가 없어."

"안됐네요, 아빠의 적수에게는요." 내가 말했다.

"내게는 어떤 적수도 없다." 그가 발끈해서 말했다.

"아빠 적수한테는 더 안됐네요." 내가 말했다.

아버지는 나를 다시 의심스러운 듯 바라보더니 웃으면서 말했다. "하지만 난 그들을 정말 적수라고 생각하지 않는다."

"내가 생각했던 것보다 훨씬 더 안 좋군요. 거기서 아빠와 계속 돈 이야기를 하는 사람들은, 가장 중요한 것은 늘 비밀이라는 걸 전혀 모르나요? 아니면 텔레비전에 나오기 전에 다들 약속이라도 하나요?"

아버지는 직접 코냑을 따랐다. 그리고 의아해하며 나를 바라보았다. "나는 너와 네 장래에 대해 이야기하고 싶었다."

"잠깐만요. 그게 어떻게 만들어지는지 그냥 관심이 가서요. 늘 비율에 관해 이야기하잖아요. 10, 20, 5, 50퍼센트—하지만 무엇의 몇 퍼센트라는 것은 왜 한 번도 말하지 않죠?" 그가 코냑잔을 들고 마시면서 나를 주시하는 모습은 거의 바보 같아 보였다. "내 말은요, 나는 계산에 관해서는 많이 배우지 못했어요. 그렇지만 알아요, 반 페니히의 100퍼센트는 반 페니히라는 것, 반면 10억의 5퍼센트는 5천만이라는 것은…… 이해하시겠어요?"

"맙소사, 텔레비전을 볼 만큼 시간이 그렇게 많니?" 그가 말했다.

"네, 아빠가 말씀하신 그 이야기 이후로는 텔레비전을 많이 봐요. 저를 아주 텅 비게 만들거든요. 완전히 비게요. 그리고 자기 아빠를 3년 마다 한 번 보면 누구나 기뻐하지요. 비록 텔레비전 화면에서 보는 거지만요. 술집 어딘가 어스름한 곳에서 맥주를 마시면서요. 누군가가 퍼센티지에 대해 물을 때 그것을 능숙하게 피하는 아빠의 모습은 더러는 정말 자랑스러워요."

"네가 잘못 생각하는 거다, 난 아무것도 피하지 않아." 그가 냉정하게 말했다.

"적수가 한 명도 없다는 게 도대체 지루하지 않나요?"

아버지가 일어나더니 화가 나서 나를 바라보았다. 나도 일어났다. 우리는 둘 다 소파 뒤에 서서 등받이에 팔을 올려놓았다. 나는 웃으면서 말했다. "나는 어릿광대로서 무언극의 현대적 형식들에 당연히 관심이 있거든요. 한번은 술집 구석에 혼자 앉아 있을 때 텔레비전 소리를 없애보았죠. 훌륭했어요. 예술을 위한 예술이 임금 정책과 경제 안으로 침투하다. 아버지가 〈감사위원회 회의〉라는 제 공연을 보지 못해서 유감이네요."

"너에게 할 말이 있다. 게네홀름과 네 이야기를 했다. 네 공연을 몇 개 보고 전문가로서 판단을 좀 해달라고 부탁했다."

나는 갑자기 하품을 해야 했다. 불손하지만 어쩔 수 없었다. 불쾌한 일인 줄 잘 알고 있었다. 밤에 잠을 설친데다 온종일 좋지 않은 일들뿐이었다. 누군가가 아버지를 3년 만에 만나서 난생처음 진지하게 이야기를 나누는 거라면, 하품은 정말 바람직하지 않았다. 나는 굉장히 흥분했지만 피곤해서 죽을 지경이었다. 하필이면 지금 하품을 한 것이 마음에 걸렸다. 게네홀름이라는 이름이 내게 수면제처럼 작용했다. 아버지 같은 사람들은 항상 "최고"를 가져야 한다. 세계 최고의 심장전문의 드로메르트, 공화국 최고의 연극비평가 게네홀름, 최고의 재단사, 최고의 샴페인, 최고의 호텔, 최고의 작가. 지루했다. 내 하품은 거의 경련성 하품이 되었다. 입 근육이 일그러졌다. 게네홀름이 동성연애자라는 사실조차 그의 이름이 나를 지루하게 만드는 것을 바꾸지는 못했다. 동성연애자들은 아주 재미있다. 그러나 나는 바로 그런 재미있는 사람들이 답답하다. 특히 괴짜들이 그렇다. 게네홀름은 동성연애자일 뿐만 아니라 괴짜다. 그는 어머니가 정기적으로 여는 파티에 거의 항상 왔다. 그리고 늘 전혀 불필요하게 누군가의 옆에 너무 바짝 붙어 있는 바람에, 사람들은 매번 어쩔 수 없이 그의 숨결과 그가 마지막으로 먹은 음식 냄새를 맡아야 했다. 4년 전 그를 마지막으로 보았을 때는 그한테 감자샐러드 냄새가 났다. 그 냄새 때문인지 그의 진홍색 조끼와 벌꿀빛의 메피스토의 콧수염이 더이상 괴짜처럼 느껴지지 않았다. 그는 매우 재치가 있었다. 그가 재치 있다는 것은 누구나 다 알았다. 그렇게 그는 계속 재치를 발휘해야 했다. 아주 피곤한 삶이다.

경련성 하품이 잠시 멈췄다는 확신이 들자 나는 "죄송해요"라고 말했다. "게네홀름이 도대체 뭐라고 해요?"

아버지는 마음이 상했다. 누군가가 자제력을 잃으면 그는 늘 그랬다. 나의 하품은 그에게 주관적이 아니라 객관적으로 고통을 주었다. 그는 내 콩수프를 보고 그랬던 것처럼 머리를 흔들었다. "게네홀름은 네 발전을 지대한 관심을 갖고 관찰했다. 그는 네게 매우 호의적이었어."

"동성연애자는 결코 희망을 포기하지 않죠. 아주 질긴 족속들이거든요."

"그만둬라." 아버지가 날카롭게 말했다. "그렇게 영향력 있는 전문가 후원자가 너한테 있음을 기뻐해라."

"난 정말이지 아주 행복해요."

"그런데 그는 네가 지금까지 해온 일에 아주 많은 이의를 제기했다. 네가 피에로적인 것은 다 피해야 한다고 말하더라. 너는 어릿광대의 재능은 있지만, 참 유감스럽게도 어릿광대로서는 불가능하다고 하더구나. 전적으로 무언극에 전념해야 기회를 잡을 수 있다고 했어…… 도대체 내 말을 듣고 있는 거냐?" 그의 목소리는 점점 날카로워졌다.

"그럼요, 다 듣고 있어요. 그 현명하고 정확한 말들을 한 마디 한 마디 다 듣고 있어요. 제가 눈 감고 있는 것에 신경 쓰지 마세요." 아버지가 게네홀름이 한 이야기를 하는 동안 나는 눈을 감았다. 눈을 감고 있는 것이 편했고, 그러면 아버지 뒤쪽 벽에 붙여놓은 장식장을 보지 않아도 되었다. 어딘지 모르게 학교 같은 인상을 풍기는 흉한 가구였다. 어두운 갈색, 검은색 손잡이, 위쪽 모퉁이에 붙은 밝은 노란색 장식테. 그 장식장은 마리의 부모님 집에서 가져온 것이었다.

"네, 계속 말씀하세요." 내가 말했다. 나는 너무 피곤했고, 배도 아프고 머리도 아팠다. 그런데다 소파 뒤에 뻣뻣이 서 있느라 무릎이 부어오르기 시작했다. 나는 감은 눈꺼풀 뒤편으로 내 얼굴을 보았다. 헤

194

아릴 수 없이 많은 연습 때마다 거울을 통해서 익히 알고 있는 얼굴이었다. 눈처럼 하얗게 분장을 했고, 전혀 미동도 없었다. 속눈썹조차 움직이지 않았다. 눈썹도 마찬가지였다. 단지 눈만 움직였다. 나는 겁먹은 토끼처럼 눈을 천천히 이쪽저쪽으로 움직였다. 게네홀름 같은 비평가들이 "동물적인 우울을 표현하는 놀라운 능력"이라고 표현한 효과를 내기 위해서였다. 나는 죽었다. 나는 헤아릴 수 없이 긴 시간 동안 내 얼굴과 함께 갇혀 있었다. 마리의 눈 속에서 나를 구할 가능성이 전혀 없었다.

"말씀하세요." 내가 말했다.

"그는 너를 최고의 선생들 중 한 명에게 보내라고 조언했다. 1년이나 2년, 아니면 반년간 말이다. 게네홀름은 네가 집중해야 한다는구나, 공부해야 한대. 네가 다시 순진해질 수 있다는 의식에 다다를 때까지 말이다. 훈련, 훈련, 훈련이다 — 그리고, 아직 내 말 듣고 있니?" 그의 목소리가 다행히도 부드럽게 들렸다.

"네." 나는 대답했다.

"그리고 나는 그 돈을 댈 준비가 되어 있다."

무릎이 가스탱크처럼 두껍고 둥글게 느껴졌다. 나는 눈을 뜨지 않은 채 소파 주변을 더듬어 앉았다. 장님처럼 책상 위에서 담배를 찾아 더듬었다. 아버지가 놀라 소리를 질렀다. 나는 사람들이 내가 장님이라고 믿을 만큼 장님 역할을 잘해낸다. 내가 봐도 장님 같았다. 나는 어쩌면 계속 장님으로 살아야 할지도 모른다. 나는 장님이 아니라 방금 눈이 먼 사람을 사람 역을 했다. 마침내 담배를 찾아 입에 물었을 때 아버지의 라이터 불꽃을 느꼈다. 불꽃이 심하게 떨리는 것도 아울러 느꼈다.

"얘야, 어디 아프니?" 아버지가 겁먹은 듯 물었다.

"네." 나는 작은 소리로 대답하고 담배를 깊이 빨았다. "많이 아파요, 하지만 눈이 먼 건 아니에요. 복통, 두통, 무릎 통증, 심한 우울증—하지만 가장 아픈 건 게네홀름 말이 50퍼센트가량은 옳음을 내가 알고 있다는 점이죠. 그가 무슨 말을 더 했는지도 알아요. 클라이스트*에 대해 이야기했지요?"

"그래." 아버지가 말했다.

"내가 우선 내 영혼을 잃어버려야 한다고 말했겠죠. 완전히 비어 있어야만 한다고, 그러면 다시 영혼을 갖게 될 거라고 그랬죠?"

"그래, 어떻게 알았니?"

"맙소사, 난 그의 이론을 알아요. 그가 그 이론을 어떻게 얻었는지도 알고요. 하지만 난 내 영혼을 잃고 싶지 않아요. 영혼을 다시 찾을 거예요."

"너 영혼을 잃어버렸니?"

"네."

"그 영혼이 어디 있니?"

"로마요." 나는 말했다. 그리고 눈을 뜨고 웃었다.

아버지는 정말 두려움으로 완전히 창백해졌고 늙어버렸다. 그의 웃음소리는 안도한 듯 들렸으나 노기를 띠었다.

"너 이 녀석, 전부 다 장난이었구나?"

---

* 독일의 극작가이자 소설가.

"유감스럽게도 전부 다는 아니에요. 그리고 훌륭하지도 않았고요. 게네홀름이라면 아직도 너무 자연주의적이라고 말했을 거예요. 그리고 그의 말이 맞아요. 동성연애자들의 말은 대부분은 옳아요. 그들은 엄청난 감정이입 능력이 있거든요. 하지만 그 이상은 아니에요. 어쨌든요."

"너 이 녀석, 나를 완전히 속였구나."

"아니요, 아니요. 진짜 장님이 아빠를 속였을 때부터는 내가 속인 게 아니에요. 더듬더듬 붙잡을 데를 찾는 것이 항상 꼭 필요한 것은 아니죠. 많은 장님이 진짜 눈이 멀었으면서도 장님을 연기해요. 나도 지금 아빠가 보는 앞에서 여기에서 저 문까지 절뚝거리며 걸어가서, 아빠가 고통과 연민의 소리를 지르며 당장 의사를, 세계 최고의 외과 의사 프레처를 부르도록 할 수도 있어요. 한번 해볼까요?"

"제발 그만둬." 아버지가 고통스러운 목소리로 말했다. 나는 다시 앉았다.

"아빠도 좀 앉으세요, 그렇게 서성거리면 내가 불안해요." 내가 말했다.

그는 앉아서 물을 따랐다. 그리고 혼란스러운 듯 나를 바라보았다. "너를 도대체 이해할 수가 없구나, 분명한 대답을 좀 해다오. 학비를 대주겠다. 런던, 파리, 브뤼셀, 어디든 상관없다. 그냥 최고면 충분하다."

"아니요. 그게 바로 잘못이에요. 난 이제 공부할 필요가 없어요. 단지 일이 필요해요. 공부는 다 끝났어요. 열셋인가 열네 살부터 스물한 살까지 공부했어요. 사람들이 눈치채지 못했을 뿐이죠. 게네홀름이

제가 아직도 공부를 할 수 있다고 말한다면, 그는 내가 생각했던 것보다 더 둔한 거예요."

"그는 전문가다. 내가 아는 한 최고의 전문가야." "심지어 독일에서도 최고지요. 그러나 전문가일 뿐이에요. 그는 연극, 비극, 코메디아 델라르테*, 코미디, 무언극에 대해서 좀 알지요. 하지만 한번 보세요, 그가 자주색 와이셔츠에 검은 비단 나비넥타이를 매고 갑자기 나타날 때, 그의 독자적인 코미디적 시도들이 어떻게 보일지 한번 지켜보세요. 예술애호가라면 다 부끄러워할 거예요. 비평가들이 비판적이라는 사실이 나쁜 게 아니에요. 비평가들이 자신에 대해서는 그렇게 무비판적이고 유머가 없다는 게 나쁜 거죠. 물론 그는 정말 전문가예요. 그렇지만 내가 6년간의 무대 활동을 뒤로하고 다시 공부를 시작해야 한다고 그가 말했다면 — 우스운 일이죠!"

"그러니까 너는 돈이 필요하지 않구나?" 아버지가 물었다. 그의 목소리에 담긴 안도의 흔적이 내게 불신감을 심어주었다. "천만에요, 나 돈 필요해요." 내가 말했다.

"도대체 뭘 하려고. 이 상태에서 계속 무대에 서려고?"

"어떤 상태요?" 내가 물었다,

"나 원 참, 너, 너에 대한 평을 알고 있잖아."

"나에 대한 평이라고요? 3개월 전부터 난 시골에서만 공연했어요."

"내가 그 일을 처리하도록 했다. 게네홀름과 다 해놨다."

"제기랄, 그 대가로 그에게 얼마나 지불했는데요?"

---

* 16세기에서 17세기 사이에 이탈리아에서 유행한 가면 희극.

아버지는 얼굴이 빨개졌다. "그 일은 관두자. 그래, 넌 도대체 뭘 할 작정이냐?"

"훈련하고, 일해야죠. 반년, 1년, 나도 아직 모르겠어요."

"어디서?"

"여기서요. 어디 다른 데가 있나요?" 아버지는 놀라움을 감추지 못했다.

"집에 부담을 주거나 체면을 손상시키지 않을 거예요. 어머니의 정기 모임에도 결코 가지 않을 거예요." 아버지가 얼굴을 붉혔다. 나는 몇 번 그들의 모임에 간 적이 있다. 그들과의 개인적인 친분 때문에 간 것이 아니라 마치 상관없는 사람처럼 갔었다. 나는 칵테일을 마셨다. 올리브를 먹고 차도 마셨다. 그리고 떠날 때 담배를 한 갑 챙겨넣었다. 그것이 너무 노골적이어서 시중을 드는 사람들이 얼굴을 붉히면서 고개를 돌렸다.

아버지는 "아"라고만 말했다. 그는 소파에서 몸을 돌렸다. 차라리 일어나서 창가에 서 있고 싶었을 것이다. 그는 눈길을 내리깔고 말했다. "나는 네가 게네홀름이 제안한 대로 안전한 길을 갔으면 싶다. 확실하지 않은 일에 돈을 대는 일은 나로서는 어려워. 도대체 저축한 게 한 푼도 없니? 분명히 최근 몇 년 동안 꽤 잘 벌었을 텐데."

"단 한 푼도 저축하지 않았어요. 지금 1마르크, 딱 1마르크밖에 없어요." 나는 그 1마르크를 주머니에서 꺼내 아버지에게 보여주었다. 그는 실제 동전 위로 몸을 굽혀 이상한 곤충이라도 보듯 1마르크를 보았다.

"네 말을 믿기가 어렵구나. 어쨌거나 나는 너를 낭비벽 있는 사람

으로 키우지는 않았다. 네 생각대로 한다면 도대체 매달 얼마나 드
니?"

심장이 격렬하게 뛰었다. 나는 아버지가 나를 그렇게 직접적으로
도우려 한다고 믿지 않았다. 곰곰이 생각했다. 너무 적게도 너무 많이
도 아니지만 충분히 돈이 있어야 했다. 그러나 내가 필요한 게 무엇인
지 전혀, 조금도 짐작이 가지 않았다. 전기, 전화, 그리고 어떻게든 살
아야 한다. 나는 흥분한 나머지 땀을 흘렸다. "우선 이 방만 한 크기
의 두꺼운 고무매트가 필요해요. 가로 7미터, 세로 5미터 정도 크기
요. 아빠네 라인 지방 고무 공장에서 좀 싸게 살 수 있도록 도와주실
수 있을 것 같은데요."

"좋아, 너한테 고무매트를 하나 기부하마. 가로 7미터, 세로 5미터.
그런데 게네홀름은 네가 곡예술에 능력을 허비해서는 안 된대."

"허비하지 않을 거예요, 아빠. 고무매트 외에 매달 1000마르크 정
도가 필요할 것 같은데요."

"1000마르크." 아버지는 말했다. 그는 자리에서 일어났다. 그는 놀
라움을 숨길 수 없었고, 입술을 움찔거렸다.

"자, 좋아요. 아빠는 어떻게 생각했는데요?" 나는 아버지에게 정말
로 돈이 얼마나 있는지 몰랐다. 매달 1000마르크씩 1년이면—그 정
도는 나도 계산할 수 있었다—만 2000마르크다. 그 정도 액수로 아
버지가 어떻게 될 리는 없다. 그는 실제로 백만장자다. 마리 아버지가
내게 이야기해주었다. 한번은 내게 계산까지 해보였다. 나는 그 이상
은 자세히 기억하지 못했다. 아버지는 도처에 주식을 갖고 있으며 "손
길을 뻗치고" 있었다. 이 목욕용품들에게까지도.

그는 소파 뒤에서 아주 조용히 왔다갔다했다. 그리고 계산이라도 하는 듯이 입술을 움직거렸다. 어쩌면 정말로 계산을 했는지도 모른다. 그러나 그 동작은 아주 오래 지속되었다.

마리와 내가 본을 떠나올 때, 그들이 얼마나 인색하게 굴었는지 다시 떠올랐다. 아버지는 내게 편지를 썼다. 도덕적인 이유에서 모든 도움을 거부하며 내가 "내 손으로 일해서" 나와 "내 유혹에 빠져 불행해진 예의바른 처자"를 먹여 살리기를 기대한다고 했다. 그는 내가 알다시피 자신은 데르쿰 노인을 인간으로서 그리고 경쟁자로서 늘 존중해왔다고 말했다. 그리고 그 일을 스캔들이라고 했다.

우리는 쾰른의 에렌펠트 지역에 있는 여관에서 살았다. 마리의 어머니가 그녀에게 남겨준 700마르크는 한 달이 지나자 바닥이 났다. 그런데 나는 우리가 매우 절약하며 분별 있게 돈을 썼다는 기분이 들었다.

우리는 에렌펠트 역 근처에서 살았다. 우리 방 창문에서 붉은 벽돌 철둑이 보였다. 갈탄을 가득 실은 기차가 시내 깊숙이 들어와서, 갈탄을 비워내고 시내를 빠져나갔다. 위안을 주는 광경이었고, 감동을 주는 소음이었다. 나는 늘 우리 집의 균형 잡힌 가계를 생각해야 했다. 욕실에서 아연으로 된 수조와 빨랫줄들이 보였다. 어둠 속에서 가끔 누군가가 창문에서 마당으로 깡통과 쓰레기 봉지 등을 몰래 던지는 소리가 들렸다. 나는 종종 욕조에 누워 미사곡을 불렀다. 그러면 여주인이 왔다. 처음에는 노래하는 것을—"사람들이 내가 파계한 신부를 숙박시킨 줄 알겠네"—금지시켰다. 그리고 나서 외상 목욕을 금했다.

그녀가 보기에 나는 너무 자주 목욕을 했다. 그녀는 그것을 낭비라고 생각했다. 그녀는 가끔 부지깽이로 마당에 던져진 쓰레기 봉지들을 뒤적거렸다. 내용물을 보고 던진 사람을 찾아낼 요량에서였다. 양파 껍질, 커피 찌꺼기, 갈비뼈는 그녀에게 성가신 추측을 위한 소재가 되었다. 그 추측은 푸줏간과 야채가게에 물어서 대략 얻은 정보 덕에 보완되었지만, 단 한 번도 맞은 적이 없었다. 쓰레기는 쓰레기를 버린 어떤 개인을 찾아내는 열쇠가 결코 되지 못했다. 그녀는 빨래가 널려 있는 하늘에 대고 협박을 퍼부었고, 저마다 그것을 자신을 두고 한 소리라고 여겼다. "누구도 날 속이지 못해, 난 다 알고 있다니까." 우리는 아침이면 늘 창가에 누워서 우체부 소리에 귀를 기울였다. 그는 우리에게 가끔 소포를 가져다주었다. 마리의 여자 친구들과 레오가 보내온 소포들이었다. 아주 비정기적으로 할아버지의 수표도 가져다주었다. 그러나 내 부모님이 보내온 것은 "네 운명을 책임지고 스스로의 힘으로 그 과오를 이겨나가라"는 요구들뿐이었다.

뒷날 어머니는 심지어 나를 "쫓아냈다"고 썼다. 그녀는 바보스러울 만큼 몰취미하기도 하다. 그녀는 그 표현을 슈니츨러의 『마음의 갈등』이라는 소설에서 인용했다. 이 소설에서는 부모가 한 소녀를 "쫓아낸다." "고귀한 그러나 허약한 예술가"가—내 기억으로는 연극배우였다—임신시킨 아이를 낳는 것을 그녀가 거부했기 때문이다. 어머니는 그 소설의 8장에서 한 문장을 그대로 인용했다. "내 양심이 너를 쫓아내라고 내게 강요한다." 어머니는 이것이 적절한 인용이라고 여겼다. 어쨌든 어머니는 나를 "쫓아냈다." 확신하건대 단지 그것이 그녀의 양심의 갈등과 그녀의 은행계좌의 갈등을 면하게 하는 길이었기 때문이다. 집에서는 내가 영웅적인 인생 행로를 가리라고 기대했다. 애인을 먹여 살리기 위해서 공장이나 건설 현장에 나갈 거라고 생각했다. 내가 그러지 않자 그들은 실망했다. 레오와 안나조차 실망감을 노골적으로 드러냈다. 그들은 내가 새벽녘부터 버터 바른 빵 도시락을 들고 집을 나서면서, 마리가 있는 방을 향해 손키스를 날릴 거라고 상상했다. 그리고 저녁이면 "피곤하지만 만족스럽게" 귀가해서 신문을 읽고, 뜨개질하는 마리를 지켜볼 거라고 상상했다. 그러나 나는 이런 상상을 현실로 만들려는 노력을 전혀 하지 않았다. 나는 마리 옆에 머물렀다. 내가 옆에 있는 것을 마리는 좋아했다. 나는 나 자신을 (훗날 그 어느 때보다도 더) "예술가"로 느꼈다. 그리고 우리는 보헤미안에 대한 유치한 상상을 실현했다. 벽에 키안티산(産) 포도주병을 세워놓고, 굵은 삼베들을 걸어놓고 알록달록한 노루 모피도 구해놓았다. 그때를 생각하면 지금도 가슴이 뭉클해지고 얼굴이 빨개진다. 마리가 주말에 방세를 미루려고 여주인에게 갈 때마다 그녀는 매번 싸움을 걸면서 나는 도대체 왜 일하러 가지 않느냐고 물었다. 그러면 마리는 놀랄 만큼 비장하게 말했다. "내 남편은 예술가예요. 네, 예술가라고요." 한번은 그녀가 더러운 계단에서 아래층의 주인 방을 향해 외치는 소리를 들었다. "네, 예술가라고요." 그러자 여주인이 쉰목소리로 받아쳤다. "뭐, 예술가? 그래, 당신 남편도 예술가라고? 호적사무소에서 좋아들 했겠네." 그녀는 대부분 우리가 거의 늘 10시나 11시까지 침대에 있는 것 때문에 화를 냈다. 그녀는 우리가 이런 식으로 아주 쉽게 한 끼 식사와 난방비를 절약한다는 것을 생각해낼 만큼 상상력이 충분하지 못했다. 그리고 내가 대부분 12시가 되어야 사제관으로 연습하러 갈 수 있다는 것을 알지 못했다. 오전에는 사제관에 늘 뭔가 일이 있었기 때문이다. 산모 상담, 성찬식 준비 수업, 요리 강습, 천주교 주택조합의 회의 등이 있었다. 우리는 하인리히 벨렌이 보좌신부로 있는 교회 가까운 곳에서 살았다. 그는 내게 무대가 딸린 이 사제관을 연습실로 쓰라고 배려해주었다. 여관 방도 마찬가지였다. 그 당시 천주교인들은 우리에게 아주 친절했다. 사제관에서 요리 강습을 하는 부인은 우리에게 늘 남은 음식을 주었다. 대부분이 수프나 푸딩이었지만 가끔 고기도 있었다. 마리가 그녀를 도와주면 버터나 설탕 봉지 등을 찔러 넣어주기도 했다. 그 부인은 내가 연습할 때 가끔 사제관에 남아 배를 움켜쥐고 웃었고 오후에는 커피를 끓였다. 그녀는 우리가 결혼하지 않았음을 알았을 때도 여전히 친절했다. 나는 그녀가 예술가는 "제대로 결혼해야" 한다고 전혀 생각하지 않는다는 인상을 받았다. 날씨가 추운 날이면 우리는 일찍 그곳으로 갔다. 마리는 요리 강습에 참여했고, 나는 탈의실의 조그마한 전기난로 옆에 앉아서 책을 읽었다. 얇은 벽을 통해 옆방에서 킥킥대는 소리가 들려왔다. 칼로리와 비타민 계산법 등에 대한 진지한 강의가 이어졌다. 강의는 전체적으로 아주 활기차게 진행되는 것 같았다. 산모 상담이 있을 때면 우리는 모든 상담이 끝날 때까지 그곳에 나타나서는 안 되었다. 상담을 맡은 여의사는 아주 친절하게, 그러나 정해진 방식에 따라 정확하게 상담을 진행했다. 그리고 내가 무대 위를 뛰어다니면서 일으키는 먼지를 끔찍이 두려워했다. 그녀는 나중에 다음 날까지도 대기 중에 먼지가 떠 있어서 신생아들에게 해롭다고 주장했다. 그녀는 상담 시작 전 24시간은 내가 무대를 사용해서는 안 된다는 의견을 관철시켰다. 하인리히 벨렌은 신부와 말다툼까지 했다. 내가 매일같이 그곳에서 연습한다는 사실을 전혀 몰랐던 그 신부는 벨렌에게 "이웃사랑을 너무 과장하지 마라"고 요구했다. 나도 가끔 마리와 교회에 갔다. 교회는 무척 따뜻했다. 나는 늘 난방 기구에 앉았다. 그곳은 매우 조용했다. 바깥 길에서 나던 소음도 아주 멀리 사라지는 것 같았다. 교회는 사람이 없어서 쾌적했다. 겨우 일고여덟 명 정도 남아 있었다. 어떤 일을 하다 남겨진 자들의 조용하고 서글픈 모임에 속해 있는 듯한 느낌이 몇 번 들었다. 그들은 무기력 속에서도 훌륭해 보였다. 마리와 나 외에는 모두 나이 든 여자들뿐이었다. 하인리히 벨렌의 격정 없는 미사는 어둡고 누추한 교회에 아주 잘 어울렸다. 언젠가 나는 그의 복사(服事) 한 명이 빠졌을 때 복사 역할을 한 적도 있다. 미사 끝무렵에 경본을 오른쪽에서 왼쪽으로 옮기는 일이었다. 나는 하인리히가 갑자기 안정을 잃고 리듬을 놓쳤음을 알아차렸다. 그래서 나는 신속히 그리로 달려갔고, 오른쪽에서 경본을 집은 다음 제단 중간에 이르렀을 때 무릎을 꿇었다. 그리고 경본을 왼쪽으로 옮겼다. 그런 난처한 상황에서 하인리히를 돕지 않았더라면 나는 나 자신을 예의 없는 사람이라고 여겼을 것이다. 마리는 새빨개졌고 하인리히는 미소를 지었다. 우리는 이미 오래전부터 아는 사이였다. 그는 기숙사 시절 우리 축구팀의 주장이었고, 나보다 나이가 많았다. 미사가 끝난 뒤 대부분은 바깥 제의실(祭衣室) 앞에서 하인리히를 기다렸다. 그는 우리를 아침 식사에 초대했다. 그는 가게에서 외상으로 달걀, 햄, 커피, 담배를 샀다. 그는 자기 집 가정부가 아플 때면 늘 아이처럼 행복해했다.

그들이 집에서 더러운 돈더미를 깔고 앉아서 나를 내쫓고는 자신들의 도덕적인 명분을 만끽하는 동안, 나는 우리를 도와주었던 그 모든 사람을 생각했다.

아버지는 여전히 소파 뒤를 오락가락하면서 입술을 움직거렸다. 계산을 하는 것 같았다. 나는 그의 돈을 포기하겠다고 거의 결정한 상태였다. 그러나 왠지 어느 정도의 돈을 받을 권리가 내게 있다고 여겨졌다. 나는 주머니 속의 단돈 1마르크를 가지고는 나중에 후회할 어떤 영웅 행위도 하고 싶지 않았다. 나는 정말로 돈이 필요했다. 절실하게 필요했다. 집을 떠난 이후로 아버지는 내게 한 푼도 주지 않았다. 레오가 제 용돈을 모두 내게 주었다. 안나는 가끔 직접 구운 흰 빵을 보냈다. 나중에는 할아버지까지 이따금 돈을 부쳐주었다. 15마르크와 20마르크짜리 대체수표였다. 그리고 한번은 출처를 전혀 알 수 없는 22마르크짜리 수표를 보내주었다. 여관 여주인은 은행계좌가 없었다. 하인리히 역시 없었다. 그는 우리처럼 대체수표에 대해 아는 바가 거의 없었다. 그는 우리가 처음 받은 수표를 그냥 자기 신부의 복지사업단 계좌에 예금했다. 은행에서 대체수표의 목적과 종류에 대한 설명을 들은 뒤 신부한테 가서 15마르크를 현찰수표로 달라고 청했다. 그러나 신부는 분노로 거의 폭발할 듯했다. 그는 하인리히에게 현찰수표를 줄 수 없다고 설명했다. 그러려면 뚜렷한 목적을 밝혀야 한다는 것이었다. 복지사업단 계좌는 까다롭고, 자신은 통제받고 있다고 했다. 그리고 복지사업단 신부는 "출처가 불분명한" 대체수표의 중계자가 아니라는 것이다. 그가 "벨렌 보좌신부를 위한 융통수표, 개인의 대체수표와 맞바꿈"이라고 기록할 경우, 큰 항의를 받을 거라고 했다. 그는 대체수표를 단지 특정 목적을 위한 기부라고만, 슈니어 씨를 위한 슈니어 씨의 직접적인 후원이라고만 기재할 수 있다고 했다. 그래야 그 기부금이 내게 직접 현찰로 지불된다는 것이었다. 그런데 이렇게 하는 것이 가능하기는 하지만 전혀 옳은 일이 아니라고 했다. 우리가 실제로 15마르크를 받을 때까지는 무려 열흘이 걸렸다. 하인리히가 수많은 다른 일을 처리하느라 내 대체수표 문제를 해결하는 일에만 전념할 수 없었기 때문이다. 그후로 할아버지에게 대체수표를 받으면 나는 매번 기겁했다. 끔찍했다. 그것은 돈이면서 돈이 아니었다. 그것은 우리가 정말 필요한 것, 즉 현찰이 아니었다. 결국 하인리히가 직접 계좌를 개설했다. 우리에게 대체수표 대신 현찰수표를 주기 위해서였다. 그러나 그는 사나흘씩 자리를 비우고는 했다. 한번은 3주 동안 휴가였다. 우리가 바로 그 22마르크짜리 대체수표를 받았을 때였다. 나는 결국 쾰른에서 소년 시절의 유일한 친구를 찾아 나섰다. 에드가 비네켄이었다. 그는 어떤 관직을—사회민주당의 문화담당관이었던 것 같다—차지하고 있었다. 나는 전화번호부에서 그의 주소를 찾아냈다. 그러나 그에게 전화를 걸 동전 두 개가 없었다. 그래서 에렌펠트에서 칼크까지 걸어갔지만 그를 만나지 못했다. 히숙집 여주인이 나를 그의 방에 들여놓으려 하지 않아서 저녁 8시까지 대문 앞에서 기다렸다. 그는 아주 커다랗고 어둠침침한 성당 건물 근처, 엥겔가에서 살았다(그가 사회민주당 당원이라서 엥겔가에서 살아야 한다는 책임감을 느꼈는지는 지금까지도 모르겠다). 나는 완전히 지쳤고, 너무 피곤했고, 배가 고팠고, 담배도 없었다. 게다가 마리가 집에서 불안해한다는 것을 알고 있었다. 게다가 쾰른의 칼크 지역, 엥겔가, 인근의 화학 공장—그것은 우울증에 걸린 사람에게는 결코 도움이 되는 광경이 아니었다. 나는 결국 어느 빵집으로 들어가 계산대 뒤에 있는 여자에게 빵을 달라고 간청했다. 그녀는 젊었지만 고약해 보였다. 나는 가게에 손님이 없는 순간을 기다렸다. 그리고 재빨리 들어가서 인사도 하지 않고 말했다. "빵 좀 주세요." 나는 누군가가 들어올까봐 겁이 났다―그녀는 나를 쳐다보았다. 그녀의 얇고 짜증난 듯한 입이 처음에는 점점 얇아지다가 둥그렇게 되더니 빵빵해졌다. 이어서 그녀는 한마디 말도 없이 빵 세 개와 케이크 한 조각을 봉지에 넣더니 내게 주었다. 봉지를 받아 들고 재빨리 빵집을 나서면서 고맙다는 말 한마디 하지 않았던 것 같다. 나는 에드가의 집 문가에 앉아서 빵과 케이크를 먹었다. 그리고 이따금 주머니 속의 22마르크짜리 대체수표를 만져보았다. 22는 기이한 숫자였다. 나는 22라는 숫자가 어떻게 생겨났는지 곰곰이 생각해보았다. 어쩌면 어떤 계좌의 잔고였는지도 모른다. 어쩌면 장난일 수도 있다. 아니면 그저 우연인지도 모른다. 그러나 이상한 것은 22라는 숫자가 이십이라는 말처럼 수표에 쓰여 있다는 사실이다. 할아버지는 그 숫자에서 무엇인가를 생각했음이 틀림없다. 그러나 나는 그것을 결코 알아내지 못했다. 나는 나중에 칼크의 엥겔가에서 한 시간 30분 동안 에드가를 기다렸음을 깨달았다. 비애에 가득 차서 그 시간이 영원처럼 느껴졌다. 어두운 집의 정면, 화학 공장에서 나는 연기. 에드가는 우리의 재회를 기뻐했다. 그는 환한 표정을 지으면서 내 어깨를 두드려주었다. 그리고 나를 자기 방으로 데려갔다. 방 벽에는 브레히트의 커다란 사진이 걸려 있었고, 그 아래로는 기타와 수많은 문고서적이 직접 조립한 선반에 놓여 있었다. 나를 안으로 들여보내지 않았다고 에드가가 바깥에서 여주인을 욕하는 소리를 들었다. 그는 소주를 들고 들어왔다. 내게 환한 미소를 지으며 방금 연극위원회에서 "기독교민주당의 고약한 개자식들"과 싸워서 이겼노라고 말했다. 그리고 우리가 마지막으로 만났던 이래로 내가 경험한 일을 다 털어놓으라고 청했다. 우리는 어렸을 때 수년 동안 함께 놀았다. 그의 아버지는 수영 강사였는데, 뒷날 우리 집 근처 스포츠센터의 관리인이 되었다. 나는 내 이야기를 자세히 하고 싶지 않다고 에드가에게 말하고는 사정을 요점만 말했다. 그리고 수표를 돈으로 바꿔달라고 부탁했다. 에드가는 무척 친절했고 모든 것을 이해했다. 그는 그 자리에서 30마르크를 현찰로 주었고, 수표는 받으려 하지 않았다. 그러나 나는 수표를 받아달라고 애원했다. 애원하면서 하마터면 울 뻔했던 것으로 기억된다. 그는 수표를 받았지만 약간 서운해했다. 나는 그에게 한번 우리를 방문해서 연습하는 나를 봐달라고 청했다. 그는 나를 칼크 우체국 옆에 있는 역까지 바래다주었다. 그러나 나는 길 건너편 광장에서 빈 택시 한 대가 보이자 달려가 택시를 탔다. 택시 안에서 나는 당혹해하고 괴로워하는 에드가의 창백하고 커다란 얼굴을 보았다. 나는 그날 처음 택시를 탔다. 반드시 택시를 타야 할 상황이 있다면, 그날 저녁이 바로 그런 날이었다. 전차를 타고 번잡한 쾰른을 지나면서 마리와의 재회를 한 시간이나 기다리는 일을 나는 견디지 못했을 것이다. 택시요금은 거의 8마르크가 나왔다. 나는 운전기사에게 50페니히를 팁으로 주었다. 그리고 여관 계단을 달려 올라갔다. 마리는 울면서 내 목에 매달렸다. 나도 울었다. 우리 둘은 그렇게 많은 두려움을 견뎌냈다. 우리는 영원처럼 긴 시간 동안 서로 떨어져 있었다. 우리는 너무 절망해서 키스를 할 수도 없었다. 그저 우리 이제 절대로 떨어지지 말자고 끊임없이 속삭일 뿐이었다. "죽음이 우리를 갈라놓을 때까지"라고 마리가 속삭였다. 그런 다음 마리는—그녀의 말을 옮겨보자면—"치장을 끝냈다." 분을 바르고 입술을 그렸다. 우리는 벤로어가에 있는 음식점으로 가서 굴라쉬를 2인분씩 먹었다. 그리고 적포도주를 사서 집으로 왔다.

에드가는 내가 그때 택시를 탄 것을 결코 용서하지 않았다. 우리는 그후 자주 만났고, 그는 마리가 유산했을 때 다시 한번 돈으로 우리를 도와주었다. 그는 내가 택시를 탔던 것에 대해 전혀 언급하지 않았다. 그러나 그것은 그에게 지금까지도 지워지지 않는 불신으로 남아 있다.

"맙소사." 아버지가 큰 소리로 말했다. 완전히 생소한 어조였다. "크고 분명히 말해라. 그리고 눈을 떠라. 그 속임수에 이제 넘어가지 않는다."

나는 눈을 뜨고 아버지를 바라보았다. 그는 화가 나 있었다.

"내가 뭐라고 말했는데요?" 내가 물었다.

"그래, 너 혼자 중얼거리더구나. 그러나 내가 드문드문 유일하게 알아들은 말은 더러운 백만금이라는 말뿐이었다."

"그것이 아빠가 이해할 수 있고 이해해야만 하는 유일한 말이에요."

"그리고 대체수표라는 말도 들렸다." 그가 말했다.

"네, 네. 이리 와서 다시 앉으세요. 그리고 아빠 생각을 한번 말해보세요. 1년간 매달 후원금으로 얼마를 주실지요."

나는 다가가 아버지의 어깨를 부드럽게 움켜쥐고 소파에 앉혔다. 그는 금세 다시 일어섰다. 우리는 아주 가까이 마주 보고 섰다.

"나는 가끔 이 일을 고심했다." 아버지가 나지막한 소리로 말했다. "네가 견고하고 틀이 잡힌 교육을 받으라는 내 조건을 받아들이지 않고 여기서 일하고자 한다면…… 아니 일해야만 한다면—자, 내 생각으로는 매달 200마르크면 충분하다." 확신하건대 아버지는 250마르크나 300마르크라고 말하려고 했다. 그러나 마지막 순간에 200마르크라고 말했다. 그는 내 표정에 놀란 것 같았고 자신의 신중해 보이는 분위기에 어울리지 않게 빨리 말했다. "게네홀름이 그러더구나. 금욕이 무언극의 기초라고." 나는 여전히 아무 말도 하지 않았다. 나는 클라이스트의 꼭두각시처럼 "텅 빈 눈으로" 그저 아버지를 바라보았을 뿐이다. 화조차 나지 않았다. 그저 놀랐을 뿐이다. 내가 힘들여 배운 텅 빈 눈이 그런 식으로 나의 자연스러운 표현이 되었다. 아버지는 신경질적이 되었다. 윗입술 위로 가벼운 땀방울이 맺혔다. 내 최초의 흥분은 분노도 쓸쓸함도 증오도 아니었다. 내 텅 빈 눈은 차츰 연민으로 채워졌다.

"아빠." 나는 나지막한 소리로 말했다. "200마르크는 아빠 생각처럼 그렇게 적은 돈이 아니에요. 상당한 액수죠. 그 문제로 아빠랑 언쟁하고 싶지 않아요. 하지만 적어도 금욕이 값비싼 즐거움이라는 것 정도는 아시잖아요, 어쨌든 게네홀름이 생각하는 금욕은요, 그는 금욕이 아니라 식이요법을 말하는 거예요. 지방분이 아주 적은 고기와 샐러드를 말하는 거라고요. 금욕의 가장 값싼 형태는 굶주림이죠. 그러나 굶주린 어릿광대는—그래요, 술에 취한 어릿광대보다는 물론 더 낫지요." 나는 뒤로 물러섰다. 윗입술의 땀방울이 커져가는 것을 볼 수 있을 만큼 아버지 가까이 서 있는 것이 고통스러웠다.

"들어보세요. 우리, 신사들한테 어울리는 이야기를 해요. 돈 이야기 말고 뭔가 다른 이야기를 해요."

"하지만 난 너를 정말로 돕고 싶다. 네게 기꺼이 300마르크씩 주마." 그는 절망한 듯 말했다.

"지금 돈에 대해서는 아무것도 듣고 싶지 않아요. 그냥 아빠에게 우리 어린 시절의 가장 놀라운 경험을 이야기해주고 싶어요."

"무슨 이야기냐?" 아버지는 물으면서, 마치 사형선고라도 기다리듯 나를 바라다보았다. 아버지는 내가 당신 애인 이야기를 꺼내려 한다고 생각했을 것이다. 그는 애인한테 고데스베르크에 저택을 지어주었다.

"안심하세요, 안심해요. 놀라실걸요. 우리 어린 시절의 가장 놀라운 경험은 우리가 집에서 한 번도 제대로 처먹지 못했다는 거예요."

내가 '처먹지'라고 말하자 그는 흠칫하면서 침을 삼켰다. 그러더니 투덜대며 웃었다. "네 말은 한 번도 제대로 배부른 적이 없었다는 거니?" "바로 그거예요." 나는 조용한 목소리로 말했다. "우리는 한 번도 제대로 배불러본 적이 없었어요. 어쨌든 집에서는 없었어요. 그게 인색함 때문이었는지 원칙 때문이었는지 아직도 모르겠어요. 인색함 때문이었다면 더 나았을 거예요. 그런데 아이가 오후 내내 자전거를 타고, 축구를 하고, 라인 강에서 수영했을 때 뭘 느끼는지 아빠는 아시기나 해요?"

"식욕이겠지." 아버지가 냉정하게 말했다. "아니요, 배고픔이에요.

젠장할, 우리는 어렸을 때 우리가 부자라고, 아주 부자라고 알고 있었어요. 하지만 그 돈으로 아무것도 얻지 못했어요. 제대로 먹지도 못했어요."

"너희한테 뭔가 부족한 게 있었니?"

"네." 나는 말했다. "물론이죠. 음식―그리고 용돈도 부족했어요. 아세요, 어릴 적에 내가 그렇게 먹고 싶었던 게 뭔지요?"

"맙소사, 뭔데?" 그는 불안한 목소리로 물었다.

"감자요. 그런데 엄마는 살 빼는 데 미쳐 있었어요. 아빠도 아시잖아요, 엄마는 항상 시대를 앞서 간다는 거. 집에는 늘 멍청한 수다쟁이들로 북적거렸죠. 저마다 영양에 대한 이론이 달랐는데, 유감스럽게도 그 가운데 어떤 이론에서도 감자는 긍정적인 역할을 하지 못했죠. 부엌의 하녀들은 일과를 마치면 때때로 감자요리를 했어요. 감자를 껍질째 버터와 소금과 양파를 넣고 삶았죠. 이따금 우리를 깨우기도 했어요. 그러면 우리는 잠옷 바람으로 내려가 아무한테도 말하지 않는다는 조건하에 감자를 포식할 수 있어요. 우리는 금요일마다 거의 항상 비네켄 씨 집으로 갔죠. 그 집에는 늘 감자샐러드가 있었어요. 비네켄 씨 부인은 특별히 우리 접시를 가득 채워줬어요. 그리고 우리 빵 바구니에는 빵이 늘 너무 적었어요. 빵은 항상 부족했고 형편없었죠. 우리 빵 바구니에는 그 지긋지긋한 딱딱하고 거친 빵 아니면 '건강상의 이유로' 반쯤 말라빠진 빵 몇 조각이 전부였어요. 내가 비네켄 씨 집에 갈 때마다 에드가는 바로 빵을 가져왔어요. 그러면 그의 어머니가 빵덩이를 왼손으로 가슴 앞에 단단히 붙잡고, 오른손으로는 조각으로 잘랐어요. 그러면 우리는 빵조각을 받아서 사과잼을 발랐죠."

　아버지는 힘없이 고개를 끄덕였다. 나는 그에게 담뱃갑을 밀어주었다. 그는 담배 한 개비를 집어들었다. 나는 불을 붙여주었다. 그가 측은했다. 스물여덟 살이 다 된 아들과 처음으로 제대로 된 대화를 한다는 것은 어떤 아버지에게나 유쾌하지 않은 일임이 분명했다. "다른 일도 많았어요. 예컨대 감초액이나 풍선에 관한 일이죠. 엄마는 풍선을 낭비라고 생각했어요. 풍선은 낭비였죠. 하지만 당신들은 당신들의 그 더러운 수백만금을 풍선으로 하늘에 날려 보내는 데 우리의 낭비벽만으로는 부족했을 거예요. 그리고 그 싸구려 사탕 말인데요, 엄마는 그 사탕을 이용한 아주 영리한 위협 이론을 갖고 있었죠. 그 사탕이 진짜 진짜 독이라는 것을 증명하는 이론이었어요. 그런데 어머니는 우리에게 독이 없는 좀더 좋은 사탕을 준 게 아니라 전혀 주지 않았어요. 기숙사에서는 모두 놀랐죠." 나는 조용한 목소리로 말했다. "나만 유일하게 음식에 대해 투덜대지 않았고, 모두 먹어치웠고, 또 식사를 훌륭하다고 생각했기 때문이죠."

　"자, 봐라. 적어도 좋은 점이 있었잖니." 아버지는 힘없이 말했다. 그의 말은 아주 확신 있거나 행복하게 들리지는 않았다.

　"그런 교육의 이론적, 교육적 가치에 대해서는 저도 분명히 알고 있어요. 하지만 그것은 죄다 이론이고, 교육학, 심리학, 화학일 뿐이에요. 아주 짜증나는 것들이죠. 저는 비네켄 씨 집에 언제 돈이 들어오는지 알고 있었어요. 금요일이죠. 슈니빈트 씨네와 홀레라트 씨네는 초순이나 중순에 돈이 들어오는데요, 그럴 때는 특별한 게 있어요. 각자 다른 때보다 두꺼운 소시지나 케이크를 받아요. 비네켄 부인은 금요일 아침마다 미용실에 갔어요. 왜냐하면 초저녁에는 비너스가 희생되었으니까요*— 아빠는 그렇게 표현하겠죠."

"뭐라고, 너…… 그 뜻은 아니겠지." 그는 얼굴이 빨개져 나를 보면서 머리를 흔들었다.

"그 뜻이에요. 금요일 오후에는 아이들을 영화관에 보냈죠. 그전에 아이스크림을 먹으러 가도 됐고요. 그렇게 아이들은 어머니가 미용실에서 돌아오고, 아버지가 급여봉투를 들고 귀가할 때면 적어도 세 시간 반은 밖에서 있게 됐죠. 아버지도 아시잖아요, 노동자들의 집은 그리 크지 않다는 거." "네 말은," 아버지가 말했다. "네 말은, 아이들을 왜 영화관에 보냈는지 너희는 알고 있었다는 거냐?"

"물론 정확히는 몰랐어요. 훗날 그때를 기억하면서 비로소 대부분 알게 됐죠. 그리고 우리가 영화관에서 돌아와 감자샐러드를 먹을 때면 비네켄 부인이 왜 그렇게 늘 감동한 듯 얼굴을 붉혔는지 아주 훗날에야 알게 됐죠. 나중에 비네켄 씨가 스포츠센터의 관리인이 되면서 사정이 달라졌어요. 그가 집에 있는 시간이 많아졌으니까요. 아이인 저는 그의 아내가 무언가 고통스러워하고 있다는 것만 눈치챘어요. 왜 그랬는지 아주 훗날에야 비로소 알게 된 거죠. 큰 방 하나와 부엌 하나뿐인 집에서 아이 셋과 살면서, 그들은 선택의 여지가 없었던 거죠."

아버지가 너무 충격을 받아서 내가 지금 다시 돈 이야기를 꺼내는 것을 몰취미하게 여기지나 않을까 걱정되었다. 그는 우리의 만남을

---

* '비너스가 희생되다'는 '잠자리를 함께하다'라는 뜻의 은유.

비극이라고 느꼈다. 그러나 그는 벌써 이 비극을 고귀한 고통의 차원에서 조금은 즐기면서 좋게 보기 시작했다. 그가 제안한 월 300마르크에 대한 이야기로 그의 주위를 다시 돌리는 것이 이제는 어려울 것이다. 돈과 "살의 욕망"은 비슷한 점이 있었다. 누구 한 사람 그것에 대해서 제대로 말하지 않았고, 제대로 생각하지 않았다. 그것은—마리가 성직자들의 육체적 욕망에 대해 말했던 것처럼—"승화되거나" 아니면 저급한 것으로 여겨졌다. 음식이나 택시, 한 갑의 담배나 욕실 딸린 방처럼, 그 순간에 존재하는 그대로 받아들여지는 법이 결코 없었다.

아버지는 고통스러워했다. 그것은 분명했고 충격적이었다. 그는 창가로 돌아서서 손수건을 꺼내더니 눈물방울을 닦아냈다. 나는 그런 아버지의 모습을 한 번도 본 적이 없었다. 아버지가 눈물을 흘리면서 손수건을 제대로 사용하는 모습을 말이다. 그는 아침마다 새 손수건 두 장을 받았고, 저녁이면 조금 구겨졌지만 그다지 더럽지는 않은 손수건을 욕실 빨래통에 던져 넣었다. 어머니는 세제가 귀하던 시절, 절약 정신 때문에 아버지와 그 문제로 긴 토론을 한 적이 있었다. 아버지가 손수건을 적어도 이틀이나 사흘 정도는 사용할 수 있다는 것이었다. "당신은 손수건을 그냥 갖고 다니기만 하잖아요. 제대로 더러워진 적이 한 번도 없었어요. 게다가 동포에 대한 의무라는 것도 있잖아요." 어머니는 그렇게 "부패와 낭비에 대한 투쟁"을 넌지시 암시했다. 그러나 아버지는—내가 기억하는 한 처음으로—활력을 보였고 아침마다 새 손수건 두 장을 받겠다고 주장했다. 나는 아직까지 얼룩이나 먼지 또는 코를 풀 수밖에 없게 만드는 그 어떤 것을 아버지한테서 본 적이 없다. 그는 지금 창가에 서 있다. 그리고 눈물만 닦고 있지는 않았다. 심지어 윗입술에 난 땀 같은 정갈하지 못한 것을 훔쳐내고 있었다. 나는 부엌으로 갔다. 아버지가 계속 울었기 때문이다. 심지어 가볍게 흐느끼기까지 했다. 울 적에 자기 옆에 있어주었으면 싶은 사람은 몇 안 된다. 자기가 잘 알지 못하는 아들은 그것에 가장 어울리지 않는 사람이라고 나는 생각했다. 내가 면전에서 울 수 있는 사람은 딱 한 명뿐이다. 마리다. 나는 아버지의 애인이 그런 종류의 사람인지, 아버지가 그녀 옆에서 울 수 있는지 모른다. 나는 그녀를 단 한 번 보았을 뿐이다. 사랑스럽고 예쁘고 편안할 정도로 둔해 보였다. 그녀에 대한 이야기는 아주 많이 들었다. 친척들은 그녀를 돈 욕심이 있는 사람으로 묘사했다. 그러나 우리 친척들은 인간이 때로 먹고 마시고 구두를 사야 하는 존재임을 상기시키는 염치 없는 사람들을 다 돈 욕심이 있다고 보았다. 담배, 더운물 목욕, 꽃, 소주 등이 생활에 필요하다고 말하는 자는 "미친 낭비가"로 족보에 올라갈 기회를 가진다. 나는 애인이란 돈이 많이 드는 사람이라고 생각한다. 애인은 스타킹도 사야 하고, 옷도 사야 하고, 집세도 지불해야 한다. 그리고 늘 기분이 좋아야 하는데, 이것은 아버지식으로 표현하면 "완전히 안정된 재정 상태"에서만 가능하다. 그가 끔찍하고 지루한 감사위원회 회의를 끝낸 후 애인한테 가면, 그녀는 벌써 미용실에 다녀왔을 테고, 분명히 좋은 기분으로 좋은 냄새를 풍기고 있을 것이다. 나는 그녀가 돈 욕심이 많다고 상상할 수 없었다. 그녀는 그저 돈 쓸 데가 많았을 뿐이리라. 우리 친척이 볼 때 그것은 돈 욕심이 많은 것과 같았다. 가끔씩 늙은 운전기사들을 돕는 정원사 헨켈스가 갑자기 놀라울 정도로 겸손하게 조수들의 임금이 "이미 3년 전부터" 자기 임금보다 높다고 말하자, 어머니는 째지는 목소리로 "특정한 사람들의 돈 욕심"에 대해 두 시간 동안 연설을 했다. 언젠가 어머니가 우체부에게 25페니히를 새해 팁으로 준 적이 있다. 그런데 다음 날 아침 우편함에서 25페니히가 든 봉투와 쪽지를 발견하고 어머니는 분노했다. 우체부는 쪽지에 이렇게 썼다. "사모님의 것을 강탈하는 짓을 할 수는 없습니다." 물론 어머니는 체신청의 서기 한 사람을 알고 있었다. 어머니는 그에게 즉시 그 "돈 욕심 많은 파렴치한 인간"에 대해서 항의를 했다.

나는 급히 부엌의 커피가 쏟아져 있는 자리를 피해 복도를 지나 욕실로 갔다. 욕조의 마개를 뽑았다. 그리고 적어도 〈마리아 찬미가〉를 부르지 않고 목욕한 것이 몇 년 만에 처음이라는 생각이 들었다. 나는 〈탄툼 에르고〉를 콧노래로 흥얼거리면서 빈 욕조에 남아 있는 비누거품을 샤워기로 씻어냈다. 그러면서 〈마리아 찬미가〉도 불렀다. 나는 이 유대인 여자 마리아를 늘 좋아했다. 가끔은 그녀를 확고히 믿었다. 그러나 〈마리아 찬미가〉 역시 아무런 도움이 되지 않았다. 그것은 어쩌면 너무 천주교적이었다. 나는 천주교와 천주교인들에게 화가 나 있었다. 하인리히 벨렌에게 전화해야겠다고 마음먹었다. 카를 에몬스에게도. 카를 에몬스와는 2년 전에 끔찍하게 싸운 이래로 말을 한 적이 없었다. 편지를 주고받은 적도 없었다. 그는 내게 야비하게 굴었다. 그것도 아주 바보 같은 이유로 말이다. 카를이 자비네와 영화를 보러 가고, 마리는 그 "모임"에 갔을 때, 나는 그의 막내아들인 한 살짜리 그레고르를 돌봤다. 나는 아이의 우유에 날달걀을 섞어주었다.

자비네는 10시쯤 우유를 데워서 우유병에 넣어 그레고르에게 주라고 내게 말했다. 아이가 너무나 창백하고 허약해 보여서(아이는 한 번도 울지 않았다. 혼자서 측은할 정도로 칭얼댔을 뿐이다) 날달걀을 우유에 섞으면 애한테 좋을 거라고 생각했다. 우유가 데워지는 동안 나는 아이를 팔에 안고 부엌을 왔다갔다하면서 아이와 말을 했다. "달걀, 우리 귀염둥이 꼬마한테 뭘 줄까―달걀을 주지." 계속 그러면서 달걀을 깨고 믹서에 돌려 그레고르의 우유에 섞었다. 카를의 다른 아이들은 곤히 자고 있었다. 나는 그레고르와 함께 부엌에서 전혀 방해받지 않았다. 아이에게 우유병을 주면서 우유 속의 달걀이 아이에게 좋은 작용을 하리라는 느낌이 들었다. 아이는 미소를 지었고, 오래 칭얼대지 않고 금세 잠이 들었다. 영화를 보고 돌아온 카를은 부엌에서 달걀 껍데기를 보았다. 그러자 나와 자비네가 함께 앉아 있는 거실로 와서 말했다. "달걀을 요리해서 먹다니 아주 잘했어." 나는 달걀은 내가 먹지 않았고 그레고르에게 줬다고 말했다. 그 순간 거친 폭풍이 일었다. 욕이 터져나왔다. 자비네는 그야말로 신경질을 부리면서 나를 "살인자"라고 불렀고 카를은 내게 고함을 쳤다. "너 이 뜨내기―오입쟁이야!" 나는 너무 화가 나서 그를 "병신 같은 선생"이라고 불렀다. 그리고 외투를 집어들고 분노하며 집을 나와버렸다. 그는 복도까지 따라 내려와서 내 뒤로 외쳤다. "이 무책임한 녀석." 나는 복도에 대고 소리를 질렀다. "이 신경질적인 속물아, 이 가련한 서생아." 나는 정말로 아이들을 좋아한다. 아이들과 잘 놀 줄도 안다. 특히 젖먹이들과 그렇다. 나는 달걀 하나가 한 살짜리 애한테 해가 될 거라고는 생각하지 못했다. 그러나 카를이 나를 "오입쟁이"라고 부른 게 자비네의 "살인자"라는 말보다 나를 더 화나게 했다. 흥분한 어머니라면 어느 정도 용인하고 용서할 수가 있다. 그러나 카를은 내가 오입쟁이가 아님을 잘 알고 있었다. 우리의 관계는 어리석게도 팽팽해졌다. 그는 나의 "자유로운 생활 방식"을 마음 밑바닥에서 "대단하다"고 여겼고, 그의 고루한 생활 방식은 마음 밑바닥에서 나를 끌어당겼기 때문이다. 나는 내 삶이 거의 치명적일 정도로 얼마나 규칙적인지, 내 삶이 기차역, 호텔, 연습, 공연, '이봐 화내지 마' 게임 사이를 얼마나 정확하게 오고 가는지, 그리고 그가 사는 방식이 바로 그 고루함 때문에 나를 얼마나 끌어당기는지, 그에게 설명할 기회가 한 번도 없었다. 그리고 그는 물론 다른 사람들처럼 우리가 일부러 애를 갖지 않는다고 생각했다. 마리의 유산은 그에게 "수상쩍은" 일이었다. 그는 우리가 얼마나 애를 갖고 싶어하는지 알지 못했다. 그런데도 나는 전보로 그에게 전화를 해달라고 부탁했다. 그에게 돈을 빌리려는 생각은 없었다. 그동안 그는 아이를 넷이나 두었다. 그는 주머니 사정이 좋지 않았다.

나는 욕조를 다시 한번 씻어낸 뒤 조용히 복도로 가서 열려 있는 문 사이로 거실을 보았다. 아버지는 다시 탁자를 향해 서 있었다. 더이상 울지 않았다. 붉어진 코, 주름지고 젖은 뺨 때문에 노인처럼 보였다. 아버지는 오싹해했다. 놀라울 정도로 멍한 모습이 거의 바보처럼 보였다. 나는 코냑을 잔에 따라서 가져다주었다. 아버지는 잔을 받아 마셨다. 놀라울 정도로 멍한 표정은 그대로였다. 그가 잔을 비워내는 모습에는, 내게 속수무책으로 무언의 애원을 하는 듯한 눈빛으로 잔을 비워내는 그 모습에는, 내가 그에게서 이제껏 본 적 없는, 거의 멍청함 같은 어떤 것이 묻어 있었다. 그는 무엇에도, 그 무엇에도 정말 더이상 관심이 없는, 그저 탐정소설과 특정 상표의 포도주와 어리석은 위트에만 관심이 있는 사람 같았다. 구겨진 축축한 손수건을 그는 그냥 탁자 위에 올려놓았다. 그에게는 엄청난 이 에티켓의 오류를 나는 완고함의 표현이라고 느꼈다. 손수건은 탁자 위에 놓아서는 안 된다는 말을 수천 번 들은 무례한 아이가 보여주는 고집 말이다. 나는 술을 더 따랐고, 아버지는 술을 마시고 나서 어떤 동작을 취했다. 나는 그 동작을 "내 외투를 좀 가져와다오"라는 뜻으로 이해할 수밖에 없었다. 나는 아무 반응도 하지 않았다. 어떻게든 아버지가 돈 이야기를 하도록 만들어야 했다. 나는 더 나은 생각이 나지 않아서 주머니 속의 1마르크짜리 동전을 꺼내 약간의 묘기를 보였다. 나는 오른팔을 위로 쭉 뻗은 뒤 동전이 팔을 따라 굴러 내려오게 했다. 그런 다음 다시 팔을 따라 되돌아가게 했다. 이 속임수에 그가 보인 관심은 상당히 괴로운 것이었다. 나는 동전을 높이, 거의 천장까지 던졌다. 그리고 그것을 두꺼운 오른쪽 발가락으로 받았다. 그러고는 발가락을 높이 올려 아버지의 코에 바짝 들이댔다. 그러나 아버지는 화난 몸짓만 할 뿐이었다. 그러더니 불만스럽게 "그만둬"라고 말했다. 나는 어깨를 으쓱하면서 현관으로 가서 옷걸이에 걸린 아버지의 외투와 모자를 내렸다. 아버지는 이미 내 옆에 서 있었다. 나는 아버지를 도왔다. 아버지의 모자에서 떨어진 장갑을 집어주었다. 아버지는 다시 울 것처럼 코와 입술을 우스꽝스럽게 실룩이며 속삭였다. "내게 뭔가 친절한 말을 좀 해줄 수 없니?"

"그럼요." 나는 나지막한 소리로 말했다. "그 바보들이 나를 몹시 비난했을 때, 아빠가 제 어깨에 손을 얹어주었던 일은 친절한 일이었어요. 그 정신박약아 같은 소령이 비네켄 부인을 총살시키려고 했을 때, 아빠가 그 부인을 구해준 일은 특히 친절했고요."

"난 그 일은 거의 다 잊었다."

"난 잊지 않았는데. 아버지가 그 일을 잊었다니, 정말 친절하시네요."

아버지는 나를 바라보면서 헨리에테라는 이름을 꺼내지 말아달라고 무언의 애원을 했다. 나는 그 이름을 언급하지 않았다. 아버지에게 왜 그 아이가 플라크로 소풍 가는 것을 금지할 정도로 친절하지 않았는지 묻겠다고 결심했으면서도 말이다. 나는 고개를 끄덕였다. 아버지는 내가 헨리에테에 대해 이야기하지 않으리라는 사실을 알았다. 그는 분명히 감사위원회 회의석에 앉아서, 종이에 사람 모습을 끼적거릴 것이다. 그리고 가끔은 H라고, 가끔은 헨리에테라고 쓸지도 모른다. 그는 죄가 없었다. 그저 어리석은 나머지, 비극을 제외시켰거나 아니면 그 비극의 전제조건이 되었을 뿐이다. 나는 그 사실을 알지 못했다. 아버지는 무척 섬세했고, 부드러웠고, 은발이었고, 선량해 보였다. 아버지는 내가 마리와 쾰른에서 살 때 나한테 한 번도 자선금을 보내지 않았다. 무엇이 이 사랑스러운 남자인 내 아버지를 그렇게 딱딱하고 강하게 만들었을까? 왜 그는 거기 텔레비전 화면에서 사회적 책임과 국가 의식, 독일, 심지어 그의 고백에 따르면 전혀 믿지도 않는 기독교에 대해 말하는 것일까? 그것도 사람들이 그의 말을 믿을 수밖에 없게끔 말이다. 오로지 돈만이 그럴 수 있다. 우유를 사고 택시를 타고 애인을 갖고 영화관에 가는 데 필요한 구체적인 돈이 아니라 추상적인 돈만이 그를 그렇게 만드는 것이다. 나는 아버지가 두려웠다. 그도 나를 두려워했다. 우리는 우리가 현실주의자가 아님을 알고 있었다. 우리는 둘 다 "현실 정치"에 대해 이야기하는 사람들을 경멸한다. 그것은 저 바보들이 매번 이해하는 것, 그 이상의 것에 관한 것이었다. 그의 눈에서 나는 그것을 읽었다. 제 돈을 어릿광대에게 주지 않으리라는 것을. 돈이 생기면 오로지 쓸 줄밖에 모르고, 돈으로 사람들이 하는 일과는 정반대의 일만을 하는 어릿광대에게는 제 돈을 주지 않으리는 것을. 그리고 나는 알고 있었다. 그가 설령 100만 마르크를 준다 해도, 나는 그 돈을 다 써버리리라는 것을. 아버지에게 지출은 낭비와 같은 뜻이었다.

아버지가 혼자 울 수 있도록 부엌과 욕실에서 기다리는 동안, 나는 그가 무척 감동해서 그 바보 같은 조건 없이 내게 큰 돈을 선사하기를 바랐다. 그러나 지금 나는 그의 눈에서 그가 그러지 않으리라는 것을 읽었다. 그는 현실주의자가 아니었다. 나도 아니었다. 우리는 둘 다 다른 사람들은 아주 평범한 현실주의자임을 알고 있었다. 수도 없이 목덜미를 움켜잡혀도 자기네들을 질질 끌고 다니는 실의 존재를 알아채지 못하는 인형들처럼 바보임을 알고 있었다.

나는 그를 완전히 진정시키려고 다시 한번 고개를 끄덕였다. 돈에 대해서도, 헨리에테에 대해서도 말하지 않을 것이다. 그러나 나는 당치도 않은 식으로 헨리에테를 생각했다. 그녀가 살아 있다면 지금쯤 어땠을까 상상했다. 서른세 살, 아마도 어느 기업가와 이혼했을 것이다. 나는 그녀가 희롱과 파티를 일삼고, "기독교를 움켜쥐고," "그러지 않으면 더 많은 콤플렉스를 느끼기 때문에 사회민주당에 특별히 친근하게 대하는" 위원회에서 쭈그리고 앉아 있는 저속한 짓거리에 동참할 거라고 상상할 수 없었다. 나는 그녀가 현실주의자들이 속물적이라고 여길 만한 뭔가를 할 거라고 절망적으로 상상할 수 있을 뿐이었다. 현실주의자들은 상상력이 없기 때문이다. 장(長) 직함을 가진 수많은 사람들 중 누군가의 옷깃에 칵테일을 쏟거나, 이빨을 다 드러내 보이는 최고 아첨꾼의 메르세데스 자동차를 그녀의 자동차로 들이박는 일 같은 것 말이다. 그림을 그리거나 도자기 돌림판 위에 버터통을 놓고 돌릴 수 없다면 그녀가 무엇을 할 수 있단 말인가. 삶이 있는 곳에서라면 그녀는 나처럼 어디에서나 이 보이지 않는 벽을 느낄 것이다. 돈이 지출되기 위해 존재하는 상태를 멈추고, 만질 수 없게 되고, 성궤 속에서 숫자로 존재하는 곳에서라면 말이다.

나는 아버지에게 길을 비켜주었다. 그는 다시 땀을 흘리기 시작했다. 나는 아버지가 안쓰러웠다. 나는 재빨리 거실로 달려가, 탁자 위에 있는 아버지의 더러운 손수건을 집어서 외투 주머니에 넣어주었다. 어머니는 매달 세탁물을 검사할 때 세탁물이 하나라도 없어지면 대단히 언짢아했다. 그러면 그녀는 절도죄를 저질렀다거나 칠칠치 못하다고 하녀들을 문책할 것이다.

"택시를 부를까요?" 내가 물었다.

"아니다. 조금 걷겠다. 기사가 역 근처에서 기다리고 있다." 아버지가 내 옆을 지나갔다. 나는 문을 열었고, 승강기까지 따라가서 버튼을 눌러주었다. 나는 다시 한번 1마르크를 주머니에서 꺼내어 쭉 뻗은 왼손 위에 놓고 바라보았다. 아버지는 역겨운 듯 눈길을 돌리고 머리를 흔들었다. 나는 그가 적어도 지갑을 꺼내 50마르크나 100마르크는 주리라고 생각했다. 그러나 고통, 고결한 마음, 자신의 비극적 상황에 대한 인식은 돈에 대한 모든 생각을 역겹게 여길 만큼, 그에게 돈을 상기시키려는 나의 시도를 신에 대한 모독으로 여길 만큼 그를 한층 높은 차원으로 고양시켜놓았다. 나는 승강기 문을 잡아주었다. 아버지는 나를 포옹하다가 갑자기 코를 대고 냄새를 맡기 시작하더니 큭 큭 웃으면서 말했다. "너한테 정말 커피 냄새가 나는구나. 유감이다, 네게 아주 맛있는 커피를 끓여주고 싶었는데. 내가 커피를 맛있게 끓일 줄 알거든." 아버지는 나한테서 떨어져 승강기 안으로 들어갔다. 승강기가 움직이기 전에 아버지가 안에서 버튼을 누르고 교활한 미소를 짓는 것을 보았다. 나는 여전히 선 채로 숫자에 불이 켜지는 것을 보았다. 4층, 3층, 2층, 1층─그러더니 빨간 불이 꺼졌다.

16

집으로 돌아와 문을 닫으면서 나는 내가 바보처럼 느껴졌다. 커피를 끓여주겠다는 제의를 받아들여서 아버지를 좀더 잡아놓았어야 했다. 아버지가 커피를 가져와서 자신의 솜씨에 행복해하면서 커피를 따르는 결정적인 순간에 "돈 이야기를 하지요"라거나 "돈을 내놔요"라고 말했어야 했다. 결정적인 순간에 사람은 늘 유치해지게 마련이고 야만적이 된다. 그러면 이렇게 말하는 것이다. "당신네들은 폴란드의 절반을 얻고, 우리는 루마니아의 절반을 얻게 되는 거요. 자, 슐레지엔의 3분의 2를 원하시오, 아니면 절반만 원하시오? 당신들은 장관자리를 네 개 갖게 되고, 우리는 화물수송 기업을 얻게 됩니다." 나는 내 기분과 그의 기분에 휩쓸려서 그의 지갑을 움켜잡지 못한 바보였다. 나는 그냥 돈 이야기를 꺼내서 그와 함께 그 이야기를 했어야 했다. 많은 사람에게 삶과 죽음을 의미하는, 죽은, 추상적인, 속박하는 돈에 대해 말이다. "영원한 돈." 어머니는 기회 있을 때마다, 우리가 공책 값으로 30페니히만 달라고 할 때마다 이렇게 끔찍하게 외친다. 영원한 돈. 영원한 사랑.

나는 부엌으로 가서 빵을 자르고 버터를 발랐다. 그리고 거실로 가서 벨라 브로젠에게 전화를 걸었다. 나는 그저 아버지가 이 상태에서 — 충격에 떨면서 — 집으로 가지 않고 애인에게 가기를 바랐을 뿐이다. 그녀는 아버지를 침대로 끌어넣고, 보온주머니를 대주고, 따뜻한 우유에 꿀을 타서 줄 여자처럼 보였다. 어머니는 누군가가 비참하다고 느낄 때면 정신을 차리고 의지를 가지라고 말하는 불쾌한 성향의 소유자다. 그리고 얼마 전부터는 찬물을 "유일한 치료제"로 여긴다.

"브로젠이에요." 여자가 말했다. 그녀가 어떤 냄새도 풍기지 않아서 나는 기분이 좋았다. 그녀는 놀랄 만한 목소리의 소유자다. 저음이면서 따뜻하고 사랑스러웠다.

나는 말했다. "슈니어입니다. 한스요. 기억하시죠?"

"기억해요." 그녀는 진심으로 말했다. "그리고 얼마나 — 얼마나 내가 당신 마음을 잘 이해하는지 아실 거예요." 나는 그녀가 무슨 말을 하는지 알지 못했다. 그리고 그녀가 "생각해보세요, 비평가들이란 다 어리석고, 자기도취에 빠진 이기주의자예요"라고 계속해서 말하자, 그제야 생각이 났다.

나는 한숨을 지었다. "그 말을 믿어도 된다면 좋으련만."

"그냥 믿으세요. 그냥 믿어요. 당신은 그냥 뭔가를 믿는 철통같은 의지가 얼마나 도움이 되는지 상상할 수 없을 거예요."

"그러면 누군가가 나를 칭찬하면 어떡하죠?"

"오." 그녀는 웃었고 그 오로 아름다운 꾸밈음을 만들어냈다. "그러면 그냥 그가 우연히 한 번 자신의 이기주의를 잊어버리고 정직했다고 믿으세요."

나는 웃었다. 그녀를 벨라라고 불러야 할지 아니면 브로젠 부인이라고 불러야 할지 몰랐다. 우리는 서로에 대해 전혀 알지 못했다. 그리고 아버지의 애인을 어떻게 불러야 할지에 대해 쓴 책도 없다. 나는 결국 "벨라 부인"이라고 불렀다. 이 예명이 특히 심한 헛소리처럼 여겨졌지만 말이다. "벨라 부인, 나는 지금 아주 고약한 상황에 놓여 있습니다. 아버지가 나를 찾아왔어요. 우리는 가능한 한 모든 것에 대해 이야기했어요. 그런데 돈 이야기는 더이상 할 수가 없었어요. 그 자리에서 말예요." 나는 그녀의 얼굴이 빨개지는 것을 느꼈다. 나는 그녀를 매우 양심적인 사람으로 생각했다. 아버지와 그녀의 관계는 "진실한 사랑"이 틀림없다고, "돈에 관한 일"은 그녀에게는 난처할 것이라고 믿었다. "내 말 들어봐요." 나는 말했다. "지금 당신 머릿속에 스쳐 지나가는 것은 모두 잊어요. 부끄러워하지 마요. 단지 부탁하건대, 아버지가 내 이야기를 하거든ㅡ내 말은요, 당신이 아버지에게 내가 돈이 절실히 필요하다고 생각하도록 해줄 수 있을 것 같아서요. 현찰로요. 당장요. 난 완전히 거덜이 났어요. 내 말 듣고 있어요?"

"네." 그녀가 말했다. 목소리가 너무 작아서 겁이 났다. 나는 그녀가 혼자서 코를 훌쩍이는 소리를 들었다.

"한스, 당신은 나를 분명히 좋지 않은 여자로 생각하죠." 그녀가 말했다. 그녀는 이제 터놓고 울었다. "흔히 있는, 돈으로 살 수 있는 여자로요. 당신은 나를 그런 여자로 생각하는 게 틀림없어요."

"천만에요." 나는 큰 소리로 말했다. "나는 당신을 한 번도 그렇게 생각해본 적이 없어요. 정말 없어요." 나는 그녀가 자신의 영혼과 아버지의 영혼에 대한 이야기를 꺼낼까봐 두려웠다. 그녀의 격렬한 흐느낌으로 판단해보건대, 그녀는 상당히 감상적이었다. 그녀가 마리 이야기를 꺼내지 않으리라고 장담할 수 없었다. "정말"이라고 나는 말했지만 아주 확신이 들지는 않았다. 그녀가 돈을 주고 살 수 있는 존재를 그렇게 경멸스러운 존재로 만들려는 게 수상쩍어 보였기 때문이다. "사실 나는 당신이 고귀한 품성을 지녔다고 확신합니다. 당신을 나쁘게 생각해본 적이 한 번도 없어요." 그것은 사실이었다. "더구나," 나는 그녀의 이름을 다시 한번 불러주고 싶었지만 그 몰취미한 벨라라는 이름이 입에서 떨어지지 않았다. "더구나 난 이제 거의 서른 살이에요. 아직 듣고 있어요?"

"네." 그녀는 한숨을 짓더니 수화기 저편 고데스베르크에서 마치 고해소에서 쪼그리고 앉아 있기라도도 한 듯 흐느꼈다.

"아버지에게 내가 돈이 필요하다는 것만 알려줘요."

"내 생각으로는," 그녀가 힘없이 말했다. "그이와 직접 돈 이야기를 하는 것은 잘못 같아요. 그이의 가족과 관련된 모든 이야기는요—이해하죠, 우리한테는 금기예요—하지만 다른 방법이 있어요." 나는 입을 다물었다. 그녀의 흐느낌이 다시 가느다란 훌쩍임으로 바뀌었다. "그는 가끔씩 곤경에 처한 동료들을 위해 쓰라고 내게 돈을 줘요. 내게 전적으로 맡겨버려요. 그러니까—그러니까 내가 당신을 지금 곤경에 처한 동료로 생각하고 적은 돈이라도 받아서 주는 게 낫지 않을까요?"

"난 정말로 곤경에 처한 동료예요. 지금 이 순간만이 아니라 적어도 반년 동안은 그럴 거예요. 그런데 저, 그 적은 돈이라는 게 얼마인지 말해줄 수 있나요?"

그녀는 기침을 하더니 다시 한번 "오" 소리를 냈다. 그러나 그 오로는 꾸밈음을 만들지 않았다. "그것은 대부분 누군가 아주 구체적인 곤경에 처해 있을 때 주는 보조금이에요. 죽거나, 병들거나, 출산하는 경우요. 내 말은 지속적인 후원금이 아니라 일시적인 보조금이라는 거예요."

"얼마나 됩니까?" 나는 물었다. 그녀는 바로 대답하지 않았다. 나는 그녀를 상상해보려고 노력했다. 그녀를 5년 전에 딱 한 번 보았다. 마리가 나를 오페라에 끌고 가는 데 성공했던 때다. 브로젠 부인은 백작에게 유혹당하는 농가의 처녀 역을 맡아 노래했다. 나는 아버지의 취향에 감탄했다. 그녀는 중키에 상당히 탄탄한 체구의 인물이었고 완전한 금발에 출렁대는 젖가슴을 지녔다. 농가와 농부의 수레에 기대 서서, 나중에는 쇠스랑을 짚고 아름답고도 힘찬 목소리로 단순한 마음의 움직임을 최상으로 표현했다.

"여보세요? 여보세요?" 내가 외쳤다.

"오." 그녀의 목소리는 약하기는 하지만 다시 꾸밈음으로 치장되어 있었다. "질문이 너무 직접적이네요."

"내 상황이 그래서요." 나는 말했다. 두려웠다. 그녀의 침묵이 길어질수록 그녀가 부르는 액수가 적어질 것이다.

"자." 그녀가 드디어 입을 열었다. "액수는 10에서 약 30마르크 사이를 왔다갔다해요."

"당신이 예상 외로 아주 어려운 상황에 빠진 동료를 발견했다고 합시다. 그가 심한 사고를 당했다고 합시다. 그러면 그 동료는 몇 달간 100마르크 정도의 보조금으로 견뎌야 한단 말입니까?"

"이봐요, 설마 내가 거짓말하기를 바라는 것은 아니죠?" 그녀가 나지막한 소리로 말했다.

"아니요." 내가 말했다. "난 정말 사고를 당했어요. 그리고 우리는 결국 동료 아닌가요, 예술가잖아요?"

"시도해보죠. 하지만 그가 미끼에 걸려들지 모르겠어요."

"뭐라고요?" 나는 소리를 질렀다.

"그이가 확신이 들게끔 상황을 생생히 묘사할 수 있을지 모르겠네요. 난 상상력이 풍부하지 않거든요."

그녀가 이 말까지 할 필요는 없었다. 나는 이미 그녀를 내가 아는 가장 둔한 여자로 생각하기 시작했다.

"이곳 극장에서 일자리를 하나 주선해주는 것은 어떻겠습니까? 물론 조연으로요. 내가 단역은 아주 잘하거든요."

"아니요, 아니요. 한스, 이래저래 난 이런 술수에 익숙하지 못해요."

"자, 좋아요." 나는 말했다. "적은 돈이라도 환영한다는 것을 당신에게 말씀드립니다. 그럼 안녕히 계십시오. 고맙습니다." 나는 그녀가 뭔가 더 말하기 전에 수화기를 놓았다. 이런 인물한테는 결코 얻을 게 없다는 막연한 느낌이 들었다. 그녀는 너무 둔했다. 미끼에 걸려들지 모르겠다고 말할 때의 어투가 나로 하여금 그녀를 불신하도록 만들었다. "도움이 필요한 동료들을 위한 후원금"을 그냥 그녀의 주머니에 넣는 일이 불가능하지는 않았다. 아버지가 불쌍했다. 나는 아버지를 위해서 예쁘고 지적인 애인을 바랐다. 아버지에게 커피를 끓여줄 기회를 주지 않은 것이 여전히 유감스러웠다. 이 바보천치는 아버지가 커피를 끓이려고 부엌으로 가면 미소를 짓고, 교사가 되었으면 좋았을 사람처럼 몰래 고개를 흔들 것이다. 그러고 나서 아양을 떨면서 환한 미소를 지은 채, 돌을 물어온 개를 칭찬할 때처럼 커피를 칭찬할 것이다. 나는 수화기를 내려놓고 창가로 가서 창문을 열고 거리를 바라보았다. 화가 났다. 두려웠다. 언젠가는 좀머빌트의 제안을 받아들여야 할지도 모른다. 나는 갑자기 주머니에 있던 1마르크를 꺼내 거리로 던졌다. 그리고 던지는 순간 바로 후회했다. 눈길이 동전을 따라갔다. 동전이 보이지 않았다. 하지만 지나가던 전차의 지붕 위로 1마르크가 떨어지는 소리를 들은 것 같았다. 나는 거리를 바라보면서 탁자 위의 버터 바른 빵을 집어 먹었다. 거의 8시였다. 본에 온 지 벌써 두 시간이 다 되었다. 여섯 명의 이른바 친구들과 이미 통화를 했다. 어머니 아버지와도 이야기했다. 갖고 있는 돈은 도착했을 때보다 1마르크도 더 늘어나지 않았다. 아니 1마르크가 줄어들었다. 나는 그 1마르크를 줍기 위해 거리로 내려가고 싶었다. 그러나 벌써 8시 반이 다 되어간다. 레오가 전화를 하거나 찾아올지도 모른다.

마리는 아주 잘 지낸다. 그녀는 지금 로마에 있다. 그녀의 교회 품에 있다. 그리고 교황을 알현할 때 무엇을 입어야 할지 심사숙고하고 있다. 취프너는 그녀에게 재클린 케네디의 사진을 한 장 구해줘야 할 것이다. 그녀에게 스페인 만틸라*와 면사포 하나를 사줘야 할 것이다. 정확히 보자면, 마리는 지금 독일 천주교의 "퍼스트레이디"나 다름없기 때문이다. 나는 로마에 가서 교황에게 알현을 청할 계획이었다. 교황에게도 늙고 현명한 어릿광대의 모습이 조금은 있다. 결국 아를레키노**라는 인물도 베르가모***에서 생겨났다. 나는 그것을 모르는 것이 없는 게네홀름을 통해 확인할 것이다. 나는 교황에게 마리와 나의 결혼이 사실은 호적상의 혼인문제로 실패했다고 설명할 것이다. 그리고 나한테서 헨리 8세와는 정반대의 유형을 보아달라고 청할 것이다. 헨리 8세는 일부다처주의자면서 신앙이 있었다. 나는 일부일처주의자면서 신앙이 없다. 나는 "지도적" 위치에 있는 독일 천주교인들이 얼마나 망상적이고 비열한지 교황에게 설명하고 속아서는 안 된다고 말할 것이다. 몇 개의 작품들을 교황 앞에서 공연할 것이다. 〈등교와 하교〉같이 재미있고 가벼운 작품들을 보여줄 것이다. 그러나 〈추기경〉은 보여주지 않을 것이다. 그 작품은 그의 마음을 상하게 할지도 모른다. 교황 자신도 한때는 추기경이었기 때문이다. 나는 그에게 정말 고통을 주고 싶지 않다.

나는 늘 상상의 유혹을 이기지 못한다. 나는 내가 교황을 알현하는 것을 생생히 떠올려보았다. 무릎을 꿇고 비신자로서 교황의 은총을 청하는 나를 보았다. 입구에는 스위스 근위병들이 있었다. 그리고 호

---

* 스페인, 멕시코, 이탈리아 등지에서 여성이 의례적으로 머리에서부터 어깨까지 덮어쓰는 쓰개.
** 코메디아델라르테에 나오는 익살스러운 광대.
*** 이탈리아 북부의 도시.

의적이기는 하지만 약간 역겨운 미소를 짓고 있는 웬 사제 하나가 그 옆에 있었다. 나는 하마터면 이미 교황을 알현했다고 믿을 뻔했다. 레오에게 교황을 알현했다고 말하고 싶은 유혹을 느꼈다. 그 순간 나는 교황과 함께 있었다. 그의 미소를 보았고, 그의 아름다운 농부 목소리를 들었다. 그리고 어떻게 베르가모에 있는 음식점의 광대가 되었는지 교황에게 이야기했다. 레오는 이 부분에서 아주 엄격했다. 그는 나를 늘 거짓말쟁이라고 불렀다. 내가 레오를 만나 "우리 함께 나무토막을 톱질하던 거 아직 기억하니?"라고 물으면, 그는 항상 화를 내며 소리를 질렀다. "우리는 함께 나무토막을 톱질한 적이 없어." 아주 사소하고 어리석긴 했지만 그가 옳았다. 레오는 예닐곱 살이었고, 나는 여덟인가 아홉 살이었다. 레오가 마구간에서 울타리 기둥으로 쓰고 남은 나무토막을 발견했다. 녹슨 톱도 찾아냈다. 나한테 함께 그 나무토막을 톱질하자고 했다. 나는 도대체 무엇 때문에 그렇게 시시한 나무토막을 잘라야 하느냐고 레오에게 물었다. 그는 아무런 이유도 대지 못했다. 그는 그저 톱질을 하고 싶어했다. 내가 보기에는 정말 무의미한 일이었다. 레오는 반 시간이나 울었다. 그리고 먼 훗날, 10년이 지난 후에야, 부니발트 신부가 독일어 시간에 레싱에 대한 이야기를 하던 중, 수업 도중 느닷없이 그리고 아무런 맥락도 없이 레오가 무엇을 하고 싶어했는지 생각이 났다. 그는 그냥 톱질을 하고 싶었을 따름이다. 그러고 싶은 기분이 든 바로 그 순간에 그는 나와 함께 그저 톱질을 하고 싶었을 뿐이다. 10년이 지난 후에 나는 갑자기 그를 이해했다. 그의 기쁨, 그의 긴장, 그의 흥분, 그의 마음을 움직였던 모든 것이 무척이나 강렬하게 다가와서 나는 수업 도중에 톱질하는 동작을 시작했다. 내 맞은편에서 기쁨으로 상기된 레오의 어릴 적 얼굴을 보았다. 나는 녹슨 톱을 그쪽으로 밀었다. 레오는 그 톱을 이쪽으로 밀었다—부니발트 신부가 갑자기 내 머리를 움켜쥐고 "정신 차려"라고 말할 때까지 우리는 톱질을 했다. 그후 나는 레오와 정말 톱질을 했다—레오는 그것을 이해하지 못했다. 그는 현실주의자다. 뭔가 어리석게 보이는 일을 지금 당장 해야만 하는 것을 레오는 이제 이해하지 못한다. 심지어 어머니에게도 가끔 순간적인 열망들이 있다. 벽난로 옆에서 카드놀이를 하거나 부엌에서 몸소 사과꽃잎차를 따르는 일이다. 어머니는 반짝반짝 윤이 나는 아름다운 마호가니 탁자에 앉아서 카드놀이를 하는 행복한 가정을 느닷없이 열망했음이 분명하다. 그러나 어머니가 그러고 싶어할 때면 우리 가운데 누구도 그러고 싶은 마음이 없었다. 그렇게 몇몇 장면이, 이해할 수 없는 어머니의 행각이 있었다. 그러면 그녀는 우리에게 복종의 의무를, 네번째 계명을 들고 나왔다. 그러나 어머니는 단지 복종의 의무 때문에 함께 카드놀이를 하는 자식들을 보며, 그것이 이상한 만족임을 눈치채고 눈물을 흘리면서 자기 방으로 갔다. 어머니는 더러 뇌물 공세를 폈다. 뭔가 "특히 좋은 것"을 마시거나 먹자고 말했다. 그리고 또다시 그 저녁은 어머니가 우리에게 그렇게 많은 것을 선물한 저녁이 되었고, 눈물이 넘치는 저녁 가운데 한 저녁이 되었다. 그 하트 7이 여전히 카드에 섞여 있었고, 카드놀이가 헨리에테를 떠올리게 했기에 우리 모두 카드놀이를 그렇게 완강히 거부했음을 어머니는 알지 못했다. 그러나 누구도 그녀에게 그것을 말해주지 않았다. 그리고 훗날, 난롯가에서 행복한 가정을 연출하려던 어머니의 무산된 시도가 생각날 때면, 나는 상상

속에서 혼자 어머니와 카드놀이를 했다. 둘이서 하는 카드놀이는 지루했지만 말이다. 나는 실제로 어머니와 '66게임'과 '전쟁게임'을 했다. 사과꽃잎차를 꿀까지 타서 마셨다. 어머니는—위협하듯 짓궂게 검지를 올리면서—내게 담배까지 권했다. 그리고 뒤에서는 레오가 피아노 연습곡을 쳤다. 우리는 모두, 하녀들까지도, 아버지가 "그 여자"에게 가 있음을 알고 있었다. 어찌어찌하여 마리는 이 "거짓들"에 대해 알고 있었음이 틀림없다. 그녀는 내가 뭔가 이야기할 때면 늘 의심스러운 듯 바라보았으니까. 나는 오스나브뤼크에서 그 소년을 정말로 보았다. 가끔은 반대일 때도 있다. 내가 실제로 경험한 것이 허구이고 사실이 아닌 것으로 보일 때가 있다. 예컨대 내가 그 당시 마리의 또래 여자애들과 동정녀 마리아에 대해 이야기하려고 쾰른에서 본으로 갔던 사실이 그렇다. 다른 사람들이 비허구라고 부르는 것이 내게는 아주 허구적으로 나타난다.

17

나는 창가에서 물러났다. 저 아래 더러운 곳에 있는 나의 1마르크에 대한 희망을 포기하고, 부엌으로 가서 다시 버터빵을 만들었다. 먹을 만한 것이 이제 정말 없었다. 콩 통조림 한 통, 자두 통조림 한 통(나는 자두를 좋아하지 않는다. 그러나 모니카는 그것을 알지 못했다), 빵 반 덩어리, 우유 반 병, 4분의 1 정도의 커피, 달걀 다섯 개, 베이컨 세 조각 그리고 튜브에 든 겨자 하나가 다였다. 거실 탁자 위의 담뱃갑에는 아직 담배 네 개비가 남아 있었다. 너무 비참해서 다시 훈련할 수 있으리라는 희망을 포기했다. 무릎은 지나치게 부어올라 바지가 꽉 끼기 시작했다. 두통은 극심해서 세상에 그럴 수도 있을까 싶을 정도였다. 끊임없이 머리를 뚫는 고통이었다. 마음은 그 어느 때보다 어두웠다. 그리고 "살의 욕망"—그런데 마리는 로마에 있다. 나는

그녀가 필요했다. 그녀의 피부가, 내 가슴 위에 놓인 그녀의 손이 필
요했다. 좀머빌트가 언젠가 한번 표현했던 것처럼, 나는 "육체적 아름
다움과 의식적이고 진실한 관계"를 맺고 있다. 이웃인 그렙젤 부인처
럼 아름다운 여자들이 내 주위에 있는 것이 좋다. 그러나 그런 여자들
에 대해 어떤 "살의 욕망"도 느끼지 못한다. 그리고 대부분의 여자들
은 그로 인해 마음을 다친다. 만일 내가 육체적 욕망을 느껴서 그 욕
망을 채우고자 하면 분명히 경찰을 부를 거면서 말이다. 육체적 욕망,
그것은 복잡하고도 잔인한 역사다. 일부일처주의자가 아닌 남자들에
게는 어쩌면 끊임없는 고문이다. 나 같은 일부일처주의자인 남자들에
게는 잠재적 무례함을 끊임없이 강요하는 것이다. 대부분의 여자들은
그들이 에로스라고 알고 있는 것을 느끼지 못할 때 어떤 식으로든 마
음을 다친다. 우직하고 경건한 블로트헤르트의 부인도 늘 조금은 모
욕을 느꼈다. 신문에 자주 기사화되는 파렴치범들이 가끔 이해가 된
다. "결혼의 의무" 같은 것이 있다는 생각이 들 때면 겁이 난다. 어떤
부인이 국가와 교회로 인해 그 일에 계약상의 의무를 지게 되면, 그
결혼생활에는 파렴치한 일들이 일어나게 마련이다. 자비를 법률로 규
정할 수는 없다. 나는 교황과 그 문제에 대해서도 말하고 싶었다. 교
황은 분명히 잘못된 정보를 받고 있다. 나는 다시 버터빵을 만들었다.
그리고 현관으로 가서 쾰른에서 기차를 탔을 때 산 석간신문을 외투
주머니에서 꺼냈다. 가끔은 석간신문이 도움이 된다. 그것은 텔레비
전처럼 나를 멍하게 만든다. 나는 신문을 뒤적거리며 큰 제목들을 훑
어보았다. 그러다 알림란에서 웃지 않을 수 없는 기사를 발견했다. 헤
르베르트 칼릭 박사가 독일십자 훈장을 받았다는 내용이었다. 칼릭은

패배주의를 이유로 나를 고발했던 소년으로, 재판이 진행되는 동안 강인함, 불굴의 강인함을 주장했다. 그는 당시 마지막 전투를 위해 고아원을 동원하는 기발한 착상을 했다. 나는 그가 세력가가 되었음을 알고 있었다. 석간신문에는 그가 "청소년들에게 민주주의적인 사고를 널리 알린 공로"가 인정되어 독일십자 훈장이 수여되었다고 쓰여 있었다.

그는 2년 전에 나와 화해하고자 나를 한 번 초대했다. 나는 그가 게 오르크라는 고아 소년을 로켓포 훈련중 사고로 죽게 한 것을 용서해야만 할까—아니면 열 살짜리 아이인 나의 패배주의를 고발하고 사정없는 불굴의 강인함을 주장했던 것을 용서해야만 할까? 마리는 화해를 위한 초대를 거절할 수는 없는 법이라고 말했다. 우리는 꽃을 사서 그에게 갔다. 그는 이미 아이펠 지역과 가까운 곳에 예쁜 저택을 갖고 있었다. 예쁜 부인, 그리고 그 두 사람이 자랑스럽게 "한 애들" 이라고 부르는 것도 있었다. 그의 부인은 살아 있는 사람인지 아니면 그냥 옷을 입혀 끌어다놓은 인형인지 알 수 없을 만큼 예뻤다. 나는 그녀 옆에 앉아 있는 내내 그녀의 팔이나 어깨 또는 다리를 잡아보려 고 했다. 그녀가 혹시 인형은 아닌지 확인하고 싶어서였다. 대화중 그 녀가 한 말은 "오, 멋져요"와 "오, 끔찍해요"가 다였다. 처음에는 그녀 를 지루한 사람이라고 생각했다. 그런데 시간이 가면서 그녀는 나를 매혹시켰다. 나는 그녀에게 동전을 자동판매기에 집어넣는 방법 같은 온갖 이야기를 했다. 그저 그녀가 어떻게 반응하는지 알고 싶어서였 다. 내가 할머니가 돌아가셨다고 이야기하자—그것은 틀린 말이었 다. 할머니는 이미 12년 전에 돌아가셨으니까—그녀는 "오, 끔찍해요”라고 말했다. 누군가가 죽으면 바보 같은 말을 많이 할 수 있다. 그러나 “오, 끔찍해요”는 아니라고 생각한다. 그다음 나는 후메로라는 사람이(그런 사람은 없다. 후메로는 내가 뭔가 긍정적인 것을 이 자동 기계에 처넣고 싶어서 생각해낸 사람이었다) 명예박사 학위를 받았다고 말하자 그녀는 “오, 멋져요”라고 말했다. 그런데 동생 레오가 개종했다고 말하자 그녀는 한순간 망설였다. 그 망설임이 내게는 살아 있다는 신호처럼 여겨졌다. 그녀는 아주 크고 멍한 인형 같은 눈으로 나를 바라보았다. 그것이 내게 어떤 종류의 사건인지 알아내기 위해서였다. 그런 다음 그녀는 말했다. “끔찍해요, 그렇지요?” 어쨌든 나는 그녀한테서 표현의 변화를 끌어내는 데 성공했다. 나는 그녀에게 오를 빼버리고 그냥 멋져요, 끔찍해요라고 말하라고 제안했다. 그녀는 킥킥 웃더니 내게 아스파라거스를 더 덜어주면서 “오, 멋져요”라고 말했다. 마침내 우리는 그날 저녁 그 “한 애들”도 알게 되었다. 벵겔이라는 다섯 살짜리 사내아이였다. 텔레비전 광고에 나와도 될 정도였다. 치약을 들고 나타나서 아빠 안녕히 주무세요, 엄마 안녕히 주무세요 하더니, 마리에게도 인사하고 내게도 인사했다. 나는 광고방송이 이 아이를 아직 찾아내지 못했다는 사실이 안타까웠다. 나중에 벽난롯가에서 커피와 코냑을 마실 때, 헤르베르트는 우리가 살고 있는 위대한 시대에 대해 말했다. 그는 샴페인을 가져오더니 격정적이 되었다. 그리고 내게 용서를 구했다. 그의 말대로 “세속적인 속죄”를 하려고 내 앞에서 무릎까지 꿇었다. 나는 그냥 그의 엉덩이를 걷어차고 싶은 심정이었지만, 치즈용 칼을 탁자에서 집어들고 그를 엄숙하게 민주주의자로 임명했다. 그의 부인이 외쳤다. “아, 멋져요.” 헤르베르트가 감격해서 다시 자리에 앉자 나는 유대계 양키들에 관한 강연을 했다. 사람들은 한동안 슈니어라는 나의 성이 슈노렌과 관련 있다고 믿었는데 슈나이더 또는 슈니더에서 유래했음이 증명되었다고 말했다. 나는 유대인도, 양키도 아니라고 했다. 그런데—나는 갑자기 헤르베르트의 뺨을 때렸다. 그가 우리 반의 괴츠 부헬이라는 아이에게 아리안 혈통이라는 증거를 갖고 오라고 강요한 사실이 생각났기 때문이다. 괴츠는 곤경에 빠졌다. 그의 어머니가 이탈리아 사람이었기 때문이다. 그녀는 남부 이탈리아의 한 마을 출신이었다. 그곳에 사는 그녀의 어머니를 통해서 아리안 혈통이라는 증거 비슷한 것을 구하는 것조차 불가능했다. 더욱이 괴츠의 어머니가 태어난 마을은 그 무렵 이미 유대계 양키들에 의해 점령당했다. 부헬 부인과 괴츠에게는 힘들고 목숨이 위태로운 몇 주가 지났다. 결국 괴츠의 담임 선생이 본 대학의 인종학 전문가들 가운데 한 명에게 추천서를 받자는 생각을 했다. 그 전문가는 괴츠가 "순수한, 그것도 완전히 순수한 지중해 종족"임을 확인해주었다. 그러나 헤르베르트 칼릭은 이탈리아인은 모두 배신자라는 터무니없는 말을 퍼뜨렸다. 괴츠는 전쟁이 끝날 때까지 단 1분도 조용히 보낼 수 없었다. 내가 유대계 양키에 관한 강연을 하려고 했을 때 바로 그 일이 생각났다. 나는 헤르베르트 칼릭의 면상에 그냥 주먹을 한 번 날리고, 내 샴페인잔을 난롯불 속에 집어 던졌다. 치즈용 칼도 마저 집어 던졌다. 그리고 마리의 팔을 끌고 그 집을 나왔다. 그곳에서 우리는 택시를 잡을 수가 없었다. 버스정류장까지는 한참을 걸어야 했다. 마리는 울면서 내 행동이 비기독교적이고 비인간적이라고 내내 말했다. 그러나 나는 기독교인이 아니며 나의 고해소는 여전히 열려 있지 않다고 말했다. 그녀는 헤르베르트가 민주주의자가 된 것을 의심하느냐고 물었다. 나는 말했다. "아니, 아니, 전혀 의심하지 않아. 그 반대야. 그렇지만 그가 그냥 싫어. 그를 좋아하게 되는 일은 결코 없을 거야."

나는 전화번호부를 펼쳐서 칼릭의 번호를 찾았다. 정말 그와 전화로 이야기하고 싶었다. 훗날 집에서 열린 어머니의 정기 모임에서 그를 한 번 더 만났던 일이 생각났다. 그는 한 랍비와 "유대 정신"에 대해 이야기를 나누면서, 머리를 흔들며 애원하듯 나를 바라보았다. 랍비가 안쓰러웠다. 나이가 꽤 든 그 랍비는 흰 수염을 길렀고 매우 선량했으며 나를 불안하게 만들 정도로 천진했다. 물론 헤르베르트는 그가 아는 누구에게나 자신은 나치였고 반유대주의자였지만 "역사가 내 눈을 뜨게 했다"고 말했다. 당시 그는 미국인들이 본에 입성하기 전날에도 소년들과 우리 공원에서 훈련하면서 말했다. "너희는 유대인 돼지를 보면 그 자리에서 해치워야 한다." 어머니의 정기 모임에서 나를 흥분시켰던 것은 돌아온 망명객들의 무해한 태도였다. 그들은 그 모든 후회와 민주주의에 대한 떠들썩한 고백에 감격한 나머지 친교를 맺고 포옹을 했다. 그 섬뜩함의 비밀은 세부적인 것에 있음을 그들은 파악하지 못했다. 큰일을 후회하기는 매우 쉽다. 정치적 오류, 간음, 살인, 반유대주의ㅡ그러나 누가 누구를 용서하는가? 누가 그 자세한 내막을 이해하는가? 아버지가 내 어깨에 손을 얹었을 때, 브륄과 헤르베르트 칼릭은 어떻게 아버지를 바라보았던가. 그리고 분노로 제정신이 아닌 헤르베르트 칼릭이 손등 마디로 탁자를 어떻게 후려쳤고, 그 죽은 눈길로 나를 노려보면서 어떻게 "강인함, 불굴의 강인함"을 말했던가. 담임 선생의 조용한 항의에도 불구하고 그는 다시 괴츠 부헬의 멱살을 잡아서 상급생들 앞에 세워놓고 이렇게 말했다. "자, 이게 유대인이 아닌지 좀 보란 말이야!" 나는 너무 많은 순간을, 너무 많은 부분을, 자질구레한 일을 기억하고 있다. 그리고 헤르베르트의 눈빛은 변하지 않았다. 나는 늙고 어딘가 둔해 보이는 랍비 앞에 서 있는 그를 보고 겁이 났다. 그 랍비는 무척 온건했다. 그는 헤르베르트에게 칵테일을 가져오게 하고, 그가 유대 정신에 관해 수다를 떨도록 내버려두었다. 망명객들은 소수의 나치들만 전방으로 보내졌음을 역시 알지 못했다. 전사자들은 거의 다른 사람들이었다. 비네켄의 옆집에 살던 후베르트 크닙스와 빵집 주인 아들인 귄터 크레머는 히틀러소년단의 단장이었는데도 전선으로 보내졌다. "정치적으로 시키는 대로 따르지 않았기" 때문이다. 그 모든 역겨운 염탐 짓거리에 동참하지 않았기 때문이다. 칼릭은 결코 전방으로 보내지지 않았을 것이다. 그자는 예나 지금이나 시키는 대로 따른다. 그는 타고난 졸개다. 상황은 망명객들이 믿는 것과 완전히 달랐다. 그들은 물론 유죄, 무죄―나치, 비나치 식의 범주 안에서만 생각할 줄 안다.

지구당 위원장 키렌한은 가끔 마리 아버지네 가게에 들렀다. 그는 마르크나 돈을 내놓는 법이 없이 그냥 서랍에서 담배 한 보루를 꺼내가졌다. 그러고는 담배 한 개비를 입에 물고 마리 아버지가 있는 판매대 앞에 앉아서 이렇게 말했다. "자, 마르틴, 우리가 너를 그다지 잔인하지 않은, 자그마하고 친절한 수용소에 처넣었다면 어땠을까?" 그러면 마리 아버지는 말했다. "돼지는 언제나 돼지지. 넌 늘 돼지였어." 두 사람은 이미 여섯 살 적부터 아는 사이였다. 키렌한은 화를 내면서 말했다. "마르틴, 너무 비약하지 마, 과장하지 말라고." 마리 아버지가 말했다. "나는 더 과장할 거야, 어디 빠져나가봐." "너를 친절한 수용소가 아니라 아주 고약한 수용소에 보내주지." 그런 식이었다. 그 위원장이 우리가 결코 알지 못하는 이유로 "보호의 손길"을 드리우지 않았다면 마리의 아버지는 수용소로 끌려갔을 것이다. 물론 그자는 보호의 손길을 모든 사람에게 드리우지는 않았다. 가죽상인 마르크스와 공산주의자 크루페는 보호하지 않았다. 그들은 살해되었다. 지구당 위원장은 지금 아주 잘 지낸다. 그는 건설업을 한다. 마리가 언젠가 그를 만났을 때, 그는 "불평할 게 없다"고 했다. 마리의 아버지는 내게 노상 이렇게 말했다. "나치의 역사가 얼마나 끔찍했는지는, 내가 지구당 위원장 같은 돼지에게 실제로 생명의 은혜를 입고 그가 생명의 은인임을 문서로도 증명해야 한다는 것을 생각하면 충분히 짐작할 수 있을 거야."

나는 그사이에 칼릭의 전화번호를 찾았다. 전화를 해야 할지 좀 망설였다. 내일 어머니의 정기 모임이 있다는 생각이 났다. 나는 그 모임에 가서, 적어도 부모님의 돈 가운데 담배와 구운 아몬드를 주머니 가득 채워넣을 수 있다. 올리브 봉지도 하나 집어 오고, 치즈과자 봉지도 집어 올 수 있다. 그리고 모자를 들고 한 바퀴 돌면서 "곤란에 처한 가족 구성원"을 위해 모금을 할 수도 있다. 그런 일을 열다섯 살 때 한 적이 있다. "특별한 목적을 위해" 모금을 했는데, 모금액이 거의 100마르크나 되었다. 나는 그 돈을 나를 위해서 쓰면서 양심의 가책 한 번 받지 않았다. 내일 "곤란에 처한 가족 구성원"을 위해 모금을 하더라도, 나는 거짓말을 하는 것이 아니다. 내가 바로 곤란에 처한 가족 구성원이니까. 나중에 부엌으로 가서 안나의 가슴에 안겨 울고 난 다음, 남은 소시지 몇 개를 주머니에 넣어 올 수 있다. 어머니 집에 모인 바보들은 나의 등장을 대단한 위트로 여길 것이다. 어머니도 불쾌한 미소를 지으면서 위트로 넘겨야만 할 것이다. 누구도 그것이 아주 진지하다는 사실을 알지 못한다. 이 사람들은 아무것도 이해하지 못한다. 그들은 어릿광대가 좋은 어릿광대가 되기 위해서 우울해야만 함을 안다. 그러나 어릿광대에게 우울이 아주 심각한 일이라고는 생각하지 못한다. 나는 어머니의 정기 모임에서 그들 모두를 만나게 될 것이다. 좀머빌트, 칼릭, 자유주의자와 사회민주주의자, 서로 다른 여섯 분야의 회장들, 반핵주의자들까지도. (어머니는 심지어 한때 사흘간 반핵주의자였다. 그러나 어떤 회장이 지속적인 반핵 정책은 주가 급락을 초래할 것이라고 말하자 즉시—문자 그대로 즉시—전화기로 달려갔다. 그리고 반핵위원회에 전화해서 "거리를 취했다.") 나는—모자를 들고 한 바퀴 돈 다음 마지막에 비로소—공개적으로 칼릭의 뺨을 때리고, 좀머빌트를 성직자인 체하는 사기꾼이라고 욕하고, 그 자리에 참석한 천주교 평신도들의 상부 조직 대변인을 매춘과 간음을 유도한 죄로 고발할 것이다.

나는 번호판에서 손가락을 뗐다. 칼릭에게 전화하지 않았다. 나는 그가 그사이에 자신의 과거를 극복했는지, 권력과의 관계는 아직도 나무랄 데 없는지, 유대 정신에 대해 나를 계몽시켜줄 수 있는지 그저 묻고 싶었을 따름이다. 칼릭은 히틀러소년단 모임에서 '마키아벨리, 또는 권력과의 관계를 위한 시도'라는 제목으로 강연을 한 번 했다. 나는 그 강연을 잘 이해하지 못했다. 단지 칼릭의 "공개적인, 여기서 분명히 밝히는 권력에 대한 신봉"만을 이해했다. 그러나 나는 다른 히틀러소년단 단장들의 표정에서 그 연설은 그들에게도 너무 비약적임을 읽어낼 수 있었다. 아무튼 칼릭은 마키아벨리에 대해서는 거의 말하지 않았고 칼릭에 대해서만 말했다. 그리고 다른 단장들의 표정에서 그들이 이 연설을 공개적인 파렴치로 여기고 있음을 읽어낼 수 있었다. 신문 기사에 자주 등장하는 소년들이 있다. 수치심을 자극하는 자들이다. 칼릭은 정치적인 수치심을 자극하는 자에 불과했다. 그는 등장하는 곳마다 수치심을 자극받은 사람들을 남겨놓았다.

나는 그 정기 모임을 고대했다. 드디어 부모님의 돈을 약간 갖게 될 것이다. 올리브와 구운 아몬드, 담배—나는 담배를 한 뭉치 집어 와서 저렴한 가격에 팔 것이다. 나는 칼릭의 가슴에서 훈장을 떼어내고 그의 뺨을 때릴 것이다. 그와 비교하면 나의 어머니는 심지어 인간적으로 여겨졌다. 그를 부모님 집의 현관 옷걸이 앞에서 마지막으로 만났을 때, 그는 나를 슬픈 눈으로 바라보면서 말했다. "모든 사람에게는 기회가 한 번 있지요. 천주교인들은 그것을 자비라고 부르지요." 나는 그에게 아무 대답도 하지 않았다. 나는 결국 기독교인이 아니었다. 그가 당시 강연중에 말했던 "잔인함의 에로스"와 섹스의 마키아벨리즘이 생각났다. 이 섹스의 마키아벨리즘을 생각하면, 나는 그가 찾는 창녀들이 불쌍했다. 마치 어떤 파렴치범에게 계약상의 의무를 진 아내들이 불쌍하듯이 말이다. 나는 수없이 많은 젊고 귀여운 아가씨들을 생각한다. 흥미도 없으면서 돈을 받고 칼릭과 그 일을 하거나, 대가 없이 남편과 그 일을 하는 것이 그녀들의 운명이다.

246

18

나는 칼릭의 전화번호 대신 레오가 사는 곳의 전화번호를 돌렸다. 그들도 틀림없이 언젠가는 식사를 마치고, 성욕을 둔화시키는 샐러드를 다 집어삼킬 것이다. 조금 전과 같은 목소리가 다시 전화를 받자 기뻤다. 그는 지금 궐련을 피우고 있었다. 양배추 냄새가 덜했다. "슈니어입니다. 기억하시는지요?" 나는 말했다.

그는 웃었다. "물론이지요. 당신이 내 말을 문자 그대로 받아들여 아우구스티누스를 불태우지 않았기를 바라오."

"천만에요. 불태워버렸습니다. 갈기갈기 찢어서 한 장 한 장 난로 속에 넣어버렸습니다."

그는 한동안 침묵했다. "농담하시는군." 그가 쉰 목소리로 말했다.

"농담이 아닙니다. 저는 그런 일에는 철저합니다."

“맙소사, 당신은 내 말에서 변증법적인 요소를 이해하지 못했군요?”

“못했습니다. 저는 정직하고 성실하며 복잡하지 않은 사람입니다. 동생 일은 어떻게 되었습니까? 식사는 언제 끝납니까?”

“방금 후식이 들어갔어요. 오래 걸리지 않을 겁니다.”

“뭐가 나왔는데요?” 내가 물었다.

“후식 말이오?”

“네.”

“원래 말해서는 안 되는데, 당신에게는 말해주지. 설탕에 절인 자두에 크림을 얹은 것이오. 아주 먹음직스러워 보였다오. 자두를 좋아합니까?” “아니요. 왠지 모르지만 자두에 대해서 이겨내기 어려운 혐오감을 갖고 있습니다.”

“당신, 호버러의 『병적 혐기(嫌忌)에 대한 연구』를 읽어야겠소. 모든 것은 아주 아주 어릴 적―대부분은 출생 이전의―경험들과 관련 있습니다. 흥미롭지요. 호버러는 800가지의 경우를 정확히 조사했어요. 당신, 우울증이 있지요?”

“어떻게 아셨습니까?”

“목소리를 듣고 알았소. 당신은 기도를 하고 목욕을 해야겠소.”

“목욕은 벌써 했습니다. 기도는 할 줄 모릅니다.”

“유감이오. 당신에게 새로운 아우구스티누스를 한 권 선사하지요. 아니면 키르케고르를 선사하든지요.”

“키르케고르는 저도 있습니다. 동생한테 말 좀 전해주시겠습니까?”

"기꺼이요."

"제게 돈을 가져와야 한다고 말해주십시오. 장만할 수 있는 만큼 가져오라고 해주세요."

그는 혼잣말을 중얼거리더니 큰 소리로 말했다.

"적어놓겠소. 가능한 한 많은 돈을 가져오라고요. 그런데 당신, 보나벤투라를 정말 읽어야 해요. 대단한 책이니까. 19세기를 그렇게 무시하지 마세요. 당신의 목소리는 19세기를 경멸하는 것처럼 들려요."

"맞습니다. 저는 19세기를 증오합니다." 나는 말했다.

"잘못이오. 쓸데없는 짓이오. 건축물조차 그렇게 나쁘지 않았다오." 그는 웃었다.

"19세기를 증오하기 전에 20세기 말까지 기다려요. 내가 그사이 후식을 좀 먹어도 되겠소?"

"자두인가요?"

"아닙니다." 그가 가볍게 웃었다. "나는 노여움을 사서 좋은 음식을 받지 못해요. 하인들의 음식만 받지요. 오늘 후식은 캐러멜푸딩입니다. 그런데……" 그의 입에는 이미 푸딩 한 숟가락이 들어 있음이 분명했다. 그는 푸딩을 삼키고 킥킥거리면서 계속 말했다. "그런데 나는 복수하고 있다오. 뮌헨에 있는 옛 형제와 몇 시간 동안 전화를 한다오. 그 사람 역시 셸러*의 제자였지요. 가끔은 함부르크로도 전화합니다. 영화관에도 하고, 베를린의 기상대에도 하지요. 복수하려고요. 여기 직통전화 시스템에서 그런 것은 전혀 눈에 띄지 않거든요." 그는

---

* 독일의 종교철학자이자 사회학자.

다시 푸딩을 먹더니 킥킥거렸다. 그러고는 속삭였다. "교회는 부자죠. 아주 부자입니다. 교회는 정말로 돈 냄새가 난다니까요. 부자의 시체 처럼 말이죠. 가난한 사람들의 시체는 냄새가 좋지요. 그거 알고 있었 습니까?"

"아니요." 나는 말했다. 두통이 가라앉는 것을 느꼈다. 나는 기숙사 전화번호에 붉은 동그라미를 그렸다.

"당신은 믿음이 없군요. 그렇지요? 그렇지 않다고 하지 마세요. 당 신 목소리에서 당신이 믿음이 없다는 것을 듣는다오. 맞지요?"

"그렇습니다." 나는 대답했다.

"상관없소. 전혀 상관없어요. 이사야가 이런 말을 했지요. 바울이 「로마서」에서도 인용하는 말이오. 잘 들어봐요. 그분의 소문을 들어 보지도 못한 사람들에게 그분을 보여주고 그분의 이름을 들어보지도 못한 사람들에게 그분을 깨닫게 해주리라." 그는 사악하게 킥킥거렸 다. "알아들었소?"

"네." 나는 기진맥진해져서 말했다.

그는 큰 소리로 말했다. "안녕히 계십시오. 관장님, 안녕히 계십시 오." 그러더니 전화를 끊었다. 그의 전화 끊는 소리가 기분 나쁠 만큼 비굴하게 들렸다.

나는 창가로 다가가 바깥에 있는 모퉁이의 시계를 바라보았다. 벌 써 8시 반이 다 되었다. 그들은 꽤 풍성하게 식사를 한다는 생각이 들 었다. 나는 레오와 이야기하고 싶었다. 그러나 이제 중요한 것은 그가 내게 빌려줄지 모를 돈뿐이었다. 내 상황의 심각성이 서서히 분명해 졌다. 때로 나는 내가 손에 잡힐 만큼 현실적으로 겪었던 일이 사실인지 아닌지, 또는 내가 실제로 겪고 있는 일이 사실인지 아닌지 알지 못한다. 나는 일을 뒤죽박죽으로 만든다. 나는 오스나브뤼크에서 그 소년을 보았는지 맹세할 수 없을 것이다. 그러나 나는 내가 레오와 톱질을 했다고 맹세했다. 나는 내가 할아버지의 22마르크짜리 수표를 현찰로 바꾸기 위해 에드가 비네켄을 찾아서 칼크까지 걸어서 갔는지 역시 맹세할 수 없을 것이다. 내가 세부적인 사항을 그렇게 정확히 기억하고 있다는 보장이 없다. 내게 빵을 준 빵집 여자가 입었던 녹색 블라우스, 또는 문가에 앉아서 에드가를 기다릴 때 내 옆을 지나갔던 한 젊은 노동자의 양말에 난 구멍. 우리가 나무토막을 톱질했을 때, 레오의 윗입술에 맺힌 땀방울을 보았음을 나는 전적으로 확신한다. 나는 마리가 쾰른에서 첫번째 유산을 했던 밤에 일어난 일도 하나하나 기억한다. 하인리히 벨렌은 그날 저녁 내가 20마르크를 받고 청소년들 앞에서 몇 개의 소극들을 공연하도록 알선해주었다. 마리는 대부분 나와 함께 갔지만 그날 저녁은 몸이 좋지 않아서 집에 남아 있었다. 내가 주머니에 19마르크의 순수익을 가지고 늦게 귀가했을 때 방은 텅 비어 있었다. 이불이 펼쳐진 침대 위에서 핏자국을 보았다. 그리고 장식장 위의 메모지를 발견했다. "병원에 있어. 심각한 상황은 아니야. 하인리히가 전해줄 거야." 나는 곧장 내달렸다. 하인리히의 까다로운 가정부에게 마리가 어느 병원에 있는지 물어서 그곳으로 달려갔다. 그러나 그들은 나를 들여보내지 않았다. 나는 먼저 하인리히를 병원에서 찾아서 전화기가 있는 데로 불러내야만 했다. 그러고 나서야 입구에 있던 수녀가 나를 병원 안으로 들여보냈다. 벌써 밤 11시 반이었다. 마침내 마리의 병실에 들어갔을 때는 이미 모든 것이 지난 후였다. 그녀는 침대에 누워 창백한 얼굴로 울고 있었다. 그녀 옆에서 한 수녀가 묵주기도를 하고 있었다. 내가 마리의 손을 잡고, 하인리히가 마리에게서 태어나지 못한 존재의 영혼에 무슨 일이 일어날지 나지막이 설명하는 동안 수녀는 조용히 기도를 계속했다. 마리는 그 아이가—그녀는 그 존재를 그렇게 불렀다—세례를 받지 못해서 천국으로 갈 수 없다고 확신하는 듯 보였다. 그녀는 아이가 림보*에 머물 것이라는 말만 계속했다. 나는 그날 밤 처음으로 천주교인들이 종교 수업 시간에 얼마나 끔찍한 것들을 배우는지 알게 되었다. 하인리히는 마리의 불안에 완전히 속수무책이었다. 그가 그렇게 어찌할 바를 모르는 것이 내게 위안이 되었다. 그는 신의 자비에 대해 말했다. 신의 자비는 "신학자들의 법률적 사고보다 더 위대할 것이다"라고 했다. 수녀는 내내 묵주기도를 했다. 마리는—그녀는 종교적인 일에 대해서는 고집이 아주 세다—법률과 자비 사이에서 대각선이 어디에 그어지는지 계속 물었다. 나는 대각선이라는 표현을 기억했다. 나는 결국 병실을 나왔다. 나는 내가 홀로 동떨어진 자로, 전혀 쓸모없는 존재로 여겨졌다. 창가에 서서 담배를 피웠다. 그리고 저쪽 담장 너머로 폐차장을 바라보았다. 담벼락에는 순전히 선거 현수막들뿐이었다. 당신의 믿음을 사회민주당에 선사하자. 기독교민주당을 뽑자. 병실에서 창문 밖을 바라다보는 환자들을 형언할 수 없는 고루함으로 우울하게 만드는 것이 그들의 관심사임이 분명했다. 당신의 믿음을 사회민주당에게 선사하자는 표어는 기발했다. 기독교민주당을 뽑자고 한

---

* 예수 탄생 이전의 사람이나 세례받지 못한 어린아이가 죽어서 가는 곳.

현수막에 담긴 어리석음에 비하면 거의 문학적이었다. 새벽 2시가 다 되었다. 나는 훗날 내가 본 것이 정말 맞는지 아닌지에 대해 마리와 싸웠다. 왼쪽에서 떠돌이 개 한 마리가 와서 가로등 아래에서 킁킁거리며 냄새를 맡았다. 그러더니 사회민주당과 기독교민주당의 현수막 냄새도 맡았다. 그리고 기독교민주당 현수막에 오줌을 싸고는 계속 달려가더니 서서히 큰길로 들어섰다. 길 오른쪽은 완전히 어두웠다. 우리가 훗날 마음을 달랠 길 없던 그 밤에 대해 이야기할 때면, 그녀는 개가 있었다는 것을 늘 인정하지 않았다. 그리고 개가 있었다는 것을 "사실로" 인정할 때면, 개가 기독교민주당 현수막에 오줌을 쌌다는 말은 인정하지 않았다. 그녀는 내가 자기 아버지의 영향을 너무 많이 받은 나머지 거짓이나 사실의 왜곡을 의식하지 못한 채, 사회민주당 현수막인지도 모르는데 기독교민주당 현수막에 개가 "더러운 짓"을 했다고 주장하는 거라고 말했다. 하지만 그녀의 아버지는 기독교민주당보다 사회민주당을 더 경멸했다. 그리고 내가 본 것은 본 것이다.

하인리히를 집으로 바래다주었을 때는 5시가 다 되어 있었다. 에렌펠트를 지나는 동안 그는 대문들을 가리키면서 줄곧 중얼댔다. "나의 어린 양들, 나의 어린 양들." 노란 다리의 가정부는 욕지거리를 퍼붓고 화를 내며 소리쳤다. "어쩌자는 거야?" 나는 집으로 갔다. 그리고 욕실에서 몰래 침대보를 빨았다.

에렌펠트, 갈탄 실은 열차, 빨래, 목욕 금지, 그리고 밤에 가끔 우리 창문 옆을 불발탄 같은 소리를 내며 떨어지는 쓰레기 봉지들. 철썩 소리를 내며 폭발하는 그 불발탄의 위험은 기껏해야 굴러 돌아다니는 달걀 껍데기 때문에 연장되었다.

하인리히는 또 우리 때문에 그의 주임신부와 싸움을 했다. 그가 복지사업단 계좌에서 돈을 빼려고 했기 때문이다. 나는 다시 한번 에드가 비네켄에게 갔다. 레오는 우리에게 자기 회중시계를 저당 잡히라고 보냈다. 에드가는 우리를 위해 노동자복지연금에서 약간의 돈을 융통해주었다. 우리는 적어도 약값과 택시요금과 진료비의 절반을 지불할 수 있었다.

나는 마리를 생각했다. 묵주기도를 하던 수녀와 대각선이라는 단어와 개와 선거 현수막과 폐차장을 생각했다. 그리고 침대보를 빨고 난 후의 내 차가운 손을 기억했다. 하지만 나는 그 모든 것을 맹세할 수는 없을 것이다. 나는 또한 레오의 기숙사에 있는 그 남자가 교회에 경제적 피해를 주려고 베를린의 기상대에 전화한다고 내게 말했다고 맹세할 수는 없을 것이다. 그러나 나는 그가 캐러멜푸딩을 먹을 때 쩝쩝거리는 소리와 삼키는 소리를 들었다.

19

나는 무슨 말을 하려는지 오래 생각하지도 않고 알지도 못하면서 모니카 질브스의 전화번호를 눌렀다. 전화벨이 채 울리기도 전에 그녀가 수화기를 들었다. "여보세요."

그녀의 목소리에 나는 이미 편안해졌다. 그녀의 목소리에는 재치와 힘이 담겨 있었다. 나는 말했다. "한스예요. 사실은……" 그러나 그녀는 내 말을 끊고 말했다. "아, 당신이군요……" 화가 나거나 불쾌한 목소리는 아니었다. 그러나 그녀가 내가 아니라 다른 누군가의 전화를 기다리고 있었음을 분명히 알 수 있었다. 여자 친구나 어머니의 전화를 기다렸을 수도 있다. 그러나 나는 마음이 상했다.

"그저 감사의 말을 하고 싶었어요. 그토록 친절을 베풀어주셔서요." 나는 그녀의 향수 냄새를 잘 맡을 수 있었다. 타이가였던가 아니면 이름이 뭐였든 그녀한테는 너무 강했다.

"모든 게 참으로 유감이에요. 틀림없이 당신에게 타격이 클 거예요." 나는 그녀가 무슨 말을 하는지 몰랐다. 본 전체가 읽은 것이 분명한 코스테르트의 비판을 말하는 것인지, 마리의 결혼식을 말하는 것인지, 아니면 둘 다 말하는 것인지 알 수 없었다.

"내가 도와드릴 일이 뭐 없을까요?" 그녀가 나지막이 물었다.

"있습니다. 이리 와서 내 영혼을 어루만져주십시오. 내 무릎도요. 무릎이 꽤 심하게 부어올랐어요."

그녀는 침묵했다. 나는 그녀가 즉시 네라고 대답하기를 기다렸다. 그녀가 정말 올 수도 있다는 생각에 전율이 일었다. 그러나 그녀는 그저 "오늘은 안 돼요. 방문을 기다리고 있어요"라고 말했을 뿐이다. 그녀는 누구를 기다리는지 말했어야 했다. 적어도 여자 친구인지 남자 친구인지는 말할 수 있었을 텐데. 방문이라는 말이 나를 비참하게 했다. 나는 말했다. "그래요. 그러면 혹시 내일요. 난 적어도 일주일은 누워 있어야 할 것 같습니다."

"그 밖에 내가 할 수 있는 일은 없나요? 그러니까 전화로 해결할 수 있는 일 말이에요." 그녀의 목소리는 그녀의 방문객이 여자 친구일 수도 있다는 희망을 주었다.

"있습니다." 나는 말했다. "나를 위해 쇼팽의 작품번호 7번 내림나장조 마주르카를 연주해주십시오."

그녀가 웃으면서 말했다. "착상이 기발하군요." 그녀의 목소리 울림에서 처음으로 나의 일부일처주의에 동요를 느꼈다. "나는 쇼팽을 그다지 좋아하지 않아요. 잘 치지도 못하고요." 그녀가 말했다.

"아, 제발요. 상관없어요. 지금 악보 가지고 있죠?"

"어딘가에 있을 거예요. 잠시만요." 그녀가 말했다. 그녀는 수화기를 탁자에 내려놓았다. 그녀가 방을 지나가는 소리가 들렸다. 심지어 적잖은 성자들한테 여자친구가 있다고 마리가 한 말이 생각났다. 물론 정신적 관계이기는 하지만 어쨌든 여자친구가 있었다. 그 일에서 정신적인 것을 이 여자들이 성자들에게 주었던 것이다. 나는 한 번도 정신적인 것을 갖지 못했다.

모니카가 다시 수화기를 집어들었다. "네, 여기 마주르카 악보들이 있네요." 그녀가 한숨을 쉬면서 말했다.

"부탁합니다. 쇼팽의 작품번호 7-1번 내림나장조 마주르카를 연주해주십시오."

"몇 년 동안 쇼팽을 치지 않았어요. 연습을 좀 해야 해요."

"혹시 방문객이 당신이 쇼팽을 치는 것을 듣기를 원치 않나요?"

"오, 그는 마음 놓고 들어도 돼요." 그녀가 웃으면서 말했다.

"좀머빌트인가요?" 나는 작은 소리로 물었다. 그녀의 놀란 듯한 외침을 들으며 나는 계속했다. "정말 그자라면, 피아노 뚜껑으로 그의 머리통을 후려치십시오."

"그는 그럴 만한 일을 하지 않았어요. 그는 당신을 아주 좋아해요."

"나도 알아요. 심지어 그렇다고 믿어요. 그렇지만 내가 그를 죽일 용기가 있었으면 더 좋겠어요."

"조금 연습한 뒤 마주르카를 쳐드릴게요." 그녀는 재빨리 말했다. "전화할게요."

"네." 내가 말했다. 그러나 우리는 둘 다 수화기를 내려놓지 않았다. 나는 그녀의 숨소리를 들었다. 얼마나 오래 들었는지는 모른다. 그녀의 숨소리를 들었다. 그녀가 수화기를 내려놓았다. 그녀의 숨소리를 듣기 위해서라면 나는 더 오랫동안 수화기를 들고 있었을 것이다. 맙소사, 적어도 여자의 숨소리였다.

　먹은 콩이 아직 위에 그득해 더부룩한데다 우울증이 심해졌는데도, 나는 부엌으로 가서 두번째 깡통을 딴 다음 아까 콩을 데운 냄비에 쏟아부었다. 그리고 가스에 불을 붙였다. 나는 커피 찌꺼기가 들어 있는 여과지를 쓰레기통에 던져버리고 새 여과지를 꺼내 커피를 네 스푼 넣은 뒤 물을 부었다. 그리고 부엌을 정돈하려고 했다. 커피가 고여 있는 곳에 걸레를 던지고 빈 깡통과 달걀 껍데기를 쓰레기통에 버렸다. 나는 치우지 않은 방을 싫어하지만 직접 치울 줄은 모른다. 거실로 가서 더러워진 잔들을 집어다 부엌 설거지통에 모두 넣었다. 집 안에 정돈되지 않은 것은 더이상 없었지만 치운 것처럼 보이지 않았다. 마리는 눈에 띄거나 검사받을 만한 어떤 일을 하지 않았는데도 방을 치운 것처럼 보이게 할 줄 아는 숙련되고도 재빠른 방법을 알았다. 그 비결은 분명히 그녀의 손에 있을 것이다. 마리의 손에 대한 생각—그녀가 취프너의 어깨에 손을 올려놓을 수 있다는 상상만으로도 내 우울증은 절망으로 바뀌었다. 여자는 손으로 많은 것을 표현하거나 현혹할 수 있다. 그것은 마치 내 눈에 남자들의 손이 늘 딱 달라붙은 나뭇조각들처럼 보이는 것과 같다. 남자들의 손은 악수하는 손이고, 때리는 손이고, 물론 총을 쏘는 손이고, 서명을 하는 손이다. 악수하고, 때리고, 총을 쏘고, 계산서에 서명을 한다. 이것이 남자들의 손이 할 수 있는 전부다. 물론 일도 할 줄 안다. 여자의 손은 이미 거의 손이 아니다. 빵에 버터를 바르든 이마에 흘러내린 머리카락을 쓸어넘기든 마찬가지다. 어떤 신학자도 복음서에 나온 여자들의 손에 대해 설교할 생각을 하지 못했다. 베로니카, 막달레나, 마리아, 마르타—예수에게 그 부드러움을 입증해주었던, 신약성경 속의 여자들의 손에 대해서만 설교할 생각을 하지 못했다. 그들은 대신 율법과 질서원칙과 예술과 국가에 대해 설교한다. 예수는 이른바 사적으로는 거의 여자들하고만 교유했다. 그는 물론 남자들도 필요했다. 남자들은 칼릭처럼 권력과 관련되어 있으며, 조직과 그 터무니없는 짓거리 전반에 대한 감을 지니고 있기 때문이다. 이사할 때 가구를 포장하는 사람들이 필요하듯이, 예수는 거친 일을 하기 위해 남자들이 필요했다. 베드로나 요한은 너무 사랑스러워서 거의 남자처럼 보이지 않았다. 반면 바울은 로마인처럼 남자다웠다. 집에서는 기도할 때마다 성경을 낭독했다. 친척 중에 성직자들이 넘쳐났기 때문이다. 그러나 누구 하나 복음서에 나온 여자들이나 부당한 재물과 같은 파악할 수 없는 것에 대해서는 말하지 않았다. "모임"의 천주교인들 중에도 누구 하나 부당한 재물에 대해 말하고 싶어하지 않았다. 킨켈과 좀머빌트는 내가 그것을 언급할 때면 늘 당혹스러운 미소만 지었다. 마치 자신들이 난처한 잘못을 저지른 예수를 급습이라도 한 것처럼 말이다. 프레데보일은 부당한 재물이라는 표현이 역사를 통해 겪어왔다는 의미의 퇴색에 관해서 말했다. 그의 말대로라면, 그 표현이 지닌 "비합리적인 것"이 그를 거슬리게 했다. 마치 돈이 어떤 합리적인 것이기라도 하다는 듯 말이다. 마리의 손에서는 돈조차 의심스러움을 상실한다. 그녀는 부주의하면서도 동시에 아주 주의 깊게 돈을 다루는 놀라운 태도를 지녔다. 나는 수표와 기타 "지불 수단들"을 원칙적으로 거부하기 때문에, 내 수당을 늘 공식 절차에 따라 현찰로 받았다. 그래서 우리는 이틀, 길면 사흘 이상을 미리 계획해야 할 필요가 전혀 없었다. 그녀는 돈을 부탁하는 사람이라면 거의 누구에게나 돈을 주었다. 돈을 부탁하지 않더라도 대화 도중에 돈이 필요하다는 낌새를 채면 돈을 주었다. 한 번은 괴팅겐에서 학교 갈 나이가 된, 한 급사의 아들이 입을 겨울 외투 값을 지불해주었다. 그리고 기차에서 일등칸으로 잘못 들어가서 어찌할 바를 몰라하는 할머니들을 위해 추가요금을 내주었다. 할머니들은 장례식에 가는 중이었다. 열차로 자식, 손자, 며느리, 사위의 장례식에 가는 할머니들 그리고―의지할 데 없는 할머니의 속수무책 상태를 강조해주는―저장용 소시지, 베이컨, 과자가 그득한 무거운 가방이나 꾸러미들을 들고 주저주저 일등칸으로 들어서는 할머니들이 있다. 그러면 마리는 그 무거운 가방과 꾸러미들을 짐칸에 넣어주라고 나에게 강요한다. 그 할머니가 이등칸 차표를 갖고 있음을 기차 안의 누구나 다 알고 있는데도 말이다. 그리고 그녀는 할머니가 자신의 실수를 깨닫기 전에 통로로 나가 차장과 일을 "처리했다." 그전에 마리는 할머니에게 어디까지 가는지 그리고 도대체 누가 죽었는지 늘 물었다―그럼으로써 그녀는 추가요금을 제대로 물지 않을 수 있었다. 할머니들은 대부분 친절하게 토를 달았다. "젊은이들이라고 해서 다들 그렇게 못되지는 않아." 그러고는 베이컨이 든 엄청나게 큰 빵을 답례로 주었다. 특히 도르트문트와 하노버 사이는―내게는 늘 그렇게 생각되었다―매일같이 많은 할머니들이 장례식 때문에 오고갔다.

마리는 우리가 일등칸에 타는 것을 늘 부끄러워했다. 누군가가 단지 이등칸 차표를 끊었다는 이유로 우리 칸에서 쫓겨나는 것을 마리는 견디지 못했을 것이다. 그녀는 친척 관계에 대한 아주 장황한 묘사를 듣거나, 전혀 낯선 사람들의 사진을 보는 일에 지칠 줄 모르는 인내심을 지녔다. 우리는 언젠가 두 시간 동안 뷔케부르크에 사는 한 늙은 농부 아낙 옆에 앉았다. 그 아낙은 스물세 명의 손자 손녀가 있었고, 그들의 사진을 한 장씩 지니고 있었다. 우리는 스물세 개의 인생 이력을 듣고, 스물세 장의 젊은 남녀들의 사진을 보았다. 그들은 다 무엇인가를 해냈다. 뮌스터 시의 장학관이거나, 철도회사 보좌관과 결혼했거나, 목재소의 책임자이거나 했다. 그리고 한 손자에 대해는 "정당에서 중책을 맡고 있다우. 우리가 늘 뽑는 당 말이유. 알고 있지유" 하고 말했다. 군복무중인 다른 손자에 대해서는 "그애는 늘 철저한 안보에 찬성을 했다우" 하고 말했다. 마리는 늘 그런 이야기들에 심취했으며, 그 이야기들을 아주 흥미진진하게 생각했다. 그러면서 "참된 인생"에 대해 이야기했다. 이러한 형식 속에서 반복되는 소재는 나를 피곤하게 했다. 도르트문트와 하노버 사이에는 그렇게도 많은 할머니들이 있었다. 그들의 손자들은 철도회사 보좌관이며, 며느리들은 일찍이 죽었다. "이제는 애들을 더 낳지 않기 때문이라우. 요즘 여자들은 말이야―그렇다니까." 마리는 도움이 필요한 노인들을 아주 사랑스럽고 친절하게 대할 줄 안다. 그들이 전화할 때도 다 도와주었다. 한번은 그녀에게 여행자에게 선교를 하라고 말했다. 그녀는 약간 딱딱거리면서 말했다. "물론 할 수 있지." 나는 결코 악의적이거나 멸시조로 말하지 않았다. 지금 그녀는 일종의 여행자 선교에 몸담고 있었다. 나는 취프너가 그녀를 "구원하기" 위해 그녀와 결혼했으며, 그녀는 그를 "구원하기" 위해 그와 결혼했다고 믿는다. 그리고 그가 할머니들이 일등칸으로 옮겨 타는 데 드는 독일 기차의 추가요금을 그의 돈으로 지불하도록 그녀에게 허락할지 확신이 없다. 그는 인색한 사람은 분명히 아니지만 레오처럼 너무 지나치다 싶을 정도로 욕구가 없었다. 그러나 프란체스코 다시시*처럼 욕구가 없지는 않다. 다시시는 자신은 특별한 욕구가 없지만 다른 사람들의 욕구를 생각할 줄 알았다. 마리의 지갑 안에 취프너의 돈이 있다는 생각은 내게는 밀월여행이라는 말과 내가 마리를 위해 투쟁할 수 있다는 생각만큼이나 견디기 어려웠다. 투쟁한다는 말은 단지 신체적인 것만을 뜻할지도 모른다. 나는 신체 훈련을 제대로 하지 않은 어릿광대이기는 하지만 취프너와 좀머빌트를 능가한다. 그들이 싸울 자세를 취하기도 전에, 나는 벌써 공중제비를 세 번이나 돌아서 몰래 뒤쪽으로 접근한 다음, 그들이 비지땀을 흘리도록 만들 수 있다. 아니면 그들은 제대로 된 치고받기를 생각할지도 모른다. 그들은 니벨룽겐 전설을 뒤집은 그러한 변형들을 할 만한 사람들이다. 아니면 그들은 그 말을 정신적인 의미로 말했나? 나는 그들이 두렵지 않았다. 왜 마리는 일종의 정신적 투쟁을 선포하는 내 편지들에 답장할 수 없었을까? 그들은 신혼여행과 밀월여행이라는 말을 입에 담았고 나를 음란하다고 말한다. 이 위선자들이 말이다. 그들은 호텔 종업원이나 객실 담당 하녀들이 밀월여행이나 신혼여행을 하는 사람들에 대해 이야기하는 것을 한번 들어봐

---

* 청빈과 무욕의 삶을 중시한 이탈리아의 수도사이자 성인.

야 한다. 기차에서나 호텔에서나 그들이 나타나면 비열한 작자들은 그들 뒤에 대고 "밀월여행"이라고 쑥덕거린다. 그리고 그들이 그 일을 끊임없이 한다는 것은 애들도 다 안다. 누가 침대보를 벗겨서 빨 것인가? 마리는 취프너의 어깨에 손을 얹어놓을 때면, 내가 얼음같이 찬 그녀의 손을 내 겨드랑이 사이에 넣고 따뜻하게 해주었던 일을 분명히 떠올릴 것이다. 그녀의 손, 그 손으로 그녀는 대문을 열고, 위층의 어린 마리에게 이불을 끌어다 덮어주고, 아래 부엌에서 토스터의 플러그를 꽂고, 물을 얹고, 담뱃갑에서 담배를 한 개비 꺼낸다. 하녀의 메모지를 이번에는 부엌의 식탁이 아니라 냉장고 위에서 발견한다. "영화관에 가요. 10시에 돌아옵니다." 거실의 텔레비전 위에는 취프너의 메모가 있다. "급하게 F에게 가오. 많은 키스를 보내며. 헤리베르트." 부엌의 식탁 대신 냉장고, 키스 대신 많은 키스. 토스트에 버터와 간소시지를 두껍게 바르고, 두 숟가락 대신 세 숟가락의 초콜릿 가루를 컵에 타면서, 너는 처음으로 그것을, 체중조절요법에 대한 민감함을 느낀다. 두번째 케이크를 집어들었을 때 너는 블로트헤르트 부인이 확신에 차서 외치던 말을 기억하게 될 것이다. "하지만 그거 다하면 1500칼로리가 넘어요. 그거 다 감당할 수 있어요?" 허리에 꽂히는 푸줏간 주인의 시선, 암묵적 확신을 담은 시선이 말한다. "아니요. 그럴 수 없어요." 오, 그대 지극히 거룩하신 츠―츠―츠―옹리와 언주교인이여! "그래, 그래, 너 살이 찌기 시작하는구나." 도시 전체가 수군거린다. 수군거리는 도시. 이 불안은 무엇 때문인가, 어둠 속에서 혼자 있고 싶은 이 마음은 무엇 때문인가, 영화관에서, 성당에서, 어두운 거실에서 지금 초콜릿과 토스트를 먹으면서 혼자 있고 싶은 이 마음은. 댄스파티에서 "사모님이 사랑하는 것을 제게 어서 말하세요, 어서요!"라고 재빨리 묻는 젊은 녀석에게 너는 무어라고 대답했는가. 너는 사실을 말했을 것이다. "아이들, 고해소, 영화, 미사곡, 어릿광대들." "그리고 남자들은 아닌가요, 사모님?" "좋아해요. 한 남자를"이라고 너는 말할 것이다. "보통의 그런 남자들은 사랑하지 않아요. 그들은 너무 어리석어요." "그 말을 지면에 발표해도 되겠습니까?" "안 돼요, 안 돼요. 맙소사, 안 돼요!" 그녀가 한 남자라고 말했다면, 그랬다면 왜 그녀는 내 남자라고 말하지 않는가? 누군가가 한 남자를, 말 그대로 한 남자를 사랑한다면, 그것은 단지 내 남자만을, 나와 결혼한 남자만을 뜻할 수 있다. 오, 잊힌, 삼켜버린, 소문자 m*이여.

하녀가 귀가한다. 열쇠를 자물쇠에 꽂고, 문을 열고, 문을 닫고, 열쇠를 자물쇠에 꽂아놓는다. 현관 불을 켜고, 불을 끈다. 부엌 불을 켜고, 냉장고 문을 열고, 냉장고 문을 닫고, 부엌 불을 끈다. 복도에서 문을 가볍게 똑똑 두드린다. "안녕히 주무세요, 사모님." "잘 자, 마리는 착하게 굴었니?" "네, 아주요." 복도의 불이 꺼진다. 계단을 오르는 발소리. ("그렇게 그녀는 어두운 방에 완전히 혼자 앉아서 교회음악을 들었다.")

침대보를 빨고, 내 겨드랑이로 따뜻하게 해주었던 그 손으로 너는 모든 것을 어루만진다. 전축, 판, 전축 바늘, 단추, 컵, 빵, 아이 머리, 아이 이불, 테니스 라켓을 어루만진다. "너 왜 이제 테니스 치러 다니지 않아?" 어깨를 으쓱한다. 치고 싶지 않아, 그냥 치고 싶지 않아. 정

---

* 마리가 내(mein) 남자가 아니라 한(ein) 남자라고 말함으로써 ein 앞에 빠뜨린 소문자 m을 이른다.

치가이자 천주교회 지도자의 부인들에게 테니스는 아주 유용하다. 아니다, 아니다. 정치가와 천주교회 지도자라는 개념들이 아직은 그렇게 완전히 일치하지는 않는다. 테니스는 몸을 날씬하고 유연하고 매력 있게 유지해준다. "그리고 F는 너랑 즐겨 테니스를 치지. 너 그 남자 좋아하지 않아?" 맞아, 맞아. 그에게는 뭐랄까, 진심 어린 어떤 것이 있어. 그래, 그래, 사람들은 그가 "주둥이와 팔꿈치"로 장관이 되었다고들 하지. 그를 무뢰한으로, 모사꾼으로 생각해. 하지만 헤리베르트에 대한 그의 호감은 진짜야. 부패하고 잔인한 것이 때로는 양심적인 것을, 청렴한 것을 좋아하거든. 헤리베르트가 집을 지을 때는 일이 감동적일 만큼 얼마나 정확하게 돌아가는지. 어떤 특별대출도, 건축과 관련된 정당이나 교회 친구들의 "도움"도 전혀 없었어. 그는 "비탈진 위치"를 원했기 때문에 초과금을 지불해야 했어. 그는 그 초과금 "자체"를 부당하다고 여겼지. 그런데 바로 주택지의 그 비탈진 위치가 이제 방해물로 여겨져.

언덕에 집을 짓는 사람은 위로 비탈지거나 아래로 비탈진 정원을 선택할 수 있다. 헤리베르트는 아래로 비탈진 쪽을 택했다. 그것은 단점이다. 어린 마리가 공을 갖고 놀기 시작하면, 공은 언제나 이웃집 울타리 쪽으로 굴러가게 마련이다. 가끔은 울타리를 지나 석조정원까지 굴러가 나뭇가지나 꽃들을 꺾고, 예민하고 귀한 이끼 위로 굴러가 어쩔 수 없이 어색한 사과의 장면들을 연출한다. "그렇게 앙증맞은 여자애에게 어떻게 화를 내겠어요?" 그럴 수 없다. 다행히도 청아한 목소리들이 태연함을 가장한다. 체중조절요법들 때문에 경직된 입들과, 긴장으로 뻣뻣해진 목들은 날카로운 말이 오고 가는 한바탕 싸움만이 유일한 해결책인 듯싶은 곳에서 저절로 풀린다. 어느 고요한 여름날 밤, 문을 닫고 블라인드를 내린 채 귀한 그릇을 엠브리오 유령을 향해 집어 던질 때까지, 이웃사촌의 즐거움을 가장하며 모든 것을 삼키고 덮는다. "나는 갖고 싶었단 말이야―너는, 너는 갖고 싶어하지 않았 잖아." 귀한 그릇을 부엌 벽을 향해 던질 때 나는 소리는 귀하게 들리지 않는다. 구급차가 사이렌을 요란하게 울리면서 언덕을 올라간다. 꺾인 크로커스, 다친 이끼, 아이들의 손은 공을 석조정원으로 굴린다. 요란한 사이렌 소리는 선포되지 않은 전쟁을 알린다. 아, 위쪽으로 비탈진 정원을 골랐어야 했는데.

전화벨 소리에 기겁을 했다. 수화기를 집어들고 얼굴을 붉혔다. 모니카 질브스를 잊고 있었다. 그녀가 말했다. "여보세요, 한스?" 나는 말했다. "네." 그녀가 무슨 이유로 전화했는지 알지 못했다. 그녀가 "실망하실 거예요"라고 말하자 비로소 마주르카가 다시 생각났다. 이제 물릴 수 없었다. "그만두지요"라고 말할 수 없었다. 우리는 이 경악스러운 마주르카를 뚫고 지나가야만 했다. 나는 모니카가 수화기를 피아노 뚜껑에 올려놓고 연주하는 것을 들었다. 그녀의 연주는 훌륭했고, 소리는 뛰어났다. 그러나 그녀가 연주하는 동안 나는 비참함에 울기 시작했다. 내가 마리의 집에서 돌아왔을 때 레오가 음악실에서 마주르카를 연주했던 그 순간을 되풀이해서는 안 되었다. 우리는 순간들을 되풀이할 수 없으며 전달할 수도 없다. 가을 저녁, 우리 집 공원에서 에드가 비네켄은 100미터를 10.1초 만에 달렸다. 나는 그를 몸소 멈춰 세웠고 그를 위해 몸소 구간을 쟀다. 그리고 그는 그날 저녁 그 구간을 10.1초에 달렸다. 그의 자세와 몸 상태는 최고였다. 그러나 물론 누구도 우리를 믿지 않았다. 우리가 그것에 대해 말을 꺼낸 것 자체가, 그리고 그럼으로써 그 순간을 지속시키려 했던 것 자체가 잘못이었다. 우리는 그가 정말로 10.1초에 달렸음을 아는 것으로 만족했어야 했다. 물론 그는 그후 언제나 10.9초나 11초 만에 달렸다. 그리고 누구도 우리를 믿지 않았다. 그들은 우리를 비웃었다. 그러한 순간들에 대해 말하는 것이 이미 잘못이다. 그 순간들을 되풀이하고자 하는 것은 자살이다. 내가 지금 모니카가 치는 마주르카를 듣는 것은 일종의 자살이었다. 그 자체에 반복을 포함하고 있는 의례적인 순간들이 있다. 비네켄 부인이 빵을 자르는 일처럼 말이다. 그런데 나는 그 순간을 마리와 되풀이하고 싶었다. 한번은 그녀에게 비네켄 부인이 했던 것처럼 빵을 잘라달라고 부탁했다. 칼이 그녀의 손에서 미끄러져나갔다. 그녀는 왼쪽 위팔을 다쳤다. 그리고 그 경험은 우리를 3주 동안 아프게 했다. 감상은 그렇게 지독하게 끝날 수 있다. 우리는 순간들을 그냥 놔두어야 한다, 결코 되풀이해서는 안 된다.

모니카가 마주르카 연주를 끝냈을 때, 나는 비참함에 더이상 울 수조차 없었다. 그녀도 그것을 분명히 느꼈으리라. 그녀는 수화기를 집어들고 조용한 소리로 말했다. "자, 들어봐요." 내가 말했다. "이건 내 잘못입니다. 당신 잘못이 아니에요. 용서하십시오."

나는 만취해서 토사물을 뒤집어쓰고 역겨운 상소리들을 가득 늘어놓으며 악취 풍기는 시궁창에 누워 있는 것 같았다. 그리고 누군가에게 내 사진을 찍어서 모니카에게 보내달라고 부탁하는 기분이었다. "다시 전화해도 되겠습니까?" 나는 나지막이 물었다. "며칠 후쯤에요. 저의 끔찍한 행동에 대해 그저 해명하고 싶을 따름입니다. 지금은 너무 비참해서 뭐라 말할 수가 없어요.” 나는 아무것도 듣지 못했다. 그저 그녀의 숨소리만 들렸다. 짧은 시간이 지나갔다. 그리고 그녀가 입을 열었다. “저 떠나요. 14일 동안요.”

“어디로요?” 나는 물었다.

“피정 가요. 그림도 좀 그리려고요.” 그녀가 말했다.

“언제 오실 겁니까? 내게 버섯오믈렛 해줄 거죠? 당신의 그 훌륭한 샐러드도 만들어주고요?” 나는 물었다.

“갈 수 없어요. 지금은 안 돼요.” 그녀가 말했다.

“나중에도요?” 내가 물었다.

“갈게요.” 그녀가 말했다. 나는 그녀가 우는 소리를 들었다. 그렇게 그녀는 수화기를 내려놓았다.

20

나는 목욕을 해야 한다고 생각했다. 내가 무척 더럽게 느껴졌다. 나사로처럼 악취를 풍길 게 틀림없다고 생각했다. 그러나 나는 아주 깨끗했다. 아무런 냄새도 나지 않았다. 나는 부엌으로 기어갔다. 콩죽 냄비를 올려놓은 가스 불을 껐다. 물을 끓이던 불도 껐다. 다시 거실로 갔다. 코냑병을 입에 댔다. 아무 도움이 되지 않았다. 전화벨 소리조차 나를 먹먹한 상태에서 깨어나게 하지 못했다. 나는 수화기를 집어들고 말했다, "네?" 자비네 에몬스였다. "한스, 무슨 일이야?" 나는 아무 말도 하지 않았다. 그녀가 말했다. "전보를 보냈더군. 아주 극적이었어. 상태가 그렇게도 나빠?"

"아주 나빠." 나는 힘없이 말했다.

"아이들과 산책 갔었어." 그녀가 말했다. "그리고 카를은 일주일 동안 여기 없어. 자기 반 학생들 데리고 시골 기숙사에 가 있거든. 그래서 전화 걸기 전에 먼저 아이들을 누구한테 맡겨야 했어." 그녀의 목소리는 쫓기는 듯 들렸다. 늘 그렇듯 조금은 격앙되어 있었다. 나는 그녀에게 돈을 달라는 이야기를 꺼내지 못했다. 결혼한 이래로 카를은 최저생계비로 근근이 살고 있었다. 내가 카를과 싸웠을 때 그는 애가 셋이나 되었다. 그 당시 벌써 넷째 아이가 배 속에 있었다. 그러나 자비네에게 그사이 애가 태어났는지 물어볼 용기가 없었다. 그녀의 집에서는 더는 억누를 수 없는 긴장감이 늘 배어 있었다. 곳곳에 그 망할 메모장들이 널려 있었다. 그 메모장들에는 그가 어떻게 그의 급여로 생활을 꾸려나가는지 계산되어 있었다. 카를은 나와 단둘이 있을 때면 언제나 지독하게 "솔직해"져서 "남자들끼리의 대화"를 시작했다. 아이를 갖는 일에 대해 이야기했고 천주교회를 (하필이면 내 앞에서!) 비난하기 시작했다. 그러다가 그가 울부짖는 개처럼 나를 바라보는 지점에 이르게 되었다. 대부분 바로 그 순간에 자비네가 들어와서 그를 불쾌한 표정으로 바라보았다. 그녀가 다시 임신을 했기 때문이다. 임신을 했다는 이유로 부인이 남편을 불쾌하게 바라보는 것보다 더 난처한 일이 내게는 거의 일어나지 않았다. 결국 둘은 쪼그리고 앉아서 울부짖었다. 그들은 정말로 서로를 좋아했기 때문이다. 뒤쪽에서 아이들이 떠드는 소리가 들려왔다. 카를은 늘 "규율, 규율"과 "절대적이고 무조건적인 복종"에 대해 말했지만, 환호성과 함께 요강들이 엎어지고, 축축한 걸레가 새 양탄자 위로 던져졌다. 그러면 내가 아이들 방으로 가서 몇 가지 우스갯짓을 해서 아이들을 진정시키는 것 외에는 방도가 없었다. 그러나 나의 우스갯짓은 아이들을 한 번도 진정시키지 못했다. 그들은 즐거워 소리를 질렀다. 내 흉내를 다 내려고 했다. 결국 우리는 앉아서 아이들을 한 명씩 품에 안았다. 아이들은 우리의 포도주를 홀짝홀짝 마셔도 되었다. 카를과 자비네는 여자가 임신되지 않는 날짜를 알려주는 책자와 달력에 대해 이야기하기 시작했다. 그런데 그들은 계속 아이가 생겼다. 이러한 이야기들이 아이를 갖지 못하는 나와 마리에게는 특히 고통스러울 것이라고는 생각하지 않았음이 틀림없다. 술에 취하면 카를은 로마로 욕지거리들을 보내고, 추기경의 머리와 교황의 마음에 대고 저주들을 쌓아올리기 시작했다. 그런데 괴상한 일은 내가 교황을 두둔하기 시작했다는 것이다. 마리는 더 잘 알고 있었고, 로마의 그들은 이 문제에서 달리 어찌할 수 없음을 카를과 자비네에게 알려주었다. 결국 그들 두 사람은 교활한 눈빛으로 서로를 바라보았다. 마치 이렇게 말하려는 듯했다. 아, 너희―너희는 아이들이 생기지 않도록 아주 섬세한 뭔가를 하고 있는 게 틀림없어라고 말이다. 그 일은 대부분 피곤에 지친 아이들 중 하나가 마리, 나, 카를 또는 자비네의 손에서 포도주잔을 잡아채서는, 카를이 책상 위에 무더기로 올려놓곤 하는 학교 과제물 공책에 포도주를 쏟는 일로 끝이 났다. 그것은 물론 카를에게는 곤욕스러운 일이었다. 학생들에게 끊임없이 규율과 질서에 대해 훈화해왔는데, 포도주 얼룩이 진 공책을 학생들에게 돌려줘야만 하는 것이다. 아이들은 매를 맞았고, 울었다. 그리고 자비네는 우리에게 "아―너희―남자들―시선"을 던지면서, 마리와 함께 부엌으로 가서 커피를 끓였다. 그들은 여자들끼리의 대화를 주고받았음이 틀림없다. 그것은 남자들끼리의 대화가 나를 난처하게 만들었듯 마리도 난처하게 만들었다.

나와 카를이 단둘이 있을 때면 그는 다시 돈 이야기를 꺼냈다. 비난에 가득 찬 어조였다. 마치 이렇게 말하려는 것 같았다. 내가 너랑 돈 이야기를 하는 것은 네가 친절한 녀석이기 때문이야. 하지만 너는 돈에 대해서는 아무것도 이해하지 못해.

나는 한숨을 내쉬면서 말했다. "자비네, 나는 완전히 망했어. 일도, 마음도, 몸도, 경제적으로도…… 나는……"

"너 정말로 배가 고프면," 그녀가 말했다. "너를 위한 수프 냄비를 불 위에 늘 올려놓는 곳이 있다는 사실을 알았으면 해." 나는 침묵했다. 감동했다. 그 말은 그렇게 솔직담백하게 들렸다. "듣고 있니?" 그녀가 물었다.

"듣고 있어." 나는 말했다. "늦어도 내일 점심때는 식사하러 갈게. 그리고 너희 애를 봐줄 사람이 필요하면, 내가―내가……" 나는 더듬거렸다. 그들을 위해 늘 거저 해주던 일을 이제 와서 돈을 받고 해주겠다고 말하기가 어려웠다. 내가 그레고르에게 주었던 그 바보 같은 달걀이 생각났다. 자비네는 웃으면서 말했다. "자, 어서 말해봐." 나는 말했다. "내 말은 너희가 나를 아는 사람들에게 추천해줄 수 있을까 해서 말이야. 난 전화가 있잖아. 그리고 다른 사람들처럼 싸게 받을게."

그녀는 입을 다물었다. 나는 그녀가 충격을 받았음을 알아챘다. "저기 말인데." 그녀가 말을 했다. "내가 더 오래 이야기할 수가 없거든. 하지만 말해봐. 도대체 무슨 일이야?"

그녀는 본에서 코스테르트의 비평을 읽지 않은 유일한 사람임이 분명했다. 그녀는 그 모임의 누구도 알지 못했다.

"자비네, 마리가 나를 떠났어. 취프너라는 남자와 결혼했어."

"맙소사. 그럴 리가 없어." 그녀가 외쳤다.

"정말이야." 내가 말했다.

그녀는 입을 다물었다. 전화부스의 문을 요란하게 치는 소리가 들렸다. 어떤 멍청이가 스카트 게임에 미친 친구에게 에이스 셋 없이 하트 하나를 이기는 방법을 알려주려는 것이 분명했다.

"그녀와 결혼했어야 했어. 내 말은 ― 아, 너 알지, 무슨 말인지." 그녀가 나지막이 말했다.

"알아. 그러려고 했지. 그런데 호적사무소에서 그 빌어먹을 증명서를 받아야 한다는 거야. 서명을 해야 했다고. 알겠어, 아이들을 천주교식으로 교육하겠다고 서명해야 했다니까." "하지만 그것 때문에 헤어진 건 아니지?" 그녀가 물었다. 전화부스의 문을 꽝꽝 치는 소리가 점점 요란해졌다.

"잘 모르겠어. 계기였던 것은 틀림없어. 하지만 나도 모르는 많은 일이 겹쳤을 거야. 자비네, 이제 전화 끊어. 그러잖으면 문 앞의 흥분한 독일 사람이 너를 죽일 거야. 이 나라에는 점잖지 못한 사람들이 우글거린다고." "너, 오겠다고 약속해야 해. 그리고 네 수프가 하루종일 불 위에 놓여 있다는 것을 생각하라고." 나는 그녀의 목소리가 약해지는 것을 들었다. 그녀는 이제 속삭였다. "파렴치하기는, 파렴치하기는." 그녀는 어수선한 나머지 수화기를 걸이에 걸어놓지 않고, 전화번호부가 놓여 있는 선반에 놓은 게 분명했다. 나는 사내가 "나원, 이제야" 하는 소리를 들었다. 자비네는 이미 떠난 듯했다. 나는 전화기에 대고 날카로운 고음으로 소리를 질렀다. "도와줘요, 도와줘요." 사내가 전화부스로 들어서더니 수화기를 집어들고 말했다. "무엇을 도와줄까요?" 그의 목소리는 근엄하고 조용하며 대단히 남자다웠다. 식초에 절인 뭔가를 먹은 냄새가 났다. 절인 청어나 그 비슷한 것이었다. "여보세요, 여보세요." 그가 말했다. 그리고 내가 말했다. "당신 독일인입니까? 나는 원칙적으로 독일 사람들하고만 이야기합니다."

"아주 훌륭한 원칙입니다. 어디가 불편하신데요?" 그가 말했다.

"나는 기독교민주당을 걱정하고 있습니다. 당신도 부지런히 기독교민주당을 뽑습니까?" 내가 말했다.

"그야 당연하지요." 그가 모욕당했다는 듯이 말했다. 나는 말했다. "그러면 안심입니다." 그리고 나는 수화기를 내려놓았다.

21

나는 그 사내에게 진짜로 모욕적인 질문을 했어야 했다. 벌써 아내를 능욕했는지, 그랑을 잭 두 장으로 이긴 적이 있는지, 직장에서 동료들과 전쟁에 대한 두 시간짜리 의례적인 잡담을 나누었는지 물었어야 했다. 그는 정말 바깥주인답고 진짜 독일 사람 같은 목소리를 갖고 있었다. 그자의 "나 원, 이제야"는 마치 "발사 준비" 하는 소리처럼 들렸다. 자비네 에몬스의 목소리는 내게 뭔가 위안이 되었다. 그녀의 목소리는 조금 흥분해 있었고 쫓기는 듯 허둥댔다. 그러나 나는 그녀가 마리의 행동을 정말로 파렴치하게 생각하고 있고, 그녀의 집에는 언제나 나를 위한 수프 냄비가 불 위에 올려져 있음을 알았다. 그녀는 아주 훌륭한 요리사였다. 임신하지 않은 상태에서 "아—너희—남자들—시선"을 사방으로 계속 던질 때면 그녀는 아주 쾌활했다. 그리고 "섹스"에 대해 신학교 학생식으로 사고하는 카를보다 훨씬 호감가는 방식으로 천주교적이었다. 자비네의 비난에 가득 찬 시선은 사실 남성 모두에게 향하는 것이었다. 그녀가 자신의 상태를 만들어낸 장본인인 카를을 바라볼 때면 그 시선은 마치 뇌우를 퍼부을 것처럼 특별히 어두운 빛을 띠었다. 나는 대부분 자비네의 주의를 돌리려고 애썼다. 나는 공연 레퍼토리 가운데 한 작품을 보여주었다. 그러면 그녀는 웃지 않을 수 없었다. 결국 눈물이 날 정도로 오랫동안 마음 놓고 웃었다. 그러고 나면 그녀는 대개 눈물을 글썽글썽거렸다. 그리고 웃음은 더이상 없었다…… 마리가 그녀를 데리고 나가서 위로해야만 했다. 반면 카를은 암울하고 죄의식 가득한 표정으로 내 옆에 앉아 있다가 결국 실의에 차서 아이들의 과제물을 검토하기 시작했다. 가끔 나는 그를 도와 틀린 곳에 빨간색 볼펜으로 줄을 그었다. 그러나 그는 나를 결코 신뢰하지 않았다. 죄다 다시 한번 살펴보고는 매번 화를 냈다. 내가 한 군데도 빼놓지 않고 틀린 곳을 아주 정확하게 표시했기 때문이다. 그는 내가 그런 종류의 일을 그가 바라는 대로 이론의 여지 없이 공정하게 해내리라고는 전혀 상상하지 못했다. 카를의 문제는 단지 돈문제이다. 카를 에몬스가 방이 일곱 개인 집을 갖고 있다면, 그 과민함은, 그 허둥댐은 더는 피할 수 없는 것이 아니리라. 나는 킨 켈과 "최저생계비" 개념에 대해 논쟁을 벌인 적이 있었다. 킨켈은 그런 문제에서 천재적인 전문가들 중 하나일 것이다. 나는 그가 대도시에서 혼자 사는 사람들을 위한 최저생계비로 집세를 제외하고 월 84마르크를, 후에 86마르크를 지불하도록 한 장본인이었다고 믿는다. 그가 우리한테 이야기했던 구역질 나는 일화로 미루어 판단하건대,

그가 그 금액의 35배를 자신의 최저생계비로 여기고 있음이 분명하다
는 나의 주장에 그는 전혀 이의를 제기하지 못했다. 그러한 항변들은
지나치게 인신공격적이고 몰취미한 것으로 간주될 게 뻔했다. 그러나
몰취미는 한 사람이 다른 사람들에게 그들의 최저생계비를 계산해 보
이는 데 있다. 86마르크라는 금액에는 문화적 욕구를 위한 금액까지
포함되었다. 영화관이나 신문을 위한 금액인 셈이다. 내가 킨켈에게
그들은 최저생계비 수혜자가 그 돈으로 좋은 영화를, 국민을 교육할
수 있는 가치가 있는 영화를 보기를 기대하느냐고 묻자 그는 화를 냈
다. 그리고 내가 "내복 재고품 수선"이라는 부서를 어떻게 이해해야
할지, 해당 부처가 온순한 노인을 별도로 채용하여, 그 노인이 본 시
가를 뛰어다니다 팬티가 닳으면 부처에 보고하는지, 팬티가 닳아 못
쓰게 될 때까지는 얼마나 오래 걸리는지 묻자, 그의 부인은 나더러 위
험할 정도로 주관적이라고 말했다. 나는 그녀에게 공산주의자들이 모
범 식단과 물건들이 마모되는 데 걸리는 시간을 계획할 경우, 이러한
터무니없는 행위와 관련한 뭔가를 상상해볼 수 있다고 말했다. 결국
공산주의자들은 초자연이라는 위선적인 알리바이를 갖고 있지 않다
고 말이다. 하지만 당신 남편과 같은 기독교인들이 그런 뻔뻔스러운
미친 짓거리에 자신을 거는 것은 나로서는 믿을 수 없는 일이라고 했
다. 그러자 그녀는 내가 완전히 물질주의자이며, 희생, 고난, 운명, 가
난의 위대함 등에 대해 전혀 이해하지 못한다고 말했다. 카를 에몬스
에게서 나는 희생, 고난, 운명, 가난의 위대함 따위의 느낌은 결코 받
지 못한다. 그는 돈을 아주 잘 번다. 그런데 운명과 위대함에서 나타
나는 모든 것은 그를 끊임없이 예민하게 만들었다. 왜냐하면 그가 자

신에게 적당한 집세를 결코 지불할 수 없으리라는 것을 계산할 수 있었기 때문이다. 하필이면 내가 돈을 부탁할 수 있는 유일한 사람이 카를 에몬스라는 사실이 명백해지자, 내 상황도 분명해졌다. 나는 이제 단돈 한 푼도 없었다.

22

　나는 내가 그 모든 것을 하지 않으리라는 점 역시 알고 있었다. 로마로 가서 교황과 이야기하거나, 내일 오후 어머니의 정기 모임에서 담배와 궐련을 훔치고, 땅콩을 주머니에 꼬불치는 일을 하지 않을 것이다. 나는 이제 레오와 나무토막을 톱질했던 일을 믿을 만한 힘조차 없었다. 꼭두각시의 실을 다시 연결해서 나를 높이 끌어올리려는 시도는 모두 헛일이 될 것이다. 언젠가 나는 킨켈에게 돈을 빌려야 하리라. 좀머빌트에게도, 심지어 사디스트인 프레데보일에게도 돈을 빌려야 하리라. 프레데보일은 아마도 5마르크짜리 동전을 내 코앞에 들이밀고, 나더러 그 동전을 향해 뛰어오르라고 강요할 것이다. 모니카 질브스가 커피를 마시러 오라고 나를 초대하면, 나는 기뻐할 것이다. 모니카 질브스 때문이 아니라, 커피가 공짜이기 때문이다. 나는 그 어리석은 벨라 브로젠에게 다시 한번 전화할 것이다. 그리고 아첨을 떨면서 내게 액수는 더이상 문제가 되지 않는다고, 액수가 어떻든, 어떻든 다 환영한다고 말할 것이다. 그런 뒤―언젠가는 좀머빌트에게 가서 내가 후회하고 있으며, 분별력도 갖게 되었고, 개종할 만큼 성숙했노라고 그가 "만족하도록" 말할 것이다. 그러면 가장 끔찍한 일이 생길 것이다. 좀머빌트가 연출한 나와 마리 그리고 취프너의 화해가 그것이다. 그러나 내가 개종할 경우, 아버지는 아마도 나를 위해 더이상 아무것도 하지 않을 것이다. 분명히 그것은 그에게 가장 끔찍한 일일 것이다. 나는 그 일을 숙고해야만 했다. 나의 선택은 적과 흑이 아니라, 짙은 갈색 아니면 검은색이다. 갈탄 아니면 교회다. 나는 모든 사람이 오래전부터 나에게 바라던 대로 될 것이다. 성숙하며, 더이상 주관적이지 않고, 객관적이며, 남성클럽에서 실속 있는 스카트 게임을 할 자세가 되어 있는 남자가 될 것이다. 내게는 아직 두서너 번의 기회가 있다. 레오, 하인리히 벨렌, 할아버지, 초너러. 초너러는 나를 어쩌면 감상적인 기타리스트로 만들려고 할 것이다. 나는 노래를 부를 것이다. "바람이 그대의 머리를 어루만질 때면, 나는 알아요, 그대는 나의 것이라는 걸." 나는 그 노래를 이미 마리한테 불러준 적이 있다. 그녀는 귀 기울여 듣더니 내 노래가 형편없다고 말했다. 결국 나는 최후의 일을 하게 될 것이다. 공산주의자들한테 가서, 그들이 반자본주의적이라고 흡족해할 만한 공연 레퍼토리들을 모두 보여줄 것이다.

나는 실제로 에르푸르트에서 어떤 공산주의 문화쟁이들과 한 번 만난 적이 있다. 그들은 나를 역에서 상당히 성대하게 맞이해주었다. 엄청나게 큰 꽃다발을 받았다. 그리고 호텔에서 푸른 숭어와 캐비어, 반쯤 언 엄청나게 많은 샴페인의 향응이 이어졌다. 그런 다음 그들은 우리에게 에르푸르트에서 보고 싶은 게 무엇이냐고 물었다. 나는 루터가 자신의 박사학위 논문을 변호했던 자리를 보고 싶다고 말했다. 마리는 에르푸르트에 천주교 신학과가 있다고 들었다고 말했다. 그녀는 종교적인 삶에 관심이 있다고 했다. 그들은 떨떠름한 표정을 지었다. 그러나 어쩔 수가 없었다. 모든 게 아주 난처해졌다. 문화쟁이들도, 신학자들도, 우리도 마찬가지였다. 신학자들은 이런 바보들과 무슨 일을 하란 말인가 하고 생각했음이 틀림없다. 누구 하나 마리와 터놓고 이야기하지 않았다. 그녀가 한 교수와 믿음의 문제에 대해 이야기를 나눌 때도 마찬가지였다. 그는 어찌어찌하여 마리가 나와 제대로 결혼하지 않았음을 알아차렸다. 그는 간부들이 있는 데서 마리에게 물었다. "하지만 당신은 정말 천주교인이지요?" 그녀는 수치심으로 얼굴을 붉히면서 말했다. "네, 비록 죄 짓는 삶을 살고 있지만, 저는 여전히 천주교인입니다." 우리가 결혼하지 않은 것이 간부들 마음에 전혀 들지 않았음을 우리가 눈치채면서 상황이 불쾌해졌다. 우리가 커피를 마시러 호텔로 돌아왔을 때, 간부 중 하나가 이런 이야기를 꺼냈다. 그가 전혀 인정하지 않는 소시민적 무정부주의에는 특정한 형식들이 있다는 것이었다. 그러고 나서 그들은 라이프치히와 로스토크에서 무엇을 공연하려고 하느냐고, 〈추기경〉〈본 도착〉〈감사위원회 회의〉는 공연할 수 없겠느냐고 물었다. (그들이 어디서 〈추기경〉에 대해 알았는지 우리는 알 수 없었다. 그 작품은 내가 혼자서 준비했으며 마리에게만 보여주었다. 그녀는 내게 그 작품을 공연하지 말라고 부탁했다. 추기경들은 언젠가는 순교자의 피를 흘리게 된다는 것이다.)

나는 공연할 수 없다고 대답했다. 우선은 이곳의 환경들을 조금 살펴봐야 한다고 말했다. 희극의 의미는 낯선 현실이 아니라, 자신의 현실에서 가져온 상황들을 추상적 형식으로 보여주는 데 있기 때문이라고 했다. 그리고 그들이 사는 지방에는 본도, 감사위원회도, 추기경들도 없다고 했다. 그들은 불안해했다. 한 사람은 심지어 얼굴이 창백해져서 자신들은 달리 생각했다고 말했다. 나 역시 그렇다고 말했다. 상황이 곤란해졌다. 나는 약간 연습을 해서 〈지역위원회 회의〉 같은 작품을 공연할 수도 있다고 했다. 아니면 〈문화위원회가 회동하다〉〈당대회가 위원장을 선출하다〉나 〈에르푸르트, 꽃의 도시〉를 공연할 수도 있다고 했다. 하지만 정작 에르푸르트역 주변은 온갖 분위기를 풍겼지만 오로지 꽃의 분위기만 풍기지 않았다. 그때 실무 책임자가 일어서서, 자기들은 노동자계급에 반하는 어떠한 선전 선동도 참을 수 없다고 말했다. 그의 얼굴은 이미 창백함을 넘어 핏기가 완전히 사라져 있었다. 다른 두서너 명은 적어도 얼굴을 찌푸릴 만큼 용기가 있었다. 나는 예컨대 〈당대회가 위원장을 선출하다〉와 같이 가볍게 준비할 수 있는 작품을 공연할 경우, 거기에는 노동자계급에 반하는 어떤 선전 선동도 담겨 있지 않다고 항변했다. 나는 당대회를 탕태회라고 말하는 바보 같은 실수를 했다. 그때 그 핏기 없던 열성분자가 거칠게 탁자를 내리쳤다. 어찌나 심하게 내리쳤던지 케이크 크림이 내 접시 위로 튀었다. "우리는 당신한테 실망했소, 실망했소." 그는 말했다. "그렇다면 나는 떠나도 되겠네요." 내가 응답했다. "그렇소, 떠나도 좋소. 제발 다음 기차로 떠나시오." 그가 말했다. 나는 〈감사위원회 회의〉라는 작품을 간단히 〈지역위원회 회의〉로 고쳐서 부를 수 있다고 했다. 거기서는 이미 결정된 일들만이 결정될 것이기 때문이라고 했다. 그러자 그들은 정말로 무례하게도 방을 나가버렸다. 우리의 커피 값조차 지불하지 않았다. 마리는 울었다. 나는 누군가에게 따귀를 올려붙이고 싶은 심정이었다. 다음 기차로 되돌아가려면 역 쪽으로 건너가야 하는데 짐꾼도, 보이도 구할 수 없었다. 우리는 트렁크들을 직접 끌고 가야만 했다. 끔찍하게 싫은 일이었다. 다행히도 역 앞 광장에서 아침에 마리와 이야기를 나눴던 젊은 신학자들 가운데 한 사람을 만났다. 우리를 보자 그는 얼굴을 붉혔지만, 울고 있는 마리의 손에서 무거운 트렁크를 빼앗아 들었다. 마리는 그에게 자신을 어려운 상황으로 몰고 가서는 안 된다고 내내 속삭였다.

우리는 베브라에서 내려서 한 호텔로 들어갔다. 마리는 밤새도록 울더니 아침에 그 신학자에게 긴 편지를 썼다. 그러나 그가 그 편지를 정말 받았는지 우리는 결코 알지 못했다.

나는 마리와 취프너와 화해하는 것이 내가 가장 하고 싶지 않은 일이라고 믿었다. 그러나 그 창백한 열성분자의 뜻에 따라 그들 앞에서 〈추기경〉을 공연하는 것이 가장 하고 싶지 않은 일이 될 것이다. 내게는 아직도 레오, 하인리히 벨렌, 모니카 질브스, 초너러, 할아버지 그리고 자비네 에몬스네의 수프 냄비가 남아 있다. 그리고 아이들을 돌봐주는 일로 돈도 조금 벌 수 있을 것이다. 나는 아이들에게 달걀을 주지 않을 것을 서면으로 다짐할 수 있다. 그것은 독일 어머니가 참기 힘든 일임이 분명했다. 다른 사람들이 예술의 객관적 중요성이라고 부르는 것은 나와 상관이 없다. 그러나 감사위원회가 전혀 없는 곳에서 감사위원회를 비웃는다는 것은 비열하게 보일 것이다.

　나는 언젠가 〈장군〉이라는 꽤 긴 작품을 준비해 오랫동안 매달려 연습했다. 그리고 그 작품을 무대에서 공연했을 때, 그것은 우리 사회에서 성공이라고 부르는 것이 되었다. 제대로 된 사람들이 웃고, 제대로 된 사람들이 화를 냈다는 뜻이다. 공연이 끝난 후 자부심으로 잔뜩 부푼 가슴을 내밀면서 분장실로 갔을 때, 키가 아주 작고 늙은 여자가 나를 기다리고 있었다. 나는 공연이 끝나면 늘 흥분해 있어서 내 주변에는 마리만 있어야 했다. 그런데 마리가 그 늙은 여자를 분장실로 들어오게 했던 것이다. 노파는 내가 문을 제대로 닫기도 전에 말을 꺼냈다. 자기 남편도 장군이었고 전사했는데, 전사하기 전에 자기한테 편지로 어떤 연금도 받지 말라고 부탁했다는 것이다. "당신은 아직 무척 젊기는 하지만 내 말을 충분히 이해할 만한 나이예요." 늙은 여자는 말했다―그러고는 갔다. 그때부터 나는 〈장군〉을 더이상 공연할 수 없었다. 스스로를 좌파 언론이라고 부르는 신문은 그것이 내가 분명히 보수주의에게 겁먹은 탓이라고 썼다. 스스로를 우파 언론이라고 부르는 신문은 내가 동독을 본의 아니게 돕고 있음을 깨달은 것 같다고 썼다. 그리고 독립적인 신문은 내가 모든 종류의 급진성과 사회참여를 맹세코 부정하고 있는 것이 분명하다고 썼다. 죄다 완전히 헛소리다. 내가 그 작품을 더이상 공연할 수 없었던 것은, 모든 사람한테 조소와 멸시를 받으면서 궁색하게 살아가고 있을지도 모를 그 키 작은 늙은 여자를 늘 생각해야만 했기 때문이다. 어떤 일이 내게 더이상 재미를 주지 못하면 나는 그 일을 그만둔다. 그것을 기자에게 설명한다는 것은 너무나도 복잡한 일이리라. 그들은 늘 뭔가를 "냄새 맡고"

"코 안에 가지고 있어야만" 한다. 예술가가 아니며 예술가 타입의 인간에 속할 역량조차 없는, 널리 알려진 악의 있는 타입의 기자가 있다. 그는 물론 냄새 맡는 일을 제대로 하지 않는다. 그런 기자는 기회가 있을 때마다 젊고 예쁜 아가씨들 앞에서 마구 떠벌린다. 그런 아가씨들은 너무 단순해서, 그가 어떤 신문에 자신의 "포럼"이나 "영향력"을 갖고 있다는 이유만으로 그 악덕 기자를 열광적으로 찬양한다. 알려지지 않은 이상한 매춘이 있다. 이런 형태의 매춘과 비교했을 때 원래의 매춘은 성실한 직업 활동이다. 적어도 돈을 대가로 무엇인가가 제공된다.

이 사고팔 수 있는 사랑의 자비심으로 나를 구원하게 하는 길조차도 내게는 막혀 있다. 나는 돈이 한 푼도 없다. 그사이 마리는 로마의 호텔에서 만틸라를 걸쳐본다. 자신을 독일 천주교의 퍼스트레이디라는 신분에 걸맞게 보이게 하기 위해서다. 본으로 돌아오면 그녀는 기회 있을 때마다 차를 마시고, 미소를 짓고, 위원회에 가입하고, "종교 예술" 전시회들을 열며, "적당한 재단사를 찾아볼" 것이다. 본에 관직이 있는 남자한테 시집가는 여자들은 모두 "적당한 재단사를 찾아본다."

독일 천주교의 퍼스트레이디 마리, 그녀의 손에는 찻잔이나 칵테일 잔이 들려 있다. "그 키 작고 귀여운 추기경을 벌써 보셨나요? 그가 내일 크뢰게르트가 제작한 마리아상을 봉헌할 거예요. 아, 이탈리아에서는 추기경들조차 기사라는 생각이 드는군요. 아주 귀여워요."

나는 제대로 절룩거릴 수조차 없었다. 실제로 그저 기어다닐 수 있을 뿐이었다. 나는 고향의 공기를 마시려고 발코니로 기어나갔다. 고향의 공기 역시 아무런 도움이 되지 않았다. 본에 이미 너무 오래 있었다. 거의 두 시간이나 있었다. 두 시간이 지나면 본의 공기의 전환은 더이상 도움이 되지 않는다.

마리가 천주교인으로 머물러 있는 것에 대해 그들이 내게 고마워해야 한다는 생각이 들었다. 그녀는 극심한 신앙의 위기를 겪었다. 킨켈에 대한, 또 좀머빌트에 대한 실망에서였다. 그리고 블로트헤르트 같은 사내는 성 프란체스코까지 무신론자로 만들었을 것이다. 그녀는 한동안 성당에조차 나가지 않았다. 나와 교회법상 결혼하는 것에 관해 생각하지도 않았다. 그녀는 일종의 반항 상태에 빠졌다. 그들이 그녀를 끊임없이 초대했는데도 불구하고 우리가 본을 떠난 지 3년이 지난 뒤에야 비로소 그 모임에 나갔다. 당시 나는 그녀에게 실망은 이유가 아니라고 말했다. 그녀가 그 일 자체를 진실한 것으로 여긴다면, 프레데보일이 아무리 많다 하더라도 그것을 진실하지 않은 것으로 만들 수는 없다고 했다. 그리고 결국—나는 그렇게 말했다—취프너가 있다. 그는 비록 조금 경직되어 있고, 결코 내 취향은 아니지만 천주교인으로서는 믿을 만하다. 틀림없이 믿을 만한 천주교인들이 많다. 나는 그녀와 함께 신부들의 설교를 엿들은 적이 있는데, 그 신부들을 그녀에게 열거해 보였다. 그리고 교황과 게리 쿠퍼와 알렉 기네스를 상기시켰다. 그후 그녀는 교황 요한과 취프너를 타고 다시 높이 기어 올라갔다. 이상하게도 하인리히 벨렌은 그 시기에 더이상 주의를 끌지 못했다. 그 반대였다. 그녀는 그를 불쾌하게 생각한다고 말했다. 내가 그에 대해 말을 꺼낼 때면 그녀는 늘 당황했다. 그래서 나는 그가 그녀에게 "접근"했을지도 모른다는 의심을 하게 되었다. 하지만 그녀에게 그것에 대해 결코 묻지 않았다. 그러나 나의 의심은 컸다. 하인리히의 가정부를 생각해보면, 그가 여자들에게 "접근"하는 것은 이해할 수 있었다. 이런 생각이 역겨웠지만 이해할 수 있었다. 기숙사에서 일어났던 수많은 역겨운 일들을 이해할 수 있었듯이 말이다.

그녀가 신앙에 대한 회의에 빠져 있을 때, 교황 요한과 취프너한테 위안을 받으라고 권했던 사람이 바로 나였다는 생각이 났다. 나는 천주교회에 전적으로 공정한 태도를 취해왔다. 바로 그것이 잘못이었다. 그러나 마리가 천주교적인 것이 내게는 매우 자연스러워서 나는 그녀가 이 자연스러움을 유지하도록 궁리했다. 그녀가 늦잠을 자면 제때 성당에 가도록 그녀를 깨웠다. 그녀가 정확한 시간에 도착할 수 있게끔 무척 자주 택시요금을 대주었다. 개신교 지역에 있을 때면 마리가 미사를 볼 수 있도록 여기저기 전화를 했다. 그녀는 그 점이 "특히" 사랑스럽다고 내게 늘 말했다. 그런데 나는 그 빌어먹을 쪽지에 서명해야만 했다. 아이들을 천주교식으로 교육하겠다고 문서로 증명해야만 했다. 우리는 아이들 이야기를 자주 했다. 나는 생겨날 아이들을 아주 기쁜 마음으로 기다렸고 이미 아이들과 이야기를 나누고 있었다. 나는 아이들을 팔에 안고 우유에 날달걀을 깨서 넣었다. 나를 불안하게 했던 것은 단지 우리가 호텔에서 살게 되리라는 사실뿐이었다. 호텔에서는 대개 백만장자나 왕의 아이들만 좋은 대우를 받는다. 왕이나 백만장자가 아닌 사람의 아이들한테는, 어쨌든 사내아이들한테는 우선 고함부터 질러댄다. "여기는 너희 집이 아냐." 삼중 비방이다. 왜냐하면 아이들이 집에서는 돼지처럼 처신한다는 것, 아이들은 돼지처럼 처신해야만 기분이 좋아진다는 것, 그리고 아이들은 어쨌든 기분이 좋아서는 안 된다는 것을 상정하고 있기 때문이다. 여자아이들은 "귀엽게" 보여서 대우를 잘 받을 기회가 늘 있다. 그러나 사내아이들은 부모가 곁에 있지 않으면 우선 호통부터 듣는다. 독일인들에게 사내아이란 다 버릇없는 아이다. 입 밖으로 소리 내어 말해지지 않은 형용사 '버릇없는'은 주어 속에 그냥 스며들어 있다. 누군가가 부모들이 자녀들과 대화할 때 사용하는 어휘들을 한번 조사해보면, 〈빌트〉*에 나오는 어휘는 그에 비하면 거의 그림 형제가 만든 사전 수준임을 확인하게 될 것이다. 그것은 그리 오래 걸리지 않을 것이다. 그러면 독일의 부모들은 자녀들과 오로지 칼릭의 언어로만 말할 것이다. 오, 멋져라. 오, 끔찍해. 가끔은 "말대꾸하지 마" 또는 "넌 그것에 대해 아무것도 몰라"와 같은 다른 표현들을 사용하기로 마음먹을 것이다. 나는 우리 아이들에게 무엇을 입힐지 이미 마리와 이야기했다. 그녀는 "예쁘게 재단한 밝은색 비옷"을 택했다. 나는 모자 달린 점퍼를 택했다. 아이가 예쁘게 재단한 밝은색 비옷을 입고 진흙 구덩이에서 놀 수는 없다고 생각했기 때문이다. 반면 모자 달린 점퍼는 진흙 구덩이에서 놀기에 유리할 것이다. 그 아이는—나는 언제나 여자아이를 먼저 생각했다—따뜻하게 입은데다 다리도 마음대로 움직일 수 있을 것이다. 아이가 진흙 구덩이에 돌을 던진다고 해서 물이 반드시 점퍼에 튀라는 법은 없다. 다리에만 튈 수도 있다. 아이가 깡통으로 진흙 구덩이를 퍼내고, 더러운 진흙 물이 깡통 바깥으로 비스듬히 흐른다고 해서 그것이 반드시 점퍼로 흐르라는 법은 없다. 어쨌든 아이

---

* 독일의 대표적인 황색신문.

가 다리만 더럽힐 확률이 더 크다. 마리는 아이가 밝은색 비옷을 입으면 더 조심할 거라고 생각했다. 우리 아이들이 정말로 진흙 구덩이에서 놀아도 되는지 하는 문제는 원칙적으로 도저히 합의할 수 없었다. 마리는 늘 미소를 짓고 피하기만 했다. 그리고 우리 한번 기다려보자고 했다.

그녀가 취프너의 아이를 가질 경우, 그녀는 아이들한테 모자 달린 점퍼도, 예쁘게 재단한 밝은색 비옷도 입힐 수 없을 것이다. 그녀는 아이들을 점퍼 없이 뛰어놀게 해야 할 것이다. 왜냐하면 우리는 모든 종류의 점퍼 이야기를 다 해버렸기 때문이다. 우리는 긴 바지, 짧은 바지, 속옷, 양말, 신발에 대해서도 이야기했다. 매춘부나 배신자라고 느끼고 싶지 않다면, 그녀는 아이들을 벌거벗긴 채 본을 뛰어다니게 해야 했다. 나는 그녀가 자기 아이들에게 무엇을 먹여야만 하는지도 전혀 알 수 없었다. 우리는 모든 종류의 음식과 모든 종류의 영양법에 대해서 이야기했다. 우리는 아이들을 배불뚝이로 만들지 않기로, 아이들에게 죽이나 우유를 끊임없이 퍼먹이지 않기로 합의했다. 나는 아이들에게 먹으라고 강요하고 싶지 않았다. 자비네 에몬스가 맏이와 둘째 아이에게, 특히 ─카를이 희한하게도 에델트루트라고 부르는─ 맏이에게 먹을 것을 쑤셔넣는 것을 지켜보고 있으면, 나는 구역질이 났다. 그 괴로운 달걀문제로 나는 마리와 다투기까지 했다. 그녀는 그것은 부자들의 음식이라고 말하고는 얼굴을 붉혔다. 나는 그녀를 위로해야만 했다. 나는 내가 갈탄회사를 소유한 슈니어 가문 출신이라는 이유 하나로, 다른 사람들과 다른 대우를 받고 관찰을 당하는 데 익숙했다. 마리가 그에 대해 어리석은 말을 했던 적이 두 번 있었다.

내가 부엌에 있던 그녀에게로 내려갔던 첫날과 우리가 달걀에 대한 이야기를 나누었을 때였다. 돈 많은 부모를 가진다는 것은 끔찍한 일이다. 특히 그 부를 누린 적이 없을 때는 끔찍한 것이 당연하다. 우리 집에 달걀이 있던 적은 아주 드물었다. 어머니는 달걀을 "특별히 해로운 것"으로 간주했다. 에드가 비네켄은 나와 반대의 의미에서 곤혹스러워했다. 그는 모든 곳에서 노동자의 자식으로 분류되고 소개되었다. 심지어 그를 소개할 때 "진짜 노동자의 자식"이라고 말한 성직자들도 있었다. 그 말은 마치 자, 보십시오, 이 사람한테는 뿔이 하나도 없어요. 그리고 아주 똑똑해 보이지요 하고 말하는 것처럼 들렸다. 그것은 어머니의 중앙위원회에서 한번 다루어야 할 인종문제다. 이 점에서 나를 선입견 없이 대해준 사람들은 비네켄 씨 집 사람들과 마리의 아버지뿐이었다. 그들은 내가 갈탄회사를 소유한 슈니어 가문 출신임을 안 좋게 생각하지 않았다. 그리고 그것으로 화환을 엮지도 않았다.

23

　나는 내가 여전히 발코니에 서서 본을 바라보고 있음을 알아차렸다. 나는 난간에 꼭 붙어 있었다. 무릎이 심하게 아팠다. 그러나 아래로 던진 1마르크가 나를 불안하게 했다. 나는 그 1마르크를 되찾고 싶었다. 그러나 지금은 거리로 나갈 수 없다. 레오가 올 수도 있었다. 언젠가는 그들도 자두와 크림과 식사 기도를 끝내야 한다. 나는 아래쪽에서 동전을 찾을 수 없었다. 아래쪽까지는 거리가 상당히 멀다. 동전은 동화 속에서만 눈에 띄게 뚜렷이 번쩍거린다. 내가 돈과 관련된 어떤 것을 후회하기는 처음이었다. 그 던져버린 1마르크면 담배는 열두 개비를, 전차표는 두 장을, 소시지 넣은 빵은 한 개를 살 수 있다. 후회는 없으나 약간의 비애를 느끼며 나는 우리가 니더작센 지방의 할머니들을 위해 지불했던 그 많은 일등칸 추가요금을 생각했다. 다른 남자에게 시집간 여자에게 했던 키스들을 생각할 때처럼 서글펐다. 레오한테는 많은 희망을 걸 수 없었다. 그는 돈에 대한 이상한 생각을 가지고 있다. 수녀가 "부부 간의 사랑"에 대해 생각하는 것처럼 말이다.

모든 것이 밝게 빛나고 있지만 아래쪽 거리에서는 아무것도 번쩍거리지 않는다. 은닢 한 푼 보이지 않았다. 자동차, 전차, 버스, 본의 시민들뿐이었다. 나는 그 돈이 전차 지붕에 떨어져서 차량 기지에서 누군가가 그 돈을 발견하기를 바랐다.

물론 나는 개신교의 품으로 뛰어들 수도 있었다. 그러나 그 품을 생각하자 오싹 한기가 느껴졌다. 나는 루터의 품에 안길 수도 있으리라. 그러나 개신교의 품은 아니다. 기왕 속임수를 쓰려면 성공적으로 쓰고 싶었다. 속임수를 쓰면서 가능한 한 많은 재미를 보고 싶었다. 천주교인인 척 속임수를 쓰는 것은 재미있을 것이다. 나는 반년 동안은 완전히 "자제할" 것이다. 그런 다음 마치 곪은 환부에 구더기가 우글거리듯이, 내 주변에 수많은 천주교인들이 우글거리기 시작할 때까지 좀머빌트의 저녁 설교를 들으러 갈 것이다. 그러나 그와 동시에 나는 아버지의 은혜를 입어 갈탄회사 사무실에서 대체수표들에 서명을 할 마지막 기회를 놓치게 된다. 어쩌면 어머니는 나를 중앙위원회에 데려가서 내 인종 이론들을 대변할 기회를 줄지도 모른다. 나는 미국으로 갈 것이고, 참회하는 독일 청년의 생생한 예가 되어 여성클럽 앞에서 강연하게 될 것이다. 하지만 나는 참회할 것이 아무것도 없었다. 전혀 없었다. 그러므로 나는 참회하는 척 속임수를 써야만 할 것이다. 나는 미국 여성들에게 어떻게 내가 헤르베르트 칼릭의 얼굴에 테니스

장의 재를 던졌는지, 어떻게 내가 사격장 창고에 감금된 후에 법정에
서게 되었는지도 이야기해줄 수 있을 것이다. 칼릭과 브륄과 뢰베니
히 앞에 섰던 일을 말이다. 그러나 내가 그 이야기를 하면, 그것은 이
미 속임수일 것이다. 나는 그 순간들을 묘사할 수도, 훈장처럼 목에
걸고 다닐 수도 없다. 누구나 다 자신의 영웅적 순간들을 나타내는 훈
장을 목이나 가슴에 달고 다닌다. 자신을 과거에 붙들어 매는 일은 가
식 행위다. 어떤 인간도 순간들을 알지 못하기 때문이다. 어떻게 헨리
에테가 푸른 모자를 쓰고 전차 안에 앉아 있었는지, 어떻게 헨리에테
가 유대계 양키들에 맞서서 독일의 신성한 영토를 수호하고자 전차를
타고 떠났는지 모르듯이 말이다.

　아니다. 가장 확실하고 가장 재미있음직한 위선은 "천주교 카드를
지지하는" 것이었다. 그러면 어떤 패로도 이긴다.

　나는 대학 건물들의 지붕 너머 궁중정원의 수목들로 시선을 던졌
다. 그 너머, 본과 고데스베르크 사이의 언덕에 마리가 살고 있을 것
이다. 좋다. 마리 가까이에 있는 것이 더 좋다. 그녀가 내가 늘 여행중
일 거라고 생각한다면, 그녀는 마음이 무척 가벼울 것이다. 그녀는 언
제고 나를 우연히 맞닥뜨릴 수 있음을 고려해야 한다. 그리고 그녀의
삶이 얼마나 음탕하고 부정한가 하는 생각이 들 때마다 수치심으로
얼굴을 붉혀야 할 것이다. 아이들과 함께 있는 그녀를 우연히 만났는
데, 아이들이 비옷이나 모자 달린 점퍼 또는 방수 모직외투를 입고 있
다면, 그녀는 아이들이 갑자기 벌거벗은 것처럼 느낄 것이다.

　사모님, 시내가 수군거려요, 사모님이 자제분들을 벌거벗긴 채 돌

아다니게 하고 있다고요. 그것은 너무한 일이에요. 사모님은 결정적인 곳에서 소문자 m을 잊으셨다고요. 사모님께서 한 남자를 사랑한다고 말씀하셨을 때, 내 남편이라고 말씀하셨어야 했어요. 노인이라고 불리는 자*에 대해 여기 사람이라면 누구나 품고 있는 원망을 사모님께서 조롱하고 계신다고 수군거리더군요. 사모님께서는 모두가 기묘하게도 그 노인과 비슷하다고 보신다고요. 그 노인이 그렇듯이 결국—사모님도 그렇게 생각하고 계시지요—모든 사람은 아무도 자신을 대신할 수 없다고 여기고, 결국 다 탐정소설을 읽고 있지요. 물론 탐정소설의 표지들은 고상하게 꾸며진 집에는 어울리지 않아요. 덴마크 사람들은 자신들의 스타일을 탐정소설의 표지로까지 연장하는 일을 잊어버렸어요. 핀란드 사람들은 아주 약아서 표지를 의자, 소파, 유리잔, 냄비 등에 맞출 거예요. 심지어 블로트헤르트의 집에도 탐정소설들이 여기저기 있어요. 사람들이 집 구경을 하던 그날 저녁에도 그것을 숨기지 않을 만큼 부끄러움을 몰라요.

사모님, 항상 어둠 속에서, 영화관에서, 교회에서, 교회음악이 들리는 어두운 거실에서, 테니스장의 밝음을 꺼리면서 많이들 수군거려요. 성당의 30~40분짜리 고해성사 때도 그래요. 기다리는 사람들의 눈빛에 거의 감출 수 없는 분노가 나타나요. 맙소사, 저 여자는 뭐 그리 고해할 게 많아. 가장 멋지고, 가장 친절하고, 가장 공정한 남편이 있는데 말이야. 예절도 아주 바르다고. 매력적인 어린 딸도 있어. 자가용도 두 대야.

---

* 콘라트 아데나워를 암시. 아데나워는 탐정소설을 즐겨 읽었다고 한다.

창살 뒤의 팽배해진 초조함. 사랑, 결혼, 의무, 사랑에 대한 끊임없는 속삭임. 그리고 결국 그 질문, "결코 믿음을 회의하는 것은 아니건대—나의 딸이여, 도대체 어디가 아픈고?"

너는 그것을 입 밖에 낼 수 없다. 생각조차 할 수 없다. 내가 알고 있는 것을 말이다. 너는 지금 어릿광대를 그리워하고 있다. 공식적인 직업 명칭은 희극배우다. 어떤 교회에도 세금을 낼 의무가 없는.

나는 분장을 하려고 절룩거리면서 발코니에서 욕실로 갔다. 분장하지 않고 아버지와 마주 서고 마주 앉아 있었던 것은 나의 실수였다. 그러나 그의 방문은 내가 예상할 수 없었던 일이다. 레오는 늘 나의 진짜 견해와, 진짜 얼굴과, 진짜 자아를 보는 데 집착했다. 그는 그것을 보게 될 것이다. 그는 늘 내 "마스크"를, 내 장난을, 그리고 내가 어떤 분장도 하지 않았을 때 그가 "진지하지 않다"고 불렀던 것을 두려워했다. 분장 용품 트렁크는 보훔에서 본으로 아직 오는 중이었다. 욕실에서 하얀색 붙박이장을 열었을 때는 이미 너무 늦었다. 물건들에 어떤 치명적인 감상성이 내재되어 있는지를 생각했어야 했다. 마리의 화장품 튜브와 뚜껑 없는 통과 작은 병과 립스틱. 그러나 붙박이장에는 아무것도 없었다. 그 안에 그녀의 것이 그토록 분명히 아무것도 없었다는 사실이, 그 안에 그녀의 화장품 튜브나 통을 발견했을 때 그랬을 것처럼 언짢았다. 다 사라졌다. 자상하게도 모니카 질브스가 모두 다 싸서 치워버린 것 같았다. 나는 거울 속의 나를 바라보았다. 눈은 텅 비어 있었다. 나를 반 시간 동안 바라보고 얼굴 체조를 하면서 눈을 비워야 할 필요가 없던 적은 처음이다. 그것은 자살한 사람의 얼굴이었다. 분장하기 시작할 때 나의 얼굴은 죽은 자의 얼굴이었다. 얼굴에 바셀린을 발랐다. 그리고 흰색 화장품 튜브를 찢은 다음 반쯤 마른 내용물을 눌러 짜내 얼굴에 완전히 하얗게 칠했다. 검은 선 하나 없이, 붉은 얼룩 하나 없이 온통 하얗다. 눈썹도 하얗게 칠했다. 하얀 얼굴 위의 머리카락이 가발처럼 보였다. 칠하지 않은 입은 어두웠다. 거의 푸른색이었다. 돌처럼 굳은, 하늘같이 밝은 푸른색의 두 눈은, 오래전에 믿음을 잃어버렸음을 고백하지 않은 추기경의 두 눈처럼 비어 있었다. 나에 대한 두려움도 한 번 느끼지 않았다. 이 얼굴로 나는 출세할 수 있다. 그 서투름에도, 그 어리석음에도 불구하고 상대적으로 가장 호감 가는 그 일에 매달려 심지어 위선을 부릴 수도 있었다. 에드가 비네켄이 믿고 있는 그 일 말이다. 그 일은 어쨌든 마음에 들지는 않을 것이다. 그 몰취미성에도 그 일은 솔직하지 않은 일들 가운데 가장 솔직한 일이다. 좀더 사소한 악들 가운데 가장 사소한 악이다. 그러니까 검은색, 짙은 갈색 그리고 푸른색 외에 대안이 아직은 있었다. 그 대안을 빨간색이라고 부르는 것은 또 지나치게 미화한 것이고 지나치게 낙관한 것이리라. 그것은 아침노을의 부드러운 햇살이 서려 있는 회색이었다. 서글픈 일을 위한 서글픈 색. 그 서글픈 일에는 어쩌면 어릿광대의 죄 가운데 가장 심한 죄를 저지른, 즉 동정심을 불러일으킨 어릿광대를 위한 자리도 있을 것이다. 마음에 걸리는 것은 에드가는 내가 결코 기만할 수 없는, 내가 결코 거짓말을 늘어놓을 수 없는 사람이라는 것뿐이다. 나는 그가 100미터를 실제로 10.1초에 완주했음을 증명할 유일한 증인이었다. 그는 나를 항상 있는 그대로 받아주었던, 나를 항상 있는 그대로 보여줄 수 있었던 몇 안 되는 사람들 가운데 하나였다. 그리고 그는 몇몇 사람들에 대한 믿음 외에는 다른 어떤 믿음도 가지고 있지 않았다. 다른 이들은 신을, 추상적인 돈을, 국가와 독일과 같은 어떤 것을 더 믿었다. 사람들보다 더 믿었다. 에드가는 아니었다. 내가 그때 택시를 탄 일이 그에게는 충분히 나쁘고도 남았다. 지금의 나로서는 유감이다. 나는 그에게 그것을 설명했어야 했다. 그 외에 누구에게도 어떤 것을 설명해야 할 의무가 내게는 없다. 나는 거울 앞을 떠났다. 거울에서 본 것이 아주 마음에 들었다. 그것은 더이상 어릿광대가 아니었다. 죽은 자를 연기하는 죽은 자였다.

나는 절뚝거리면서 우리의 침실로 건너갔다. 나는 침실에 아직 발을 들여놓지 않았다. 마리의 옷들에 대한 두려움 때문이었다. 대부분의 옷들을 내가 직접 그녀에게 사주었다. 수선할 때도 재단사들과 직접 이야기했다. 그녀는 빨강과 검정 외에 거의 모든 색의 옷을 입을 수 있었다. 심지어 회색을 입어도 지루해 보이지 않았다. 분홍색이 잘 어울렸다. 초록색도 그랬다. 나는 숙녀복 분야에서 돈을 벌 수 있을지도 몰랐다. 그러나 일부일처주의자이자 동성연애자가 아닌 자에게 그것은 너무 끔찍한 고문일 것이다. 대부분의 남자들은 아내에게 그냥 대체수표를 주고 "유행"을 따르라고 권한다. 보라색이 유행하면 수표를 가진 부인들은 다 보라색을 걸친다. 한 파티에서 "체면을 좀 신경 쓰는" 부인들이 모두 보라색을 걸치고 왔다갔다하면, 전체가 마치 어렵게 소생한 여자 주교들의 총회처럼 보인다. 보라색이 어울리는 여자들은 아주 드물다. 마리는 보라색이 잘 어울렸다. 내가 아직 집에서 살 때 갑자기 자루옷이 유행했다. 남편들한테서 "신분에 맞게" 입으라고 권고받은 가여운 여편네들은 모두 자루옷을 입고 어머니의 정기 모임에 나타났다. 나는 몇몇 부인들이 너무 안쓰러워 보여서—무수히 많은 회장들 사이에서 키가 크고 육중해 보이는 부인이 특히 그랬다—그들에게 가서 무엇이든—식탁보든 커튼이든—자비의 외투를 걸쳐주고 싶은 심정이었다. 그녀의 남편은, 그 바보 같은 작자는 아무것도 눈치채지 못했고, 아무것도 보지 못했고, 아무것도 듣지 못했다. 만일 어떤 동성연애자가 분홍색 잠옷이 유행이라고 말했다면, 그 작자는 아내를 분홍색 잠옷 차림으로 시장에 보냈을 것이다. 그다음 날 그자는 150명의 개신교 목사들 앞에서 결혼생활에서의 "인식"이라는 제목으로 강연했다. 그는 아마도 제 아내가 짧은 치마를 입기에는 무릎이 지나치게 각이 져 있다는 사실조차 모를 것이다.

나는 옷장의 문을 얼른 열었다. 거울을 피하기 위해서였다. 옷장 안에 이제 마리의 것은 없었다. 아무것도 없었다. 구두틀도, 여자들이 걸어놓곤 하는 벨트도 없었다. 그녀의 향수 냄새도 거의 나지 않았다. 그녀는 자비심을 발휘해서 내 옷들도 함께 가져가 선물하거나 태워버릴 수도 있었을 것이다. 그러나 내 물건들은 여전히 걸려 있었다. 내가 한 번도 입은 적이 없는 녹색 코듀로이 바지, 검은색 트위드 재킷, 넥타이 두서너 개, 신발 세 켤레가 아래 신발판에 놓여 있었다. 작은 서랍들에는 온갖 것이 다 들어 있을 것이다. 코듀로이 단추, 와이셔츠 깃을 고정시키는 작은 흰색 막대, 양말, 손수건. 소유에 관한 한 기독교인들은 냉혹할 정도로 공정하다는 사실을 생각했어야 했다. 나는 서랍을 열 필요가 전혀 없었다. 내 것은 다 그대로 있을 것이다. 그녀의 것은 다 가져갔을 것이다. 내 옷가지들도 함께 가져갔다면 얼마나 고마웠을까. 그러나 우리의 옷장은 아주 공정하고, 치명적일 정도로 정확하게 정리되어 있었다. 마리는 자기를 기억나게 할 모든 것을 가져가면서 분명히 연민도 느꼈을 것이다. 그리고 틀림없이 눈물을 흘렸을 것이다. 이혼에 대한 영화에서 여자들이 "당신과 함께한 시간을 결코 잊지 않을 거예요"라고 말하면서 흘리는 눈물을 말이다.

깨끗이 치워진 옷장은(누군가가 걸레로 먼지까지 닦아냈다) 그녀가 내게 남길 수 있는 가장 나쁜 것이었다. 정돈되어 있었고, 그녀의 물건을 내 물건과 따로 떼어냈다. 옷장 안은 성공적인 수술 후처럼 보였다. 그녀의 것은 하나도 없었다. 떨어진 블라우스 단추 한 개 없었다. 나는 거울을 피하려고 옷장 문을 열어놓았다. 절룩거리면서 부엌으로 되돌아갔다. 코냑병을 윗옷 주머니에 넣고 거실로 가서 소파에 누워 바지를 걷어올렸다. 무릎이 심하게 부어올랐지만 드러눕자 통증이 줄어들었다. 담뱃갑 안에는 아직 담배가 네 개비 남아 있었다. 나는 그중 한 개비를 꺼내 입에 물었다.

나는 어느 경우가 더 좋지 않았을까 생각해보았다. 마리가 자기 옷들을 남겨놓은 경우인지, 이렇게 모든 것을 깨끗이 치우고 "당신과 함께한 시간을 결코 잊지 않을 거예요"라는 쪽지 한 장 남겨놓지 않은 경우인지. 어쩌면 이대로가 더 좋았다. 하지만 그녀는 떨어진 단추 한 개쯤 그대로 두거나, 벨트 한 개 정도 걸어놓을 수도 있었다. 그것도 아니면 옷장 전체를 들어다가 태워버렸어야 했는지도 모른다.

헨리에테가 죽었다는 소식이 왔을 때, 우리 집에서는 막 식탁을 차리고 있었다. 안나는 아직 세탁할 때가 되지 않은 듯 보이는 헨리에테의 냅킨을 노란 냅킨 고리에 끼워서 차려진 식탁 위에 놓았다. 우리는 모두 그 냅킨을 바라보았다. 마멀레이드가 묻어 있었다. 수프인지 소스인지 작은 갈색 얼룩도 있었다. 나는 떠나거나 죽은 자가 남겨놓은 물건들이 얼마나 끔찍한지를 처음으로 느꼈다. 어머니는 사실 식사를 하려고 했다. 삶은 계속된다거나 뭐 그 비슷한 것을 뜻했음이 분명했다. 하지만 나는 그것이 틀렸음을 정확히 알고 있었다. 계속되는 것은 삶이 아니라 죽음이었다. 나는 어머니의 손에서 수프 숟가락을 낚아채서는 정원으로 달려갔다가 다시 집으로 뛰어갔다. 집 안은 찢어지는 듯 날카로운 비명으로 진동했다. 어머니가 뜨거운 수프에 얼굴을 데었다. 나는 헨리에테의 방으로 뛰어올라갔다. 창문을 열어젖히고 물건들을 손에 잡히는 대로 집어서 모조리 정원으로 내던졌다. 작은 상자들, 옷가지, 인형, 모자, 신발, 동전. 나는 열어젖힌 서랍에서 헨리에테의 속옷들과 눈에 띄는 작은 물건들을 발견했다. 그 물건들은 그녀에게는 분명히 소중한 것들이었을 것이다. 씨앗, 돌, 꽃, 종이 조각, 분홍색 끈으로 묶인 편지 한 뭉치. 나는 테니스 신발, 라켓, 우승 컵들을 손에 잡히는 대로 정원으로 내던졌다. 훗날 레오는 내가 "미친 사람"처럼 보였다고, 그리고 그 일이 너무 순식간에, 미친 듯 순식간에 일어나서 아무도 어쩔 수가 없었다고 말했다. 나는 서랍들을 통째로 창밖으로 던져버리고는 차고로 달려갔다. 휘발유가 가득 든 비축용 휘발유 통을 정원으로 들고 가, 그 물건들 위에 쏟아붓고 불을 붙였다. 그리고 그 주변의 것들을 높이 치솟는 불길을 향해 발로 차넣었다. 종이 조각, 말린 꽃잎, 씨앗과 편지 뭉치를 남김없이 모아서 불 속에 집어넣었다. 나는 식당으로 달려갔다. 식탁에서 냅킨을 고리째 집어서 불 속에 던졌다! 레오는 훗날 이 모든 일이 채 5분도 걸리지 않았다고 했다. 무슨 일이 일어났는지 깨닫기도 전에, 이미 불꽃이 활활 타오르고 있었다. 나는 모든 것을 불 속에 집어 던졌다. 심지어 미국인 장교 한 사람이 갑자기 나타났다. 그는 내가 베어볼프의 비밀 자료와 서류 들을 태운다고 생각했던 것이다. 그러나 그가 왔을 때는 이미 모든 것이 타들어가고 있었다. 검고 흉측하게 악취를 풍기면서 타들어갔다. 그가 편지 뭉치 가운데 하나를 집으려고 하자 나는 그의 손을 쳤다. 그리고 통에 남아 있던 휘발유를 불길 속에 마저 쏟아부었다. 나중에는 소방대원까지 우스꽝스럽게도 큰 호스를 들고 나타났다. 뒤편에서 어이없게도 누군가가 큰 소리로, 지금까지 내가 들은 가장 우습기 짝이 없는 명령을 내렸다. "물, 전진!" 그들은 그 보잘것없는 잡동사니 더미 위로 물을 뿌리는 것을 부끄러워하지 않았다. 창틀에 불이 약간 옮겨붙자 한 소방대원이 호스를 그쪽으로 겨냥했다. 방안의 모든 것이 물에 둥둥 떴다. 나중에는 널마루가 휘었다. 어머니는 망가진 마룻바닥 때문에 울부짖었고, 그것이 물에 의한 훼손인지 불에 의한 훼손인지, 또는 재난보험을 적용시킬 수 있는지 알아보려고 모든 보험회사에 전화했다.

나는 코냑병을 들고 한 모금 마셨다. 병을 다시 윗옷 주머니에 찔러 넣고 무릎을 더듬었다. 누워 있으면 고통이 덜했다. 내가 이성을 찾고 집중하면 붓기와 통증이 줄어들 것이다. 나는 빈 사과주스 상자를 구해서 역 앞에 앉아 기타를 치며 〈마리아 찬미가〉를 부를 수 있었다. 나는ㅡ우연처럼ㅡ내 모자나 벙거지를 옆 계단에 올려놓을 것이다. 처음으로 누군가가 뭔가 던져줄 생각을 하게 되면, 다른 사람들 역시 그럴 용기를 낼 것이다. 벌써 담배가 거의 떨어졌기 때문에 돈이 필요했다. 10페니히나 5페니히짜리 동전 몇 개를 모자에 던져주면 가장 좋을 텐데. 레오가 적어도 그만큼의 돈은 가져올 게 확실하다. 나는 이미 거기 앉아 있는 나를 보았다. 어두운 역 건물 앞의 하얀 칠을 한 얼굴, 푸른색 운동복, 검은색 트위드 재킷과 녹색 코듀로이 바지를 보았다. 그리고 나는 거리의 소음을 향해 노래하기 "시작했다." 그대 신비스러운 장미여 — 우리를 위해 기도해다오 — 그대 강한 다비드 탑이여 — 우리를 위해 기도해다오 — 그대 성실한 처녀여 — 우리를 위해 기도해다오 — 로마에서 오는 열차가 도착하고, 내 충실하지 않은 아내가 천주교인인 남편과 함께 도착할 때, 나는 그곳에 앉아 있을 것이다. 결혼식은 틀림없이 곤혹스러운 고민들을 피할 수 없게 만들었을 것이다. 마리는 과부가 아니었다. 이혼한 것이 아니었다. 그녀는 — 그것을 지금 우연히도 정확히 알게 되었다 — 더이상 처녀가 아니었다. 좀머빌트는 당황해서 어쩔 줄 몰라했어야 했다. 면사포 없는 결혼은 그의 미학적 생각을 모조리 망쳤다. 아니면 그들에게는 타락한 아가씨들과 어릿광대의 옛 첩을 위한 특별한 의례 규정들이 있는 것일까? 혼인을 주도한 주교는 무슨 생각을 했을까? 그들의 결혼식은 주교가 주도하지 않았는지도 모른다. 언젠가 마리가 나를 교구청으로 끌고 갔다. 주교관을 끊임없이 벗었다 썼다, 흰색 띠를 둘렀다 풀었다, 주교 지팡이를 저쪽으로 놓았다 이쪽으로 놓았다, 붉은 띠를 둘렀다 흰 띠를 풀었다 하는 행위 전체가 아주 인상적이었다. 예민한 예술가 기질의 내게는 반복의 미학을 위한 기관이 있다.

나는 내 열쇠 무언극도 생각했다. 조소용 점토를 구해서 열쇠를 찍고, 움푹 파인 곳에 물을 부어 냉장고에 넣어서 서너 개의 열쇠를 주

조할 수 있었다. 휴대용 작은 아이스박스는 분명히 구할 수 있을 것이다. 그 아이스박스로 나는 매일 저녁 공연 도중에 녹아 사라지는 열쇠를 만들 것이다. 이 아이디어로 뭔가 만들어낼 수 있을 것이다. 순간 나는 이 아이디어를 버렸다. 그것은 너무 복잡했고, 나를 너무 많은 소도구와 기술적 우연에 얽매이게 했다. 무대 만드는 일을 하는 사람이 전쟁중 라인 지방 사람에게 사기를 당해서 아이스박스를 열어 내 쇼를 불가능하게 할지도 모른다. 다른 것이 더 나았다. 내 진짜 얼굴에 하얗게 분칠을 하고, 본 역의 계단에 앉아 〈마리아 찬미가〉를 부르고, 기타에 맞춰 화음을 몇 개 치는 일이 더 나았다. 내 옆에는 예전에 채플린을 흉내 낼 때 썼던 모자가 놓여 있다. 부족한 것은 미끼 동전뿐이다. 10페니히면 족할 것이다. 10페니히와 5페니히짜리 동전 한 개씩이면 더 좋다. 가장 좋은 것은 10페니히, 5페니히, 2페니히 이렇게 세 개의 동전이다. 사람들은 내가 자비로운 적선을 꺼리는 극성 종교인이 아님을 틀림없이 보게 될 것이다. 그들은 소액의 기부도, 구리 동전도 환영받으리라는 것을 틀림없이 보게 될 것이다. 나는 나중에 거기다 은 동전을 넣을 것이다. 더 많은 적선을 거부하지 않고 이미 기꺼이 받고 있음을 사람들은 틀림없이 보고 알 수 있을 것이다. 나는 심지어 담배 한 개비를 모자에 넣어둘 것이다. 대부분의 사람들에게 담뱃갑을 집는 일은 돈지갑을 집는 일보다 분명히 수월하다. 물론 언젠가는 질서원칙을 수호하는 자가 나타나서 거리가수 허가증을 요구할 것이다. 아니면 신성모독척결 중앙위원회의 누군가 내 공연이 종교를 공격할 소지가 있다고 생각할지도 모른다. 허가증을 요구받을 경우를 대비해서 나는 늘 조개탄 하나를 옆에 놓아둘 것이다. "슈니어로 난방하세요"라는 문구는 애들도 다 안다. 나는 검은색의 슈니어라는 글자 밑에 빨간색 분필로 밑줄을 그을 것이다. 아니면 검은색의 슈니어 앞에 내 이름 한스의 머리글자 H를 하나 그려넣을 것이다. 그것은 비실용적이지만, 오해의 여지가 없는 명함이 될 것이다. 허가받음, 슈니어. 그리고 아버지는 나를 위해 한 가지는 정말로 할 수 있었다. 돈도 안 들 것이다. 아버지는 내게 거리가수 허가증을 마련해줄 수 있다. 그저 시장한테 전화하거나, 남성클럽에서 시장과 스카트 게임을 할 때 그것을 언급하기만 하면 된다. 아버지는 나를 위해 그 일을 해야만 한다. 그러면 나는 역 계단에 앉아서 로마에서 오는 기차를 기다릴 수 있다. 만일 마리가 나를 포옹하지 않은 채 내 옆을 그냥 지나간다면, 자살하는 방법이 남아 있다. 나중에 하자. 나는 자살을 생각하는 일이 망설여졌다. 건방지게 보일 수 있는 이유에서다. 나는 마리가 나를 생각하게 하고 싶었다. 그녀는 취프너와 다시 헤어질지도 모른다. 그러면 우리는 이상적인 '베제비츠 상황' 안에 있게 된다. 그녀는 내 첩으로 남아 있을 수 있다. 교회법상 취프너와 결코 갈라설 수 없기 때문이다. 그렇게 되면 나는 그저 텔레비전의 조명을 받기만 하면 된다. 새로운 명성을 얻기만 하면 된다. 그리고 나면 교회는 다 눈감아줄 것이다. 나더러 마리와 교회법적으로 결혼하라고 요구하지 않을 것이다. 그들은 헨리 8세라는 헐거워진 총을 나를 향해 발사할 필요조차 없을 것이다.

나는 상태가 더 나아졌음을 느꼈다. 무릎의 부기가 가라앉았고 통증도 줄어들었다. 두통과 우울증은 여전했다. 그러나 나에게 그것들은 죽음에 대한 생각만큼이나 익숙했다. 훌륭한 성직자가 기도서를 지니고 다니듯이, 예술가는 늘 죽음과 함께 있다. 나는 심지어 내가 죽고 나면 어떨지 정확히 알고 있다. 슈니어 납골당을 피할 수 없을 것이다. 어머니는 울면서 자신이 나를 이해한 유일한 사람이었다고 주장할 것이다. 내가 죽고 나면 그녀는 누구에게나 "우리 한스가 실제로 어떠했는지" 이야기할 것이다. 지금까지도, 그리고 어쩌면 영원토록 그녀는 내가 "색을 탐하고" "돈을 탐한다"고 확신하고 있을 것이다. 그녀는 말할 것이다. "그래요, 우리 한스, 그 아이는 재능이 있었어요. 그러나 유감스럽게도 색을 탐하고 돈을 탐했지요. 유감스럽게도 완전히 제멋대로였어요. 하지만 무척 재능이 있었어요, 재능이 있었죠." 좀머빌트는 이렇게 말할 것이다. "우리 선량한 슈니어, 훌륭했어, 훌륭했지. 유감스럽게도 그는 교회에 대한 근절할 수 없는 원한을 가지고 있었지. 그리고 형이상학에 대한 감이 하나도 없었고." 블로트헤르트는 내가 공개처형될 수 있게끔 자신이 사형죄를 일찌감치 도입시키지 못한 것을 후회할 것이다. 프레데보일의 눈에 나는 "어떤 사회학적 효과도 없는 대체 불가능한 유형"이다. 킨켈은 울 것이다. 솔직하게 그리고 뜨겁게 울 것이다. 그는 완전히 충격받을 것이다. 그러나 너무 늦었다. 모니카 질브스는 내 미망인이기라도 하듯이 흐느낄 것이다. 그리고 곧장 내게로 와서 오믈렛을 해주지 않았던 것을 후회할 것이다. 마리는 내가 죽었음을 그저 믿지 않을 것이다. 그녀는 취프너를 떠나, 호텔에서 호텔로 전전하며 나에 대해 물을 것이다. 부질없는 일이다.

나의 아버지는 비극을 완전히 맛볼 것이다. 떠날 때 적어도 고액권 두서너 장을 현관 옷걸이 아래 서랍에 몰래 넣지 않았던 것을 잔뜩 후회하면서 말이다. 카를과 자비네는 울 것이다. 장례식에 참석한 모두가 불쾌해할 정도로 거침없이 울 것이다. 자비네는 또 손수건을 잊고 와서 카를의 외투 주머니에 몰래 손을 넣을 것이다. 에드가는 울음을 참아야 한다고 느낄 것이다. 어쩌면 장례식 후 우리 공원에서 100미터 구간을 다시 한번 달린 뒤, 혼자서 공동묘지로 돌아갈 것이다. 그리고 헨리에테의 비석 앞에 커다란 장미화환을 내려놓을 것이다. 그가 헨리에테를 사랑했다는 사실을, 나 외에는 아무도 모른다. 내가 불태운 그 편지들의 뒤쪽에는 수신인이 모두 에드가 비네켄이라고 쓰여 있었음을 아무도 모른다. 그리고 나는 비밀 하나를 더 무덤으로 가지고 갈 것이다. 나는 어머니가 지하실의 식료품 저장고에 몰래 들어가서 햄 한 조각을 두껍게 잘라 그 자리에서 먹는 모습을 목격한 적이 있다. 선 채로, 손가락으로, 성급하게 먹었다. 그 모습은 전혀 역겨워 보이지 않았다. 그저 놀라울 뿐이었다. 경악했다기보다는 차라리 가슴이 뭉클했다. 금지된 일임에도 불구하고 나는 보관실에서 낡은 테니스공을 찾으려고 지하실로 갔다. 나는 어머니의 발소리를 듣고 불을 껐다. 그리고 저장해둔 사과죽 유리병을 선반에서 집었다 다시 내려놓는 어머니를 보았다. 어머니의 팔꿈치가 힘차게 움직이는 것만 보였다. 그러더니 어머니는 뚤뚤 만 햄 조각을 입안에 쑤셔넣었다. 나는 이 이야기를 한 적이 한 번도 없다. 앞으로도 하지 않을 것이다. 슈니어 납골당의 대리석판 아래서 나의 비밀은 안식을 취할 것이다. 이상하게도 나는 나 같은 부류의 자들을 좋아한다. 인간들을 말이다.

나 같은 부류의 누군가가 죽으면 슬프다. 심지어 어머니의 무덤에서도 나는 울 것이다. 데르쿰 노인의 무덤에서 나는 정신을 차릴 수가 없었다. 나는 흙을 나무관 위로 계속해서 파 얹고, 또 파 얹었다. 누군 가가 내 뒤에서 무례한 짓이라고 속삭이는 소리가 들렸다. 그러나 나는 마리가 내 손에서 삽을 빼앗을 때까지 삽질을 계속했다. 나는 가게의 어떤 것도, 집의 어떤 것도 더이상 보고 싶지 않았다. 그에 대한 어떤 추억도 갖고 싶지 않았다. 아무것도 갖고 싶지 않았다. 마리는 담담했다. 그녀는 가게를 판 돈을 나 몰래 "우리 아이들을 위해" 남겨두었다.

나는 이제 절룩거리지 않고 현관으로 가서 기타를 가져올 수 있었다. 기타 덮개를 벗기고, 거실에서 소파 두 개가 마주 보게 밀어놓고, 전화기를 내 쪽으로 끌어당겼다. 그러고는 다시 누워서 기타를 조율했다. 몇 개의 음들 덕분에 기분전환이 되었다. 노래를 부르기 시작했을 때 나는 거의 기분이 좋아졌다. 사랑하는 어머니―경탄스러운 어머니―우리를 위해 기도해주세요. 나는 기타에 맞춰 소리를 냈다. 마음에 들었다. 나는 손에는 기타를 들고, 옆에는 모자를 엎어놓고, 내 진짜 얼굴로 로마에서 오는 기차를 기다릴 것이다. 좋은 충고의 어머니, 당신. 내가 에드가 비네켄한테 돈을 가지고 왔을 때, 마리는 내게 "죽음이 우리를 갈라놓을 때까지" 다시는, 다시는 헤어지지 말자고 말했다. 나는 아직 죽지 않았다. 비네켄 씨 부인은 늘 말했다. "노래를 하는 자는 아직 살아 있다." 그리고 "입맛을 아는 자는 아직 죽지 않았다." 나는 노래를 불렀다. 그리고 배가 고팠다. 내가 결코 상상할 수 없는 것은 마리가 한곳에 머물러 사는 것이다. 우리는 함께 도시에서 도시로, 호텔에서 호텔로 옮겨다녔다. 우리가 한곳에서 며칠씩 머물

때마다 그녀는 항상 이렇게 말했다. "열린 트렁크들이 채워지기를 기다리는 주둥이들처럼 나를 빤히 쳐다보고 있어." 우리는 트렁크의 주둥이를 채웠다. 내가 어디선가 몇 주 동안 머물러야 할 때면, 그녀는 시내를 마치 막 발굴된 도시들처럼 헤매고 다녔다. 영화관, 교회, 대수롭지 않은 신문들, '이봐 화내지 마' 게임. 취프너가 회장들과 사무장들 사이에서 몰타기사단의 기사로 임명되었을 때, 그녀는 정말로 그 장엄한 대미사에 참석하고 싶었을까? 집에서 기사복에 묻은 밀랍 얼룩을 직접 다리미로 빼내고 싶었을까? 취미의 문제다. 마리, 그러나 네 취미는 아니야. 믿음이 없는 어릿광대를 신뢰하는 게 더 나아. 어릿광대는 네가 정각에 미사에 참석할 수 있도록 너를 일찌감치 깨워주고, 급할 때는 성당까지 타고 가도록 택시요금도 대주잖아. 넌 내 푸른색 운동복을 결코 빨 필요가 없어.

$$24$$

전화벨이 울렸을 때, 나는 얼마 동안 당황스러웠다. 레오가 오면 문을 열어주려고 초인종 소리를 놓치지 않는 데 완전히 집중하고 있었기 때문이다. 나는 기타를 내려놓고 벨을 울리는 전화기를 노려보았다. 그러고 나서 수화기를 들었다. "여보세요?"

"한스 형?" 레오가 말했다.

"응, 네가 온다니 반갑다." 그는 말이 없었고 가벼운 기침을 했다. 나는 그의 목소리를 바로 알아듣지 못했다. "형한테 줄 돈이 있어." 돈이라는 말이 생소하게 들렸다. 레오는 돈에 대한 이상한 생각을 가지고 있다. 레오는 욕구가 거의 없다. 담배를 피우지 않고, 술을 마시지 않으며, 석간신문도 읽지 않는다. 그리고 영화관에는, 그가 전적으로 신뢰하는 사람 가운데 적어도 다섯 명이 그 영화는 볼 만한 가치가 있다고 추천할 때만 간다. 그런 일은 2년이나 3년에 한 번쯤 있다. 그는 전차를 타고 다니기보다는 걸어다니기를 더 좋아한다. 그가 돈이라고 말했을 때, 내 기분이 다시 가라앉았다. 그가 얼마간의 돈이라고 말했다면 나는 2~3마르크쯤일 거라고 알았을 것이다. 나는 불안감을 삼키면서 쉰 목소리로 말했다. "얼만데?" "아, 6마르크 70페니히야." 그에게는 많은 돈이었다. 우리가 개인적인 욕구라고 부르는 것에 비추어보면, 그 돈은 레오한테는 2년치의 돈이었다. 이따금 타는 전차표 값, 페퍼민트 사탕 한 봉지, 거지에게 줄 10페니히. 레오는 성냥도 필요 없었다. "상관들"에게 불을 빌려주기 위해 한 번 성냥을 사면, 그것으로 1년을 지냈다. 심지어 성냥갑을 1년 동안 지니고 다녀도 여전히 새것처럼 보였다. 물론 그는 이따금 이발소에 가야 했다. 그러나 그 비용은 아버지가 개설해준 "학생계좌"에서 찾아 썼다. 옛날에는 음악회에 가려고 가끔 돈을 썼다. 그러나 대개 어머니에게 음악회 무료 입장권을 받았다. 부자는 가난한 자보다 훨씬 많은 선물을 받는다. 그들은 사야 하는 것을 대부분 더 싸게 산다. 어머니는 도매상인들의 카탈로그를 모두 갖고 있었다. 그녀는 심지어 우표도 싸게 샀을 것이다. 6마르크 70페니히 ─ 그것은 레오에게는 상당한 액수였다. 나한테도 그렇다 ─ 지금은 말이다. 그러나 그는 내가 ─ 우리가 집에서 듣던 그대로 ─ "당장 수입이 없다"는 사실을 아직 모르는 듯했다.

나는 레오에게 말했다. "좋아, 레오 고마워. 이리 올 때 담배 좀 가져와." 나는 그가 잔기침하는 소리를 들었다. 대답이 아니었다. 나는 물었다. "듣고 있니? 되겠어?" 레오는 내가 자기 돈으로 곧장 담배를 사오라고 해서 불쾌했을 수도 있다. "응, 응…… 그런데……" 그는 말을 더듬었다. "말하기 어려운데—나 갈 수 없어."

"뭐? 올 수 없다고?" 나는 소리를 질렀다.

"벌써 9시 15분 전이야. 9시에는 기숙사에 있어야 해." 그가 말했다.

"더 늦으면, 그러면 파문당하니?" 내가 말했다.

"아, 그만해." 그는 불쾌한 듯 말했다.

"휴가나 뭐 비슷한 것도 낼 수 없어?"

"이 시간에는 안 돼. 하려면 점심때 했어야 해."

"그런데 네가 그냥 늦을 경우에는?"

"그러면 심한 경고감이지!" 그가 나지막이 말했다.

"그거 정원처럼 들리는데.* 내가 라틴어를 아직 기억하고 있다면 말이야."

그는 조금 웃었다. "차라리 정원용 가위처럼 들리지." 그가 말했다. "그냥 늦으면 상당히 난처해."

"그래 좋아. 너한테 그 난처한 심문을 받으라고 강요하지 않을게. 레오, 그렇지만 누군가 옆에 있다면 도움이 될 거야."

"일이 복잡해. 나를 이해해줘. 경고는 한 번 받을 수 있어. 하지만 이번 주에 경고를 한 번 더 받으면 서류에 올라가. 그러면 스크루티니움**에서 그에 대해 해명해야 해."

"어디서? 천천히 좀 말해봐." 그는 한숨을 내쉬었고 조금 투덜댔다. 그러더니 아주 천천히 말했다. "스크루티니움."

"제기랄, 레오, 그건 마치 곤충들을 서로 떼어놓는 소리처럼 들린다.

---

* 라틴어 hortus(정원)와 adhortation(경고)의 유사한 발음을 두고 하는 말.
** Scrutinium. 심의위원회란 뜻.

그리고 서류라는 말은 꼭 안나의 I.R.9처럼 들리고. 거기서는 모든 게 기록으로 남거든. 전과자들의 기록처럼 말이야."

"맙소사. 형, 몇 분 남지도 않았는데 우리 이렇게 교육 체계 때문에 다퉈야겠어?"

"난처하다면 그만둬. 하지만 분명히 길은 있어. 내 말은, 우회로가 있다는 거야. 담장을 넘는다든가 그 비슷한 일 말이야. I.R.9에서처럼. 내 말은, 그 엄한 체계에도 분명히 허점들이 있다는 거지."

"그래, 군대에서처럼 방법은 있지. 하지만 나는 우회로들을 혐오해. 난 내 정도를 갈 거야."

"나를 위해 네 혐오를 극복하고 한번 담장을 넘을 수는 없겠니?"

레오는 한숨을 내쉬었다. 나는 그가 머리를 흔드는 모습을 상상할 수 있었다. "도대체 내일까지 기다려줄 수 없겠어? 내 말은, 강의 빼먹고 9시까지 형한테 갈 수 있다고. 그렇게 급해? 아니면 형 곧 떠나는 거야?"

"아니, 나 한동안 본에 있을 거야. 그럼 적어도 하인리히 벨렌의 주소를 주렴. 그한테 전화하고 싶거든. 혹시 그가 올지 알아, 쾰른 아니면 지금 어디에 있든 말이야. 나 지금 무릎을 부상당했어. 돈도 없고, 일거리도 없고 — 마리도 없어. 물론 내일도 여전히 부상당한 상태일 거야. 돈도 없고 일거리도 없고 마리도 없이 말이야 — 말하자면 급하지 않아. 하지만 하인리히는 그사이 신부가 되었잖아. 경오토바이도 가지고 있고. 아니 그 비슷한 것이었나. 너 아직 듣고 있니?"

"응." 레오가 힘없는 소리로 말했다.

"그래, 그 사람 연락처 좀 알려줘, 전화번호 말이야."

레오는 말없이 한숨을 내쉬었다. 마치 오랜 세월 동안 고해소에 앉아서 인류의 죄와 어리석음에 한숨을 내쉬는 사람처럼 말이다. "그래, 좋아. 형 아직 모르는구나." 레오는 결국 입을 열었다. 자제하고 있음이 확연했다.

"내가 뭘 모른다는 거야. 맙소사, 레오, 분명히 좀 말해봐."

"하인리히는 이제 성직자가 아냐." 그가 작은 소리로 말했다.

"목숨이 붙어 있는 한 성직자일 거라고 생각했는데."

"물론이야. 내 말은 그가 더이상 봉직중이 아니라는 거야. 그 사람 떠났어. 몇 달 전에 흔적도 없이 사라졌어."

그는 목멘 소리로 모든 것을 힘들게 뱉어냈다. "그래, 그는 분명히 다시 나타날 거야." 나는 말했다. 그리고 뭔가 생각이 나서 물었다. "그 사람 혼자서?"

"아니. 어떤 아가씨하고 떠났어." 레오는 단호히 말했다. "그가 잘못했지"라고 말하는 것처럼 들렸다.

나는 그 아가씨가 안쓰러웠다. 그녀는 틀림없이 천주교인일 것이다. 한때의 성직자와 함께 지금 어디선가 방 안에 쭈그리고 앉아서 세세한 "살의 욕망"을 참아내는 일이 그녀에게는 틀림없이 난처한 일이리라. 널려 있는 속옷, 팬티, 바지 멜빵, 담배꽁초가 든 받침접시, 찢어진 영화표 그리고 시작된 돈 부족. 그녀가 빵이나 담배나 포도주 한 병을 사러 계단을 내려갈 때마다 욕을 잘하는 여관 여주인이 문을 열어젖히면, 그녀는 "내 남편은 예술가예요, 그래요, 예술가예요"라고 외칠 수조차 없다. 나는 두 사람이 다 안쓰러웠지만, 하인리히보다 그 아가씨가 더 안쓰러웠다. 교회 당국은 볼품없고 다루기조차 어려운 보좌신부가 문제 될 경우 확실히 엄격했다. 좀머빌트 같은 유형이었다면 그들은 분명히 눈감아주었을 것이다. 좀머빌트에게는 다리가 노란 가정부도 없었다. 하지만 그가 마딸레나*라고 부르는, 생기발랄하고 아리따운 아가씨를 하나 두었다. 그녀는 뛰어난 요리사인데다 늘 단정하고 명랑했다.

"그래, 알았어. 그렇다면 그 사람은 당분간은 나한테서 빼야지 뭐."

"맙소사, 매정하기도 하네."

"난 신부 하인리히의 주교한테도, 솔직히 말해서 그 일에도 관심이 없어. 단지 세부적인 사항들이 걱정될 따름이야. 그럼 너 적어도 에드가의 주소나 전화번호는 갖고 있겠지?"

"형, 비네켄 씨 말하는 거야?"

"그래, 너도 아직 에드가 기억하지? 쾰른 우리 집에서 만났잖아. 그리고 집에 있을 때 늘 에드가 집에서 놀고 감자샐러드를 먹었잖아."

"그래, 물론이지. 물론 기억하지. 하지만 비네켄 씨는 여기 없는 걸로 알고 있어. 누가 그러는데, 그 사람 지금 답사여행중이래, 어떤 위원회하고. 인도라던가 아니면 태국이라던가, 정확히는 몰라."

"확실해?" 내가 물었다.

"거의, 응. 이제 기억나네, 헤리베르트가 말해주던데."

"누구라고? 누가 이야기했다고?" 나는 소리를 질렀다. 그는 입을 다물었다. 그가 한숨짓는 소리도 더이상 들리지 않았다. 나는 그가 왜 내게 오려 하지 않았는지 이제 알았다. "누구라고?" 나는 다시 한번

---

* Maddalena. 막달레나(Magdalena)를 비꼰 것.

소리를 질렀다. 그러나 그는 아무 대답도 하지 않았다. 그는 내가 교회에서 마리를 기다릴 때 가끔 듣던, 고해소에서의 잔기침에도 이미 익숙해져 있었다. 나는 나지막한 소리로 말했다. "넌 내일도 오지 않는 게 낫겠어. 강의를 빼먹는 것은 좋지 않아. 너도 마리를 봤는지, 그것만 말해봐." 그는 정말로 한숨과 잔기침 외에 아무것도 배우지 않았음이 분명했다. 그 순간 그는 다시 한숨을 쉬었다. 깊고 비통스러운, 긴 한숨이었다. "대답할 필요 없어." 나는 말했다. "오늘 너한테 두 번 전화했을 때, 나와 통화했던 그 친절한 사내에게 인사만 좀 전해주렴."

"슈트뤼더 말이야?" 그가 작은 소리로 물었다.

"이름이 뭔지는 몰라. 하지만 전화상으로는 아주 친절해 보였어."

"하지만 그자는 누구도 진지하게 받아들이지 않아. 그 사람은—말하자면 은혜로 사는 사람이야." 레오는 정말로 일종의 웃음 같은 것을 지었다. "가끔 전화통으로 기어가서 쓸데없는 말을 해."

나는 일어섰다. 커튼 틈 사이로 저 아래 광장의 시계를 보았다. 9시 3분 전이었다. "이제 너 가야 하잖아. 그러잖으면 서류에 기록될 거야. 그리고 내일 나 때문에 강의 빼먹지 말고." 나는 말했다.

"나 좀 이해해줘." 그가 애원했다.

"빌어먹을. 난 널 이해해. 너무 잘 이해해서 탈이지." 내가 말했다.

"형은 도대체 어떤 사람이야?" 그가 물었다. "나는 어릿광대야." 내가 말했다. "그리고 순간들을 모으고 있지. 잘 있어." 나는 수화기를 내려놓았다.

25

나는 레오에게 군대에서 겪었던 일을 물어보는 것을 잊어버렸다. 하지만 언젠가 그럴 기회가 있을 것이다. 그는 틀림없이 "배식"을 칭찬할 것이다. 그는 집에서 그렇게 잘 먹어본 적이 한 번도 없었다. 고통을 "교육적으로 아주 가치 있는" 것으로, 서민 출신 사내들과의 교류를 "무척 교훈적인" 것으로 여길 것이다. 그한테 그것을 물어볼 필요는 없었다. 레오는 오늘 저녁 기숙사 침대에 누워 한숨도 못 자고 양심의 가책으로 뒤척이면서, 내게 오지 않은 것이 잘한 일인지 자문할 것이다. 나는 그에게 아주 많은 것을 말하고 싶었다. 신학 공부는 남아메리카나 모스크바에서, 세계 어디든 다른 곳에서 하는 게 낫다고, 본에서만 하지 말라고 말하고 싶었다. 그는 스스로 믿음이라고 부르는 것을 위한 자리가 여기에는 없음을 알고 있어야만 했다. 좀머빌트와 블로트헤르트 사이에서는, 본에서는 개종한 슈니어도, 그가 설령 성직자가 되었다 하더라도 주식시세를 안정시키는 데나 적합함을 알아야만 한다. 나는 언젠가 그와 모든 것에 대해 이야기해야만 한다. 집에서 어머니의 정기 모임이 있을 때가 가장 좋을 것이다. 충실하지 않은 우리 두 아들은 부엌의 안나한테 가 앉아서 커피를 마시며 옛 시절을 회상할 것이다. 우리 공원에서 대전차 로켓포 훈련을 하던 시절을, 우리가 숙영하는 군인들을 받았을 때 군용자동차들이 입구에 멈춰 서 있던 영광의 시절을 기억할 것이다. 상사와 졸병 들과 함께 군기를 꽂은 자동차를 타고 나타났던 ─소령인지 뭔지 하는─ 장교. 그리고 그들은 달걀 프라이, 코냑, 담배 그리고 부엌에서 하녀들과 하는 농담 외에는 다른 아무것도 생각하지 않았다. 그들은 가끔 근무중이 되었는데, 그것은 잘난 체하고 있다는 뜻이었다. 그러면 그들은 집 앞에서 집합했다. 장교는 제 가슴을 쳤다. 심지어 대장을 연기하는 삼류 배우처럼 손을 웃옷에 찔러넣기도 했다. 그러고는 "최후의 승리"에 대해 뭐라고 소리를 질렀다. 곤혹스럽고 우스꽝스럽고 무의미했다. 비네켄 부인이 저편에서 빵집을 운영하는 자기 오빠에게서 빵을 가져오려고 밤마다 두서너 명의 여자들과 몰래 숲을 뚫고 독일군과 미국군 전선을 지나갔다는 사실이 발각되자, 그 잘난 체가 생명을 위협하게 되었다. 장교는 비네켄 부인과 다른 두 명의 여자를 첩보 행위와 근무 태만을 이유로 총살시키려고 했다. (비네켄 부인은 심문을 받으며 저편에서 한 미군과 이야기한 적이 있음을 시인했다.) 그때 나의 아버지는─내가 기억하는 한 그의 삶에서 두번째로─결연해졌다. 임시 감옥으로 쓰인 우리 집 다림질방에서 그 여자들을 꺼내서 아래

강가의 보트 창고에 숨겨주었다. 아버지는 정말로 용감해져서 장교한테 고함을 쳤다. 장교는 아버지에게 고함을 쳤다. 장교의 가장 우스꽝스러웠던 점은 그의 훈장들이었다. 그 훈장들이 가슴에서 분노로 출렁대는 데 반해 어머니는 부드러운 목소리로 말했다. "신사분들, 신사분들. 결국엔 한계라는 게 있는 거예요." 어머니가 난처했던 것은, 두 "신사분들"이 서로 으르렁거리며 고함을 친다는 사실이었다. 아버지가 말했다. "이 여자들에게 고통을 가하기 전에, 당신은 나를 먼저 쏴야 하오. 자, 어서요." 그리고 그는 정말로 윗도리 단추를 풀고 장교에게 가슴을 들이댔다. 그러나 사병들은 이미 후퇴했다. 미군들이 이미 라인 강 둑까지 진격했기 때문이다. 그리고 그 여자들은 보트 창고에서 나올 수 있었다. 그 장교에게서, 그의 직책이 무엇이든 간에, 가장 난처했던 것은 그의 훈장들이었다. 장식품들 없이도 그는 자신의 위엄을 지킬 수 있었을 것이다. 어머니의 정기 모임에서 후진 속물들이 훈장들을 달고 서성거리는 것을 볼 때면, 나는 늘 그 장교를 생각한다. 심지어 좀머빌트의 훈장이 내게는 더 참아줄 만한 것으로 보인다. '교회를 위하여'라는 이름의 훈장이었던가 아니면 그것과 관련된 것이었다. 좀머빌트는 적어도 그의 교회를 위해 뭔가 지속적인 것을 하고 있다. 그는 그의 "예술가들"을 비호하고 훈장 "자체"를 난처한 것으로 여길 만큼 미적 감각도 충분히 지니고 있다. 그는 단지 행렬이나 기념 미사 때 그리고 텔레비전 토론 때만 훈장을 단다. 텔레비전은 내가 그에게 남아 있다고 인정하지 않을 수 없는 부끄러움마저도 그한테서 빼앗아버린다. 우리 시대가 이름을 가질 자격이 있다면, 매춘의 시대로 불려야 한다. 사람들은 매춘이라는 어휘에 익숙해진다. 나는 언젠가 그런 토론을('현대 예술은 종교적일 수 있는가?') 끝내고 난 좀머빌트를 만났다. 그는 내게 물었다. "나 좋았어요? 당신, 나 좋게 생각했어요?" 창녀들이 자신들에게서 몸을 빼내는 손님들에게 하는 질문과 말 그대로 똑같은 질문이다. 아쉬운 것은 그가 "나 좀 추천해 줘요"라고 말했어야 했다는 것뿐이다. 나는 그때 그에게 말했다. "나는 당신을 좋게 생각하지 않아요. 따라서 어제도 당신을 좋게 생각하지 않았을 수 있어요." 그에 대한 인상을 아주 조심스럽게 표현했음에도 불구하고 그는 완전히 풀이 죽었다. 그 얼마 안 되는 유치한 교양을 부각시키고자 그는 자신의 대화 상대자를, 어찌할 바를 모르는 사회주의자를 "박살"냈거나 "거세"해버렸다. 어쩌면 단지 "없애"버렸을 뿐인지도 몰랐다. 간교하게도 그는 이렇게 질문했다. "그래요. 그렇다면 당신은 초기의 피카소를 추상적이라고 생각하시는군요?" 그는 사회참여에 대해 뭔가 우물거리는, 머리가 희끗한 노인을 천만 명의 시청자 앞에서 다음과 같은 말로 묵사발을 만들었다. "아, 당신은 사회주의 예술에 대해 말씀하시는군요. 아니면 사회주의 리얼리즘인가요?"

어느 날 아침 거리에서 만난 그에게 내가 그를 좋게 생각하지 않는다고 말했을 때, 그는 절멸된 듯했다. 천만 명 가운데 하나가 그를 좋게 생각하지 않는다는 사실이 그의 허영심을 몹시 다치게 했다. 그러나 그는 모든 천주교 신문에서 보여준 "찬사의 물결"로 충분히 보상받았다. 그 신문들은 그가 "좋은 일"로 승리를 거두었다고 썼다.

나는 세번째 담배를 입에 물었다. 기타를 다시 높이 들고 조금 서투르게 쳤다. 나는 레오에게 무엇을 이야기할지, 무엇을 물을지 생각했다. 그와 진지하게 이야기했어야 할 때마다, 그는 대학입학시험 준비를 하거나 징계에 대해 두려워했다. 나는 정말 〈마리아 찬미가〉를 불러야 할지 생각해보았다. 부르지 않는 편이 나았다. 그러면 누군가 나를 천주교인으로 생각할지도 모른다. 그들은 나를 "우리 중 하나"로 선언할 것이다. 그것은 그들을 위한 훌륭한 선전이 될 것이다. 그들은 모든 것을 자신들을 위해 "복무하게" 만든다. 전체가 오해를 불러일으키고 혼란스러워질 것이다. 심지어 내가 천주교인이 아니며, 단지 〈마리아 찬미가〉를 아름답다고 생각하고, 그 노래를 헌정받은 유대인 아가씨에 대한 호감을 느낄 뿐이라는 점을 누구도 이해하지 못할 것이다. 그리고 그들은 어떤 술책들을 써서 200~300만 명의 천주교인 (katholon)들을 내게서 찾아내서, 나를 텔레비전 앞으로 끌고 갈 것이다. 그리고 주식시세는 더 많이 오를 것이다. 나는 다른 노래가사를 찾아야 한다. 유감이다. 나는 정말로 〈마리아 찬미가〉를 부르고 싶다. 그러나 그렇게 하면 본 역의 계단에서 오해를 부를 뿐이다. 유감이다. 나는 그 노래를 아주 많이 연습했으며, 〈우리를 위해 기도해다오〉를 기타로 제법 잘 칠 수 있다.

나는 공연 준비를 하려고 일어섰다. 내가 거리에서 기타에 맞춰 노래를 부르기 시작하면, 내 매니저 초너러 역시 나를 "버릴" 게 틀림없다. 내가 정말로 〈마리아 찬미가〉와 〈탄툼 에르고〉와 내가 그토록 좋아해서 욕조에서 수년 동안 연습했던 노래들을 부르면, 그는 어쩌면 "관여할"지도 모른다. 그것은 좋은 술책일 것이다. 대략 성모마리아 그림 같은 것이다. 심지어 나는 나를 좋아한다는 그의 말을 믿는다 ― 세속의 자녀들은 빛의 자녀들보다 더 다정하다 ― 그러나 내가 본 역의 계단에 앉게 되면, 나는 그에게 "사업적으로" 끝이다.

나는 심하게 절룩거리지 않고도 다시 걸을 수 있었으므로 사과주스 상자는 쓸모없어졌다. 나는 왼쪽 옆구리에는 소파 방석을, 오른쪽 옆구리에는 기타를 끼고 일하러 가기만 하면 되었다. 아직 담배 두 개비가 남아 있다. 한 개비는 내가 피울 것이다. 마지막 한 개비는 검은 모자 안에서 충분히 유혹적으로 보일 것이다. 적어도 동전 하나쯤 그 옆에 있으면 좋을 텐데. 나는 바지 주머니들을 뒤졌다. 주머니들을 밖으로 빼서 뒤집었다. 몇 장의 영화표와 '이봐 화내지 마' 게임에 쓰는 붉은색 말, 더러워진 휴지가 있었다. 그러나 돈은 없었다. 나는 현관의 옷걸이 아래 서랍을 열었다. 옷솔, 본의 교회신문 영수증, 맥주 한 병을 받을 수 있는 쿠폰이 있었다. 돈은 없었다. 나는 부엌에 있는 서랍을 죄다 뒤지고 나서 침실로 달려갔다. 색단추와 와이셔츠 깃을 고정시키는 막대와 코듀로이 단추들 사이를 뒤졌다. 양말과 손수건들 틈새를 뒤졌다. 녹색 코듀로이 바지 주머니 안을 뒤졌다. 아무것도 없었다. 나는 검은 바지를 벗어서, 마치 허물 벗은 피부처럼 바닥에 두었다. 흰색 셔츠를 그 옆에다 집어 던졌다. 그리고 밝은 청색 운동복을 머리 위로 입었다. 풀빛 녹색과 밝은 청색 운동복. 거울 문을 열었다. 훌륭했다. 지금껏 내가 그렇게 잘생겨 보인 적이 한 번도 없었다. 나는 분장을 지나치게 두껍게 했다. 화장 유분이 그동안 이미 말라 있었다. 나는 거울 속에서 두꺼운 분장이 벌써 뜬 것을 보았다. 발굴된 기념비처럼 균열이 보였다. 그 위의 검은 머리는 가발 같았다. 나는 방금 떠오른 가사 하나를 흥얼거렸다. "가여운 교황 요한은 독일 기독교민주당의 말을 듣지 않는다네. 교황은 방앗간 주인의 나귀가 아니라네, 방앗간 주인의 소도 아니고자 하네." 그것은 시작으로는 제법 괜찮았다. 신성모독척결 중앙위원회는 그 가사에서 아무것도 비난할 수 없었다. 나는 여러 소절을 더 작사해넣어 전체를 담시풍으로 부를 것이다. 나는 울고 싶었다. 분장이 방해했다. 갈라지고 떨어져나가기 시작한 곳들이 있기는 했지만 분은 잘 붙어 있었다. 눈물은 그 모든 것을 망칠 것이다. 나는 이따 울 수 있을 것이다. 일이 다 끝난 뒤, 여전히 울고 싶은 심정일 때 말이다. 프로다운 행동이 최상의 보호막이다. 생사를 거는 자들은 성자와 아마추어뿐이다. 나는 거울에서 물러섰다. 더 깊숙이 내 안으로 들어가는 동시에 멀리 떨어졌다. 마리가 그런 나를 보고 난 뒤에도 그의 몰타기사단의 기사복에서 밀랍 얼룩을 다리미질로 빼낼 수 있다면, 그렇다면 마리는 죽은 것이고, 우리는 헤어진 것이다. 나는 그녀의 무덤에서 슬퍼할 사람들이 내 옆을 지나간다면, 모두 잔돈을 충분히 갖고 있기를 바랐다. 레오는 10페니히보다는 좀더 많이 갖고 있었으면 좋겠다. 에드가 비네켄은, 태국에서 돌아왔다면, 아마 옛날 금화를 갖고 있을지도 모른다. 그리고 할아버지는, 이시아에서 돌아왔다면, 내게 적어도 대체수표를 하나 써줄 것이다. 나는 그사이에 대체수표를 현금으로 바꾸는 법을 배웠다. 나의 어머니는 2~3페니히 정도가 적당하다고 생각할 것이다. 모니카 질브스는 몸을 숙여 내게 키스해줄 것이다. 반면 좀머빌트와 킨켈과 프레데보일은 나의 몰취미에 분노해서 담배 한 개비도 내 모자 안으로 던져주지 않을 것이다. 몇 시간 동안 남쪽에서 오는 기차가 없으면, 나는 그사이에 자비네 에몬스의 집으로 자전거를 타고 가서 내 수프를 먹을 것이다. 어쩌면 좀머빌트가 로마에 있는 취프너에게 전화해서 고데스베르크에서 내리라고 충고를 할지도 모른다. 그러면 나는 자전거를 타고 갈 것이다. 비탈진 정원이 딸린, 언덕배기 위의 저택 앞에 앉아서 내 노래를 부를 것이다. 그녀는 그저 나와서 나를 봐야 하고, 살든지 죽든지 해야 한다. 내가 안쓰럽게 생각하는 유일한 사람은 나의 아버지다. 그가 그 여자들을 총살에서 구해낸 것은 아주 친절한 일이었다. 그가 내 어깨에 손을 올려놓았던 것도 아주 친절한 일이었다. 그리고—지금 막 거울에서 본 것이지만—이렇게 분장을 하고 보니, 나는 아버지와 닮았을 뿐만 아니라 당혹스럽게도 비슷했다. 나는 아버지가 레오의 개종을 왜 극렬히 반대했던가 이제야 이해했다. 레오에게는 전혀 동정이 일지 않았다. 그에게는 그의 믿음이 있다.

승강기로 내려갔을 때는 아직 9시 반이 안 되었다. 기독교인 코스테르트가 생각났다. 그는 내게 소주 한 병과 일등칸과 이등칸 차표의 차액을 빚졌다. 나는 그에게 우표를 붙이지 않은 우편엽서를 한 장 써서 그의 양심을 두드릴 것이다. 그는 내게 짐표도 보내야 했다. 이웃인 아름다운 그렙젤 부인과 맞닥뜨리지 않아서 좋았다. 그러면 그녀에게 모든 것을 설명해야 했을 것이다. 그녀가 역 계단에 앉아 있는 나를 본다면, 나는 아무것도 설명할 필요가 없다. 내게 없는 것은 내 명함인 조개탄뿐이었다.

바깥은 추웠다. 3월의 밤이었다. 나는 재킷 깃을 높이 세우고 모자를 썼다. 주머니 속에 있는 마지막 담배를 더듬었다. 코냑병이 생각났다. 그 병은 매우 장식적인 효과를 낼 테지만 자선을 방해할 것이다. 그것은 뚜껑으로 알아볼 수 있는 비싼 상표의 술이었다. 왼쪽 팔 아래는 방석을, 오른쪽 팔 아래는 기타를 꼭 낀 채 나는 역으로 되돌아갔다. 나는 거리에서 처음으로 여기 사람들이 "사육제 기간"이라고 부르는 시간의 자취를 알아챘다. 피델 카스트로로 분장한 술 취한 젊은이 하나가 나와 부딪힐 뻔했다. 나는 그를 피했다. 역 계단 위에서 한 무리의 투우사와 우스꽝스럽게 생긴 부인들이 택시를 기다리고 있었다. 잊고 있었는데 사육제였다. 마침 딱 잘되었다. 프로는 그 어디에서보다 아마추어들 사이에서 자신을 가장 잘 숨긴다. 나는 아래에서 세번째 계단에 방석을 놓고 그 위에 앉았다. 모자를 벗고 담배 한 개비를 모자 안에 넣었다. 정확히 가운데도, 가장자리도 아니었다. 마치 위에서 던진 것처럼 그렇게 넣었다. 그러고는 노래를, 〈가련한 교황 요한〉을 부르기 시작했다. 아무도 나를 주목하지 않았다. 그것 역시 좋지 않은 일이리라. 한 시간 후, 두 시간 후, 세 시간 후, 그들은 주목하기 시작할 것이다. 역 건물 안에서 안내방송이 나오자 나는 노래를 중단했다. 안내방송은 함부르크에서 오는 기차가 역으로 들어오고 있다고 말하고 있었다. 나는 계속 기타를 쳤다. 첫 동전이 내 모자 안에 떨어졌을 때, 나는 기겁했다. 10페니히였다. 동전이 담배를 맞혔다. 담배가 너무 가장자리로 밀려났다. 나는 담배를 다시 제대로 놓았다. 그리고 계속 노래를 불렀다.

뵐과 자유의 시학

하인리히 뵐은 작가로서 전후 서독의 발전을 주도한 지식인 가운데 한 사람이다. 1972년 노벨상의 명예를 안겨준 그의 문학적 업적에는 오늘날 이론의 여지가 없다. 포로수용소에서 종전을 맞은 뵐은 전후 경제적으로나 윤리적으로 폐허나 다름없는 상황에서 창작 활동을 시작했다. 그는 사람이 살 만한 사회풍토를 조성하기 위해서는 나치 치하에서 말살된 인간의 존엄성을 되찾는 일이 무엇보다 시급하다고 보고, '사람다운 언어를 찾는 일'을 자신의 문학의 중요한 과제로 삼았다. 이러한 목표를 지닌 뵐의 문학은 우선 나치 집권과 파시즘 그리고 유대인 박해로 이어진 나치 독일의 역사와 그 영향을 서술함으로써, 파시즘의 본질을 통찰하고 현실을 인식하는 데 주력했다. 그렇게 1949년에 발표한 첫 소설 『열차는 정확했다』에서 뵐은 전쟁의 참상을 고발하고 평화의 메시지를 전달함으로써 인간성을 추구한다. 1950년 대 중반 미국과 소련을 축으로 한 동서 냉전체제가 고착되는 과정에 서 서독이 나토에 가입하고, 병역 의무의 부활과 군사적 재무장에 관 한 안건이 국회를 통과하자 뵐은 동시대인들의 기억상실증을 문제 삼 는다.

죽음의 존엄을 이렇게 가벼이 여긴 때는 없었을 것입니다. 이런 가벼 이 여김은 내일의 죽음을 시인하는 것이고, 내일의 죽음에 대해 어깨를 으쓱하며 외면하게 할 것이며, 오늘 벌써 그것을 시인하는 것입니다. 슬픔의 크기는 미미하며 고통은 시장 가치가 없습니다. 사람들은 (……) 그런 죄악을 저지른 세력들이 더이상 존재하지 않으리라는 착 각에 빠집니다.

뵐은 1957년의 「현충일 기념사」에서 나치 전범 국가로서 자신들의 잔혹한 만행을 망각한 채 재무장을 논하며 슬퍼할 줄 모르는 독일인 들에 대해 이렇게 통탄했다. 그는 재무장에 대한 저항을 조직화할 수 있을 만큼 사회적으로 중요한 정치적 세력이 교회 외에는 없던 상황 에서 교회와 정치의 협력은 잘못된 순응주의의 모습이라며, 아우슈비 츠의 만행은 바로 그런 순응주의와 묵계에서 출발했음을 환기시켰다. 1959년과 1963년에 각각 출간된 소설 『9시 반의 당구』와 『어느 어릿 광대의 견해』에서 그는 청산되지 않은 과거를 망각한 독일인들의 기 억 불능과 죄의식의 부재를 비판한다. 특히 『어느 어릿광대의 견해』 는 출간이 되자마자 독일 천주교와 보수 정치의 단호한 결별의 의미로 받아들여지면서 격렬한 논쟁을 야기했고, 뵐은 이 작품으로 독일 지식인의 심장으로 확고히 부상한다.

뵐의 문학은 2차 세계대전, 독일의 범죄와 범죄자들 그리고 이들 범죄자들이 독일 주류사회로 편입하는 현상 등의 문제만 다루지 않는다. 패전국 독일이 경제적으로 회생하면서 따라오는 물질주의의 폐해와 경제적 불평등, 사회적 불균형에도 주목했다. 소외당하고 억압받는 약자들의 인권문제는 나치 시대 유대인 박해에 침묵을 지켰던 독일 천주교회에 대한 비판과 함께 그의 문학 작품에서 되풀이되는 주제들이다. 뵐 작품의 주인공들은 주로 서민들이다. 평화주의, 독일 천주교 및 보수 정치와의 대결, 히틀러를 체험한 독일인이 가지는 도덕에 대한 강박 등을 핵심으로 하는 뵐의 사회참여는 문학에만 국한되지 않는다. 그는 소설뿐만 아니라 수많은 에세이, 강연, 인터뷰, 신문 기고 등을 통해 평생 동안 독일 사회에 대한 불평과 거침없는 비판을 쏟아냈다. 뵐의 사회참여는 1970년대에 들어서 더욱 적극성을 띠었고 이에 따라 독일 사회와의 갈등도 심화되면서 거듭 찬반 반응을 불러일으켰다. 한편으로 뵐은 "민족의 양심", "선한 독일인" 또는 "다른 독일인"으로 불렸다. 동시에 사회적 모순이나 문제점들을 공격하는 그의 방법 때문에 진리를 악의적으로 왜곡한다는 비난과 함께 "자기 둥지를 더럽히는 자"로 불릴 만큼 불편한 존재로 여겨졌다. 특히 그가 1960년대 말에서 1970년대 초 과격한 테러 행위로 독일 사회를 뒤흔들었던 적군파에 대한 〈빌트〉지의 보도 방식을 비판했을 때는 보수 세력에게 "부역자(附逆者)의 조역자", "좌파 폭력의 정신적 원흉"이라는 비난을 받았다. 이 사건을 소재로 한 소설 『카타리나 블룸의 잃어버린 명예』에서도 나타나듯, 뵐의 문학은 그 출발부터 항상 동시대의 현실에 밀착되어 있었고, 그는 전후 독일의 중요한 증인들 중 하나로 여겨졌다.

뵐은 『어느 어릿광대의 견해』의 1985년 판 후기에서, 첫 출간 당시 소설을 둘러싼 논의들과 관련해 이 작품은 이제 "역사적 소설"이 되었다고 말한다. 그러나 소설의 시대성과 역사적 소재에 집착해 이해하다보면 자칫 소설에 나타난 뵐의 작가로서의 독창성을 간과할 수 있다. 뵐에게는 '사회참여'라는 말로 정형화한 '휴머니즘'과는 다른, 자유에 대한 또 하나의 확신이 있다. 그는 "언어는 자유의 마지막 보루"라고 말한다. 『어느 어릿광대의 견해』는 독일의 죄의식을 말할 때도 '자유'를 위한 언어의 역할을 잊거나 포기하지 않는다. 소설은 독일의 죄의식을 묻기보다, 어떻게 하면 그 죄의식에서 벗어날 수 있나를 알고 싶어한다. 독일의 사회적, 정치적 윤리 못지않게 개인의 자유가 중요했다고 말할 수 있겠다. 작가는 '인간다움'이란 어디에도 종속되는 것이 아님을 상기시킨다. 뵐이 추구하는 '휴먼 미학'은 곧 '자유의 미학'이다.

광대 한스 슈니어는 어느 날 순회공연 도중 다리를 다쳐 공연을 중단하고 고향 본으로 돌아온다. 갈탄 재벌가의 아들인 그는 6년 전 어릿광대가 되려고 대학입학시험을 포기하고, 천주교인인 마리와 동거를 시작한다. 그 때문에 부모에게 완전히 외면을 당하지만, 마리와 함께한 6년의 시간 동안 그는 어릿광대로 성공한다. 그러나 마리는 동거생활에서 오는 죄의식이 점점 견디기 힘들어지자, 그를 떠나 '진보적 천주교인들의 모임'의 고위 간부와 결혼한다. 마리가 떠나면서 그는 걷잡을 수 없이 몰락의 길로 치닫는다. 수중에 단돈 1마르크를 지닌 채 고향으로 돌아온 슈니어는 할아버지가 조건부로 사준 아파트에 들어앉아 돌파구를 고민한다. 그는 서너 시간 동안 열 명 남짓한 지인들과 전화를 하고 아버지의 방문을 받지만 어떤 출구도 찾지 못한다. 결국 네 시간 전 도착했던 역으로 되돌아가 역 계단에 앉아 구걸 공연을 시작한다. 여기까지가 『어느 어릿광대의 견해』의 줄거리이다.

『어느 어릿광대의 견해』는 사회의 벽에 부딪쳐 몰락해가는 한 광대의 "사랑의 일상"에 관한 회상이라는 형식을 빌려서 서독 사회를 비판적으로 그린 사회소설이다. 이 소설이 쓰인 1960년대 초는 기독교 민주연합의 아데나워가 정권을 잡은 시기(1949~1963)로 천주교는 중대한 권력을 의미했다. 아데나워의 '서구로의 통합'과 '서독의 재무장' 정책은 당시 여론에 의해 성공적인 것으로 평가되었고 국민들 사이에서도 별다른 저항 없이 폭넓게 받아들여졌다. 이는 물질적 궁핍의 시기에 오직 서구와 결속하는 것만이 복지와 자유와 안전을 보장받을 수 있다는 믿음 때문이었지만, 탈나치화 작업에 대한 불만과 함께 당시 국민들 사이에 만연해 있던 사회적, 정치적 무관심에서 오는 무기력 또한 중요한 요인으로 작용했다. 이러한 사회적 분위기 속에서, 1962년 서독 연합군을 비난하는 기사를 실었다는 이유로 독일의 시사주간지인 『슈피겔』의 발행인과 편집인이 반국가 사범으로 구속된 사건이 있었다. 아데나워의 권력 실추와 퇴진으로 이어진 이 사건의 배후에는 국방장관으로 일했던 슈트라우스가 있었다. 『어느 어릿광대의 견해』는 독일 천주교를 이런 "문화적 결핍"의 온상으로 보고 있다. 뵐은 이 소설이 반천주교주의와는 무관함을 강조하면서도, 슈니어가 마리를 사랑하게 되면서 빠지는 출구 없는 '미로'를 "정치적인 독일 천주교"라고 표현한다. 그럼에도 불구하고 이 소설은 1963년에 책으로 출간되기 1년 전, 그 일부가 〈쥐트도이체차이퉁〉 신문에 발표되었던 때부터 천주교 세력에게 반천주교주의를 표방하는 작품으로 분류되면서 거센 반발을 샀다. 그 때문에 천주교 관련 서점에서 소설의 공개 판매가 불가능할 정도였다. 주교들은 뵐의 소위 "이단자적 성향", "현실과 동떨어진 이상적인 교회상", "비관주의적 경향", "불온사상" 등을 질책하는 교서를 낭독했다. 그러나 『어느 어릿광대의 견해』는 천주교회의 윤리를 바탕으로 세워진 사회의 윤리적 결핍을 드러내며, 세계에 대한 예술적인 해체의 한 과정을 보여준다. 뵐은 늘 자기 시대의 소재로 동시대의 현실 인식을 다루는 글을 썼지만, 미래를 위해서도 썼다. 주인공의 투쟁이ㅡ천주교회 내에서뿐만 아니라 모든 종류의 제도화된 권력 내에서 존재하는ㅡ인간적인 것과 개인적인 것을 문제시하는 "추상적인 질서원칙들"을 겨냥하는 이유도 여기에 있다.

『어느 어릿광대의 견해』는 25개의 장으로 나뉜다. 책의 70퍼센트 정도는 주인공 한스 슈니어의 내적 독백 형식의 회고와 성찰이 차지하고, 나머지 30퍼센트는 주인공의 전화통화, 아버지와의 대화 같은 외적인 사건으로 이루어져 있다. 각 장은 슈니어의 과거 사건들에 대한 회상과 견해가 결합되어 있다. 이 견해는 사건과 사건 사이를 분리하고 연결하며, 그 가운데 그의 (빈) 자리를 확인할 수 있는 기회를 마련한다. 한스의 도발적이며 풍자적인 발언들을 읽다보면 그를 반체제적 존재로, 격식이나 형식에서 벗어난 과격한 아웃사이더로 여길 수밖에 없다. 그러나 뷜은 이 과격한 아웃사이더의 삶을 서술하거나, 그의 이미지를 이용해 자신의 적수인 정치적인 독일 천주교를 공격하는 데 그치지 않는다. 그는 이 광대의 "견해"를 통해 자기 시대와 지난 시대의 정치, 사회, 문화를 반성하게 하고, 개인적이든 사회적이든 어떤 이상적 조화의 개념을 얻는 하나의 계기를 발견하도록 한다.

광대 한스 슈니어가 본의 한 아파트에 앉아서 지인들과 전화를 하고 아버지의 방문을 받는 시기는 1962년 3월의 어느 저녁 시간이다. 슈니어는 소설 속에서 지인들과 전화를 하고 아버지와 한 차례 대화를 나누었을 뿐인데, 거기서 언급되는 사건들은 종전이 임박한 1945년에서 1962년에 이르기까지 20여 년의 세월에 걸쳐 있다. 게다가 소설의 한 부분에서 취프너와 함께 로마에서 신혼여행중이라는 마리가, 다른 부분에서는 벌써 딸을 가진 엄마로 서술되다가, 다시 소설 끝부분에서 아직도 신혼여행에서 돌아오지 않았다는 식으로, 사건의 두서뿐만 아니라 현실과 상상이 가끔 섞여 있다. 한스는 "나는 늘 상상을 이기지 못한다"라고 말한다. 뷜에게는 이러한 착종(錯綜) 자체가 3월 어느 날 늦은 오후부터 저녁 9시가 좀 지난 때까지인 소설의 시간 속에 한 시대를 가두고, 그것을 종합하고 분석해서 다시 풀어내는 방법일 수 있다. 각 대화들과 그 사이 사이에 서술되는 사건들은 산만하게 흩어진 듯하면서도 긴밀하게 맞물리고 하나로 이어져 있다. 거기에는 보이지는 않지만 일관된 계기들의 연속적 흐름이 있다.

매 장 서로 다른 사건들로 이동함으로써 언뜻 혼란스러워 보이는 이 소설의 구성은 실은 작가가 치밀하게 의도한 것이다. 장마다 회상되는 사건들이 바뀌고 정황이 바뀌지만, 그것들 모두가 본의 아파트에서 서너 시간에 걸쳐 진행된 주인공과 지인들의 통화 그리고 아버지와의 대화라는 사건으로 집약된다. 자신의 열병과도 같은 상상력을 이기지 못하는 광대 슈니어의 무모하고 엇나간 응수들은 바로 이 작품의 조건이며, 변화하는 현상 속에서 불변의 요소들을 찾아 체계를 세우면서 동시에 일탈을 시도하는 이 '예술'의 인자들이다. "희극의 의미는 낯선 현실이 아니라, 자신의 현실에서 가져온 상황들을 추상적 형식으로 보여주는 데 있다"고 주인공이 말할 때, 그는 뵐의 문학적 입장을 대변한다. 뵐은 일반적 진실에 따라 그럴듯한 연대기를 작성하여 현실을 재현하기보다는 재구성한다. 현실은 시간의 축적으로 이루어지는 모자이크가 아니라 일종의 용광로이다. 『어느 어릿광대의 견해』는 그것을 마지막 형태로까지 용해하고 있다. 현실은 기성화된 관점에서 벗어나 새롭게 해체되고 분석되어 종합된다. 슈니어는 말한다. "나는 어릿광대야. 그리고 순간들을 모으고 있지." (이 작품의 제목이 처음에는 『순간들*Augenblicke*』이었다고 한다.)

주인공 한스 슈니어는 어떤 정형에도 들어맞지 않는 개인이며, 어떤 사회적 분류와 질서에도 저항하는 "외톨박이, 이상한 과격분자"이다. 그의 이런 성격에는, 그리고 전화로 냄새를 맡는 특이한 재능에는 이미 광대라는 직업에 걸맞은 요소가 내재되어 있다. 그가 마리를 여전히 "아내"라고 부르면서 자신의 "일부일처주의"와 마리가 떠난 뒤 "살의 욕망"으로 인한 참기 힘든 고통을 고백할 때, 그것은 벌써 결혼을 통해서 마리를 "죄악의 상황에서 죄 없는 상황"으로 인도했다고 믿는 교부에 대한, 교회의 "추상적 질서원칙들"과 그 비인간적 윤리에 대한 비난이 된다. 뵐은 가정과 교회와 사회에서 이탈한 광대를 화자로 등장시킴으로써 그를 이 제도들에 대한 직접적인 비판의 매체로 삼는다. 순간들에 대한 고통스러울 정도로 적확한 기억 탓에 삶의 궤도에서 이탈한 채 결국 구걸 공연에 나서는 주인공과는 달리, 그의 부모나 조부모의 세대들은 자신들의 과거를 옷 갈아입듯 벗어던지고 자신과 화해한 채 '건강한' 삶을 산다. 그들은 사회의 질서 속에 평안하게 자리 잡고 있다. 이에 대해 슈니어는 말한다. "그런 노인들은 기억이나 양심의 고통 때문에 힘을 소진하지 않거든." 간혹 그들도, 주인공과 대화중 아버지가 그러하듯, 자기들 나름의 양심에 따라 눈물을 보이지만 무의식적으로 그럴 뿐이다. 그것은 잘못된 순응주의의 모습이며, 어느 소설의 한 구절인 "내 양심이 너를 쫓아내라고 내게 강요한다"를 인용하면서 아들을 '내친' 어머니의 감상적 도덕과 마찬가지로 게으른 묵계다.

이처럼 뵐은 광대 주인공을 통해 외관상 균형과 질서가 잡힌 사회와 사회의 구성원들에게 거울을 비춤으로써, 말하자면 비정상으로 정상을 문제 삼음으로써 역으로 그들의 전도(顚倒)와 어리석음을 드러낸다. 소설은 사회와 세계에 대한 새로운 체계를 세우기에 앞서 그 기본 요소인 인간을 문제 삼는다. 말하자면 뵐적인 인간이 문제 되는 것이다. "자연적 본성"이라는 말이 말해주듯, 인간에게는 "추상적인 질서원칙들"로 도피할 수 없게 만드는 무엇인가가 있다. "육체적 아름다움에 대해 의식적이고 진실된 관계"를 맺고 있는 슈니어는 스스로를 가끔 사회적, 윤리적 '괴물'로 느낀다. 그는 비현실적이라고 말할 수 있을 만큼 너무 실제적인 인간이어서, 인간의 자연적 본성에까지 규율과 질서를 세워 그에 따라 모든 것을 구속 통제하려는 사회에서 일탈할 수밖에 없는 존재이다. 사회적 도덕이나 의무의 더께를 걷어 낸 자연 상태의 인간, 이것이 바로 뵐이 생각하는 인간이다. 따라서 광대 슈니어가 수집하는 "순간들"은 이런저런 일화들이나 정취 있는 사건들이 아니라, 인간살이의 진솔한 분별력이 위선, 기만, 타협, 과 도한 질서원칙 등에 의해 질식할 위험에 처한 순간들이다. 식료품 저 장실에 몰래 숨어들어 햄을 먹는 어머니의 모습에서 그녀의 전무후무 한 인간성을 체험한 순간을 슈니어는 이렇게 표현한다. "이상하게도 나는 나 같은 부류의 자들을 좋아한다. 인간들을 말이다." 다른 사람 들이 무비판적 순응주의로 자의식을 파괴해버린 탓에 자신의 존재를 문제 삼을 생각도 못 할 때, 슈니어는 자기 속임수까지 자기 안에 자 리매김한다. 마리를 여전히 "아내"라고 부르면서, 그녀가 취프너와 결혼한 것은 그들이 사주했기 때문이라고 천주교 교우회 사람들을 비 난하지만, 그는 그렇지 않음을 자각한다. 슈니어는 말한다. "그가 옳 았다. 깨달음은 타격이었다. 마리는 이미 떠나갔다. 그들은 물론 그녀 를 두 팔 벌려 받아들였다. 그러나 그녀가 내 곁에서 머무르고자 했다 면, 누구도 그녀에게 떠나라고 강요할 수는 없었을 것이다." 슈니어도 자신을 기만하지만 그것을 분명하게 의식함으로써 그것에서 벗어난 다. 자기에 대한 완전한 자각이 자아를 해방시킨다. 주교 좀머빌트의 말처럼 슈니어는 "순수한 인간"이다. 그는 현존하는 사회적인 강요들 때문에 좌절할 수밖에 없다. 그는 말한다. "예술가란 사랑밖에 몰라서

334

가까이 다가오는 멍청한 사내들에게 속아 넘어가는 여자와 같다."

소설은 한스 슈니어의 몰락으로 끝난다. 그의 추락은 순응주의에 대한 도전이자 그것을 넘어 자유에 대한 끊임없는 요구를 의미한다. 슈니어는 소설 속에서 자신의 적들을 공격하지만, 단순한 비판으로 그들과 설전을 벌이는 데 그치지 않고, 자기 시대와 자신의 예술을 동시에 분해함으로써 어디에도 종속되지 않는 예술적 재능을 드러낸다. 뵐은 슈니어라는 어릿광대의 일탈된 삶을 서술하면서 두 개의 세계관을 대비시켜 보여준다. 그는 인간이 인간성을 제외하고 세운 종교적, 사회적, 정치적, 문화적인 모든 질서를 문제 삼는 문학의 사회참여에 대해 말하고 있는 것이다. 『어느 어릿광대의 견해』가 우리 시대의 소설이 되는 근거가 여기에 있다 하겠다. 뵐이 소설의 모토로 인용한 성경 구절은 여전히 유효하다. "그분의 소문을 들어보지도 못한 사람들에게 그분을 보여주고 그분의 이름을 들어보지도 못한 사람들에게 그분을 깨닫게 하여주리라."

신동도

1917년	12월 21일 조각가인 아버지 빅토르 뵐과 어머니 마리아 헤르만스 사이의 여덟째 아이로 출생.
1937년	쾰른의 카이저 빌헬름 김나지움을 졸업. 본에 있는 고서적상에서 견습원으로 일함.
1938년	쾰른 대학에서 고문헌학을 전공함. 독일군에 징집됨.
1942년	안네마리 체히와 결혼.
1945년	12월 미군 포로수용소에서 쾰른으로 귀향. 형 알로이스와 함께 목공소를 운영하면서 시의 통계부에서 인구통계 관리인으로 근무.
1947년	『카루셀 *Karussel*』지에 단편소설 「사자 *Die Botschaft*」 발표.
1948년	「칼을 가진 남자 *Der Mann mit dem Messer*」 발표.
1949년	첫 소설 『기차는 정확했다 *Der Zug war pünktlich*』 출간.
1950년	단편 모음집 『나그네여, 그대 슈파로 가려느냐…… *Wanderer, kommst du nach Spa……*』 출간.
1951년	『검은 양들 *Die schwarzen Schafe*』로 47그룹 문학상 수상. 소설 『아담, 그대는 어디 있었는가? *Wo warst du, Adam?*』 출간.
1952년	『크리스마스 때뿐만 아니라 *Nicht nur zur Weihnachtszeit*』 출간. 레네 시켈레상 수상.
1953년	소설 『그리고 아무 말도 하지 않았다 *Und sagte kein einziges Wort*』 발표. 남독방송국이 수여하는 단편 작가상과 문학평론상을 수상.

1954년	소설 『보호자 없는 집 *Haus ohne Hüter*』 출간.
1955년	중편소설 『젊은 날의 빵 *Das Brot der frühen Jahre*』 출간. 서독 펜클럽 회원이 됨.
1956년	헝가리 봉기에 대한 소련의 무력 진압 및 영국과 프랑스의 이집트 공격에 반대하는 105인(카뮈, 피카소, 사르트르 등이 참여) 성명서를 발표. 「예기치 않은 손님들 *Unberechenbare Gäste*」 발표.
1957년	『아일랜드 일기 *Irisches Tagebuch*』 출간.
1958년	처음으로 노벨문학상 후보로 지명됨. 『무르케 박사의 침묵과 기타 풍자 모음집 *Dr. Murke's gesammeltes Schweigen und andere Satire*』 출간. 부퍼탈 시에서 수여하는 하이트상 수상.
1959년	장편소설 『아홉시 반의 당구 *Billard um halb zehn*』 출간.
1960년	부친 사망. 기독교 사상을 토대로 기존의 사회, 정치 제도의 대안을 찾고자 하는 잡지 『미로 *Labyrinth*』의 공동 편집인으로 활동.
1961년	『이야기, 방송극, 에세이 모음집 *Erzählungen, Hörspiele, Aufsätze*』 출간. 뒤셀도르프 극장에서 희곡 「한줌의 흙 *Ein Schluck Erde*」 초연.
1962년	소설 『전쟁이 일어났을 때 *Als der Krieg ausbrach*』와 『전쟁이 끝났을 때 *Als der Krieg zu Ende war*』 출간.
1963년	소설 『어느 어릿광대의 견해 *Ansichten eines Clowns*』 출간.
1964년	프랑크푸르트 대학에서 시학을 강연함. 자전적 체험을 다룬 이야기 『부대와의 거리 *Entfernung von der Truppe*』 출간.
1966년	『프랑크푸르트 강의록 *Frankfurter Vorlesungen*』과 『운전 임무를 마치고 *Ende einer Dienstfahrt*』 출간.
1967년	『논문, 비평, 연설문 모음집 *Aufsätze Kritiken, Reden*』 출

간. 게오르크 뷔히너상 수상.

1970년   서독펜클럽 회장으로 뽑힘.

1971년   국제펜클럽 회장으로 뽑힘. 장편소설 『여인과 군상*Gruppen-bild mit Dame*』 출간.

1972년   노벨문학상 수상.

1974년   『카타리나 블룸의 잃어버린 명예*Die verlorene Ehre der Katharina Blum*』 출간. 미국 아카데미 명예회원이 됨.

1975년   『민족의 신념적 토대에 대한 보고*Berichte zur Gesinnungslage der Nation*』 출간.

1977년   1947년부터 1977년 사이에 발표된 작품을 모은 총 10권의 전집 중 5권 출간.

1978년   나머지 전집 5권 출간. 『방송극, 희곡, 시나리오, 시 모음집 *Hörspiel, Theaterstücke, Drehbücher, Gedichten*』 출간.

1979년   인터뷰 『독일의 회상*Eine deutsche Erinnerung*』과 장편소설 『신변보호*Fürsorgliche Belagerung*』 출간.

1981년   전기 『이 청년은 도대체 무엇이 되어야 하는가? 혹은 책과 관련한 그 무엇*Was soll aus dem Jungen bloß werden? Oder: Irgendwas mit Büchern*』 출간.

1984년   에세이와 연설문 모음집 『항의와 지지*Ein und Zuspräche*』 출간.

1985년   7월 16일 68세의 나이로 타계. 소설 『강 풍경을 마주한 여인들*Frauen vor Flußlandschaft*』이 사후에 출간.

1986년   유작 수필집 『애도의 능력*Die Fähigkeit zu trauern*』 출간.

1992년   유작 소설 『천사는 침묵했다*Der Engel schwieg*』 출간.

1995년   유작 단편집 『창백한 개*Der blasse Hund*』 출간.

문학동네 세계문학전집 발간에 부쳐

세계문학은 국민문학 혹은 지역문학을 떠나 존재하는 문학이 아니지만 그것들의 총합도 아니다. 세계문학이라는 용어에는 그 나름의 언어와 전통을 갖고 있는 국민문학이나 지역문학의 존재를 인정하면서 그것을 넘어서는 문학의 보편적 질서에 대한 관념이 새겨져 있다. 그 용어를 처음 고안한 19세기 유럽인들은 유럽문학을 중심으로 그 질서를 구축했지만 풍부한 국민문학의 전통을 가지고 있는 현대의 문학 강국들은 나름의 방식으로 세계문학을 이해하면서 정전(正典)의 목록을 작성하고 또 수정한다.

한국에서도 세계문학 관념은 우리 사회와 문화의 변화 속에서 거듭 수정돼왔다. 어느 시기에는 제국 일본의 교양주의를 반영한 세계문학 관념이, 어느 시기에는 제3세계 민족주의에 동조한 세계문학 관념이 출현했고, 그러한 관념을 실천한 전집물이 출판됐다. 21세기 한국에 새로운 세계문학전집이 필요하다는 것은 명백하다. 우리의 지성과 감성의 기준에 부합하는 세계문학을 다시 구상할 때가 되었다.

문학동네 세계문학전집은 범세계적으로 통용되는 고전에 대한 상식을 존중하면서도 지난 반세기 동안 해외 주요 언어권에서 창작과 연구의 진전에 따라 일어난 정전의 변동을 고려하여 편성되었다. 그래서 불멸의 명작은 물론 동시대 세계의 중요한 정치·문화적 실천에 영감을 준 새로운 작품들을 두루 포함시켰다.

창립 이후 지금까지 한국문학 및 번역문학 출판에서 가장 전문적이고 생산적인 그룹을 대표해온 문학동네가 그간 축적한 문학 출판 경험을 바탕으로 새로운 세계문학전집을 펴낸다. 인류가 무지와 몽매의 어둠 속을 방황하면서도 끝내 길을 잃지 않은 것은 세계문학사의 하늘에 떠 있는 빛나는 별들이 길잡이가 되어주었기 때문이다. 우리가 자부심과 사명감 속에서 그리게 될 이 새로운 별자리가 독자들의 관심과 애정에 힘입어 우리 모두의 뿌듯한 자산이 되기를 소망한다.

문학동네 세계문학전집 편집위원
민은경, 박유하, 변현태, 송병선, 이재룡, 홍길표, 남진우, 황종연

세계문학전집 059

어느 어릿광대의 견해

1판 1쇄 2010년 12월 10일
1판 7쇄 2023년   4월 15일

지은이 하인리히 뵐 | 옮긴이 신동도

책임편집 손은주 | 편집 김미진 고우리 | 독자모니터 오효순
디자인 랄랄라디자인 송윤형 한충현 최미영 | 저작권 박지영 형소진 오서영
마케팅 정민호 김도윤 한민아 이민경 안남영 김수현 왕지경 황승현 김혜원
브랜딩 함유지 함근아 박민재 김희숙 고보미 정승민
제작 강신은 김동욱 임현식 | 제작처 영신사

펴낸곳 (주)문학동네 | 펴낸이 김소영
출판등록 1993년 10월 22일 제2003-000045호
주소 10881 경기도 파주시 회동길 210
전자우편 editor@munhak.com | 대표전화 031)955-8888 | 팩스 031)955-8855
문의전화 031)955-1927(마케팅), 031)955-1916(편집)
문학동네카페 http://cafe.naver.com/mhdn
인스타그램 @munhakdongne | 트위터 @munhakdongne
북클럽문학동네 http://bookclubmunhak.com

ISBN 978-89-546-1315-6 04850
       978-89-546-0901-2 (세트)

www.munhak.com

● 문학동네 세계문학전집은 계속 출간됩니다